제임스 조이스의 비평문집

The Critical Writings of James Joyce

제임스 조이스의 비평문집

The Critical Writings of James Joyce

제임스 조이스 저

김종건 편역

어문학사

편역자 서문

약 1896년부터 1939년까지 조이스에 의해 쓰인 57편의 비평문집으로, 1959년
에 출판되었다. 엘즈워스 메이슨과 리처드 엘먼에 의해 편집된 채 수필, 서평, 연
설, 신문 기사, 운시로 된 대판지, 편지 및 프로그램 노트들의 편집물로써, 이들의
각 내용은 『율리시스』와 『경야』 및 그 밖에 작품들의 소재들로 활용됨으로써, 작
품 해설에 중요한 소재가 되고 있다.

『제임스 조이스의 비평문집(The Critical Writings of James Joyce)』은 조이
스가 1896년부터 1937까지 약 40여 년에 걸쳐 쓴 57편의 문집으로, 1959년에 런던
에서 출판되었다. 조이스 학자들인, 엘즈워스 메이슨(Ellsworth Mason)과 리처
드 엘먼(Richard Ellmann)의 자세한 소개와 함께 정교하게 편집된 이 문집은 논
문들(수필), 서평, 연설문, 신문 기사, 공격 문, 편집자에게 보낸 서간문 및 프로그
램 노트를 총 망라하거니와, 이들은 『율리시스』를 비롯하여 『더블린 사람들』, 『젊
은 예술가의 초상』 등, 그의 문학 세계의 모든 담론을 누비이불처럼 짜 맞추고 있
다. 편집자들은 말한다. "조이스의 비평은 그것이 조이스에 관하여 보여주는 것이
기 때문에 중요하다. 모든 작가는 필연적으로 자기중심적이다. 그러나 조이스는
대부분의 사람들보다 한층 그러하다."

이미 조이스의 산문들에 익숙한 독자는 이 문집에서 보여지는 조이스의 문학
이론의 심오성과 문체의 정교함에 경악을 금치 못한다. 이들 비평문들 가운데 유
명한 것으로 상당한 분량에 이르는 「연극과 인생(Drama and Life)」을 비롯하여,

「입센의 신극」, 「미학(심미론)」, 「제임스 클래런스 맹건(1)」, 「아일랜드, 성인과 현인의 섬」 그리고 재차 「제임스 클래런스 맹건(2)」을 합쳐 6편이다. 이들은 비평 문으로써 조이스 문학의 전체 영역의 중요한 일환을 이룸은 물론, 우리에게 그의 여타 중요 산문들, 시, 드라마의 회동(會同)과 회통(回通)을 위해 커다란 역할 을 한다.

「연극과 인생」은 드라마의 특성과 그것의 인생과의 관계를 논하거니와, 조이 스는 이 논문에서 서술적 석명(釋明)에 편승함으로써, 드라마에 대한 심미적 반 응을 억압하는 접근을 거절한다. 연극에서 그는, 미래의 새로운 연극은 진리를 묘 사하려는 정열의 상호 작용이 극작가와 청중의 의식을 지배함으로써 인습과의 전쟁이 될 것이라고 설파한다. 조이스가 여기 내세우는 개념은 그의 나중의 작품 들, 특히 『영웅 스티븐(Stephen Hero)』과 『젊은 예술가의 초상(A Portrait of the Artist as a Young Man)』에서 심미적 예술에 대한 유용한 광택으로서 스티븐의 성격 형성에 이바지 한다. 「입센의 신극」은 조이스의 우상이었던 입센의 최후 극 인 〈우리들 죽은 자가 깨어날 때(When We Dead Awaken)〉에 대한 일종의 상 찬적(賞讚的) 성격을 띤 논문으로, 조이스 자신의 천재에 대한 스스로의 정당성 을 부여 한다.

이어 「미학(심미론)」이란 논문은 '파리 노트북'과 '폴라 노트북'의 두 편으로 이루어졌는데, 전자는 조이스가 처음 파리에 머물었던 1903년 2월과 3월에 걸쳐 쓴 것이다. 그는 비극과 희극 간의 아리스토텔레스적 구별을 행하며 자신의 이론 을 전개해 나간다. 그는 "예술의 서정적, 서사적 및 극적 조건"을 채택한다. 그는 한 편의 예술 작품의 특수한 요소들을 계속 탐구하기 시작하고, 예술 그 자체의 정의를 향해 나아간다. 마지막으로, 그는 변증법적 문답법을 빌어서 예술의 개념 을 다듬으려고 애쓴다. 후자는 조이스가 1904년 11월 폴라(Pola)에 머무는 동안 쓴 3개의 항목으로 된 글이다. 여기 그는 아리스토텔레스적 심미론의 탐색으로 부터 토마스 아퀴나스의 스콜라 학파에 근거한 것으로 움직인다. 『젊은 예술가의 초상』에서 스티븐 디덜러스의 노력을 예상하면서, 조이스는 이 3개의 항목에서 선의 특질, 미의 특질 및 인식의 특질에 대한 그의 인상을 – 결절(結節)된 형식으로 – 제공한다. 심미론에 관한 이러한 언급은 비록 아주 짧은 것일지라도, 조이스 학도를 위해 중요한 작용을 하리라. 게다가, 이러한 언급은 또한『영웅 스티븐』과 『젊은 예술가의 초상』에서 개진된 예술과 심미론에 대한 견해를 너무나 분명히 예고하기 때문에, 사실상 그것은 이들 작품들의 창작 초기 단계의 견해를 마련해 주는 셈이다.

「제임스 클래런스 맹건(1)」과, 후속편인「제임스 클래런스 맹건(2)」은 조이스에 의해 19세기 아일랜드 시인 맹건을 조국의 사람들에게 소개하는 목적으로 쓰였다. 조이스가 이 논문에서 맹건의 운시적 상상력에 대한 찬사로 그를 골랐을지라도, 그는 시인에 대한 자신의 평가를 용의주도하게 자제하고 있다. 그는 맹건의 작품 속에서 발견되는 아일랜드적 우울(憂鬱)에 대한 숙명론적 감수에 관해서는 비판적이다. 조이스에게, 아편과 알코올의 탐닉에 의해 병든 채, 문학적 성공의 가장자리에 있는, 한 이류 시인으로서, 맹건의 인생이, 예술가가 부족한 아일랜드 사회의 모호한 환경에서 비롯된 맹건 자신의 좌절감을 밝혀준다.

이어지는 상당히 긴 논문인「아일랜드, 성인과 현인의 섬」은 조이스가 이탈리아에서 행한 강연들 중의 하나로, 그는 이 강연을 아일랜드의 문화와 역사의 특질들(문학적, 지적 및 정신적)을 소개하기 위해, 그리고 아일랜드의 영국과의 착잡한 관계를 부각시키기 위해 활용한다. 여기서 조이스는 조국이 자랑하는 특수한 개인들을 찬양하고, 그들이 행한 중요한 사건들을 기록하는데 주저하지 않으며, 특히 아일랜드의 언어와 문화를 위한 게일 연맹의 부활을, 그리고 J. 스위프트, W. 코스그레이브 및 B. 쇼 등이 행한, 영국 문학과 문화에 끼친 아일랜드의 지대한 공헌을 열거한다.

그 밖에도「오스카 와일드 〈살로메〉의 시인」은 트리에스트에서 리처드 슈트라우스의 오페라 "살로메"의 첫 공연에 즈음하여 와일드에 의해 쓰인 것으로,

이는 1892년에 그가 쓴 동명의 연극에 기초한다. 이는 영국 당국에 의한, 그리고 단연코 남색(男色, sodomy)이라는 죄목의 기소로 인한 와일드의 체포, 그리고 죄의 기가 뒤에 영국 대중들이 그에게 행사한 독선적이요, 위선적 처형에 대한 주의를 환기시킨다. 나아가 또 다른 글, 「금지된 작가로부터 금지된 가수로」는 조이스로 하여금 아이리시 – 프랑스계의 테너 가수인 존 설리번의 생애를 진척시키도록 돕는 일종의 공개적 서한이다. 제자(題字)는 일종의 과장인지라, 왜냐하면 설리번 자신이 웅분의 역할을 갖지 못한다는 조이스의 감정에도 불구하고, 그는 결코 "금지된 가수"가 아니기 때문이다. 특히 이 서한은 『피네간의 경야』적 언어유희를 비롯하여, 인유 및 오페라의 인용과 외래어 구절로 내내 점철된 채, 설리번의 생애의 성취를 개관하고, 그의 능력을 격찬하며, 당시의 엔리코 카루소 및 지아코모 로리 볼피를 포함한, 다른 테너들 이상으로 그를 어림잡는다. 이 비평문집의 편집자들은 여기 그들의 문집에 조이스의 「성직聖職」과 「분화구(버너)로부터의 가스」의 두 편을 포함시키고 있으나, 이는 다른 서지학자들에 의해 별도의 해학시로써 법주화(範疇化)되기도 한다.

비평문들은 조이스에 의해 정교하게 짜여진 일종의 심미적 및 비평적 조각보로, 특히 이들은 조이스의 문학 창조의 의식을 위한 일별을 마련함은 물론, 그의 모든 작품들에 영향을 준 텍스트 외적 요소들에 대한 보다 분명하고 심오한 통찰력을 제공한다. 이들, 주옥과 같은 글들은 각각의 고유한 특성을 지니며, 그들의 문학적 및 심미적 취의에 있어서 상호 상이하면서 아주 동일하고, 동일하지만 전혀 다르다.

앞서 지적한 대로, 아마도 가장 매력적이라 할 소품인 「금지된 작가로부터 금지된 가수로」란 논문의 한국어 번안은, 『피네간의 경야』 본문을 번역하는 전철(2002년)을 재차 아우르고 답습하는 듯, 그러나 덜 복잡하게도, 특히 그것의 언어학적 분석과 무수한 사전 찾기에서 그러하다. 여기 번역에 있어서, 텍스트는, 역설적이기게도, 불가독성(不可讀性)의 구체화로써, 그 가독이 가능하다.

덧붙여, 편집자들에 의해서 마련된 많은 정교한 각주들이 (몇몇을 제외하고) 이 번역문에서 누락되었음을 유감스럽게 생각한다. 이상의 우리말 번안이 모쪼록 조이스의 문학 및 비평의 이해를 돕는데 많은 도움이 될 수 있다면, 그것의 필자의 소임을 잘 마치는 것이다. 독자 여러분의 질정(叱正)을 청한다.

또한 아래 해설은, 편집자들인 엘즈워스 메이슨과 리처드 엘먼에 의한 본문의 각 항의 서문에 덧붙여, 일종의 보조 자료로써 공급된 것이다.

차례

The Critical Writings of James Joyce 제임스 조이스의 비평문집

소개

　조이스가 많은 비평을 썼다는 것은 애당초 놀라울 것이다. 다른 작가의 작품과 혼합하는 행위로써의 비평은 사실상 그에게 좀처럼 적합하지 않다. 그러나 다른 형태의 비평이 있으니—새로운 예술 이론과 예술적인 개성의 창조, 당대의 사람들에 대한 거부, 예술적 영웅주의를 달성할 현재와 과거의 몇 사람을 뽑아내는 것, 자신에 대한 정당화—이런 것들은 전혀 조이스의 재능에 낯선 것이 아니다. 그는 비평적인 능력을 경시하지 않았다. 반대로, 그는 자신의 소설 경계를 넓혀서 그의 소설이 비평을 포함하도록 했다. 『젊은 예술가의 초상』은 심미적인 체계를 포함한다. 『율리시스』는 한 장에서 셰익스피어의 인생과 작품의 새롭고 정교한 이론을 포함한다. 그리고 또 다른 장에서 영어 산문의 일단 패러디—그 자체가 비평의 한 형태—를 포함한다. 『피네간의 경야』는 패러디를 계속하고, 그들을 예이츠, 싱, 엘리엇, 윈덤 루이스 같은 다른 사람들의 예와 함께 유행하도록 한다. 이러한 소개 일부가 소설에서 명백히 사용하기 위해 쓰였지만, 심미적 체계와 셰익스피어 이론을 적어도 앞서는지라, 독립적인 존재가 있다. 만일 조이스가 자신을 비평가라고 부르지 않는다면, 그것은 그가 선택한 것이지 무능력해서가 아니다.

　이 책은 57편의 에세이, 강연, 서평, 프로그램에 실려 있는 해설, 신문 기사, 편집자에게 보낸 편지, 그리고 시를 포함한다. 그것들은 가치가 있다는 일반적인 의미에서 비평적이다. 그것들 모두가 뛰어난 것은 아니나, 일부는 그리고 그것들 모두는 조이스의 발전을 알 수 있도록 돕니다. 처음 쓴 글은 그가 약 14살일 때 썼고, 마지막 글은 그가 55세일 때 썼다. 초기의 것은 문체에서의 재능과 관심을 보여 준다. 그러나 그것들은 저자가 어떤 근사한 것을 쓸 것이라고 우리를 설득하지는 못한다. 그것들은 예술적인 불멸의 증거를 위해 그들의 작품들을 찾으면서도, 많은 것을 발견하지 못한 청년을 마음 걸리게 했다. 그러자 갑자기, 1899년에 어조가 변화하기 시작한다. 젊은 조이스는 주제를 발견하는데, 그 주제는 드라마이다. 그는 자신의 발견으로 너무나 충만된 나머지 그밖의 것을 많이 말할 수 없었다. 그는 십자가에 못 박힌 예수의 그림에서 드라마를 발견하고, 입센의『우리 죽은 자가 깨어날 때』에 대한 글을 쓴다. 그리고 그의 생각과 열정은 절정에 달해 "연극과 인생"에 대한 그의 논문을 발표한다.

여기 처음 등장하는 이 열렬한 논문은 맹건에 대한 계속된 글을 실제로 개정한『영웅 스티븐』에서 기술된 같은 제목의 논문과 혼동되지 않는다. 이것은 아마도 조이스의 예술적 신조에 대한 가장 명백한 서술이다. 그는 그리스의 드라마를 "다 써버린 것으로" 결론을 내리고, 셰익스피어 시대의 드라마를 "시로 쓰인 대화"로 생각하며, 단지 현대 드라마의 위대성을 주장한다. 과거는 이미 이루어졌고 관례에 의해 박물관에 양도된다. 현대 드라마는 더 위대하다, 왜냐하면, 그것은『피네간의 경야』와『율리시스』가 쓰인 가정(假定), 즉 장소와 시간이 어떻든 간에 변화하지 않는 인간 행동의 영원한 법칙에 더 가깝기 때문이다. 현대에서 영웅적 행동이 부족하다고 슬퍼하는 것은 무의미하다. "우리는 눈앞에서 인생을 보는 대로 인생을 받아들여야 하고 실제 생활에서 남자와 여자를 만나는 것처럼 그들을 받아들여야 한다." 이 말은 낡은 문구처럼 들리지만, 그의 소설들은 그것을 살아있는 것으로 만든다.

이 논문에서 그리고 1900년에서 1904년까지 계속되는 것들에서, 조이스는 격렬하게 그의 무기고를 비축하고 있었다. 그는 자기의 동포들에게 그들이 이제는 지역에서 국한되는 것을 끝내고, 민속학자와 단순히 아일랜드인에서 벗어나 유럽을 받아들여야 한다고 말한다. 그는 아테네의 형식은 아일랜드의 열정을 강요한다고 주장한다. 그는 기독교 예술의 한계를 뛰어넘는 불후의 심미성을 만든다. 그는 문학이 인간정신의 즐거운 긍정이라고 주장한다. 그러나 그것은 만약 작가가 위선을 깨버리며, 야만적인 육체를 가진 것을 인정하고, 그가 서술하는 열정의 행위를 향한 "무관심한 동정"(교훈적인 당파심 대신)을 유지하며, 용감한 홀아비처럼 저지대 사람들 주위에서 움직이는 한, 문학은 인간 정신의 즐거운 긍정이라고 선언한다. 이 기간을 정리하기 위해 그가 쓴 많은 시편은 이 문제들을 단지 스쳐 지나듯이 다룬다. 그러나 그것들 가운데 "우리를 그렇게 불행하게 만드는 그 중대한 말들"을 거부하는 것과 같은, 그러한 문구는 스티븐 데덜러스라고 불리는 젊은이의 여러 면을 불러일으킨다. 가장 좋은 작품들은 가장 많이 작업한 것이다. 이러한 비난과 열망의 무리는 공격문의 글인『성직』에서 절정에 달한다. 그 속에 조이스는 하나의 공격점을 발견하고, 전보다 더 큰 아이러니를 썼으며, 그 사이에서 외설성은 단지 빛나는 자존심을 향상하게 한다. 그는 한 시대가 끝나는 것을 올바로 보았고, 조지 러셀과 초기 예이츠가 알았던, 다소 민족적이요, 천상의 본질을 향한 움직임이 이루어졌다는 것을 옳게 보았다. 그리고 그는 할 수 있는 한 맹렬하게 그것들 및 지지자들과 결별했다.

『성직』을 쓴 직후 곧 조이스는 더블린을 떠나, 노라 바나클과 함께 대륙으로 향했다. 다음 10년 동안 그는 그가 출발 전에 썼던『실내악』을 제외하고는 영어로 거의 아무것도 출판하지 않았다. 그는 트리에스테의 신문『일 피코로 델라 세라』에 그가 쓴 9편의 글과 트리에스테에서 대중적인 관객에게 한 강연에서만 자신을 직접적이고 공개적으로 표현했다. 그것들에서 그의 아이러니는 더욱 억제되었고, 신중해졌으며, 날카롭지만 더 매력적이다. 디포와 블레이크의 인물들은 그가 후에 그의 선조의 초상에 행한, 기대하지 않았던 존경심을 갖고 다루어졌다. 신문 기사는 그 자체가 하나의 복잡한 단위로 구성된 것처럼 보이고, 그것에서 그는 이제 아일랜드에 대한 불신과 향수를 말한다. 아일랜드의 역사를 배반의 연속으로써 자랑한 후에, 그가 자신의 나라를 공격할 때보다 결코, 아일랜드적이 아닌, 그는 영국의 압박에 직면하여 아일랜드의 특별한 아름다움과 가치를 호소하지 않을 수 없다. 『율리시스』에서 아일랜드의 과거의 영광과 영국의 불의에 대해 그토록 수다스러운 "시민"은 그의 풍자의 그루터기뿐만 아니라 조이스의 마음의 한 면으로 판명된다. 조이스는 결코, 조국의 망명자가 아니다. 그는 자신과 그의 나라를 벌하면서 망명의 성격을 완강하게 붙들고 있다. 1921년에 그는 「분화구로부터의 가스」에서 아일랜드에 대한 정신의 전쟁을 선포한다. 그는 더블린 출판업자의 손에서 잘못 취급된 것에서 아일랜드가 인간 정신에 쌓아놓은 경멸의 상징을 본다.

1921년 이후 조이스는 그를 설득시켜, 문학 기사를 써서 돈을 벌라는 에즈라 파운드의 노력을 거부했다. 그는 주제가 없다는 구실을 대었지만, 아마도 그의 비평이 자신의 경험으로부터 강한 부추김을 갖게 되었을 때만 효과적이라는 것을 발견했다. 그는 어떤 기사도 더는 쓰지 않았지만, 종종 그의 비평적인 견해를 표현했다. 1차 대전 동안 이런 것들 가운데 가장 중요한 진술은 "둘리의 신중성"이다. 조이스는 1915년에 트리에스테를 떠나 취리히로 향했지만, 스위스는 그에게 도피처일 뿐만 아니라, 적당한 곳이라는 것을 발견했다. 스위스의 중립은 예술적 무관심에 대한 완전한 유사품이었다. "둘리의 신중성"은 『성직』의 영웅적인 홀아비의 순수한 동기로써 둘리 씨(Mr. Dooley)를 첨가한다. 그리고 그것은 『율리시스』에서 리오폴드 블룸의 개인적이요 가정적인 생활이 얼마나 조이스의 마음에 『젊은 예술가의 초상』에서 스티븐 대덜러스의 공개적인 루시퍼적(마왕적) 행동을 대신했는지를 암시한다.

파리에서, 그의 인생의 마지막 20년에 조이스는 비록 개인적으로 때때로 그것들을 날카롭게 토론했지만, 그의 동시대인에 대한 공식적인 논평을 거절하는 데 숙달되어 있었다. 그는 항상 의심을 가지고 혐오하며 치켜 보았던 문인의 역할로부터 멀리 떨어져 있었다. 하지만 다른 예술가들을 다룬 두 개의 좋은 작품이

이 시기에 나왔다. 첫 번째 작품은 『피네간의 경야』의 문체로 쓰인 "금지된 작가로부터 금지된 가수에게"이다. 여기서 조이스는 분명한 기쁨과 우정을 갖고 테너 가수인 존 설리번이 노래하는 기술을 판별한다. 그가 받을 만한 대중을 확보하는데 실패한 것뿐만 아니라, 설리번의 목소리의 힘과 다양성 속에서, 그는 자신의 위치에 대한 평행을 발견했다. 마침내, 그는 입센의 "『유령들』의 발문"을 썼고, 거기서 그는 그가 처음 출판한 작품의 주제인 극작가로 되돌아간다. 그가 18살 때 쓴 입센에 대한 글의 어조는 선생에 대한 제자의 것과 같은 아첨하는 것이었다. 그러나 지금 그는 입센을 예술에서 동료로서 익살맞게 다루고 있다. 그는 알빙 선장이 결국, 그렇게 나쁘지 않다는 것을 제안하기 위해 『유령』을 다시 쓴다. 그리고 마지막 행들에서 '잘 사는' 한 사람의 파리인으로서 그 자신의 인생을 변호하고 있음을 발견하는 것은 어렵지 않다:

아니, 한층 더, 만일 내가 현재의 내가 전혀 아니라면,
연약하고, 무엄한, 철두철미 낭비자,
거기에는 세계의 갈채가 없었으리라
그리고 경칠 온통 가정에 관해 쓰리라.

그러한 태도는 『성직』의 것과 같다. 그러나 이제 알맞게도 몹시 거칠고 성공적이 되었다. 헨리 제임스나 토마스 만과 같은 작가의 비평은 그들이 다른 작가에 대하여 보여주는 것 때문에 주로 우리에게 매력을 준다. 조이스의 비평은 그것이 조이스에 관하여 보여주는 것이기 때문에 중요하다. 모든 작가는 필연적으로 자기중심적이다. 그러나 조이스는 대부분의 사람보다 한층 그러하다. 이 작품들은 그가 인생으로 하여금 작품들을 짜 맞추는데 보낸 극화된 자서전의 일부분으로 가장 잘 이해될 수 있다.

****

여기 포함된 작품 중, Nos. 1, 2, 3, 4, 5, 20, 35, 43, 그리고 49의 부분은 전에 출판되지 않았다. No. 45는 『일 피코로 델라 세라』(트리에스테)지에 이탈리아어로 출판되었다. Nos. 6, 7. 8, 33. 47, 49의 대부분, 50, 51, 52, 53, 54, 55는 수집되지 않았다(써록 고만의 전기에서 가능할 수 있었지만). Nos. 9, 10, 11, 12, 13 14, 15, 16, 17, 18, 19, 21, 22, 23, 24, 25, 26, 27, 28, 29, 30, 31 및 32(서평)는 이전에 스태니슬로스 조이스와 엘스워드 메이슨에 의해 편집되었고, 콜로라도 스프링즈에 있는 마마루요 판에 의해 사적으로 인쇄되어, 작은 판으로 이용될 수 있었다.

전문적인 도움을 위해, 우리는 아일랜드 국립 도서관의 관장인, Dr. R.J. 헤이즈와 서적 보관자인, 패트릭 헨치 월터 B. 스코트 2세, 밴트리 길버트, 칼 키라리스 및 존 톰슨 교수들에게, 그리고 노드웨스턴 대학 도서관장인 젠스 나이홈 및 그의 유능한 직원들, 예일 대학 도서관의 미스 마조리 웨인, 존 J. 스로컴과 Dr. H.K. 크로스먼에게 감사한다. 우리는 제임스 F. 스포리에게 그의 도서 집으로부터 책을 빌려준 데 대해 빚지고 있다. Mrs. 메리 볼튼 및 Mrs. 로이스 랜즈에게 원고를 타이핑해 준 열성에 감사한다. 우리는 코넬 대학 도서관장인 Dr. 스티븐 J. 맥카시에게 그리고 Dr. C. G. 융에게 조이스에게 쓴 그의 편지 일부의 출판을 허락해 준 것에 대해, 그리고 라인하트 앤드 회사의 허버트 고만의 『제임스 조이스』에 포함된 항목들의 출판을 허락해 준 것에 대해 감사한다. 이 자료의 출판은 조이스 재산 관리 위원회에 의해 공인되었고, 조이스의 문학 관리자인 미스 하리에트 위버가 우리에게 많은 친절을 베풀었다.

조이스의 글들은 우리의 주석에서 다음과 같이 인용되었다: 『서평』(『초기 조이스: 서평』. 1902~1903, 콜로라도 스프링즈, 마마루요 출판사, 1955), 『에피파니들』(O. A. 실버맨에 의한 소개 및 노트, 버펄로, 뉴용, 록크우드 매모리얼

라이브러리, 1956), 『피네간의 경야』(뉴욕, 바이킹 판 및 런던, 페이버 앤드 페이버, 1939), 『서간문』(스튜어트 길버트 편, 뉴욕, 바이킹 판 및 런던, 페이버 앤드 페이버, 1957), 『초상』(『휴대용 제임스 조이스』에서 『젊은 예술가의 초상』, 뉴욕, 바이킹 판, 1947, 및 런던, 조나단 케이프, 1944), 『율리시스』(뉴욕, 랜덤하우스, 1934, 페이지는 모던 라이브러리 판 및 런던, 존 래인, 1936과 동일). 미국 및 영국 판본이 같지 않을 경우, 페이지 언급은, 먼저 미국판을, 이어 괄호 속에 영국판을 쓴다.

E. 메이슨
R. 엘먼

1

겉 모습을 믿지 말라

1896?

벨비디어 칼리지에서 조이스가 매주 써낸 논문에서 그의 실력은 반 급우들과 거기 교수들에 의해 인정을 받았다. 중간시험에서 그는 1897년과 1898년에 그의 학급에서 최고의 영어 작문 상을 획득함으로써 국가적 인정을 받았다. "겉모습을 믿지 말라"라는 글은 그의 주간 논문 중에 남아 있는 유일한 예이요, 그의 나이 14살에 때 1896년경의 것이다. 그것은 그런고로 그의 알려진 글 가운데 최초의 예이다.

* * * *

AMDG(더욱 큰 영광을 위하여)

겉모습을 믿지 말라

아름다운 외양만큼 사람을 속이기 쉬운 그리고 그럼에도 매력적인 것은 없다. 여름날 따뜻한 햇볕 속에 바라보는 하늘이나, 가을 태양의 연하고 황갈색 광휘 속 쪽빛의 하늘은 보기에 얼마나 즐거운가. 그러나 폭풍우의 거친 분노가 재차 혼돈의 불화를 일으킬 때, 장면은 얼마나 딴판이며, 물거품으로 신음하는 대양은,

햇볕 속을 쳐다보고 즐겁게 잔물결이 치는, 고요하고 평온한 바다에 비하면 얼마나 딴판인가. 그러나 가장 속기 쉽고 변하기 쉬운 겉모양의 최고의 예는 사람이요 운(運)이다. 아첨하는 비굴한 표정, 고고하고 오만한 용모는 마찬가지로 인격의 무가치함을 감춘다. 뻔쩍이는 장난감 같은 운은, 그것의 화려한 뻔쩍임이 자만하고 빈약함을 유혹하고 만지작거리나니, 바람처럼 믿을 것이 못 된다. 그러나 여전히 우리에게 인간의 인격을 말해주는 "뭔가"가 있다. 그것은 눈이다. 그것은 악마 같은 악한의 가장 엄한 의지도 압도하지 못하는 유일한 반역자인지라. 인간에게 죄나 혹은 천진함, 영혼의 악과 덕을 나타내는 것은 눈이다. 이것은 격언인 "겉 모습을 믿지 마라"의 유일한 예외이다. 모든 다른 경우에서 참된 가치는 탐색되어야 한다. 왕족과 서민의 외양은 "인간"이 뒤에 남기는 그림자일 뿐이다. "오! 가련한 자가 왕자의 호의에 매달리다니 얼마나 불행한가." 언제나 변하는 운의 변덕스러운 물결은 그와 함께 선악을 가져오는지라. 그것은 선의 선구자로서 얼마나 아름답게 보이며, 악의 사자(使者)로서 얼마나 잔인하게 보이는가! 임금님의 기질을 시중드는 자는 저 대양의 작은 선박일 뿐이다. 이렇게 우리는 겉모습의 공허를 본다. 위선자는 그가 최악의 악덕들을 감추는 덕망의 겉모습 아래 숨은 최악의 종류의 악한이다. 행운의 신전에 불과한 친구는 부의 발치에서 찡그리며 굴복한다. 그러나 야망이 없거나, 부도 사치도 만족 이외 아무것도 없는 자는, 맑은 양심과 안이한 마음으로부터 흐르는 행복의 기쁨을 감출 수 없다.

LDS(하느님께 영원한 영광)

제임스 조이스

2

힘

1898

『율리시스』에서 리오폴드 블룸은 키클로피안 시민에게, '그러나 그것은 소용이 없어. 힘, 증오, 역사, 그것 모두 다,'라고 말한다. '그는 계속 사랑을 옹호한다'. 증오의 반대는, '그는 그걸 말하는데, 진실한 삶이다.' 1898년, 9월 27일에 조이스는, 더블린의 UC 대학에 그의 입학시험을 시작하면서, 젊고도 험난한 길에서도 같은 견해를 고수했다. 이 논문 첫 페이지와 다른 몇 장이 분실되었으나, 그의 주제는 분명히 힘이었으며, 그의 논지는 힘이 친절의 법칙을 초래하기 위해 사용되어야 한다는 역설적인 것이었다.

그러한 태도는 그의 후기 작품에서도 한결같았으며, 음조는, 비록 어구가 아직 성숙하지 못할지라도, 16세의 소년으로서는 탁월한 것이다. 조이스는 입센과 다른 작가들의 자유주의 영향을 이미 느꼈다. 그러나 그는 아직 자신이 언어를 자유롭게 하지 못했으며, 학교 수업에서 여전히 전통적 수사법을 사용할 수 있었다.

* * * *

[원고의 첫 절반 페이지는 탈장]

─ 문제들은 중요하고도 답하기 어려운 것이다. 정당한 전쟁에서 얻어진 정

복은 그것 자체가, 대체로, 정당함이 분명할지라도, 그러나 주제에서 벗어나 정치적 경제성, 등등의 영역을 다룰 필요가 없지만, 강압적으로 이루어진 모든 힘에 의한 정복은 인간의 정신과 야망을 깨뜨리는 만큼만 성공한 것이라는 것을 마음에 잘 간직해야 할 것이다. 또한, 극단적으로, 그것은 악의와 반항을 낳게 되고, 신성하지 못한 전쟁의 시작부터, 궁극적 갈등의 각인으로 찍힌다는 것이다. 그러나 억압적 힘의 관점에서, 단지 정복을 생각함은 미개한 듯하다. 왜냐하면, 자주 정복은 적극적 힘이라기보다는 일종의 영향력이요, 공허한 피 흘림보다는 더 잘 사용되는 것을 우리는 알기 때문이다.

인생의 다양한 등급에는 그것을 실천하는데 많은 일상적인 예들이 있기에 — 어느 사실 못지않게, 그들은 나쁜 평판 없이, 변변치 않은 곳에서 잘 이루어지고 있다. 쟁기로 땅을 갈거나, '딱딱한 땅'을 가는 농부가 하나의 예이다. 길에 난 포도 넝쿨을 자르거나, 혹은 야생의 울타리를 낮게 치는 정원사는, "정원을 다듬는" 야만적인 요소를 정복하는 또 다른 예이다. 이들 양자는 힘에 의한 정복을 대표한다. 그러나 항해사의 방법은 한층 외교적이다. 그에게는 저항하는 바람을 가르고 나아갈 쟁기도 없고, 격렬한 폭풍우를 잘라낼 칼도 없다. 그의 부분적인 기술로는, 그는 이 어쩔 수 없는 상황을 이길 수가 없다. 바람의 신 아이올로스가 자신의 명령을 선포하면, 그의 명령을 직접 철회하는 것은 불가능하다. 그런 식으로 수부는 그를 이길 수 없다. 그러나 방향을 바꾸고, 인내심을 갖고 노력하고 때로는 '바람'의 힘을 이용하고, 후퇴하면, 마침내 표류하던 배가 제 항로를 찾아, 폭풍 후에 오는 고요함 속에서 항구를 향해 나아간다. 시냇물을 가로막기는 하지만 사용한 다음에는 물이 흘러가도록 하는 방앗간 주인의 물레방아 바퀴가 유용한 예이다. 빠른 흐름으로 돌진하는 물은 감정을 자극하고, 들판에 홍수를 일으키는, 더 높은 산 위의 사나운 힘이다. 그러나 마술적 방앗간 주인은 그것의 기분을 변경하고, 그것의 뒤얽힘에도 불구하고, 질서 있는 꼬부랑으로, 그것의 통로로 나아가고, 교외의 빌라로부터 점잖게 경사진 둑 위로, 평온하게 포위된 채, 그것의 파도를 감싼다. 그리고 더욱이, 그것의 힘은 상업적 목적을 위해 이용됐다. 그리고 그것은 더는 시적이 아니라 할지라도 배고픈 자를 맛있는 밀가루 빵으로 먹이는 데 돕는다.

이러한 원소(자연력) 다음으로, 우리는 동물의 정복에 도달한다. 오래전에 에덴동산에서 책임을 진 아담은 좋은 시절을 가졌다. 공중의 새들과 들판의 짐승들은 그의 안락을 보살폈다. 그의 발치에서 유순한 사자가 잠을 자고, 모든 동물은 그의 의지의 하인들이었다. 그러나 아담에게 죄가 솟았을 때—단지 숨어 있는 악 이전에—그리고 위대한 자연이 부패하고 파열되었을 때, 짐승들 사이에 사나운 미지의 찌꺼기가 또한, 요동했다. 비슷한 반항이 그들 사이에 인간에게 항거하여 일어나자, 그들은 더는 다정한 하인들이 아니고 그에게 지독한 적이었다. 그 시간부터, 다소의 정도로, 다른 곳보다 한 지역에서 더욱, 그들은 그와 투쟁하고, 그에게 봉사를 거절했다. 커다란 힘에 의해 자주 도움을 받아, 그들은 성공적으로 싸웠다. 그러나 마침내 보다 상위의 힘으로, 그리고 그가 인간이요, 그들이 단지 짐승들이기 때문에, 그들은, 적어도 큰 범위로, 정복되었다. 그들 가운데 약간 그들은 개처럼, 그를 자신 집의 관리자로 만들었다. 타자들은, 말들이나 황소들처럼, 그의 노역의 친구로 삼았다. 타자들을 재차 그는 정복할 수 없었으나, 단지 보호할 수 있었다. 그러나 한 종족은 그를 정복하도록, 특히 그것의 수와 힘으로 위협되었다. 그리고 여기서 그것의 운명을 따르는 것이 낫고, 우세한 힘이 인간에게 비웃음이 아니라 창조물의 주인이라는 칭호를 보존하게 하고 매머드와 마스토돈의 두려움으로부터 인간을 안전하게 하기 위해 어떻게 작용했는지 알게 된다. 동물원의 코끼리들은 한때 연기 자욱한 도시 지역을 방황했던 저들 힘센 괴물들의 딱한 후손들이었다. 그들은 무리를 지어, 길들지 않은 채 두려움도 없이, 그들의 힘을 자랑하며, 열매가 많은 지역과 산림들을 통해 배회했는지라, 거기는 이제 바쁜 사람들의 증후요, 기술과 노역의 기념비가 되었다. 그들은 스스로 전 대륙에 분포했으며, 인간이 그들을 정복할 수 없기에 그에게 도전을 청했다. 그리 고 마침내 그들의 날이 기울자, 비록 그들은 그걸 알지 못했지만, 북극의 더 높은 지역으로, 자신들을 위해 정해진 운명으로 몰려갔다. 거기 인간이 굴복시킬 수 없었던 것이 굴복되었다. 왜냐하면, 그들은 지구에 다가온 무서운 변화를 견뎌내 지 못했기 때문이다. 밝은 꽃의 땅들이, 차츰 모든 아름다움과 약속을 이어갔다. 무성한 나무들과 무르익은 과일들이 차차로 사라지고, 햇빛을 받지 못하여 성장 이 저해된 관목과 쉰 딸기들이 그 자리에 나타났다. 매머드 종족들은 의아해하 며 함께 모여들었고, 이러한 황폐함으로 그들은 더욱 가까이 모여들었다. 오아시 스들로부터, 하지만 그들을 떠나, 그들은 다가오는 파도들을 보았는지라, 그들은 자신들의 메마른 가정 속에 그들을 가두었다. 차츰 다가온 얼음과 물 사이에, 그 들은 자신들의 공허한 세월을 꾸려 나갔다. 그리고 자신들을 위해 아무것도 남지 않자, 비참한 동물들은 긴 겨울의 매서운 추위 속에 죽어갔다. 그리고 오늘날 그 들의 거대한 상아가 뉴 시베리아 섬들에 있는 기념 언덕에 쌓여있다. 인간은 그들 의 죽음으로 이득을 얻을 수 있을지도 모른다. 인간은 그 동물들이 살아 있을 때 는 노예로 만들 수 없었다. 그들은 위험한 북극해를 가로질러, 지난 세월의 부(富) 의 연회로, 인간의 탐욕으로 유혹한다. 이러한 연회들은 황막한 하늘 아래, 파도 의 노래를 통해 하얗게 말없이, 그리고 영원한 수심의 가장자리에서 표백하면서 사방에 흩어져있다. 이것은 얼마나 대단한 정복인가 — 얼마나 끔찍하고 완벽한 것인가! 매머드에 대한 기억이 거의 남아있지 않고, 이 거대한 털 난 코끼리에 대 한 두려움도 더는 없을지니, 그의 미련한 크기와 이득에 대한 경멸만이 있을 뿐 이다.

　동물이 길드는 것은 주로 인간과의 교류에 의한 것이며, 집에서 키우는 얼룩 고양이와 외딴 지역에서 자라는 소외된 미친 돼지가 선천적으로 사납고 힘이 세 다는 것은 주목할 만하다. 다른 것들과 함께 이것들은 끊임없는 전쟁으로 정복되고, 그들이 익숙하게 찾는 장소에서 격리되면, 미국의 들소가 죽어가는 것처럼 사라져 버린다. 점차 모든 동물이 인간의 통치하에 굴복하게 되었고, 다시 한번 인간의 하인이 되자 인내심 있는 말과 충실한 개는 그 이전에 있던 자발성을 재획득하게 되었다. 어떤 경우들에서, 세 개의 창들이 지닌 허영의 영광과 의식적 승리가 관찰된다. 이리하여, 남미 늪지대의 독사가 쇼나 서커스에서 많은 대중 앞에 마법사의 작은 노랫소리에 기운 없이 무해한 채 누워있는지라, 정신이 나간 사자, 거리의 꼴사나운 곰은 인간의 힘을 보여주는 증거이다.

인간 역사의 진보에서 보여주는 사물들을 다스리려는 욕망은 인간의 최고 지배권을 잘 설명해 줄 수 있다. 인간이 그런 욕망이 없었다면, 나무와 식물이 햇볕을 가로막아 인간에게 비추지 못하게 했을 것이고, 모든 통로를 차단했을 것이다. 언덕과 바다는 인간 거주지의 경계가 되었을 것이다. 막히지 않은 산의 물줄기는 인간의 오두막집을 항상 낚아챘을 것이고, 난폭한 굶주린 짐승들은 인간이 사용한 불의 잿더미에 발자국을 남겼을 것이다. 그러나 인간의 우세한 정신이, 보편적은 아니라 할지라도, 모든 장애물을 극복했다. 왜냐하면, 이런 곳에서 더 하등 창조물이 그의 왕국을 좀처럼 빼앗지 않으며, 인간이 인도의 정글과 숲속에서 야만적인 호랑이를 사냥하거나, 캐나다의 숲속에서 나무를 쓰러뜨림에서 그의 노력이 새롭게 확장되어야 하기 때문이다.

다음으로 중요한 정복은 한 종족이 다른 종족을 정복하는 것이다. 인간의 가족들 가운데서 백인은 예정된 정복자이다. 흑인은 백인 앞에 무너졌고, 홍인종은 백인에 의해 자신의 땅과 집 밖으로 내쫓겼다. 먼 뉴질랜드에서는 게으른 원주민 마오리인은 선조의 땅을 분배해서 소유했다. 인간은 땅과 하늘이 있는 곳은 어디든지 갔다. 인간은 더는 정복의 남용 ─ 적어도 정복의 종류 중 가장 타락된 형태이거나 총체적으로 그런 노예제도를 실천하지도 않았고, 할 수도 없다. 노예제도는 가장 비천하거나 비인간적인 공격에 전혀 영향을 받지 않는 그런 사람의 양심에만 호소했던 것 같다. 다행히 이 노예제도는 더는 계속될 수 없게 되었고, 이제

골치 아픈 터키인이든 아니든 간에 다른 사람의 자유를 침해하는 행위는 단호한 반대와 분노만 일으킬 뿐이다. 권리가 침해되고, 제도가 무가치하게 되고, 특권이 무시되고, 이 모든 것이 정당의 표어가 아니라 철저히 현실에 뿌리박힌 것으로써, 다행히도 항상 어리석은 낭만적 광기나 열광적 파괴가 아니라, 굴복되지 않은 저항감으로 인간의 에너지와 동정이 그것들을 보호하도록 야기한다.

지금까지 우리는 단지 인간의 정복만을 다루었다.

[반 페이지 탈장]

한 사람이 그것의 광활함 때문에 사람의 노력을 거의 완전하게 다 삼켜버리는 그런 주제를 다루면, 그 주제는 작가를 왜소하게 만든다. 혹은 한 논리학자가 정해진 이론을 추론하기 위한 한 가지 견해로, 큰 주제들을 다뤄야 할 때, 그는 기본 생각을 포기하고, 자신의 주장을 더 중요한 부분에서, 장황한 논설로 요점을 벗어난다. 재차 공들인 작품들에서, 너무 풍부한 상상력은 문자 그대로 작가와 함께 날아가, 작가를 말로 표현할 수 없는 사랑스러움의 영역에 내려놓는다. 그리하여 이 사랑스러움은 그의 능력으로 거의 파악하기 힘들고, 그의 감각을 혼란스럽게 하여 언어를 거부하고, 그의 작품들은 실로 아름답기는 하지만 모호함과 신비의 몽상적 아름다움이 된다. 이와 같은 것은 자주 고답적이요 환상적 기질의 시인들로 만들고, 셸리처럼, 시를 모호하고 애매하게 한다. 시각과 언어 및 감각의 면에서 탁월한 시적 감각의 재주가 조심성에 의해 굴복되고, 그리하여 극단으로 가는 것을 막았다 해도, 진실로 뛰어난 영혼은 숭고하고 고귀한 곳으로, 한층 조심스럽게 파고들어 가, 더 큰 두려움과 경이감을 갖고 탐험하며, 겸허하게 그 뚜렷하지 않은 지역을 잘 살펴보며, 신비주의의 모호한 사상 없이 빛으로 넘치는 그곳을 이해하게 된다. 왜냐하면, 인간을 위로하고, 경배를 첨가하고, 경외를 격상시키기 위해, 나무의 잎들과 꽃 속에, 위대한 것들을 인간의 눈으로부터 감추었기 때문이다. 이러한 결과는 정복이라는 위대한 재능으로부터 시작되고, 과연 그것은 우리 모두가 소유하는 것이다. 우리가 그것을 아낄 때 강인함을 더하게 되고, 그것을 조심할 때 건강해지고, 우리가 지나치게 부담을 주지 않을 때 정신적 인내의 힘이 향상된다. 그렇지 않다면 조각(彫刻)이나 회화(繪畫)의 예술에서 예술가의 관심을 사로잡는 위대한 사건들은 엄청난 무형의 형태나 거친 회반죽으로 표현되리라. 그리고 황홀한 음악가의 귀에 가장 사랑스러운 멜로디가 혼란스러운 미로에서, 미친듯이, "마치 감미로운 종이 함부로 거칠게 소리를 내듯," 쏟아질 것이다.

정복하려는 인간의 욕망이 동물과 식물의 왕국에 어떠한 영향을 행사했는지, 그리고 그런 욕망이 더 나쁜 것을 어떻게 파괴하고 정복했는지뿐만 아니라 좋은 것을 어떻게 향상하는지가 지적되었다. 이 지상에는 성장의 파격이 절대적인 지배력을 갖는 곳, 나뭇잎들이 빛을 차단하고, 잡초가 땅을 장악하는 곳, 커다란 아름다움의 환경 사이에, 색채와 비옥으로 이루어진 전혀 길들어지지 않은, 그러나 야만적 비(非) 통제의 공포로 뒤덮인 위험한 파충류나 사나운 짐승들이 있는 곳이 있다. 그러나 자신의 길로 진보하는 인간의 도래는 이런 면을 바꾸어 놓을 것이요, 자신의 좋은 면을 자신의 지배하에 두려고 할 것이다. 이미 쓰인 바처럼 —"하늘의 참된 하인들은 이러한 에덴동산으로 들어갈 것이요, 하느님의 영은 그들과 함께하며, 또한, 또 다른 하나의 영 또한, 물리적 공기를 들이마시게 되리라. 그리고 침이 난 곤충과 독사, 및 독 있는 나무는 재생한 인간의 영혼의 힘으로 죽게 될 것이다." —이것이 호시절에 이루어질 인간이 바라는 정복이다. 한편 우리는 세계의 하등 동물을 정복하는 인간의 힘과 인간 자신의 정신력을 정복하는 데 있어서, 인간의 영향력을 살펴보았다. 그리고 우리에게는 인간의 본능을, 그의 일과 사업을, 이성을 정복하려는 욕망의 다양한 면에서의 영향력을 고찰하는 일이 남아있다.

노르웨이의 전설에서, '대담한 기사와 백작의 이야기'가 담긴 고대 서사시에서 그리고 오늘날 홀 케인의 이야기에서, 우리는 인간의 열정이 광포한 자유 속에서 자신의 힘을 사용할 때, 그 열정이 만들어 내는 대(大) 파괴의 풍부한 예들을 본다. 물론, 관습적 생활에서는, 한때 자신의 고향이었던 저 야만적 장소에서처럼 토어, 오스파카 및 마일리아와 같은 인물의 예를 보기 거의 힘들다. 현대 문명은, 당시 사건들이 야기했던 것 같은 대규모의 파격을 허락하지 않을 것이다. 오늘날, 도시에 사는 부류의 사람들은 열정이 강하지 않다. 적어도 사람들이 엄청난 분노를 촉진 시킬 정도는 아니다. 보통의 사람은 악마의 분노 발작에 격분하지 않도록 자주 주의하지 않는다. 비록 벤데타(피의 복수)는 여전히 남부 유럽에서 흔하지만, 인류는 과거만큼 자신들을 정복할 많은 기회를 가진다. 초조해하는 기질, 근본적 해석, 어리석은 자의 자만심, *퇴폐파의 조소*, 수다, 원조 거부, 상처 주는 말과 무가치한 조롱, 배은망덕과 친구들을 망각하는 일과 함께 ― 이들 모두는 우리가 매일 정복하기를 기다리고 있다. 무엇보다도, 매우 사악하고, 가장 지나친 동정은, 동물적 풍요함과 무모한 자유와 너무나 판이한지라, 자비의 행위가 완전히 이루어지지 않는다. 그러나 그것은 온유와 선함의 내적 우물로부터 솟아난다. 그것은 동기를 부여하기에는 부족하다. '그것은 모든 것을 최상으로 해석한다'. 그것은, 하늘이 준 정서로부터, 천상으로부터 그것의 존재와 미를 갖는, 모든 고귀한 것들의 희생을 급박한 심정으로 적는다. 그것은 사고의 세계에서 살고 또 번성해 가는지라, 너무나 고상하고 차분하기에 그들은 지상의 인간들 사이에서 자신을 실망하게 하지 않는다. 그러나 그들의 섬세한 태도에서 자신들이 존재함을 알리고 자신들끼리 교류를 갖는바 ― 만사에서 이러한 궁극적 이타주의는, 반대로 어떻게 행동하든 간에, 한결같은 연습과 가치 있는 충족을 요구한다.

재차 인간의 사명의 경우에서, 에덴의 문간에서 쫓겨난 인간의 임무는, 근로와 수고이기에, 세상과 인간 자신에게 이점을 갖고, 복종하도록 직접적 영향을 주지 않는다. "거짓 정글은", 카라일이 말하기를, 사라졌으므로, 대신 아름다운 텃밭과 당당한 도시들이, 그리고 그와 함께 인간이 솟는다.

[반 페이지 탈장]

어떤 이에게는 그들의 정열보다 그들의 이성의 복종이 한층 어렵다. 왜냐하면, 그들은 헛된 이론을 가지고, 초인간적인 신념의 논리에 맞서 인간의 지식과 이성과 싸우게 하기 때문이다. 과연 올바른 정신을 가진 사람의 마음에는 부정(不貞)의 걱정거리는 공포심을 주지 못하며, 경멸감 이외에는 아무런 감정을 자극하지 못한다. 인간은 정열과 이성을 가졌기에, 파격의 교훈은 자유사고의 교훈과 정반대의 개념이다. 인간의 이성은, 만일 그것이 영감을 받은 작가에 의해 주어진 전체 세 가지 속성을 채워주지 않는 한, 만일 그것(문체)이 "정결하고, 평화롭고, 하늘부터의" 것이 아닌 한, 지혜와는 무관하다. 이성의 지혜의 좌(坐)에서 온 것이 아닌 한 그러나 다른 것에서 그것의 근원을 취했다면 그 이성은 어떻게 번성하겠는가? 지혜의 형용어구인 "푸디카, 패시피카 에트 대술숨"에 눈이 어둡다면, 세속적인 지식이 장애물과 자신이 넘어지는 원인을 피하길 바랄 수 있겠는가?

복종의 본질은 더 높은 것을 정복하는 데 있다. 더 숭고하고 더 나은 것이 무엇이든지 간에, 정해진 시간에 정해진 승리를 하는 안락보다 더 확실한 토대 위에 자라는 것이 어디 있겠는가? 권리가 힘으로 잘못 사용될 때, 보다 적절히 말하건대, 정의가 단순한 힘으로 되어버릴 때, 정복은 지속적인 것이 아니라 일시적인 것이 되어버린다. 그것이 불법적인 것이라면, 과거에도 여러 번 일어난 일이나, 세월이 흐르면 반드시 불화를 일으킨다. 어떤 것들은 정복이 억압할 수 없는 것이 있는가 하면, 정복되지 않는 이것들은 숭고함의 근원이며, 앞으로도 그러할 것인 즉, 이런 것들이 착한 사람들과 성인들에 의해 보존된다면, 승리 뒤의 약속과 적극적인 기대의 위로를 성인들을 믿고 따르는 사람을 위해 보존될 것이다. 정복은 "제국의 본질"과 거의 같으며, 그것이 정복하기를 멈출 때, 더는 존재하지 않는다. 그것은, 크게 인간의 위치를 책임지는, 인간 본질의 타고난 부분이다. 정치적으로 그것은 두드러진 요소이며, 국민이 형성되는 잠재력이다. 인간 집단 사이에서 그 것은 커다란 영향력이며, 세상에서 변함없고 영원한 법의 일부를 형성한다. 또한, 자유와 함께 공존하는 정복, 그리고 심지어, 그것의 시계(視界) 내에서, 만사를 통 제하는 한결같은 현시(顯示)가 있을 수 있기 때문에, 이는 만사를, 고정된 한계와 법률을 가지고 동등한 규칙 속에서 지배하며, 배회를 허락한다.

[반 페이지 탈장]

붉은 정복을 위한 설득의 힘은 새로운 정복 속에서, 영원히, 모든 선한 자들의 친절하고 예견된 지속적 규칙을 초래해 왔다.

제임스 조이스 씀
1898년 9월 27일

노트 ─ 연필로 쓴 삽입물은 정서 과정에서 주로 생략되었다.

3

언어의 연구

여기 "언어의 연구" 역시 조이스가 대학 입학 허가를 받기 위하여 거쳐야 하는 과정을 밟던 1898-9년에 유니버시티 칼리지에서 공부하던 중에 쓴 글이다. 그의 글의 문체는 더욱 강력하고 덜 아름답다. 메미의 "프레스코" 벽화에 대한 언급은 "힘"에 관한 에세이에서 어떤 글보다 더 장식적이며, 메슈 아놀드에 대한 논평은 더 완고하다. 비록 "언어의 연구"는 조이스가 평생의 강한 애착을 가진 분야일지라도, 이 글에서 언어의 연구에 대한 논의가 그의 문학적 힘을 다 보여주지는 못한다.

＊＊＊＊

성 마리아 노벨라 성당에는 "7개의 지구 과학"이라 불리는 7개의 그림이 있다. 오른쪽에서 왼쪽으로 쭉 훑어보면 제일 처음 것은 '문장 술'이란 그림이고, 일곱 번째는 '산술'이란 그림이다. 제일 처음 것은 더 직접적으로 문학의 기술적 부문을 언급하기 때문에 흔히 문법이라 불린다. 이제 이러한 배열에서 예술가(메미)의 생각은 과학에서 과학으로, 문법에서 수사로, 수사에서 음악으로, 기타에서 산수로의 점차적인 진행을 보여주려는 것이었다. 그는 자신의 주제 선택에서 두 가지 가정을 내린다. 첫째로, 그는 가정하기를, 주가 되는 과학은 문법으로, 다시 말해 그것은 인간에게 가장 최초요, 본래의 것으로, 또한, 산술은 최후의 것이요, 정확히 다른 여섯 개 중의 극치로써가 아닌, 오히려 인간의 삶에서 가장 최후의, 번호 매겨진 표현이라는 것이다. 두 번째로, 또는 아마 첫 번째로, 그는 가정하기를, 문법, 또는 문장 술은 과학이라는 점이다. 그의 첫 번째 가정은, 더는 별것이 아닐지라도, 문법과 산수를 인간 지식에서 첫째와 마지막 것들로서 함께 분류한다. 그의 두 번째 가정은, 이미 말한 대로, 문법을 과학이 되게 한다. 이러한 두 개의 가정들은 많은 저명한 수학자들의 의견과 반대되는 것으로, 그들은 문학이 과학임을 부정하며, 문학을 산수와 완전히 다른 것으로 간주하려는 것 같고, 그렇게 영향을 미친다. 문학은 근본에서 일종의 과학이요, 문법이나 문자에서 그렇다. 이러한 행동은 수학자들의 입장에서는 가장 무의미하다.

우리는 수학자들이 문학은 인간을 위해 본질적임을 인정하기를 희망하거니와 인간은 그의 동료와 일상적인 방식으로 그와 의사소통을 바라기 때문에 말하는 방법을 알아야 한다는 것이다. 우리로서는, 지적인 인물을 배출하기 위해, 그의 가장 중요한 연구는 수학의 연구임을 우리는 인정한다. 수학의 연구는 인간 정신의 정밀성과 정확성을 대부분 개발하며, 세심하고 질서 있는 방법에 대한 열성을 그에게 부여하며, 먼저, 지적 전문인이 되기 위해 준비를 마련한다. 우리 복수적(複數的) 수필가는, 과학에 대한 결코, 열렬한 지지자가 아니므로 그에 대한 뿌리 깊은 반감에서보다는 오히려 중노동에 대한 싫음 때문에 이를 말하는 것이다. 이 점에서 우리는 당대의 저명인사들의 지지를 받고 있으나, 매슈 아놀드가 다른 문제들에 대해서도 그랬듯이, 이 문제에 대해서 별반 자기 자신의 의견을 갖지 못한다. 이제 더 많은 순수 학문을 지지하는 옹호자들이 수학 교육에 대한 지상의 중요성을 충분히 인정하는 반면에, 스스로 그들에게 동화함으로써, 그러한 과정 중 확고함의 일부, 그리고 그것의 비타협적 정리(定理)의 한 분담, 한층 확고한 과정을 수행하는 그토록 많은 추종자가 언어의 연구를 그들 학문의 하위로, 그리고 무작위의, 우연한 종류의 연구로 간주하도록 영향을 끼친다. 언어학자들은 이러한 취급에 항의하기에, 확실히 그들의 옹호는 고려해 볼 가치가 있다.

지식인들의 입장에서 수학 연구의 가치를 높이 평가하는 것은 실지로 수학은 규칙적인 절차와 더불어 진행하기에, 그것은, 문학에 상반되는, 사실의 지식인, 과학이기 때문이요, 문학은 언어보다 고상한 측면에 있고, 상상적이며, 개념적이다. 이것은 수학과 문학 간에 엄격한 구분을 짓는다. 그러나 수학과 숫자의 과학이, 문학의 매력에서처럼, 수학의 순서와 균형에서, 편재하거나, 거의 소리 없이 표현되는 저 미의 특성이 있듯이, 문학은 수학의 정교함과 규칙성을 대신 가진다. 더욱이 우리가, 어떻든, 전술한 전제를 문제시하지 않고는 통과시키지 않기 때문에, 그러나 언어와 문학 연구를 위해 강력히 변호하기 전에, 우리는 자신이 마음을 위한 가장 중요한 연구는 수학임을 인정하도록 이해하기를 바란다. 그리고 우리가 문학을 변호함은 그런 점에서 문학보다 수학을 더 중요시하려는 것은 절대 아닐 것이다.

언어의 연구가 그것이 가상적이요, 사실을 다루지 않으며, 정확한 방식으로 생각을 다루지 않기 때문에 경시되어야 한다는 진술은 불합리한 것이다. 첫째로, 어떤 언어를 연구하든 처음에 시작하여 서서히 조심스럽게 확실한 근거를 찾아 연구가 진척되기 때문이다. 언어의 문법, 그의 철자법, 어원은 알려진 대로 인정되고 있다. 그들은 수학적 계산표와 같은 방식으로 확실하고 정확하게 행해지는 연구들이다. 몇몇 사람들은 이것을 인정하지만 거기까지의 언어는 계속 인정한다고 말하면서도, 통사론, 언어의 문체와 언어의 역사 같은 고차원적 부분은 환상적이요 상상적이라고 말할 것이다. 이제 언어의 연구는 수학적 기초에 근거를 두고, 그 기반을 확실히 하고 있으며, 그리하여 결국, 문체와 구문에서 언제나 한갓 조심성, 즉, 처음에 정확성의 도입으로 생긴 조심성이 언제나 존재한다. 그런고로 문체와 구문은 너저분하고, 미적인 생각들을 단순히 꾸며서 서술한 것이 아닌, 분명한 규칙에 따라 통제되는, 때로는 사실을, 때로는 생각들을, 정확한 규칙에 따라 지시되어야 한다. 그리고 생각들에 대한 그들의 표현이 딱딱함으로 고양될 때,

'평범하고 사육되지 못한' 진술로 충분하거니와 감상적 어구들, 과장된 낱말들, 또는 홍수 같은 욕설로써, 수사나 변형 및 비유로써, 미적인 것의 영향을 과첨(過添)에 의해 이루어짐으로써, 그러나 가장 큰 감정의 순간일지라도, 고유의 균형을 보존한다.

둘째로, 우리는 수학자들의 보증되지 않은 '이유'를 결코, 인정하지 않더라도 (그렇게 하는 것은 거리가 먼지라.), 비록 그렇게 깊이 지적이 아닐지라도, 시와 상상을 멸시하거나 그들의 명칭을 전적으로 내던져야 함을 인정해서는 안 된다. 우리의 도서관에 단지 과학의 서적들만 있어야 하는가? 베이컨과 뉴턴이 우리의 서가를 독점해야 하는가? 그리고 셰익스피어와 밀턴의 자리는 없단 말인가? 신학은 일종의 과학이다. 하지만 가톨릭교도나 영국 성당 신도가, 아무리 신앙으로 심오하고 박식하다 해도, 그들의 연구에서 시를 금기시할 것인가 그리고 가톨릭교도가 여전히 그의 살아있는, 한결같은 성당의 요소를 추방하고 영국 성당 신도가 '기독교의 해'를 금지해야 할 것인가? 더 높은 수준의 언어들, 문체, 구문, 시, 웅변술, 수사는 어떤 방식으로든, 재삼 진리의 챔피언이요 정형들이다. 그런고로 산타마리아 성당의 그림 인물에서 진리가 거울에 반사된 채 보인다. 아리스토텔레스나 그의 학파가, 나쁜 동기에서 진정한 수사가 나올 수 있다는 생각은 완전히 잘못된 것이다. 마지막으로, 과학이 세계의 문명을 더욱 발전시킨다고 주장한다면, 거기에는 어느 정도의 제한이 부과되어야 한다. 과학은 문명을 향상할 수도 있으나 파멸시킬 수도 있다. 벤주리아 박사를 살펴보자! 위대한 생체 해부학으로 그가 더 향상되었는가? '심장과 과학이라니!' 그렇다, 냉정한 과학에는 아주 커다란 위험이 내재해 있고, 그것은 실제로 비인간적인 인성으로 인도한다. 상처 입은 동물들이 놀라서 벤주리아 박사의 다리 사이로 도망쳐 어둠 속으로 달아날 때, 구겨진 얼굴로 비탄에 잠겨 실험실 앞에서 냉정히 서 있는 모습이 우리의 모습이 되지 않도록 하자. 과학이 한편으로 인간과 만물에 영원히 커다란 물질적 변화를 줄 영향을 끼치리라 생각지 말라. 만일 과학이 가진 자체의 이로움에 대한 사람들의 관심을 물어 인간에게 이로움이 된다면, 그것은 과학 자체의 이로움이 될지도 모른다. 또한, 모든 점에서 과학은 최초의, 인간의 가장 본연의 모습, 다시 말하면, 살아있는 존재로서, 극(劇)의 세계 속에 가장 흥미 없는 역할을 맡은 무한히 작은 배우로 간주한다. 또한, 다른 한편으로, 과학이 신적인 대상들에 관심을 돌릴 때, 확고하고 이성적인 추론을 끌어내기 위한 유용한 책략으로써 발전한다면, 어쨌든 인간 내면에서 믿음과 숭배의 마음이 솟구치게 하라.

이리하여 불쾌한 수학자들을 제외하고, 여러 언어에 대한 연구를, 주로 우리 자신의 언어 연구에 관해 뭔가 중요한 것을 이야기해 보려는 것이다. 첫째로, 낱말들의 역사 속에는 인간의 역사를 나타내는 많은 것이 있다. 그리고 오늘날의 말을 예전과 비교할 때, 우리는 한 종족의 언어에 미친 외적인 영향의 효과를 유용하게 설명할 수 있다. 때로는 '악한'이란 말이, 지금은 살아진 관습 때문에, 그 의미가 아주 변화된 경우도 있고, 때로는 정복의 힘 출현이, 외롭고, 귀중한 어구들은 제외하고, 슬픔이나 기쁨을 동시에 나타내는, 사용되지 못하게 된 어법이나 어원이 되는 말의 완전한 폐지로 인해 입증될 수도 있다. 둘째로, 이러한 언어 지식은 우리의 언어를 더 순수하고 명확하게 하여 언어의 문체와 작문에 향상을 기할 수 있다. 셋째로, 우리의 언어로 쓰인 문학에서 만나는 명칭들은, 값진 것들로써, 우리에게 가볍게 취급됨이 없이, 우리의 존경을 사전에 부여받게 된다. 그들은 언어의 변혁에서 이정표들이며, 언어를 손상함이 없이, 그 과정이 발전적인 방식인 양 진행되고, 그것이 진행되어 감에 따라 언어의 폭을 넓게 하고 향상한다. 비록 많은 연구에서 별로 알려지지 않은 분야가 완전히 그 길을 벗어나 평탄하게 지속되고 있는 것처럼 보일지라도, 여전히 고도의 수준에서 그 연구는 계속 진행된다. 이리하여 이러한 명칭들은, 영어의 대가들의 그것들처럼, 모방과 참고를 위한 기준이 되고, 그들의 언어의 사용이 그들의 연구에 또한, 근거를 두고 있기 때문에, 우리는 값지고, 그러한 이유로 크고 심각한 주의를 마땅히 기울일 만하다. 넷째로, 그런데 이것은 모든 것 가운데 가장 위대한 것이거니와 이들 대가에 의하여 사용되는, 언어의 조심스러운 연구는 권력과 권위의 철저한 지식을 얻기 위한 유일한 방법이 되며, 이는 위대한 작가들의 감정을 더 잘 이해하게 하고, 그들의 심정과 정신에 들어가, 결국, 그들의 적절한 사상의 비밀을 알게 한다. 그들의 언어에 대한 연구는 마찬가지로 유용한 것인즉, 그것은 우리의 독서와 사상의 축적을 더할 뿐만 아니라, 우리의 어휘 그리고 그들의 언어에 대한 예리함이나 힘을 더해 주는 미세(微細)함을 첨가한다. 사람들이 흥분할 때, 그들의 모든 언어 감각이 없어져, 앞뒤가 맞지 않은 말들을 마구 지껄이고 반복하며, 그들의 말들이 더 많은 소리와 의미를 가질지 모를 일이, 얼마나 빈번히 일어나는가. 보라, 많은 사람이 올바른 영어로 가장 일상적인 생각들을 표현하는데 얼마나 큰 어려움을 느끼는지를. 만일 우리 사이에 존재하는 이러한 잘못들을 수정하려면, 우리의 언어 연구를 스스로 우리는 추천 받아야 한다. 얼마나 더욱 그러하랴, 언어 연구가 이러한 단점들을 보완하지 않고, 좋은 어법을 단지 접속함으로써 우리의 말씨 안에 이러한 멋진 변화를 일으키거나 우리를 미(美)로 소개할, 그때 말이다. 그리하여 그것은 여기 더는 상술할 수 없고, 예전 우리의 무지와 나태가 우리로 하여금 접근을 거부했던, 한때의 언급을 단지 얻을 뿐이다.

우리가 너무 우리 자신의 언어에 대해서 계속 오래 집착하는 듯 보이지 않도록, 고전의 경우를 생각해 보도록 하자. 라틴어에서 — 작가는 희랍어에 대한 무식을 인식하기 때문에 — 세심하고 잘 지시된 연구는 대단히 유익함이 틀림없으리라. 왜냐하면, 라틴어의 연구는 영어의 강한 요소를 지닌, 한 언어와 우리를 친근하게 하고, 그리하여 그렇게 되면 많은 단어의 파생어들을 우리에게 알게 할 것이요, 그런고로 우리를 위해 한층 참된 의미가 있게 한다. 재삼 강조하거니와 라틴어는 학자들과 철학자들의 인정된 언어이며, 지식인들의 무기이다. 그들의 책과 사상은 번역의 매개물을 통해, 단지 열려있다. 더욱이, 놀랍게도 라틴어는 모든 사람의 입으로 셰익스피어와 같다지만, 적어도, 그 사실을 인정하려 하지 않는 듯하다. 심지어 라틴어 학자가 아닌 다른 사람에 의해서도 인용을 한결같이 도입하고, 우리는 일상적인 편의를 위해 그의 연구를 재촉해야 한다. 그럴 때 또한, 그것은 성당 의식(儀式)의 통일된 언어이기도 하다. 더욱이 그것은 라틴어를 연구하는 사람들을 위해 지적으로 커다란 도움을 준다, 왜냐하면, 그것은 우리가 사용하는 많은 비유적 표현보다 한층 강한 의미를 주는 간략한 표현을 갖고 있기 때문이다. 예를 들어, 하나의 라틴어의 어구나 단어는 의미가 매우 복잡하고 매우 많은 단어의 성질과 관련이 있으며, 그런데도 라틴어 자체의 미묘한 차이를 가지기 때문에, 영어의 어떤 단 하나의 말도 적절히 표현할 수 없을 것이다. 그러기에 베르길리우스의 라틴어는 매우 관용적인 지라 번역될 수 없다고 말해진다. 분명히 알맞은 영어로 이러한 언어를 세심하게 번역하는 일은, 우리가 그밖에 다른 것을 고안하지 않는 한, 판단과 표현에서 좋은 훈련이 될 것임이 틀림없다. 그러나 라틴어는 게다가 학생들의 퇴락한 형식의 것인지라, 더욱 훌륭한 형식에서 루크레티어스, 베르길리우스, 호라티우스, 키케로, 프리니 및 테시투스의 언어이고, 이들 모두는 위대한 이름들이며, ─이는 본질적으로 그들의 독서를 지속하게 하기에 충분한 사실이거니와 수천 년 동안 그들의 높은 자리에서부터 물러나지 않고 지켜왔다. 더욱이 그들은, 세계에서 가장 크고 가장 광대한 공화국의 작가로서 흥미로운지라, 5백 년 동안 당시에 거의 모든 위인의 본거지요, 지브롤터에서 아라비아까지, 그리고 이방인을 증오하는 브리튼까지, 사방에 힘의 명성과 그의 군대의 선두에 정복을 사방에 지닌 공화국에 이르기까지 그것의 이름을 들리게 하였다. *[원고는 여기서 끝난다.]*

4

아일랜드 왕립 아카데미 "이 사람을 보라"

1899

조이스는 1899년 6월에 그의 대학 입시를 완료하고, 다음 해 9월에 UCD에 정규 학생으로 등록했다. "이 사람을 보라"에 관한 논문은 "힘"에 관한 논문 다음 해 9월에 쓰였다. 그것의 어조는 선행하는 논문들과는 판이하다. 조이스는 강요하거나 설득하기를 원치 않고, 오히려 자기 자신의 견해를 서술하려 했다. 이를 그는 한층 분명하고 확신을 가지고 행한다.

그의 회화나 조각에 대한 언급이 순수하게 들리는 반면, 그의 드라마에 대한 개념은 그렇지 않다. 그것은 그를 자유롭게 하고, 순수하게 심미적 관점에서 종교적 회화의 주제에 접근할 수 있도록 한다. 이러한 분열은 그의 문학적 목적에 알맞은 토마스 아퀴나스적 관념들이 지닌 나중의 불경스런 반전을 예고한다. 멍카시는 그가 그리스도를 한 인간으로 다루었기에 극작가로서 성공했다. 조이스는 그리스도가 단지 그러한지는 말하지 않으나, 그는 망카시가 자신의 소재를 다루는 최고의 방법을 선택했음을 분명히 한다.

****

유럽의 중요 도시들에서 전시된 망카시의 그림은 지금 아일랜드 왕립 아카데미에서 볼 수 있다. 다른 두 편의 그림들인 "빌라도 앞의 그리스도"와 "갈보리 언덕의 그리스도"와 함께, 그것은 "정열"의 후반부인 완전한 3부작을 거의 형성한다. 논의 중의 그림에서 가장 두드러진 것은 생동감과 현실적 환영이다. 우리는 회화의 남녀들이 같은 혈육으로, 마법사의 손에 의해 침묵의 몽환으로 들어간 것인 양, 상상할 수 있다. 따라서 그림은, 결점 없는 형태나, 혹은 심리학의 캔버스 재생이 아니라, 근본적으로 극적이다. 드라마에 의해 나는 정열의 상호작용을 이해한다. 드라마는, 어떠한 형태로 펼쳐질지라도, 투쟁이요 진화이며 운동이다. 드라마는 독립적 존재로서, 그것의 장면에 의해 통제되는 것이 아니라, 조건 지어진다. 목가적 초상이나 건초 더미를 지닌 환경이 전원적 드라마를 구성하지 않다니, 로도몬테이드(rhodomontade)나 비극에 의해 세워진 "투토야(tutoyer)"의 단조로운 속임수도 마찬가지다. 만일 하나 속에 단지 정지가 있거나 혹은 둘 속에 야비함이 있다면, 전반적 경우에, 그것은 그때 첫째든 둘째든 한순간 진정한 소리의 드라마 곡이 아니다. 정열의 음조가 아무리 억제되며, 행동이 질서화 되고 말씨가 범속한 것일지라도, 만일 연극 또는 음악 작품, 또는 회화가 인류의 영원한 희망, 욕망과 증오로 스스로 연관되거나, 우리의 넓게 연관된 본성의, 비록 그러한 본성의 한 국면이라 할지라도, 상징적 제시를 다룬다면, 그럼 그것은 드라마임이 틀림없다. 매타린크의 등장인물들은 저 추정 가한 횃불의 탐조등인, 상식에 비추어 볼 때, 설명 불가의, 떠도는 운명에 얽매인 창조물인지라 ─ 사실상, 우리가 그들을 불가해한다고 일컫는다. 그러나 아무리 난쟁이 같고 꼭두각시 같다 할지라도, 그들의 정열은 인간적이요, 고로 그들에 대한 설명은 드라마이다. 이것은 무대 주제에 적용해 볼 때 깨나 분명하기에, 드라마란 단어가 멍카시에 적용된 채, 같은 방식으로 쓰이면, 그것은 아마도 설명의 부가적 말이 필요할 것이다.

조각술에서 드라마를 향한 첫 번째 단계는 발(足)의 분리이다. 그것이 있기 전에는 조각은 단지 발생기의 충격만으로 작동하고, 기계적 순서에 의해 수행되는, 신체의 한 복사였다. 생명의 주입, 혹은 그것의 유사함은 즉시 영혼이 예술가의 작품 속으로 나아가고, 그의 형태를 생동하게 하며 그의 주제를 밝힌다. 그것은 조각가가 인간의 동상이나 석상 생산을 목표로 하고, 그의 충격이 그를 순간적인 정열의 묘사로 인도해야 한다는 사실이 자연적으로 뒤따른다. 따라서 그가 비록 화가의 이점을 가질지라도, 아무튼 눈을 속이려 하거나, 일견하여, 극작가가 되는 그의 능력은 화가의 그것보다 덜 넓다. 그가 형태를 마련하는 힘은 화가의 배경과 그늘의 숙달된 배치로 동등해 질 수 있으며, 이러한 양상에서 자연주의는 지역적 캔버스 위에 생산되는 반면, 색채는, 또 다른 생명을 첨가하기에, 그의 주제를 훨씬 더 완전하고 한층 분명한 전체 속에 표현하도록 돕는다. 더욱이, 그리고 이는 현재의 경우에 두드러지게 적용되는데, 주제가 한층 고답적이요 한층 확장됨에 따라, 그것은 그림의 배열에서 무색의, 완전하게 균형 잡힌 상들의 군집에서보다 하나의 커다란 그림 속에 한층 타당한 취급을 분명히 얻을 수 있다. 약 70명의 인물이 한 화면 속에 그려진 "이 사람을 보라"의 예에서 그 차이를 지닌다. 드라마를 무대에 한정함은 잘못이다. 드라마는 노래되고 역(役)하고 하듯 마찬가지로 그려지나니, "이 사람을 보라"는 일종의 드라마이다. 덧붙여, 극장에서 자신의 주목하에 직접 극장의 주목하에 있는 작품들의 다수보다 극적 비평가의 비평이 한층 값지다. 한 예술 작품을 기술적 관점에서 말함은, 내 생각에, 다소 과잉인 듯하다. 물론, 주름 장식과 위로 치켜든 손과 밖으로 뻗친 손가락들은 기법과 기술 비평을 초월하여 드러낸다. 좁은 마당은 한 거장의 충실로써 온통 그려진 운집한 인물들의 장면이다. 한 가지 흠은 통치자의 왼손의 어색하고, 긴장된 위치이다. 그것은 외투가 그것을 숨기는 태도로부터 불구자요 절름발이라는 인상을 준다. 배경은 낭하로써 관객을 향해 열려 있고, 베란다를 지지하는 기둥들이 있으니, 그 위로 동쪽에 관목이 사파이어색의 하늘을 등져 보인다. 오른쪽에 그리고 맨 구석에, 그림을 쳐다볼 때, 예를 들어 모두 20개의 계단으로 된 두 단의 층계 참이 플랫폼으로 나 있기 때문에, 이는 기둥의 행렬까지 거의 직각이다. 빤작이는 햇볕이 곧장 층계참을 내리쪼이고, 정원의 나머지는 부분적으로 그늘져 있다. 벽들은 장식되고, 베란다의 뒤쪽에는 로마 군인들로 가득 찬 좁은 출구가 있다. 군중의 첫 절반, 즉, 층계 참 다음에 있는 사람들은 층계참 및 그들과 평행을 이루는 전경에 흔들거리는 사슬 사이에 가두어져 있다. 그림 속의 유일한 동물인 한 마리 늙은 들개가 그 옆에 웅크리고 있다. 군인들 정면의 플랫폼 위에는 두 인물이 서 있다. 한 사람은 앞쪽으로 손이 묶인 채, 군중을 바라보고 서 있고, 그의 손가락으로 난간을 접촉하고 있다. 붉은 망토가 등을 온통 그리고 앞 어깨와 양팔을 약간 가릴 정도로 양 어깨에 놓여 있다. 이 인물의 모든 전면은 이리하여 허리까지 노출되어 있다. 불규칙한, 노란 가시들이 나 있는 왕관은 관자놀이와 머리 위에 놓여 있고, 잎이 가볍고, 긴 갈대 하나가 꽉 쥔 양손 사이에 간신히 지탱되고 있다. 이것이 그리스도이다. 다른 인물은 얼마간 한층 가까이 있고, 난간 너머로 그들을 향해 조금 기대고 있다. 이 인물은 그리스도를 가리키고 있는데, 오른팔은 감정을 나타내는 가장 자연스러운 자세로, 왼팔은 내가 이미 목격한 대로, 별나고, 굽은 모습을 하고 있다. 그것은 빌라도(Pilate)이다. 이들 주된 두 명의 인물 바로 아래, 포장한 마당에는 던지거나 뒹구는 유대인의 어중이떠중이들이 있다. 다양한 얼굴들, 몸짓, 손 및 열린 입이 드러내는 표정은 정말 멋지다. 거기에는 한 음탕한 비열한(卑劣漢)의 마비되고, 흔들린 몸집이 있다. 그의 얼굴은 야만적 수성(獸性)이요, 경미하게 흔들며 싱긋 웃고 있다. 널따란 등과 건장한 팔 및 단단하게 움켜진 주먹이 있고, 근육질의 "프로테스탄트"의 얼굴이 숨겨져 있다. 그의 발치에, 층계가 꺾이는 각도에, 한 여인이 무릎을 꿇고 있다. 그녀의 얼굴은 건강치 못한 창백함을 띠고 있지만 감정으로 떨고 있다. 그녀의 아름답게도, 동구란 양팔은 군중의 수성에 대하여 몸부림치는 연민의 태도로써 드러나 있다. 그녀의 풍부한 머리카락의 몇몇 가락이 바람에 날려 덩굴손처럼 그들에 붙어 있다. 그녀의 표정은 경근하고, 두 눈은 자신의 눈물을 통해서 긴장되고 있다. 그녀는 회개의 상징이요, 엄하고 친숙한 유형들에 대비하여 비탄을 품은 새로운 모습이다. 그녀는 울며, 비통하지만, 위안을 받고, 슬픔에 도취된 인물들에 속한다. 아마도, 그녀의 웅크린 형태로 보아 그녀는 막달라이다. 그녀 가까이 거리의 한 마리 개가 있고, 놈의 가까이에는 거리의 한 부랑아가 있다. 그의 등은 돌려져 있지만, 양팔은 젊음의 환희 속에 높이 그리고 벌려져 있고, 손가락은 뻣뻣하게 갈라져 바깥쪽으로 가리키고 있다.

군중의 심장부에는 옷을 잘 차려입은 한 유대인에 의해 떠밀림에 분노하는, 한 사나이의 모습이 있다. 눈은 분노로 사팔뜨기가 되어 있고, 입술에는 저주의 거품이 솟아있다. 그의 분노의 대상은, 용모가 무시무시하고, 현대 이스라엘의 노동 착취자들 가운데 흔한, 부유한 사내다. 내 뜻인즉, 그의 얼굴선이 부푼 이마 위로 코언저리까지 흘러내리고, 이어 비슷한 곡선으로 턱까지 물러나기 때문에, 턱은, 이 순간, 가늘고, 뾰족한 턱수염으로 덮여 있다. 윗입술은 위치를 벗어나, 두 길고도 하얀 이빨을 드러내며 솟아있는 데다, 한편 아랫입술을 온통 덮고 있다. 이것은 피조물이 띤 악의의 혼란이다. 팔 하나는 조소하듯 앞으로 뻗어 있고, 멋지고, 눈 같이 하얀 비단이 팔뚝 위로 늘어져 있다. 거대한 얼굴 바로 뒤에는 생김새가 제멋대로 그려진 채, 양턱이 거친 아우성으로 산산조각이 나 있다. 그러고 나자 의기양양한 광신자의 절반 얼굴의 옆모습과 인물이 있다. 길고 폭넓은 윗옷은 맨발까지 떨어져 있고, 머리는 직입(直入)이며, 양팔은 수직이요, 정복에서처럼 들어 올려졌다. 맨 끝에는 한 어리석은 거지의 불결한 얼굴이 있다. 사방에 새로운 얼굴이 있다. 어두운 두건 속에, 원통 같은 머리장식 아래, 여기 증오가 도사리고 있기에, 입을 최대한 뻗어져 쩍 벌리고, 머리는 목덜미 위로 뒤로 젖혀져 있다. 여기에 한 여인이 공포에 질려, 급히 떠나가고, 잘생긴 외모지만 분명히 프롤레타리아인의 한 여인이 있다. 그녀는 풍부한 얼굴 모습과 몸매에, 예쁘고, 나른한 눈을 가졌지만, 덜 반항적 수성일지라도, 완벽하고, 비뚤어진 수성으로 망가져 있다. 그녀의 아이는 그녀의 무릎 주변을 기어오르고, 그녀의 갓난아이는 어깨 위에 목마를 타고 있다. 심지어 이들은 스며든 혐오로부터 자유스럽지 않은지라, 그들의 구술 같은 작은 눈에는 그들 종족의 거절과 비참한 무지의 불이 번쩍인다. 그들은 요한과 마리아의 모습이다. 마리아는 기절하고 있다. 그녀의 얼굴은, 태양 없는 새벽처럼, 회색을 띠고 있고, 그녀의 이목구비는 엄격한 듯하지만 일그러지지 않았다. 그녀의 머리카락은 칠흑색이요, 그녀의 두건은 백색이다. 그녀는 거의 죽었지만, 번뇌의 힘이 그녀를 살아있게 한다. 요한의 양팔은 그녀를 감싸고 그녀를 지탱하고 있으며, 그의 얼굴은 그림에서 절반 여성적이지만, 의도적이다. 그의 녹색 머리카락은 그의 양 어깨 위로 떨어져 있고, 그의 용모는 고독과 연민을 나타낸다. 층계에는 한 율법학자가, 놀라움으로 사로잡힌 채, 비범한 중심적 인물에 의해 믿지 못할 정도로 매료되어 있다. 주위에는 군인들이 둘러싸고 있다. 그들의 용모는 거만하고 경멸적이다. 그들은 그리스도를 한 가지 전시물로, 율법학자를 한 무리의 길들지 않은 동물로 바라본다. 빌라도는 자신이 그들을 추방할 정도로 로마적이 아니라는 증거에 의해, 그의 위치가 자신에게 부여했을 위엄을 획득한다. 그의 얼굴은 동그랗고, 그의 두개골은 단단하며, 머리카락은 짧게 깎여 있다. 그는 자신의 다음 행동이 불확실한 듯 계속 움직이며, 그의 눈은 정신적 열기로 크게 열려있다. 그는 희고 붉은 로마의 토가 복을 입고 있다.

이 모든 것으로부터 전체는 놀라운 그림을 형성하고, 말없이 극적이요, 실지로, 생명 그리고 갈등을 깨트리는 마법사 지팡이의 감촉을 기다리고 있음이 분명하다. 이토록 너무나 많은 찬사는 보답을 받을 수 없는지라, 그 이유는 그것은 인간의 성(남성과 여성)에서, 모든 단계적 변화에서, 양육되고 악마적 사육제로 이끌리는 인류의 모든 비루한 열정의 놀라 정도의 참된 제시이기 때문이다. 지금까지 찬사가 주어져야 하지만, 예술가의 양상은 인간적, 강하게도, 강력한 인간적이라는 것이, 이 모든 것을 통해 분명하다. 이러한 군중을 그리기 위해 우리는 용의주도한 칼을 가지지 않고 인간성을 증명해야 한다. 빌라도는 자기 탐색적이요, 마리아는 모성적이며, 우는 여인은 회개적(悔改的)이요, 요한은 커다란 슬픔으로 마음이 쪼개진, 강한 남자, 군인들은 정복의 완고하고 생각 없는 인상을 지닌다. 그들의 자만심은 비타협적이요, 왜냐하면, 그들은 극복자가 아니란 말인가? 마리아를 마돈나로, 요한을 복음자로 만들기는 쉬울지 모르나 이 예술가는 마리아의 어머니로, 요한을 한 남자로 만드는 것을 택했다. 나는 이러한 다룸이 더 근사하고 더 정교한 것이라 믿는다. 빌라도가 유대인에게 "보라 이 사람을"이라고 말했던 것과 같은 순간에, 마리아를 우리의 성당의 독실하고 황홀한 마돈나의 여 조상으로서 나타냄은 경건하지만 명백한 잘못이리라. 성화(聖畵)에서 이런 식으로 두 인물을 묘사함은 그것 자체에서 천재의 최고 증표이다. 만일 그 그림에서 초인간적 어떤 것, 인간의 마음을 초월한 어떤 것이 있다면, 그것은 그리스도 안에 나타날 것이다. 그러니 아무리 그대가 그리스도를 바라보아도, 그의 모습에는 그와 같은 흔적이 나타나지 않으리라. 거기에는 그의 용모에 성스러운 것은 아무것도, 초인간적인 것은 아무것도 없다. 이는 예술가의 역할에서 부족함이었으며, 그의 기술은 뭔가를 성취했을 것이다. 그것은 그의 자발적 위치이다. 반 루이스는 몇 년 전에 사원의 그리스도와 상인들의 그림을 그렸다. 그의 의도는 고양된 견책과 성스러운 징벌을 생산하는 것이었으나, 그의 손은 그를 실망하게 했고, 결과는 최초의 것과는 전혀 맞지 않는 연약한 태형(笞刑)이요, 자비와 평온의 혼합물이었다. 망카시는 반대로 그의 붓의 힘에 결코, 좌우됨이 없었고, 그의 사건의 관점은 인간적이다. 결국, 그의 작품은 드라마이다. 만일 그가 그리스도를 하느님 화신의 아들, 오욕과 증오를 통해, 자기 자신의 감탄스런 의지의 피조물을 속죄하는 것으로 선택했다면, 그것은 드라마가 아닐 것이요, 그것은 성스러운 법이 되었을지니, 그 이유는 드라마는 인간을 다루기 때문이다. 그것은 예술가의 개념에서 나오기 때문에, 강력한 드라마요, 위대한 스승에 대한 인간성의 세 번 말해지는 반항의 드라마이다.

그리스도의 얼굴은 인내, 정열, 나는 적당한 의미에서 그 말을 사용하거니와 용감무쌍한 의지를 나타내는 최고의 연구이다. 군중의 어떠한 생각도 그의 마음에 방해를 놓지 않음이 분명하다. 인종적인 그의 용모를 제외하고, 그들과 공통되는 것은 하나도 없어 보인다. 입은 갈색의 코밑수염으로 감추어져 있고, 턱과 귀까지 위로, 지나치게 자라 잘 다듬어지지 않았으나, 같은 색깔의 단정한 턱수염으로 덮여 있다. 이마는 낮고 눈썹 위에 약간 튀어나와 있다. 코는 약간 유대인식이지만 거의 매부리코인지라, 콧구멍은 가늘고 민감하며, 눈은, 만일 그런 것이 있다면, 창백하고 푸른 색깔을 띠고, 얼굴이 햇볕을 향해 돌려져 있기에, 그들은 눈썹 아래 반쯤 눈이 치켜 떠 있어서, 강한 고뇌를 나타내는 유일한 참된 위치에 있다. 그들은 예리하고 크지 않으며, 반쯤 영감 속에, 반쯤 고통 속에 대기를 뚫어 보는 듯하다. 전체 얼굴은 고행적(苦行的)이요, 영감을 받은 듯, 영혼의 충만과 놀랄 정도의 정열을 띤 남자이다. 이것이 '슬픔의 인간'으로서 그리스도요, 그의 의상은 포도 짜는 기계에 눌린 듯 붉다. 그것은 문자 그대로 "보라 이 사람을"이다.

그것을 하나의 드라마로써 칭찬하도록 나를 이끈 것은 이 주제에 대한 이러한 다룸이다. 그것은 장엄하고, 고상하고, 비극적이지만, 그것은 기독교의 창시자, 위대한 사회적 및 종교적 개혁자, 위엄과 권력이 혼성된, 세계 드라마의 주인공에 지나지 않은 것으로 만든다. 대중에 의하여 그 득점에 대하여 반대는 없을 것인즉, 그들이 전적으로 그 주제로 주의를 기울일 때, 그들의 전반적 태도는 화가의 그것이요, 덜 장엄하거나 덜 흥미를 주기 때문이다.

멍카시의 개념은 그들의 것보다 훨씬 위대하다. 왜냐하면, 보통의 예술가는 보통의 채소상(菜蔬商)보다 더 위대하기 때문으로, 그러나 그것은 같은 종류의 것이며, 그것은 바그너를 악용하는 것이요, 도회의 태도이다. 그리스도의 신성을 믿음은 현세의 기독교국의 특징이 아니다. 그러나 진리와 과오, 옳고 그름의 영원한 갈등은, 골고다의 드라마가 예증되듯, 그것의 인정을 초월하지 않는다.

J.A.J.

1899년 9월

연극과 인생

1900

조이스가 유니버시티 칼리지 더블린의 학생으로 있을 때, 그는 대학의 "문학과 역사학회(Literary and Historical Society)"에서 2편의 논문을 발표했다. 첫 번째는 『연극과 인생』인데, 이는 그의 가장 중요한 예술적 견해 중의 하나로써, 1900년 1월 20일에 이를 발표했다. 당시 대학 학장이었던 윌리엄 데라니 신부는 이 논문을 미리 읽은 것처럼 보였고, 그는 드라마의 윤리적 내용에 대한 논문의 무관심에 대해 이의를 제기했다. 그는 몇몇 구절이 수정되어야 한다고 제안했다. 그러나 조이스가 매우 단호하게 이를 거절하기에, 데라니 신부는 마침내 굴복하고 말았다. 학장과의 대화는 의심할 바 없이 크게 변형되어 『영웅 스티븐』에 묘사되고 있다.

조이스의 남동생 스태니슬로스가 밝힌 바와 같이, 그는 별반 강조 없이 그의 논문을 읽었고, 또는 그 자신 『영웅 스티븐』에 쓴 바와 같이, '그는 무해한 선율로 사고와 표현의 모든 대담성의 명료한 어조로' 마지막 문장을 읽었다. 몇몇 학생들은 강력하게 그의 논지에 대하여 이의를 제기했다. 그리고 의장 또한, 이를 요약하는 자리에서 반대를 표명했다. 『영웅 스티븐』에서 보듯, 스티븐은 대답하려 하지 않았다. 그러나 실제로는, 유진 쉬히 판사가 회상하다시피, '바깥 층계참에서 소송 절차가 끝났음을 알리는 종이 울렸던 약 10시쯤에 조이스는 대답하기 위해 일어났다. 아무런 노트도 없이 그는 적어도 30분 동안 말했다. 그리고 차례로 그의 비평자들의 견해를 다루었다. 그것은 명인다운 행위였고 뒷자리로부터 떠나 갈 듯한 박수갈채를 받았다.' 논쟁이 끝난 후, 한 학생이 조이스의 어깨를 치면서, '조이스, 굉장했어. 그러나 너는 아주 미쳤구나' 하고 외쳤다.

****

드라마와 인생 사이의 관계들이 드라마 자체의 역사 속에서 가장 중요한 특질이라 할지라도, 이것들이 언제나 한결같이 고려됐던 것은 아니었던 것 같다. 코카서스(Caucasus) 산맥 이쪽 편에서 초기의 가장 잘 알려진 드라마는 그리스의 드라마이다. 나는 지금 역사적인 개관의 성격을 띤 어떤 일을 시도하려 하는 것은 아니다. 그러나 그것을 간과할 수는 없다. 그리스의 드라마는 디오니소스의 제식(祭式)에서 발생했다. 디오니소스는 결실, 기쁨 그리고 가장 초창기 예술의 신으로서, 그의 삶의 이야기 속에 한 비극적 및 희극의 극장 설립에 대한 실제적인 기초 안을 제공했다. 그리스 드라마를 말하는 데 있어서, 그의 기원이 그의 형태를 지배한다는 것을 명심해야 한다. 아테네의 무대 조건은 배우 휴게실의 부품들의 요목(要目)과 작가에 대한 주의사항을 제시했다. 나중에 그것은 어리석게도 모든 나라에서, 극적 예술의 규범으로서 설정되었다. 그래서 그리스 사람들은 어리석은 그들의 후손들이 고무된 의견을 띤 위엄을 향해 곧장 나아갈 수 있는 법전을 전승(傳承)해 주었다. 이것 이외 나는 달리 아무것도 말할 수 없다. 그것은 야비한 말일지도 모른다. 그러나 그리스 드라마가 기진맥진해졌다고 말하는 것은 분명한 사실이다. 좋든 싫든 그것은 그의 직분을 다했다. 그것이 금으로 만들어졌을지라도, 영원한 기둥 위에 얹힌 것은 아니었다. 극의 부활은 극적으로가 아니라 교육적으로 중요하다. 자신의 진영에서도 그것은 무용지물이 되고 있다. 극이 성직자의 후견 속에서 그리고 의식적인 형식 속에서 오랫동안 번성했을 때, 아리아 사람들의 천재성은 그것에 흥미를 잃기 시작했다. 반동이 잇달아 일어난 것은 불가피했다. 고전 드라마가 종교에서 생겨났으므로, 그의 후속 드라마는 문학의 운동에서 일어났다. 이 반동에서 영국은 중요한 역할을 했다. 왜냐하면, 이미 죽어가고 있는 드라마에 치명타를 가한 것은 셰익스피어 학파이기 때문이다. 셰익스피어는 무엇보다도 언제나 문학적 예술가이다. 유머, 능변, 천사의 음악적 재능, 극적 본능, 그는 이러한 풍부한 재능을 가지고 있었다. 그가 그러한 굉장한 추진력으로 쓴 작품은 후세의 작품들보다 고급의 것이었다. 그것은 단지 드라마에서 거리가 멀며, 대화의 문학이었다. 여기서 나는 문학과 드라마 사이에 경계선을 그어야 하겠다.

인간 사회는 남자와 여자의 기행과 환경이 포함하고 중첩하는 불변하는 법칙의 구현이다. 문학의 영역은 이러한 우연적인 양식과 기질의 영역이요—광범위한 영역이다. 그러므로 진실된 문학가는 그런 것들에 관심을 둔다. 드라마는 우선 아주 적나라하고 신성할 정도로 엄숙하게 근본적인 법칙들과 관계를 맺고 있다. 그리고 부차적으로 그것들을 입증하는 잡다한 요인들과 관계가 있다. 그렇게 많은 것들이 인식될 때, 극적 예술에 대한 더욱 합리적인 이해를 향해 나아가게 되었다. 만일 이러한 구별이 이뤄지지 않는다면, 결과는 혼돈이다. 서정성은 시적 드라마로 나아가고, 심리적 대화는 문학적 드라마로, 전통적 소극은 희극이라는 딱지를 붙이고 무대 위로 행진해 간다.

이러한 양 드라마들은 과장된 행위에 대한 프롤로그로서 그들의 역할을 다했으므로, 증대되어 가고 있는 문학적 골동품의 부분으로 분류될 수 있다. 새로운 드라마가 없다고 말하거나 새로운 드라마가 생겼다는 선포가 커다란 붐을 이룰 거라고 주장하는 것은 무익하다. 지면이 부족하여 이러한 주장들에 왈가왈부할 생각은 없다. 그러나 극적 드라마가 그것의 선조들보다 오래 지속돼야 한다는 것과 선조극이 가장 솜씨 좋은 운영과 가장 주의 깊은 절약에 의해 명백히 유지되었다는 것은 나에게 극히 명료하다. 이 신(新)학파에 대해서는 여러 공격이 교차

해 왔다. 대중은 진실을 파악하는 데 느리다. 그리고 그 주도자들은 그것을 재빨리 비난한다. 미각이 옛 음식에 익숙해진 많은 사람은 음식물의 변화에 대해서 짜증을 낸다. 제7천국은 이러한 효용과 소용을 위해서다. 코르네유의 온화한 소란, 트라패스의 거북스런 윤택, 콜더론의 팜블축크 식의 무뚝뚝함에 대한 칭찬은 소리 높다. 요술을 부리는 듯한 그들의 유치한 플롯은 사람들을 깜짝 놀라게 했다. 그것은 너무나 지나치게 세밀하다. 이러한 비평가들이 심각하게 받아들여지지는 않지만, 그들은 얼마나 우스운 인물들인가! 신학파들이 나름대로 그것들에 정통했다는 것은 물론 명백하게 사실이다. 해돈 챔버와 다그라스 제로드의 기술을 비교해 보고, 서더만과 레싱의 기술을 비교해 보라. 예술의 이러한 분야에서 신학파는 우수하다. 그것이 굉장히 위대한 작품들을 수반하기 때문에 이 우수성은 자연스럽다. 바그너 음악의 가장 시시한 부분조차도 벨리니를 능가한다. 과거에 대한 찬미자들의 외침에도 불구하고, 석공들은 드라마를 위하여 더욱 광대하고 높은 집을 짓고 있다. 거기에는 우울을 위해서 빛이 있는 것이고, 도개교(跳開橋)와 아성(牙城)을 위한 넓은 현관이 있을 것이다.

　이 위대한 방문객에 대한 설명을 조금 하자. 나는 드라마란 진실을 그리려는 열정들의 상호작용이라고 생각한다. 드라마는 어떤 방법으로 펼쳐지든 간에 투쟁이고 개혁이며 운동이다. 그것은 어떤 형태를 취하기 이전에 독립적으로 존재한다. 그것은 장면에 의해서 조정은 되지만 통제되지는 않는다. 남자와 여자가 세상에 존재하게 되자마자, 그들의 위쪽 그리고 주변에 어떤 영혼이 있었던 바, 그들이 희미하게 그것을 의식하고 친밀하게 느끼고 거기에 닿으려고 갈망하며 그것의 진실을 찾아 헤매는 정신이 있었다는 것은 환상적인 이야기이다. 이 정신은 떠도는 공기처럼 변화를 알기 힘들고 그들의 비전을 남긴 적이 없으며, 앞으로도 하늘이 두루마리처럼 펼쳐질 때까지 남지 않을 것이기 때문이다. 때때로 정신이 이런저런 형태 속에 자리 잡은 것처럼 보였을지 모른다. 그러나 혹사당하면 갑자기 그는 가버리고 그 자리는 비어 버린다. 그는 추측하기에 약간 요정 같은 성질이 있고 배달 불능의 우편물 같고, 바로 에리얼 같다. 그래서 우리는 그와 그의 자리를 구별해야 한다. 목가적인 초상화 혹은 건초 더미의 환상은 전원극(田園劇)을 구성하지 않는다. 마치 로도몬테드나 설교가 비극을 구성하지 못하는 것처럼. 침묵이나 저속성이 드라마의 전형은 아니다. 열정의 어조가 아무리 사그라지더라도 행동이 질서가 잡히고 어휘가 아무리 평범하더라도, 만일 연극이나 음악, 미술 작품이 영원히 지속하는 희망, 욕망, 미움을 보여준다면, 또 우리의 공통된 본성을 일면이라도 상징적으로 보여주는 것을 다룬다면, 그것이 드라마이다. 나는 여기서 드라마의 여러 가지 형태를 말하지는 않겠다. 그것에 맞지 않는 각각의 형태에서 그것은 폭발한다. 마치 최초의 조각가가 발을 떼어놓았던 때처럼 도덕극, 신비극, 발레극, 팬터마임, 오페라, 이 모든 것을 드라마는 재빨리 통과하여 내팽개쳐 버렸다. 그것의 적당한 형태인 '드라마'는 그러나 손상 받지 않는다. '높은 제단에 많은 촛불이 있다. 그러나 하나가 떨어진다.'

어떤 형태를 취하더라도 그것은 덧붙여진 것이나 혹은 인습적인 것이 아니다. 문학에서 우리는 인습을 허용한다. 왜냐하면, 문학이 비교적 낮은 형태의 예술이기 때문이다. 문학은 강장제에 의하여 살아 있을 수 있다. 문학은 모든 인간 관계와 모든 실제의 인습을 통해 번성한다. 드라마는 자신을 진정으로 실현하려면, 미래를 위하여 인습과 전쟁을 벌일 것이다. 만일 당신이 드라마라는 몸에 대한 분명한 생각을 가지고 있다면, 어떤 옷이 드라마에 맞는지를 알게 될 것이다. 드라마는 그렇게 전력을 다하고 감탄할 만한 성질을 가지고 있기 때문에, 장엄하고 극적인 데서 모든 열정을 끌어내지 않을 수 없다. 그 곡조는 모든 면에서 사실적이고 자유롭다. 톨스토이의 말처럼, 우리가 무엇을 해야 하는지에 대해 의문이 생길지 모른다. 첫째, 우리의 마음에서 위선을 없애고 우리가 기대한 거짓을 고쳐라. 자유민으로서 자유로운 방법으로 비평하고, 페룰라와 공식에 개의치 말도록 하라. 내 생각에 우리 민족은 그렇게 할 수가 있다. '방해받지 않고 세상은 판단한다'는 것은 인간의 예술에서 지나치게 높은 표어는 아니다. 약자를 힘으로써 압도

하지 말자. 저 비할 데 없는 희비극 문학의 낡은 견해를 참을성 있는 미소로 대하자. 만일 건전한 정신이 드라마 세계의 마음을 지배한다면, 지금 극소수 사람들이 가진 신념이 받아들여질 것이고, 맥베스와 건축 청부업자의 각 등급은 지나간 논쟁이 될 것이다. 13세기의 교훈적인 비평가가 그들에 대하여 말하는 것은 당연하다. 그와 이것들 사이에는 움직이지 않는 거대한 만(灣)이 있다.

드라마와 예술가 간의 관계에서 우리가 간과할 수 없는 어떤 중요한 진리들이 있다. 드라마는 본질적으로 공공 예술이고 그 영역이 넓다. 드라마는 그것에 가장 적절한 도구로서 모든 계층의 청중을 먼저 전제한다. 예술을 사랑하고 생산해내는 사회에서, 드라마는 자연히 모든 예술 기관의 두목을 차지할 것이다. 드라마는 더구나 흔들림이 없고, 넘볼 수 없어서 그 최고의 형태에서 거의 비평의 단계를 넘어선다. 예를 들어, 『야생의 거위』를 비평하는 것은 거의 불가능하다. 개인의 슬픔에 대해 그렇듯이 이 작품을 두고 오래 생각할 수 있을 뿐이다. 사실 입센의 후기 작품의 경우 드라마 비평이라고 불리는 것은 거의 부적당함에 가깝다. 다른 모든 예술에서 개성, 마무리 솜씨의 매너리즘, 향토색은 장식으로서, 여분의 매력으로 쓰인다. 그러나 여기에서 예술가는 바로 자기 자신을 초월하여 신의 가려진 얼굴 앞에 나타나는 두려운 진리의 중개자로서 나선다.

당신이 내게 드라마가 어디에 쓸모 있느냐고 질문한다면, 나는 필연성이라고 대답하겠다. 그것은 단지 동물적인 본능이 마음에 적용된 것일 뿐이다. 이 세계가 생길 때부터 있었던 오래된, 불타는 장벽을 넘으려는 욕망과는 별도로, 인간은 창조자가 되려는 더 깊은 동경을 가지고 있다. 그것은 모든 예술 중에서 가장 덜 의존적이다. 만일 조경(造景)으로 쓰일 흙이나 돌이 다 떨어진다면, 조각가는 기억에만 남을 뿐이고 또 식물 색소가 더는 나지 않는다면, 그림 예술은 끝이 난다. 그러나 대리석이나 물감이 있든 없든 간에 드라마의 소재는 늘 있다. 나는 더구나 드라마는 인생과 동시에 일어나며 인생과 함께 있다고 믿는다. 모든 종족이 자신의 신화를 만들었고 그 안에서 초기 드라마가 종종 출구를 찾아낸다. 파시펠의 작가는 이것을 깨달았고 그래서 그의 작품이 바위처럼 견고한 것이다. 작품상의 구성이 경계를 넘어서 숭배의 신전을 침범할 때, 그 드라마의 가능성이 훨씬 줄어들었다. 그때까지도 드라마는 합법적인 자리로 그리고 딱딱한 모임의 불편함으로 돌아가려 한다.

사람들이 드라마의 발생에 대하여 의견이 다른 것처럼, 그 목적에 대하여서도 의견이 구구하다. 드라마가 특별한 윤리적 주장을 가져야 하고, 그들의 관용구를 사용하여, 말하자면 그것이 교훈을 주고 고양하고, 즐겁게 해야 한다는 것은 대부분의 경우 고대 학파의 심취자에 의하여 주장되고 있다. 여기에는 교도관이 채우는 또 다른 족쇄가 아직 있다. 나는 드라마가 어떤 또는 모든 이러한 기능들을 성취하지 않을 것이라고 말하지는 않겠다. 그러나 나는 드라마가 그것들을 성취하는 것이 필수적이라는 것을 부인한다. 종교의 높은 영역으로 고양된 예술은 일반적으로 정체된 조용함 속에서 그것의 진정한 영혼을 잃는다. 이 교리의 더욱 낮은 형태에 대하여 그것은 틀림없이 우습기만 하다. 각각의 막을 통하여 '내가 접촉한 시도의 끝'을 반복함으로써, 도덕을 가리키고 사이라노에게 경쟁하도록 극작가에게 요구하는 것은 어처구니없는 일이다. 그것이 호감이 가는 편협한 경향을 가지고 있을지라도, 우리는 단지 그것을 거부할 수밖에 없다. 보러리 씨는 신경흥분제를 자루에 넣는다. 공포 속의 M. 쿠포는 중백의(中白衣) 및 부제복(副祭服)을 각각 입고 있는데 보기에 아주 불쌍하다. 그러나 이 부조리는 처음에 자신의 꼬리를 먹는 이야기 속의 호랑이같이 빠르게 그것 자체를 먹는다.

미에 대한 요구는 더욱 잠재적이다. 요구자에 의하여 착상되었을 때, 미는 대담한 동물성처럼 빈혈의 영성(靈性)이라 할 수 있겠다. 그리고 미는 사람들에게 임의적인 특질이라도 형태 이상의 깊은 의미가 없어서, 그것을 다루는 드라마를 명확히 정의하는 것은 위험한 것이다. 미는 심미가의 천국이다. 그러나 진리는 더욱 분명하고 사실적인 영역을 가지고 있다. 예술이 진리를 다룰 때, 예술은 그것 자체가 진실이다. 보편적인 개혁으로서 그러한 곤란한 사건들이 지상에 일어난다면, 진리는 아름다운 집의 문지방 자체가 될 것이다.

　나는 여러분의 인내심이 다할 위기이지만, 한 가지 논의할 사항이 있다. 비어본 씨로부터 인용하겠다. '신앙이 철학적 회의에 물들어가고 있는 오늘날에, 우리에게 어둠보다 오히려 빛을 주는 것이 예술의 기능이라 믿는다. 그것은 원숭이들과 우리의 관계를 지적하는 것이 아니라, 오히려 우리에게 천사들과의 유사성을 상기시키는 것이다.' 이 진술에서 제한을 요구하는 진리의 한 중요한 요소가 있다. 트리 씨는 사람들이 그들 자신을 이상화시켜 보는 거울과 같이, 항상 예술을 볼 것이라고 주장한다. 오히려 사람들은 예술을 향한 그들 자신의 충동에 대해 심각하게 생각하지 않는다고 나는 생각한다. 인습의 족쇄는 사람들을 강하게 묶는다. 그러나 결국, 예술은 밀집된 다수의 불성실로 지배될 수 없고, 오히려 트리 씨가 말한 바와 같이, 처음부터 그것을 지배해 온 영원한 조건들에 의해서 지배된다. 나는 이것이 반박할 수 없는 진리라고 생각한다. 그러나 이러한 영원한 조건들은 현 사회의 상황이 아니라는 것을 우리는 마음속에 두는 것이 좋겠다. 예술은 그것의 종교적, 도덕적, 미적으로 이상화하려는 경향들에 대한 잘못된 고집으로 훼손된다. 렘브란트의 작품 하나는 반 다이크스의 작품으로 가득한 화랑만 한 가치가 있다. 예술의 이상주의라는 교리는 두드러진 실례들에서 단호한 노력을 훼손시키고 또한, 사실주의라는 보기(골프의)를 말할 때, 담요 밑으로 뛰어드는 아이 같은 충동을 기른다. 그러므로 대중은 비극을 버리게 된다. 그녀가 그녀의 단검과 잔을 소리 내지 않고, 작시법의 법칙을 받아들이지 않는 로맨스를 싫어하지 않는다면, 그리고 그것을 무기력한 영웅주의의 피로부터 흘러나온 슬픈 효과라고 생각하지 않는다면, 슬픈 꽃들이 자라나지 않으리라. 바로 그러한 광기와 열광 속에서 사람들은 드라마가 그들을 속이기를 원하기 때문에, 퍼베이오는 재산가들에게 어두운 극장 안에서 그리고 그의 후원자의 정신적 부스러기를 문자 그대로 게걸스럽게 먹는 무대에서 약으로 소화할 수 있는 삶의 희문(戲文)을 제공한다.

지금 이러한 관점이 무기력해진다면, 무엇이 목적에 도움이 되겠는가? 우리가 삶— —사실적 삶을 무대 위에 올릴 수 있을까? 속물주의자들은 '아니다' 하고 외친다. 왜냐하면, 그것은 그럴 수 없기 때문이다. 그것은 왜곡된 시야와 독선적인 상업주의의 혼성물이다. 파나서스 산과 도시 은행은 행상인의 영혼들을 분리한다. 정말로 요즘의 삶은 종종 슬프게도 따분한 것이다. 많은 사람은 너무나 오래된 세상에 너무나 늦게 태어난 프랑스 사람인 것 같다. 그들의 창백한 희망과 무기력한 비영웅주의는 궁극적인 무를 엄격히 가리키고 있다. 거대한 불모성과 무거운 짐을 지는 것 말이다. 서사시적 야만은 경계하는 경찰에 의해서 불가능하게 되고, 기사도는 넓은 가로수 길의 패션 신탁 때문에 없어졌다. 우편물의 철거덩하는 소리도, 용감함의 영광도, 모자 청소도, 술 마시고 떠들어 대는 것도 없다! 로맨스의 전통들은 보헤미아 속에서나 유지된다. 여전히 나는 존재의 황폐한 동일성으로부터 다소의 극적인 삶을 이끌어 낼 수 있다고 생각한다. 가장 평범한 것일지라도 그리고 살아 있는 것 중에서는 가장 죽은 것 같은 것도 훌륭한 드라마에서는 중요한 역할을 한다. 좋았던 옛 시절이 그리워 탄식하는 것과 배고픈 우리에게 과거가 주는 차가운 돌을 먹이는 것은 죄스런 어리석음이다. 우리가 눈앞에서 보는 바와 같이, 우리는 인생을 받아들여야 한다. 그리고 요정의 나라에서 그들을 이해하는 것처럼이 아니라, 실제 세계 속에서 우리가 그들을 만나는 것과 같이 사람들은 받아들여야 한다. 각각의 사람들이 공유하는 훌륭한 인간 희극은 어제 그리고 지나간 오랜 세월에서처럼 오늘까지 진정한 예술가에게 무한한 영역을 제공한다. 지구의 지각과 같이, 사물들의 형태는 변한다. 타쉬스의 배의 목재는 쪼개지고 변덕스러운 바다에 의해서 삼켜진다. 시간은 부숴져 갑자기 힘의 요새 속으로 뛰어들기 시작했다. 아미다의 정원은 나무 하나 없는 황야처럼 되었다. 그러나 죽음 없는 열정, 그때 그렇게 표현되는 인간의 진실은 영웅적 순환 속에서 또는 과학적 시대, 로헨그린, 그리고 어스름 속 은둔 장면에서 펼쳐지는 드라마에서는 정말로 죽지 않는다. 그리고 그것은 앤트웨프의 전설이 아니라 세계의 드라마다. 보통 현관에서 지나가는 행동을 하는 유령은 보편적인 의미가 있다. 나무의 가장 깊숙한 가지, 이그드라실, 그것의 뿌리는 지면 아래로 깊숙이 뻗어 있으나, 그것의 더 높은 나뭇잎들을 통하여 하늘의 별들은 빛나고 움직인다. 많은 사람은 그러한 전설과 아무 관계가 없다고 생각하고 그들의 일상의 음식이 그들에게 필요한 모든 것이라고 생각할지 모른다. 그러나 우리가 오늘 산에 올라서서 앞뒤를 바라보며 없는 것을 갈망하면서 활짝 펼쳐진 하늘의 조각구름을 멀리서 거의 구별하지도 못할 때, 그리고 박차(拍車)가 위협을 가하고 행로가 가시나무로 뒤덮일 때, 우리의 손안에 우리가 우리에게 등산지팡이용 구름 덮인 지팡이를 준다 해도, 또는 우리가 강한 고지의 바람에 대항해 우리를 방어하기 위하여 고상한 실크를 가진다 해도 그것은 무슨 소용이 있겠는가? 우리가 우리의 진정한 위치를 빨리 이해하면 할수록 더욱더 좋다. 그리고 그때 더욱더 빨리 우리는 오를 수 있고, 우리의 길을 갈 수 있다. 한편 예술이, 특히 드라마는 우리에게 더욱 큰 통찰력과 예지와 함께, 그들의 돌들이 대담하게 사용되고 좋고 아름다운 창문을 가진 쉴 수 있는 장소를 만들어 줄지도 모른다. '헤셀 양, 당신은 우리 사회 속에서 무엇을 할 것입니까?' 하고 로룬다가 물었다. '나는 신선한 공기를 드리겠습니다, 페스토' 하고 레나가 대답했다.

Jas. A. 조이스

1900년 1월 10일

6

입센의 신극

1900

조이스의 첫 번째 정식 출판은 입센의 고별극『우리 죽은 자가 깨어날 때』에 관한 평론이었다. 그는 당돌하게도 18세가 되기 전에『포트나이트리 리뷰』지의 저명한 편집자인 W. I. 코트니와 서신 왕래를 시작했다. 코트니는 그 극에 관한 평론을 고려하는 데 동의했고, 조이스는 불어 번역판으로부터 매우 풍부한 인용문을 가지고 그것을 썼다. 윌리엄 아처의 번역이 출판되려고 했으므로, 그 평론은 그 내용문이 영어로 번역되도록 강요되었다. 「입센의 신극(Ibsen's New Drama)」은 1900년 4월 1일에『포트나이트리 리뷰』지에 발표되었다. 그리고 조이스는 자신의 교수들과 동료들이 놀라게도 그에 대한 대가로 12기니의 고료를 받았다. 그 돈으로 그는 아버지와 1900년 5월 혹은 6월 런던으로 여행했다. 그는 코트니를 방문했고, 코트니는 그의 독단적인 비평가가 그렇게도 젊은것에 놀랐다.

평론은 입센의 시선을 끌게 되었고, 그는 아처에게 그의 매우 호의적인 감탄자에게 감사하도록 부탁했다. 아처는 그렇게 했고, 그와 조이스 사이의 3년간 서신 왕래가 보장되었다. 조이스는 그의 초기의 시들과 첫 희곡의 비평을 부탁할 정도로 아처의 의견을 존중했다. 조이스는 또한, 노르웨이어 공부를 계속할 것을 격려받았고, 1901년 3월에 그의 평론이 미숙하고 성급했음을 유감스러워하며, 대가인 입센이 많은 것을 이뤄 놓았지만, 그의 도제(徒弟)는 할 일이 더 많다는 것을 뜻하는 편지를 노르웨이어로 쓸 정도로 그 언어에 숙달했다.

1890년대에 출판된 영문 번역판인 입센에 관한 논문은, 비록 아테나에엄과 같은 비평들이 그의 글이 급진적이라 계속 눈살을 찌푸렸지만, 특별히 부족한 데 가 없었다. 한편, 그 당시 더블린의 아일랜드 극장을 막 시작한 예이츠에게는 입 센은 중산 계급자이며 이미 시대에 뒤떨어져 있었다. 그러나 조이스의 열성은 그 가 버나드 쇼의『입센주의의 정수』(1891)를 이미 읽었을 때의 그것과 같았다. 입 센과 조이스의 유대와 친밀감은『우리 죽은 자가 깨어날 때』의 루벡과『초상』에 서 영혼의 수의(壽衣)를 벗어 던지고 삶과 자유를 찾기 위해 바닷속을 거니는 젊 은 여인에게 마음이 끌리는 스티븐 데덜러스에 의하여 암시되고 있다.

＊＊＊＊

헨릭 입센이『인형의 집』을 쓴 이래 20년의 세월이 흘렀다. 그것은 드라마 의 역사상 거의 최고를 기록되는 신기원이었다. 그 기간 동안 그의 이름은 두 대 륙 전체를 통하여 국외로 뻗어 갔으며, 현존하는 누구보다 더한 논평과 비평을 일 으켰다. 그는 종교 개혁가, 사회 개혁가, 정의의 셈족 연인 그리고 최고의 드라마 작가로서 지지를 받아 왔다. 그는 간섭을 좋아하는 침입자, 불완전한 예술가, 이 해할 수 없는 신비주의자 그리고 어떤 영국의 비평가가 표현한 '쓰레기를 헤집는 개(犬)'로서 격렬하게 비난받아 왔다. 그처럼 다양한 비평의 당혹스러움을 통하 여 한 남성의 위대한 천재성은 나날이 발산되었고, 세속적인 심판들 가운데서도 한 영웅으로 나타났다. 그러자 비난의 소리가 점점 희미해지고 멀어질수록 칭찬 의 소리가 점점 고조되었으며 합주곡이 되었다. 심지어 관심 없는 방관자들에게 도 이 노르웨이 인에 관한 흥미가 지난 4 반세기 동안 결코, 깃발을 내린 적이 없 는 것은 정말 의미심장한 것처럼 보였다. 어떤 사람도 현대의 사상 세계를 지배 하는 왕국을 그처럼 탄탄하게 세웠는지가 의문시된다. 루소도 아니고, 에머슨도 아니고 칼라일도 아니다. 거의 모든 인간의 지식 영역을 거쳐 간 거장 중 그 누구도 아니었다. 두 세대를 망라하는 입센의 힘은 그 자신의 과묵함으로 커져 왔다. 그가 그의 적들과의 싸움에 경솔하게 합류하는 경우는 거의 없었다. 그것은 마치 폭풍우 같은 강렬한 논쟁도 그의 고요함을 거의 깨뜨린 적이 없는 사실로 드러난다. 논쟁의 소리가 최소한의 정도도 그의 작업에 영향을 끼치지는 못했다. 그의 희곡의 창출은 최고의 질서에 의하여, 천재의 경우에는 좀처럼 발견되지 않는 정연한 일상(日常)처럼 규칙적이었다. 단 한 번 그는 『유령들』에 관한 공격자들의 공격을 받은 후에 그들에게 대답했었다. 그러나 『야생의 거위』에서 『존 게브리얼 보크맨』에 이르기까지 그의 희곡은 거의 2년마다 정기적으로 쏟아져 나왔다. 우리는 그와 같은 캠페인의 계획이 요구하는 지속적인 힘을 간과하기 쉽다. 그러나 놀랍게도 이것은 지속적이고도 이 비범한 사람의 저항할 수 없는 진보에 대한 경탄에 굴복해야 한다. 모두가 현대의 삶을 다룬 11개의 연극이 출판되었다. 그 목록은 이러하다: 『인형의 집』, 『유령들』, 『인민의 적』, 『야생의 거위』, 『로스머 소름』, 『바다에서 온 여인』, 『헤다 가블러』, 『건축 청부업자』, 『꼬마 욜프』, 『존 게브리얼 보크맨』, 그리고 최후로 1899년 12월 19일에 코펜하겐에서 발표된 신극——『우리 죽은 자들이 깨어날 때』. 이 극은 이미 거의 12개의 서로 다른 언어로 번역되는 과정에 있으며, 이는 이 작가의 역량을 말해 준다. 이 극은 산문으로 쓰였고 3막으로 되어 있다.

입센의 극에 대한 설명을 시작하는 것은 분명히 쉬운 문제는 아니다. 어느 정도는 그 주제가 보기에 따라 매우 제한되어 있기도 하고, 또 어떤 면에서는 매우 방대하다. 이 극을 소개하는 방법으로는 십중팔구 다음의 방식으로 시작하는 것이 안전하다. 아놀드 루벡과 그의 아내 마야는 이 극의 초반에서, 결혼한 지 4년이 된다. 그러나 그들의 결합은 불행하다. 그들은 각자 서로에게 만족하지 못한다. 여기에 이르기까지는 별 나무랄 데가 없다. 그러나 그것은 오래가지 못한다. 그것은 루벡 교수와 그의 아내 사이의 관계에 대해 가장 그늘진 개념마저 전달하지 못한다. 그것은 셀 수도 없고 정의할 수도 없는 복잡성을 위한 대담하고 서기(書記) 같은 기록적 해석에 불과하다. 그것은 마치 비극적 삶의 역사가 하나는 무대 장면, 다른 하나는 구성이라는 두 기둥 사이에 미숙하게 씌어 있는 것만 같다. 그것은 문자 그대로 진실인 것, 말하자면 희곡의 3개의 막에 그 희곡의 정수(精髓)가 모두 언급되었다는 것을 말해 준다. 처음부터 마지막까지 불필요한 말이나 구절이 거의 없다. 그리하여 이 극 자체가 극적 형식 속에 표현될 수 있을 만큼 짧고도 간략하게 그 자신의 사상들을 표현하고 있다. 그렇다면, 이 하나의 해석이 연극에 대한 적절한 개념을 나타낼 수 없음은 분명하다. 이것은 최고의 정의(正義)가 극히 제한된 수의 행(行)들 안에 할당될 수 있는 대다수 희곡의 공통된 운명과는 그 경우 다르다. 그들은 대체로 다시 데워진 음식들 — — 영웅적 통찰력에 관하여 쾌활하게 조롱받는, 그들 자신의 솔직한 허튼소리로만 살아가는, 비독창적 작품들 — — 로 간단히 말해서, 지나치게 과장된 것이다. 가장 현실적인 무뚝뚝함은 그들의 가장 적절한 보상이다. 그러나 입센과 같은 사람의 작품을 다룸에서, 일반인에게 주어진 임무는 진실로 그의 모든 용기에 감명을 받는 것으로 충분하다. 그가 하려고 희망할 수 있는 모든 것은 지시하기보다는 암시하는 방식으로, 한층 특이한 점들, 이야기 줄거리의 정교함을 함께 연결하는 것이다. 입센은 그러기에 앞서 남자와 여자 영웅이 서로 다른 영혼의 위기를 경험하는 것을 매우 쉬운 대사로 그의 예술 전반에 걸쳐 달성해 놓았다. 그리하여 그의 분석 방법은 가장 충분한 범위까지 활용되고 있으며, 그리고 이틀이라는 비교적 짧은 공간 속에 그의 모든 등장인물의 생활 속의 삶이 함축되어 있다. 예를 들면, 비록 우리는 난시 하룻밤과 다음 날 저녁에 이르는 동안 솔네스를 보지만, 실제로 우리는 힐다 왼글이 그의 집으로 돌아오는 그 순간까지의 그의 전반적인 과정을 숨을 죽이고 지켜보아 왔다. 그러므로 그런 고려 하에 이 극에서 우리가 처음으로 루벡 교수를 볼 때, 그는 아침 신문을 읽으며 정원 의자에 앉아 있었으나, 점차 그의 삶의 두루마리가 우리 앞에 펼쳐지면서, 우리는 우리에게 읽히는 것을 들음으로써가 아니라, 우리 스스로 다양한 부분들을 관철하면서, 그리고 양피지 위에 쓰인 글들이 희미해지고 점점 읽기 어려워지는 곳을 읽기 위하여 한층 가까이 가면서, 우리 자신의 힘으로 그것을 읽음으로써 얻어지는 기쁨을 누리게 된다.

내가 말했듯이, 이 극은 루벡 교수가 호텔의 정원 의자에 앉아 아침 식사를 하는 중이거나 오히려 식사를 거의 끝내는 장면으로 시작된다. 그의 의자 옆에 있는 또 다른 의자에는, 교수의 부인인 마야 루벡이 앉아 있다. 장면은 노르웨이의 바다 근처 유명한 건강 휴양지이다. 나무 사이로 마을의 항구와 증기선들이 강가의 섬들과 곶(岬)을 지나 바다로 나아가며, 오르내리는 피요르드식 해안을 볼 수 있다. 루벡은 유명한 조각가이고 중년이며, 마야는 여전히 젊은 부인이요, 그녀의 총명한 눈은 슬픔의 색조를 띠고 있다. 이들은 아침의 평화 속에서 조용히 각자의 신문을 계속 읽고 있다. 무심한 눈에는 모든 것이 목가적으로 보인다. 이 부인은 그들 주위를 지배하는 무거운 평화를 불평함으로써, 의기소침하고 짜증 나고 까다로운 태도 속에 침묵을 깬다. 아놀드는 부드러운 충고의 말과 함께, 그의 신문을 내려놓는다. 그리고 나서 그들은 처음에는 침묵에 관해, 다음에는 장소와 사람들에 관해, 그들이 지난밤 통과한 기차역에 관해, 그들의 졸린 짐꾼들이 들고 있던 이리저리 흔들거리는 등불에 관해 이것저것 대화를 시작한다. 이로부터 그들은 사람들의 변화와 그들이 결혼한 이래로 성장한 모든 것들의 변화에 관해 이야기를 발전시킨다. 그러나 그것은 그들의 주된 문제들로부터 거리가 떨어져 있다. 그들의 결혼 생활을 이야기함에서, 그들의 상호관계에 대한 내적 관심은 상대방이 기대하는 외적 관점만큼이나 이상적이 못 된다. 두 사람의 깊이는 천천히 흔들리게 된다. 이야기되는 극의 원동력은 점차 *세기말적* 장면 사이에서 작동됨을 알 수 있다. 숙녀는 까다롭고 소심한 사람처럼 보인다. 그녀는 남편이 그녀의 포부를 키워 준 부질없는 약속을 불평한다.

마야 : 당신은 저를 높은 산으로 데리고 가서 세상의 모든 영광을 제게 보여준다
　　고 했잖아요.

루벡 : (깔보기 시작하며) 내가 그걸 약속했었소, 역시?

　　요약해서, 그들의 결합의 뿌리에는 무엇인가 거짓이 있다. 한편 목욕을 하고
있던 호텔의 손님인 남자들과 여자들이 웃으며 떠들면서, 오른쪽으로 호텔 현관
을 통과한다. 그들은 스스럼없이 목욕탕의 감독관에 의하여 안내된다. 이 사람은
틀림없이 관습적인 사무원 타입이다. 그는 루벡 부처에게 어떻게 주무셨는지를
물으면서 인사를 한다. 루벡은 자신이 간밤에 공원에서 뭔가 움직이는 흰 물체를
보았는지라, 혹시 손님 중에 밤에 목욕한 사람이 있느냐고 묻는다. 마야는 그러한
생각에 코웃음을 쳤으나, 감독관은 왼쪽에 있는 암자를 빌렸고, 자비의 성모 수녀
회의 소녀와 같이 그곳에 함께 묵고 있는 이상한 숙녀가 한 사람 있다고 말한다.
그들이 대화를 나누고 있을 때, 그 이상한 숙녀와 그녀의 동행자가 천천히 공원을
통하여 그 암자로 들어간다. 그러한 사건은 루벡에게 영향을 주는 것 같고, 마야
의 호기심을 불러일으킨다.

마야 : (약간 상처를 받고 거슬린 듯) 아마 이 여인은 당신의 모델 중 한 사람이
　　아니겠어요, 루벡? 기억을 더듬어 봐요.

루벡 : (그녀를 예리하게 노려본다.) 모델?

마야 : (신경질적으로 웃음을 터뜨리며.) 당신의 젊은 시절에, 말이에요. 셀 수
　　없이 많은 모델을 가졌다고 했잖아요. 물론, 오래전에.

루벡 : (같은 음성으로) 오, 아니야, 마야 부인. 난 실지로 단지 한 사람의 모델을
　　가졌었지. 단 한 사람, 맹세코 단 한 사람 말이야.

　　이 오해가 앞서 진술한 대화에서 출구를 찾는 동안, 감독관은 갑자기, 접근하

는 어떤 삶 때문에 흠칫한다. 그는 호텔 속으로 도망치려고 시도하지만 접근해 오는 사람의 높은 목소리가 그를 체포한다.

울프하임의 목소리. (밖에서 들린다.) 이봐, 잠깐 서 봐요. 맹세코, 서지 못해? 왜 당신은 언제나 나한테서 도망치지?

이러한 귀에 거슬리는 어조의 말과 함께, 두 번째 주연 배우가 현장에 나타난다. 그는 야위고, 키가 크며, 나이를 알 수 없고, 근육질의 위대한 곰 사냥꾼으로 묘사되고 있다. 그는 하인 랄즈와 사냥개 두 마리를 데리고 있다. 랄즈는 그에서 단 한마디의 말도 하지 않는다. 울프하임은 당장 개를 발로 걷어차서 쫓아 버리고 루벡 부부에게 다가간다. 그는 그들과의 대화에 몰입한다. 왜냐하면, 그는 루벡을 유명한 조각가로 알고 있기 때문이다. 조각에 대해 이 야만적인 사냥꾼은 다소 독창적인 말을 한다.

울프하임 : ……우린 둘 다 단단한 소재로 일을 하죠, 부인. 당신 남편과 저 말입니다. 단언하건대 그는 큰 대리석 조각으로 고전분투하고, 전 긴장되어 떨고 있는 곰 – 근육으로 고투하죠. 그리고 우리 두 사람은 결국 이기고 맙니다. 우리의 소재를 압도시켜 장악해 버리죠. 결코 그렇게 열심히 싸우지 않는다 할지라도, 우리가 그것을 극복할 때까지 포기하지 않습니다.
루벡 : (깊은 사념에 빠져.) 당신의 말에는 상당한 진리가 있군요.

이 기이한 성격의 사냥꾼은 아마 그 자신의 기이한 힘으로, 마야에게 얼마 동안 마법을 걸기 시작했다. 그의 말 한 마디 한 마디가 그녀 주변에 점점 더 가까이 그의 개성의 거미집을 얽어 놓는 듯하다. 자비의 성모 수녀의 검은 옷은 그를 냉소적으로 히죽 웃게 한다. 그는 주변의 모든 친구에 대해 조용히 말하는데, 그들을 그는 아주 훌륭히 해치워 버렸다.

마야 : 당신과 가장 가까운 친구들에게 무슨 짓을 했나요?

울프하임 : 물론, 그들을 쏘았죠.

루벡 : (그를 쳐다보면서) 총을 쏘았다고요?

마야 : (그녀의 의자를 뒤로 물리면서) 총 쏴 죽였다고요?

울프하임 : (고개를 끄덕인다.) 저는 결코, 놓치지 않습니다, 부인.

　그러나 그의 가장 가까운 친구들이란 그의 개들을 의미하는 것이라는 사실이 밝혀지자, 루벡 부부(그의 청취자들)의 마음은 다소 편안해진다. 그들이 대화하는 중에 자비의 성모 수녀는 암자 바깥에 있는 테이블에 그녀의 안주인을 위해 가벼운 식사를 준비했다. 몸에 좋지 않은 성질의 음식은 울프하임의 즐거움을 자극한다. 그는 그와 같은 여성적인 다이어트 음식에 대해 거만한 비난을 한다. 그는 식욕에서는 현실주의자이다.

울프하임 : (일어서면서.) 여성적인 기질에 대해 말하자면, 부인. 그러면 나와 함께 갑시다. 그들(개들)은 커다란 고기 뼈를 그대로 삼킵니다. 그것들을 다시 꿀꺽꿀꺽 삼킵니다. 오, 그들을 보는 것은 저에게 규칙적인 큰 기쁨이죠!

　그와 같은 어느 정도 섬뜩하면서도 우스꽝스러운 초대에 대해 마야는 그녀의 남편을 암자에서 돌아온 이상한 여인과 함께 남겨 두고 밖으로 나간다. 거의 동시에 교수와 여자는 서로를 알아본다. 그 여성은 루벡의 유명한 작품 〈부활의 날〉에 중심인물의 모델로서 루벡을 도왔었다. 루벡을 위해 그녀의 임무를 다한 후 그녀는 아무런 흔적도 남기지 않고, 설명할 수 없는 태도로 도망쳤었다. 그녀는 그에게 지금 막 나간 부인이 누구냐고 묻는다. 그는 다소 주저하면서, 그의 아내라고 대답한다. 그러고 나서 그는 그녀가 결혼했는지 묻는다. 그녀는 결혼했다고 대답한다. 그는 그녀의 남편이 현재 어디에 있는지 묻는다.

루벡 : 그는 지금 어디에 있죠?

이렌느 : 오, 훌륭하게 잘 만들어진 기념비를 갖고서 성당 정원 어딘가에 있을 거에요. 그리고 그의 머리에 덜그럭거리는 총알을 갖고 서요.

루벡 : 자살했나요?

이렌느 : 네, 그는 나의 손을 떠나 죽는 것이 좋았었죠.

루벡 : 그를 잃음이 슬프지 않나요, 이렌느?

이렌느 : (이해할 수 없다는 듯이.) 슬프냐고요? 무엇을 잃었나요?

루벡 : 아냐, 헤르 본 사토우의 상실이죠. 물론, 물론.

이렌느 : 그의 이름은 사토우가 아니었어요.

루벡 : 아니었다고요?

이렌느 : 나의 두 번째 남편이 사토우라 불리죠. 그는 러시아인이에요.

루벡 : 그는 어디에 살죠?

이렌느 : 멀리 우랄 산맥에요. 그의 금광에서.

루벡 : 거기서 그는 그렇게 사는가요?

이렌느 : (어깨를 으쓱한다.) 산다고요? 산다고? 실제로 내가 그를 죽였어요.

루벡 : (놀라서). 죽였다고!

이렌느 : 내가 항상 침대에 두었던 날카로운 단검으로 그를 죽였어요.

　　루벡은 이 이상한 말들 이면에 어떤 의미가 감추어져 있다는 것을 이해하기 시작한다. 그는 『부활의 날』이라는 걸작품의 창조 이후로 그의 삶을 되돌아보면서 그 자신, 그의 예술, 그녀에 대해 심각하게 생각하기 시작한다. 그는 그 작품에 대한 약속을 이행하지 못했음을 깨닫게 된다. 그는 이렌느에게 서로 마지막으로 본 후 어떻게 그녀가 살아왔는지를 묻는다. 이렌느의 대답은 매우 중요하다. 왜냐하면, 그 대답이 전체 극의 요지이기 때문이다.

이렌느 : (의자에서 천천히 일어나 떨면서 대답한다.) 전 수년간 죽어 있었어요. 그들이 와서 팔을 등 뒤로 하여 나를 묶었어요. 그러고 나서 그들은 나를 지하 납골당에 가둬 도망가지 못하게 쇠지레를 채웠죠. 그리고 거기는 덧댄 벽으로 되어 있어서 땅 위에 누구도 무덤 속의 비명을 들을 수 없었죠.

이렌느의 훌륭한 그림의 모델로서의 입장에 대한 암시에서, 입센은 여성에 대해 상당히 많이 알고 있는 증거를 제시한다. 어떤 사람도 조각가와 그의 모델 사이의 관계에 대한 속성을 그렇게 미묘하게 표현할 수는 없으리라, 그가 심지어 꿈에 그것을 생각한다 할지라도 말이다.

이렌느 : 난 당신의 눈앞에서 완전히, 부끄럼 없이 나 자신을 노출했고 (좀 더 부드럽게) 당신은 결코, 한 번도 나를 손대지 않았어요.

＊＊＊＊

루벡 : (그녀를 감동적으로 바라보면서) 난 예술가였어요.
이렌느 : (넌지시) 바로 그거예요. 바로 그것이라고요.

그 자신과 이 여성에 대한 그의 이전의 태도를 더 생각하면 할수록 그의 예술과 그의 삶 사이에 박혀 있는 커다란 간격, 심지어 그의 예술에서 기술과 재능은 완벽한 것과는 멀리 떨어져 있다는 생각이 더욱더 강하게 부딪힌다. 이렌느가 그를 떠난 이후로 그는 단지 마을 사람들의 반신상의 초상화만을 그려 왔었다. 마침내 그의 실패작을 수정하자는 결심이 그에게 타오른다. 왜냐하면, 그는 그것에 대해 전적으로 절망하고 있지는 않았기 때문이다. 다음에 따르는 구절은 『브랜드』에 대한 의지의 찬미를 생각나게 하는 것이다.

루벡 : (불확실한 듯이 자신에게 갈등을 느끼며) 만약 우리가 할 수 있다면, 오, 만약 단지 우리가 할 수 있다면……

이렌느 : 우리가 하려는 것을 왜 할 수 없겠어요?

상세히 말하면, 둘은 현 상태를 참을 수 없는 것으로 이 점에서는 일치한다. 루벡이 그녀에 대한 무거운 책임감을 느낀다는 것을 그녀는 명백히 안다. 이러한 인식과 더불어서 울프하임의 마법에서 기분이 상쾌해진 마야의 등장으로 제1막이 종결된다.

루벡 : 언제 나를 찾기 시작했죠, 이렌느?

이렌느 : (다소 농담조의 신랄함으로) 제가 절대적으로 필요한 뭔가를 당신에게 주었다는 것을 깨달은 때부터요. 결코, 내주지 않았어야 할 어떤 것 말이에요.

루벡 : (머리를 숙이면서) 그래요, 안타깝지만 사실이에요. 당신은 3, 4년의 젊음을 나에게 주었소.

이렌느 : 더 많이, 내가 당신에게 주었던 것 이상으로…… 난 그때 방탕했어요.

루벡 : 그래요, 당신은 방탕했죠, 이렌느. 당신은 나에게 당신의 완전한 노출의 귀여움을 주었소.

이렌느 : 응시하기 위해……

루벡 : 영화(榮華)롭게 하기 위해……

* * * *

이렌느 : 그러나 당신은 가장 귀중한 천부적 재능을 잊어버렸어요.

루벡 : 가장 귀중한 무슨 재능이죠?

이렌느 : 난 살아 있는 젊은 영혼을 당신에게 주었죠. 그리고 그 재능은 나의 내부를 텅 비게 했어요. ― 영혼이 없는 (그를 고정된 시선으로 바라본다.) 난 죽었던 것이죠, 아놀드.

    심지어 이 삭제된 이야기에서조차 제1막이 훌륭하다는 것이 명백하다. 어떤 인지할 만한 노력 없이 극은 상승하여 방법론적인 자연스러움으로 발전해 나간다. 19세기 호텔의 정돈된 정원은 점차 극적 갈등 장면으로 바뀌어 간다. 흥미로움이 다음 장에서 마음을 실어 나를 수 있을 만큼 충분히 각 등장인물 개인에서 야기되었다. 상황이 진부하게 설명되지 않지만, 행위가 설정되고 종말에서 극은 명백히 진전의 단계에 도달했다.

    제2막은 산속에 있는 요양소 가까이에서 전개된다. 폭포가 바위에서 치솟고 천천히 오른쪽으로 흘러내려 간다. 둑 위에는 몇몇 아이들이 웃고 소리치며 놀고 있다. 때는 저녁이다. 루벡은 왼쪽에 있는 둑에 누워 있다. 마야는 언덕에 올라갈 채비를 하고서 곧장 돌아온다. 시내를 가로지를 때 지팡이에 의존하면서 그녀는 루벡을 부르며 다가온다. 그는 그녀와 그의 동료가 어떻게 즐거웠는지 묻고, 그들의 사냥에 대해 질문한다. 이상하게도 유쾌한 분위기가 그들의 대화를 생기 있게 한다. 루벡은 그들이 주변에서 곰 사냥을 할 것인지 의향을 물어본다. 그녀는 크게 우쭐해서 대답한다.

마야 : 당신은 벌거숭이 산에서 곰이 발견된다고는 생각지 않겠죠, 그렇죠?

    다음의 화제는 거친 울프하임이다. 마야는 그가 너무 못생겼기에 그를 칭찬한다. 그리고 나서 갑자기 명상하듯 그녀의 남편 또한, 못생겼다고 말한다. 그는 나이 탓이라며 변명한다.

루벡 : (어깨를 으쓱하면서) 사람은 나이가 들어. 나이가 든단 말이야, 마야 부인!

이렇게 반쯤—심각한 조롱은 좀 더 신중한 문제로 그들을 이끌어 간다. 마야는 마침내 부드러운 히스 속에 누워서 교수에게 부드럽게 악담을 한다. 예술의 신비와 요구에 대해 그녀는 다소 우스꽝스럽고 무시하는 태도를 지니고 있다.

마야 : (다소 경멸하는 웃음 조로) 그래요, 당신은 항상. 항상 예술가였죠.

그리고 다시.

마야 : ……당신의 취향은 당신 자신을 당신 자신에게 지키는 것이죠. 그리고 당신 자신의 생각만을 하는 것이죠. 그리고 물론, 난 당신 문제에 관해 당신에게 적절하게 말할 수 없어요. 난 예술과 그따위 종류의 것에 관해 아는 것이 없어요. (참을 수 없다는 듯이) 그리고 또한, 그런 문제에 대해 신경 쓰지 않아요.

그녀는 이상한 여인의 문제에 대해 그를 놀리며, 그들 사이에 이해의 문제를 좋지 않게 생각하고 있음을 암시한다. 루벡은 자신은 단지 예술가이고 그녀는 그의 영감의 원천이었다는 것을 말한다. 그는 5년간의 결혼 생활이 지적인 기아(飢餓)의 세월이었다고 고백한다. 그는 진실된 관점에서 그의 예술에 대한 그 자신의 느낌을 보아 왔다.

루벡 : (미소 지으며). 그러나 그것이 내가 마음속에 지녔던 것은 정확히 아니었어.
마야 : 그럼 뭐죠?
루벡 : (다시 심각하게) 예술가의 천진함과 예술가의 사명, 그리고 그 밖의 것들에 관한 모든 이야기는 근본부터가 텅 비어 있고 공허하고 의미 없다는 생각이

나에게 강하게 부딪혀 오기 시작한 것이었어.

마야 : 그러면 그 자리에 당신은 뭘 채워 넣을 거죠?

루벡 : 삶이야, 마야.

서로의 행복에 대한 온통—중요한 질문이 건드려지고, 간략한 토론 끝에 헤어지자는 암묵의 동의가 효력을 발휘한다. 이 행복한 상태에서 이렌느가 히스 언덕을 가로질러 멀리 보인다. 그녀는 놀고 있는 아이들에게 에워싸여 잠시 그들과 함께 논다. 마야는 풀밭에서 일어나 그녀에게 가서 '귀중한 궤(櫃)를 열기 위해' 그녀의 남편이 도움을 청한다는 말을 한다. 이렌느는 절을 하고, 루벡에게 향하고 마야는 즐겁게 그녀의 사냥꾼을 찾으러 나간다. 뒤따르는 만남은 확실히 특출한 것이어서, 심지어 무대의 관점에서도 그러했다. 그것은, 실질적으로, 제2막의 그리고 무척이나 흥미 있는 실체를 이룬다. 동시에 이러한 장면은 무언극이 생산하는 힘을 행사할 것임을 첨가해야 한다. 두 역할의 완벽한 실현은 대화 속에서 포함된 복잡한 사상들을 나타내는 데 부족함이 없을 것이다. 얼마나 무대 예술가들이 그것을 시도해 보는 재능 혹은 그것을 실행해 보려는 힘을 가졌는가를 우리가 반성해 볼 때, 우리는 동정적인 계시를 보게 된다.

히스 언덕의 이 두 사람의 만남에서, 그들의 모든 인생행로는 대담하고 느린 필치로써 윤곽이 드러난다. 머리말의 첫 교환에서 각각의 말들은 경험의 장을 말한다. 이렌느는 그녀를 어디든지 따라다니는 자비의 성모 수녀의 어두운 그림자에 대하여 넌지시 비유한다. 마치 아놀드의 불안한 양심의 그림자가 그를 따라다니는 것처럼. 그가 반은 억지로 그렇게 많은 것을 고백했을 때, 그들 사이에 큰 장벽 중의 하나가 무너진다. 서로에 대한 믿음은 어느 정도 새로워지고 과거에 알고 있던 것들에 대해 회상한다. 이렌느는 그녀의 감정에 대해 솔직히 얘기하고 조각가에 대한 그녀의 증오심도 얘기한다.

이렌느 : (다시 격렬하게) 그래요, 당신 때문에 ─ 그렇게 가볍게 그리고 부주의하게 따뜻한 피가 흐르는 육체, 젊은 인간의 생명을 취하여, 그로부터 영혼을 쇠잔하게 한 예술가 때문에 ─ 당신은 예술 작품을 위해 그것을 필요로 했기 때문이죠.

　루벡의 죄는 정말 큰 것이었다. 그는 그녀의 영혼을 자기 것으로 하였을 뿐만 아니라, 정당한 자리에서 그녀 영혼의 아이를 억압했다. 이렌느는 그녀의 아이를 조상(彫像)으로 암시한다. 그녀에게 있어서 이 조상은 진정한 의미에서 그녀로부터 태어난 것이다. 매일 그녀가 볼 때마다 그것은 재능 있는 조각가의 손에서 완전히 성장해 나가고 그것에 대한 그녀의 모성애, 그것에 대한 권리, 그것에 대한 사랑이 점점 강해져 확고해진다.

이렌느 : (온정의 뜻을 지닌 감정의 어조로 바뀌면서) 그러나 젖은, 살아 있는 진흙에서 만들어진 저 조상을 난 사랑했어요 ─ 다듬지 않은, 형체 없는 덩이에서 생기 있는 인간의 형태가 솟아났을 때 ─ 왜냐하면, 그것은 우리의 창조, 우리의 아기였기 때문이죠. 나와 당신의 것.

　사실상, 그것은 그녀가 강한 감정을 가졌기 때문에 지난 5년 동안 루벡과 떨어져 있었다. 그러나 그녀는 지금 그가 아이 ─ 그녀의 아이 ─ 에게 행한 행동을 듣자, 그녀의 모든 강한 분개의 감정이 치솟는다. 루벡은, 정신적 번민 속에, 그녀가 어린 새끼를 도둑 당한 암호랑이처럼 말을 듣고 있는 동안, 설명하려고 진력한다.

루벡 : 난 당시 젊었었지 ─ 인생의 경험이 없었어. 내가 생각하기로, 부활이란 인생의 경험 없이 추하고 순결하지 못한 것을 자신으로부터 없애 버려야 할 필요도 없이 빛과 영광으로 깨어나는, 젊고 순결한 여성으로 가장 아름답게 그리고 절묘하게 그려져야 한다는 것이었어.

인생의 더욱 넓은 경험으로 그는 다소 자기 생각을 바꿀 필요가 있다는 것을 알게 되어, 그녀의 아이를 더는 중요한 것이 아닌, 그러나 중개적(仲介的) 인물로 만들었다. 루벡은 그녀 쪽으로 돌아서며, 그녀가 그를 막 찌르려는 것을 본다. 그는 자신의 방어로 몰고 가는 공포와 사상의 열기 속에서, 그가 저지른 과오에 대하여 미친 듯이 변론한다. 이렌느에게는 그가 자신의 죄를 시적(詩的)으로 삼으려고 무던히 애를 쓰며, 죄를 뉘우치고 있으나 지나친 비애를 느끼는 듯 보인다. 그의 그릇된 예술의 억지로 인해 자신과 그녀가 자신의 삶 전체를 포기했다는 생각은 그녀의 마음을 무서울 정도로 끈덕지게 괴롭힌다. 그녀는 큰 소리가 아닐지라도, 깊은 슬픔에 빠져 흐느껴 운다.

이렌느 : (분명히 자신의 감정을 조절하며) 전 — 많은 아이를 — 현실적 아이들 — 무덤 속에 감추어진 그런 아이들이 아닌 — 세상에 낳았어야 했는데. 그것이 저의 소명이었는데. 전 당신 같은 — 시인을 결코, 섬기지 말았어야 했어요.

루벡은, 시적 명상에 빠져, 답변도 하지 않은 채, 옛날의 행복했던 나날에 대하여 명상하고 있다. 그들의 사라진 옛 환희가 그를 달랜다. 그러나 이렌느는 그가 별반 흥미 없이 말한바 있는 어떤 문구에 대하여 생각하고 있다. 그는 자기의 일을 그녀가 도운 것에 대하여 그녀에게 감사했음을 밝혔다. 그는 "이것이 나의 인생에서 참으로 축복받는 일이었어." 하고 말했다. 루벡의 왜곡된 마음은 이미 거기에 너무나 많은 것이 쌓여 있었는지라, 더는 질책을 견딜 수가 없었다. 그들이 지난날 토니츠 호반에서 그랬던 것처럼, 그는 물의 흐름에 꽃들을 뿌리기 시작한다. 그는 로헨그린의 보트를 모방하여, 둘이서 나뭇잎 보트를 만들고 그것에다 하얀 백조를 묶었던 일을 그녀에게 상기시킨다. 심지어 여기 그들의 유희 속에, 숨겨진 한 가닥 의미가 놓여 있다.

이렌느 : 당신은 제가 당신의 보트를 끄는 백조라고 했어요.

루벡 : 내가 그렇게 말했던가? 그래, 아마 그랬을 거야. (놀이에 몰두한 채) 자, 바다 갈매기가 어떻게 물을 따라 수영해 내려가는지 봐요!

이렌느 : (소리 내어 웃으며) 당신의 모든 배가 물가를 따라 달려가는군요.

루벡 : (냇물 속에 더 많은 나뭇잎을 던지며) 난 여분의 배를 충분히 갖고 있지.

그들이 어린애 같은 절망 속에 부질없이 놀고 있는 동안 울프하임과 마야가 히스 언덕을 가로질러 나타난다. 이 두 사람은 높은 대지 위에 모험을 찾으러 가려고 한다. 마야는 그녀가 즐거운 기분 속에 손수 작곡한 작은 노래를 그녀의 남편에게 불러준다. 비꼬는 듯한 웃음과 함께, 울프하임은 루벡에게 작별을 고하고, 그의 동료와 함께 산 위로 사라진다. 갑자기 이렌느와 루벡은 같은 생각에 가슴이 뛴다. 그러나 그 순간 자비의 수녀의 우울한 모습이 황혼 속에 나타나며, 그녀의 납빛 눈은 그들 두 사람을 쳐다본다. 이렌느는 그와 헤어지나, 그날 밤 그와 히스 언덕에서 만나기로 약속한다.

루벡 : 당신 올 거지, 이렌느?

이렌느 : 그래요, 분명히 올게요. 여기서 절 기다려요.

루벡 : (꿈꾸듯 반복한다.) 여름밤 고지에서, 당신과 함께. 당신과 함께. (그의 눈이 그녀의 것과 마주친다.) 오, 이렌느, 그것이 우리의 인생이었는지 몰라. 그리고 그것을 우리는 지금까지 상실해 왔어, 우리 둘이.

이렌느 : 우린 단지 그때 돌이킬 수 없게 될 거예요. (갑자기 말을 그친다.)

루벡 : (의아해하며 그녀를 본다.) 언제?

이렌느 : 우리가 죽어 깨어날 때.

제3막은 높은 언덕 위의 넓은 공원에서 펼쳐진다. 땅은 벌어진 틈새가 있는 협곡이다. 오른쪽을 보면, 움직이는 안갯속에 반쯤 숨겨진 정상의 산맥이 보인다. 왼쪽에는 오래된 오두막이 한 채 있다. 때는 이른 아침이고, 하늘은 진주빛이다. 동이 튀기 시작한다. 마야와 울프하임이 고원으로 내려온다. 그들의 감정은 첫 대사에 의하여 충분히 설명된다.

마야 : (몸을 흐트러뜨리려고 애쓰며) 가게 해줘요! 가게 내버려둬요, 제발!

울프하임 : 자, 자요! 당신은 지금 물려고 하는 거야? 마치 늑대같이 성마르군.

울프하임이 그의 분노를 그치지 못할 때, 마야는 근처의 산마루 등성이로 달려가겠다고 위협한다. 울프하임은 그녀가 산산조각이 날 거라고 지적한다. 그는 방해받지 않도록, 현명하게 하인 랄즈에게 보내 사냥개들을 뒤쫓게 했다. 그는, 랄즈가 개들을 곧장 발견하기에 믿을 수 없다고, 말한다.

마야 : (화가 나서 그를 쳐다보며) 아니, 그럴 것 같지 않아요.

울프하임 : (그녀의 팔을 잡으며) 글쎄, 랄즈로 말하면―그는 알지―내 유희의 방식을 말이야, 글쎄.

억지로 침착한 체하는, 마야는 그녀가 그에 대해 생각하는 것을 솔직히 그에게 말한다. 그녀의 냉철한 관찰이 곰 사냥꾼을 대단히 즐겁게 한다. 마야는 그가 규율을 지키도록 그녀의 모든 재치를 동원한다. 그녀가 호텔로 돌아갈 것을 말하자, 그는 그녀를 어깨에 메고 가겠다고 정중히 제안하는데, 이러한 암시에 대하여 그는 재빨리 핀잔을 받는다. 두 사람은 고양이와 새가 놀듯 놀고 있다. 그들의 작은 논쟁에서 울프하임의 한마디는 그의 이전의 삶에 어떤 빛을 던지듯, 갑자기 주의를 환기시킨다.

울프하임 : (격분을 가라앉히고) 한번은 한 젊은 소녀를 붙들고 거리 한복판에
서 그녀를 들어 올려 내 팔에 안고 날랐지. 그래서 난 그녀가 발을 돌에 부딪치
지 않도록 일생 그녀를 데리고 다니고 싶었어……(불만스럽게 웃으며) 그런데
내가 그 보상으로 무엇을 얻었는지 아오?

마야 : 아뇨. 뭘 얻었는데요?

울프하임 : (그녀를 보고 웃으며 고개를 끄덕인다.) 난 뿔을 얻었소! 당신이 쉽
게 볼 수 있는 뿔 말이오. 그건 웃을 이야기가 아니오, 곰 사냥 부인?

비밀의 교환으로써, 마야는 그에게 그녀의 삶을 개략적으로 말한다. 그리고
주로 루벡 교수와 그녀의 결혼 생활을. 결과적으로 이 두 불확실한 영혼은 서로
끌리게 됨을 느끼고, 울프하임은 다음과 같은 특별난 방식으로 자신의 입장을 진
술한다.

울프하임 : 우리 둘이 우리의 불쌍한 삶을 함께하지 않겠소?

마야는, 그들의 맹세에서 그가 그녀에게 이 세상의 모든 멋진 광경을 보여 준
다거나, 그녀의 집을 예술품으로 채워 줄 것이란 어떤 약속도 하지 않은 것에 만
족한 채, 그와 비탈길을 내려갈 것을 허락함으로써 반(半)승낙을 한다. 그들이 막
내려가려 할 때, 루벡과 이렌느가 역시 들판에서 밤을 보내고, 같은 고원으로 접
근한다. 울프하임이 루벡에게 그와 부인이 같은 길로 올라왔는지를 묻자, 루벡은
의미심장하게 대답한다.

루벡 : 그럼, 물론이지. (마야를 흘끗 보며) 이제부터 낯선 숙녀와 나는 길을 서
로 헤어질 생각은 없소.

그들의 기지(機智)의 사격이 가해질 때, 그 분대(分隊)는 그때 거기에 풀어야 할 중요한 문제가 있음을, 그리고 한 편의 위대한 극이 빠르게 종막에 달하고 있음을 느끼는 듯하다. 마야와 울프하임의 더욱 작은 모습이 태풍의 새벽에 한층 더 작아진다. 그들의 운명은 비교적 조용히 결정되고, 우리는 그들에 대해 큰 관심을 두지 않게 된다. 그러나 다른 두 사람은 그들이 들판에 말없이 서서, 끝없는 인간적 관심의 중심적 인물에 몰두하자, 우리의 시선을 장악한다. 갑자기 울프하임은 고지를 향하여 인상적으로 손을 치켜든다.

울프하임 : 그러나 폭풍이 우리에게 다가오는 걸 모르오? 당신은 질풍 소리를 듣지 못하오?

루벡 : (귀를 기울이며) 부활절의 전주(前奏) 같은 소리가 나는군.

＊＊＊＊

마야 : (울프하임을 끌며) 우리 서둘러 내려가요.

울프하임은 한 번에 한 사람 이상을 데려갈 수 없는지라, 루벡과 이렌느에게 구조대를 보내겠다고 약속하고 마야를 양팔에 안고 빨리 그러나 조심스럽게 길을 기어 내려간다. 황량한 산꼭대기에 차차 날이 밝아 올 때, 이제는 더는 예술가와 모델이 아닌 한 쌍의 남녀가 함께 남는다. 그리고 큰 변화의 그림자가 아침의 고요 속에 서서히 나가온나. 그러사 이렌느는 아놀드에게 그녀가 남겨 두고 떠난 남녀들 사이로 자신이 되돌아가지 않을 것을 말한다. 그녀는 구출되지 못할 것이다. 그녀는 또한, 이제는 모든 것을 말할 수 있기에, 그가 자신의 인생 이야기로써 그들의 관계를 말했을 때 어떻게 그녀가 그를 미친 듯이 죽이고 싶은 유혹을 받았었는지를 말한다.

루벡 : (암담하게) 그런데 왜 당신은 손을 잡았지?

이렌느 : 당신이 이미 아주 오래전에 죽었다는 갑작스러운 공포가 제게 번쩍 떠올랐기 때문이죠.

그러나 루벡은 우리의 사랑은 마음속에 죽지 않고 아직 생생하며, 열렬하고 강하다고, 말한다.

이렌느 : 지상의 인생, 아름답고 기적적인 지상의 인생, 지상의 불가사의한 인생에 속하는 사랑, 바로 그 사랑은 우리 두 사람 속에 죽었어요.

더욱이, 그들 이전의 삶의 어려움이 있다. 심지어 여기서도, 이 극의 가장 숭고한 부분에서, 입센은 자기 자신과 자신의 현실의 지배자이다. 예술가로서의 그의 재능은 모든 것과 대면하며, 어떤 것도 회피하지 않는다. 『건축 청부업자』의 마지막에서, 모든 것의 가장 큰 감명은 '오! 머리가 온통 쑤셔 박혔군'이란 말없이도 하나의 무서운 부르짖음이 있다. 재능이 더욱 못한 예술가라면 『동양(棟梁) 솔네스』의 비극에 정신적 매력을 가미해야 했을 것이다. 마찬가지 태도로 여기서 이렌느는 그녀가 천박한 시선 앞에서 나체로 자신을 노출하는 것을, 사회가 그녀를 내던지는 것을, 모든 것이 너무 늦은 것을 반대한다. 그러나 루벡은 더는 이러한 생각을 하고 싶지 않다. 그는 바람에 모든 것을 날려 보내기로 한다.

루벡 : (격렬하게 그녀를 양팔로 감싸며) 그럼 죽은 우리 두 사람이 — 우리 둘이 — 한 번이라도 힘닿는 데까지 함께 살도록 해 보자. 우리가 다시 무덤으로 내려가기 전에 말이오.

이렌느 : (외마디 소릴 지르며) 아놀드!

루벡 : 하지만 여기 반 어두움 속이 아니고. 여기 우리 주위를 감싸고 있는 무섭

고 축축한 수의(壽衣)를 가지고는 안 돼!

이렌느 : (넋을 잃고) 아니에요. 아니 — 빛 속과 모든 영광 속에 높이! 약속의 정
상까지 높이!

루벡 : 거기서 우리는 결혼 축제를 여는 거야. 이렌느 오! 나의 사랑!

이렌느 : (자랑스럽게). 태양이 거리낌 없이 우리를 지켜볼 거예요, 아놀드.

루벡 : 빛의 전능하신 힘이 우리를 자유롭게 지켜볼 거요 그리고 어둠의 모든 힘
도 역시. (그녀의 손을 잡는다.) 그럼 당신은 날 따라올 거지. 오, 나의 은총 받
은 신부여!

이렌느 : (마치 변신한 듯) 저는 당신을 따르겠어요, 자유로이 그리고 기꺼이. 나
의 소중한 그대여!

루벡 : (그녀를 끌어당기며) 우리는 우선 안갯속을 뚫고 나가야 해.

이렌느 : 좋아요. 모든 안개를 뚫고, 그런 다음 햇볕 속에 빛나는 탑의 꼭대기 바
로 위까지.

안개구름이 장면 너머로 다가온다. 루벡과 이렌느는 손에 손을 잡고, 오른쪽
으로 눈 덮인 벌판을 넘어 올라선다. 그리고 더 낮은 구름 사이로 사라진다. 세찬
돌풍이 대기를 휩쓸며 휘파람 분다.

자비의 수녀가 왼쪽으로 잡석 길 위에 나타난다. 그녀는 멈춰 서서 조용히 살
피며 주위를 둘러본다. 마야가 저 멀리 계곡에서 의기양양하게 노래하는 것이 들
린다.

마야 : 나는 자유예요! 나는 자유예요! 나는 자유예요! 내게 지옥 같은 삶은 끝났
어요!

갑자기 천둥 같은 소리가 눈 덮인 평야 위에 높은 곳에서 들린다. 그리고 그것

은 빠른 속도로 뭔가 쓸려 내리는 듯이 아래로 선회한다. 루벡과 이렌느가 거대한 눈덩이에 휩쓸리며 그 속에 파묻히자 아련히 눈에 띈다.

자비의 수녀 : *(외마디 소릴 지르며, 그녀의 양팔을 그들을 향해 뻗으며, 부르짖는다.)* 이렌느! *(한순간 잠자코 선다. 그리고 그녀의 앞 공중에다 성호를 긋는다. 그리고 말한다.)* 그대들에게 '평화를'!

마야의 의기양양한 노래가 한층 저 멀리 아래쪽에서 들린다.

이것이 이 신극 이야기의 줄거리로, 조야하고 종잡을 수 없다. 입센의 연극들은 그 극들의 흥미가 행동이나 사건에 의존하지 않는다. 심지어 등장인물들이 결점 없이 묘사된다 해도, 그들은 그의 극에서 제일 먼저의 것이다. 그러나 꿈 없는 극 하나의 위대한 진실의 지각(知覺)이든, 커다란 문제의 전개이든, 또는 갈등하는 배역들에게서 거의 독립된 커다란 갈등이든, 그리고 원대한 중요성을 띠었거나 띠고 있는 것이든 간에, 이는 원천적으로 우리의 관심을 끄는 것이다. 입센은 그의 모든 후기 작품들의 기반을 위해 비타협적인 진실 속에서 보통의 삶의 모습을 선택했다. 그는 시의 형식을 배제하고, 결코, 전통적인 형식을 따라 그의 작품을 재미있게 꾸미려 하지 않았다. 그의 극의 주제가 정점에 도달했을 때도, 그는 야비함과 호사함 속에 그것을 치장하려 하지 않았다. 특별히 더욱 높은 차원에서 『인민의 적』을 얼마나 용이하게 쓸 수 있었던가—부르주아를 합법적인 주인공으로 대치시키다니! 비평가들은 당시 진부하고 자주 비난했던 것들을 위대하다고 격찬했는지 모른다. 그러나 그 배경은 입센에게는 아무것도 아니다. 극은 그 자체일 뿐이다. 그의 천재적 재능의 힘과 그의 온갖 노력으로 갖게 되는, 논란의 여지 없는 기술에 의하여, 입센은 여러 해 동안 문명 세계의 관심에 빠졌다. 그러나 그가 환희의 왕국에 들어가기 전까지는 여러 해를 보내야 했다. 비록 그가 오늘에 서 있듯, 모든 것이 그 속에 들어가기 위한 그 자신의 가치를 인정하도록 그의 입장에서 행해지긴 했지만. 나는 여기서 단지 이 극의 인물 묘사를 개관할 뿐, 이와 관련된 모든 세세한 극작법의 검토를 제의하려는 것은 아니다.

그의 등장인물들 속에 입센은 자기 자신을 반복하지 않는다. 이 드라마— 긴 목록의 최후 작—에서 그는 자기의 습관적 기술을 가지고 묘사했고 구분했다. 울프하임은 얼마나 새로운 창작인가! 확실히 그를 끌었던 수완은 아직 그 정교함을 잃지 않았다. 내 생각에, 울프하임은 극 중 가장 새로운 인물이다. 그는 일종의 깜짝—보따리이다. 첫 언급으로, 그가 육체적 형태 속에 뛰어드는 것처럼 보이는 것은 그의 참신함의 결과로써 이다. 그는 놀랍도록 야성적이고, 원초적으로 인상적이다. 그의 사나운 두 눈은 예고프나 허네의 그것처럼 뒤룩거리며 타오른다. 랄즈로 말하면, 그가 결코, 입을 열지 않기 때문에 우리는 그를 놓칠지 모른다. 자비의 수녀는 극 중에서 딱 한 번 말을 할 뿐이지만 그것은 훌륭한 효과를 지닌다. 침묵 속에 그녀는, 하나의 응보(應報), 즉 그녀 자신의 상징적 위엄을 지닌 소리 없는 그림자처럼, 이렌느를 따른다.

이렌느, 역시, 그녀의 동료의 화랑에서 자신의 위치에 제값을 하는 여자다. 인간성에 대한 입센의 이해는 어디고 여성에 대한 묘사에서보다 이처럼 더 두드러진 데는 없다. 그는 자기의 고통에 찬 성찰로 모든 이를 놀라게 한다. 그는 여성들이 자신들에 대해 아는 것보다 그들을 더 잘 이해하는 것처럼 보인다. 사실, 누군가가 뛰어나게 남성적인 남자에 대해 그렇게 말한다면, 그의 본성에는 여성스러운 특징도 섞여 있을 것이다. 입센의 놀라운 정확성과 그의 여성의 어렴풋한 흔적, 재빠른 필치의 섬세성은 아마도 이러한 여성과의 혼합의 특징일 것이다. 그러나 그가 여성들은 알고 있다는 것은 부정할 수 없는 사실이다. 그는 그들을 거의 헤아릴 수 없는 깊이까지 타진했던 것처럼 보인다. 그의 초상의 묘사 이외에 하디와 투제니프의 심리적 연구, 혹은 메러디스의 공들인 노작들은 천박한 겉핥기 지식에 지나지 않는 듯 보인다. 그들에게 여러 장(章)을 소모하게 했던 분량을 그는 단 하나의 교묘한 필치로, 하나의 구(句)로, 하나의 단어로 해냈으며, 그리고 그들보다 훨씬 더 해내고 있다. 그다음에 이렌느는 엄청난 비교와 직면해야 한다. 그러나 그녀가 용감히 그것을 드러낸다는 것은 인정되어야 한다. 비록 입센의 여성들은 한결같이 진실하지만, 그들은 물론 다양한 면에서 자신들을 드러낸다. 이리하여 지나 액달은 만사를 제치고 희극적인 한 인물이요, 헤다 가블라는 비극적한 인물이다 — 만일 그러한 구시대적 용어들이 부적절하지 않게 사용될 수 있다면 말이다. 그러나 이렌느는 그다지 쉽게 분류될 수 없다. 그녀와 뗄레야 뗄 수 없는, 열정으로부터의 경원함은 분류를 금지하게 한다. 그녀는 그녀 성격에 내포된 내적 힘 때문에 자석처럼 이상하게도 우리의 흥미를 끈다. 입센의 이전 작품들이 아무리 완벽한 것이라 할지라도, 그 여성 인물 중 어느 한 명도 이렌느의 영혼의 깊이까지 도달했는지에 여부가 의문스럽다. 그녀는 지적인 수용력만으로 우리의 시선을 붙잡아 둔다. 더욱이 그녀는 극도로 영적인 인물이다 — 가장 진실 되고 넓은 의미에서 말이다. 때때로 그녀가 루벡과 대처할 때, 우리를 능가하며 우리 위로 솟아 날아오르는 것만 같다. 멋진 영혼을 지닌 한 여성인 그녀는 한 예술가의 모델로 만들어진 인물이라는 것을 결점으로 생각하는 사람들이 있을지 모르며, 또한, 어떤 사람들은 그러한 이야기가 드라마의 조화를 망친다고 서운해할지 모른다. 나는 이러한 언쟁의 진의를 전적으로 이해할 수 없다. 이는 전적으로 부적절한 듯 보인다. 그러나 그 사실에 대해 무엇을 생각하건 간에, 이를 다루는 것에 대해 불평의 자그마한 여지는 있을 것이다. 입센은 그가 과연 모든 것들을 다루듯이, 높은 통찰력과 예술적인 자제와 공감으로 이를 다룬다. 그는 굉장한 높이에서 내려다보듯, 완벽한 비전과 천사 같은 냉정함과 열린 두 눈으로 태양을 바라보는 사람의 시각으로, 그것을 한결같이 그리고 그 전체를 조망한다. 입센은 영리한 조달자와는 다르다.

마야는 그녀의 개인적인 성격을 떠나서, 극 중 어떤 기술적인 역할을 한다. 계속되는 긴장 속에 그녀는 하나의 기분전환으로써 등장한다. 그녀의 공기 같은 신선함은 날카로운 바람의 숨결과 같다. 그녀의 주된 주목거리인, 자유롭고 거의 화려하기까지 한 삶의 감각은 이렌느의 엄격함과 루벡의 무덤을 상호 상쇄시킨다. 마야는 실질적으로, 힐다 왠글이 『건축 청부업자』에서 갖는 것과 같은 효과를 이 극에서 가진다. 그러나 그녀는 노라 헬머 만큼의 공감을 우리에게서 얻지 못한다. 그녀는 그런 공감을 얻도록 의도되지 않았다.

　루벡 자신은 이 극에서 주된 인물이며, 이상하게도 가장 전통적인 인물이다. 분명히 나폴레옹적인 그의 선배 존 가블라 볼크맨과 대조해 보면, 그는 한갓 그림자에 지나지 않는다. 그러나 볼크맨은 그가 죽은 마지막까지 극 중 내내 활동적이고 정열적이며 쉴 새 없이 살아 숨 쉬고 있지만, 아놀드 루벡은 그가 생명을 얻게 되는 마지막까지 거의 절망적으로 죽은 상태에 있다는 것을 기억해야 한다. 이러한 사실에도 불구하고 그는 꽤 흥미로운 인물인데, 이는 그 자신 때문이 아니라 그의 극적인 중요성 때문이다. 입센의 극은, 내가 지금까지 언급한 대로, 그의 등장인물들과는 전적으로 별개의 것이다. 그 인물들은 성가신 사람이 될지 모르지만, 그들이 살아 움직이는 극은 변함없이 강렬한 힘을 가진다. 그렇다고 루벡이 성가신 인물이란 뜻은 결코, 아니다! 그는 매우 두드러진 성격의 소유자인 톨바드 헬머나 테스맨보다 더 무한히 흥미로운 인물이다. 아놀드 루벡은, 다른 한편으로, 아마 엘저트 로브보크가 그럴지 모를 천재로 의도되지는 않았다. 만일 엘저트처럼 천재였다면, 그는 자기의 삶의 가치를 좀 더 진실하게 이해했을 것이다. 그러나 우리가 추측하듯, 그가 그의 예술에 헌신하고 있다는 사실과 그 속에서 어느 정도 통달하게 된다는 사실은 사고의 한계와 연관된 수완의 통달이긴 하지만 죽은 자인 그가 죽은 자들 가운데서 깨어날 때 행사될 수 있는 더 커다란 삶에 대한 수용력이 그의 몸속에 잠재해 있음을 우리에게 말해 준다.

　내가 무시해 온 유일한 인물은 목욕탕 감독관이며, 나는 그가 내키지 않는, 그러나 인색한 그의 평가를 서두르게 된다. 그는 그냥 보통 감독관보다 더도 덜도 아닌 인물이다. 그는 바로 그런 자다.

성격 묘사는 언제나 심오하고 흥미진진하긴 하지만 여기서 이쯤 해 두겠다. 그러나 극에서 인물들을 제쳐놓고라도 일련의 사상의 빈번하고 광범위한 지엽적인 문제 중에서 어떤 주목할 만한 점들이 있다. 이들 중 가장 두드러진 것은, 첫눈에서 보아, 우연적 장면의 특성보다 더 나은 것은 없는 듯이 보인다. 나는 이 극의 배경을 말하고 있다. 우리는 입센의 후기 작품에서 밀폐된 방을 벗어나는 경향을 간파하지 않을 수 없다.『헤다 가블러』이래로 이런 경향은 가장 특징적이다.『건축 청부업자』의 마지막 막과『존 게브리얼 보크맨』의 마지막 막은 야외에서 펼쳐진다. 그러나 이 극에서는 세 개의 막들이 야외에서 펼쳐진다. 극 중 이렇게 세세한 부분에 주의를 기울이는 것이 초(超) 보스웰적인 광신주의로 생각될지 모른다. 사실상 이것은 위대한 작가의 작품이기 때문은 아니다. 그리고 너무나 현저한 이런 특징이 내게는 전혀 아무런 의미가 없는 듯 보이지는 않는다.

다시, 1880년대 초반의 비타협적인 엄격함 속에 아무 데서도 들을 수 없었던 음조 — 인간에 대한 순수한 연민 — 를 마지막 몇 개의 사회극에서 찾아볼 수 있다. 그리하여 루벡이 그의 걸작 '부활의 날'에서 소녀 인물에 대한 그의 관심을 바꿈에서, 인생 정반대의 목적과 모순당착 — 이들은 우리의 빈약한 인간성의 갖가지 노고가 영광스런 출구를 갖게 될 때 — 은 그들의 희망적인 인식으로 타협될 수 있는지라, 포괄적인 철학과 깊은 공감을 이룬다. 극 자체에 대해서는, 그것을 비평하려고 시도함으로써 어떤 좋은 목적에 이바지할 수 있을지 의문스럽다. 많은 것들이 이를 입증할 것이다. 헨릭 입센은 세계의 위인 중 한 사람이며, 그 앞에서 비평은 단 미약한 소일 뿐이다. 감상, 경청이 유일한 참된 비평이다. 나아가, 극 비평이라 불리는 비평의 유형은 연극에 불필요한 부가물이다. 작가의 예술이 완벽할 때 비평가는 쓸데없는 존재이다. 삶은 비평되는 것이 아니라 직면하고 살아야 하는 것이다. 재차, 만일 어떤 극들이 무대를 요구한다면, 그것이야말로 입센의 극들이다. 이는 그의 극들이 다른 사람들의 극들과 너무 많은 공통점이 있어서, 그것들이 도서관의 책꽂이에 폐를 끼치려고 쓰이지 않았기 때문이다. 뿐만 아니라, 극들은 사상으로 가득 차 있기 때문이다. 어떤 우연한 표현에서, 마음은 어떤 의문으로 고통을 받고 눈 깜짝할 사이에 삶의 긴 영역이 경치 속에 펼쳐진다. 그러나 우리가 거기 머물러서 곰곰이 생각하지 않는 한 그 조망은 순간적으로 사라지고 만다. 입센이 공연되기를 요구하는 것은 과도한 숙고(熟考)를 제지하는 일이다. 마지막으로, 거의 3년 동안이나 입센을 맴돌았던 문제가 극을 읽음으로써 우리 눈앞에 선뜻 나타날 것이라고 기대하는 것은 어리석은 일이다. 그래서 극이 스스로 변호하도록 내버려두는 것이 더 나은 것이다. 그러나 이 극에서 입센이 우리에게 그의 최선의 모습을 대충 보여준다는 것은 적어도 분명하다. 행동은 『사회의 기둥』에서처럼 많은 복잡성에 의해 방해받지 않으며, 『유령들』에서처럼 그의 단순성에서 시달림을 당하지 않는다. 우리는 야성적인 울프하임에게서 방종에 가까운 변덕을 느낄 수 있고, 루벡과 마야가 서로에 대해 품은 간사한 경멸 속에서 유머도 느낄 수 있다. 그러나 입센은 극히 완전히 자유로운 액션을 갖도록 내버려두려고 노력한다. 그래서 그는 자기의 예의 수고를 주변 인물에게 부여하지 않는다. 그의 많은 극 중에서 이러한 주변 인물은 비길 데 없는 창조물이다. 목격자 야콥 엥그스, 토네센, 그리고 악마 같은 몰빅! 그러나 이 극에서 주변 인물들은 우리의 주의를 딴 곳으로 돌리도록 허락하지 않는다.

전체적으로, 『우리 죽은 자가 깨어날 때』는 작가의 가장 위대한 작품으로 간주될 수 있다 ― 과연, 가장 위대한 것은 아닐지는 몰라도, 이것은 『인형의 집』으로 시작된 시리즈의 마지막 작품으로 서술되고 있다. 10개의 전(全) 작품들에 대한 위대한 종막(에필로그)으로서 말이다. 극작 기술과 인물 묘사, 그리고 최고의 흥미에서 똑같이 탁월한, 이들 극보다, 고금의 긴 연극사를 통하여 더 훌륭한 연극은 그리 많지 않을 것이다.

제임스 A. 조이스

7

소동(騷動)의 시대

1901

'아일랜드 문예 극장(The Irish Literary Theatre)', 그것은 장차 애비 극장(The Abbey Theatre)으로 바뀌게 될 것이거니와 1899년 5월 예이츠의 극시『캐더린 백작부인』으로 그 공연을 시작했다. 당시 조이스는 군중 속에 있었고, 극의 공연에 열렬히 박수쳤다. 그는 연극의 이단을 항의하는 동료 학생들에 합세하기를 거절했다. 그는 또한, 극단의 두 번째 연극인, 에드워드 마틴 작의『히스[植] 들판(Heather Field)』을 선호했다. 그는 1900년 2월 조지 무어와 E. 마틴의 신극인『나뭇가지의 굽음(The Bending of the Bough)』의 공연에 참가하고, 그의 자신의 연극『찬란한 생애(Brilliant Career)』를 집필할 정도로 그 공연을 아주 좋아했는데, 자신의 연극을 아마도 '아일랜드 문예 극장'에 제출할 의도였다. 그러나 윌리엄 아처는 연극의 원고를 읽고, 그 속의 심각한 결함들을 지적하자, 조이스는 더는 연극을 진행하지 않았다.

그동안 극장은 결정적으로, 그리고 그의 마음에 밉살스럽게도 아일랜드적(지방성을 띤)이 되었다. 그는 다음 연극들이 아일랜드어로 쓰인, 다그라스 하이드 작의『카사드 – 안 수간(Casad – an – Sugan)』과 예이츠 및 무어가 아일랜드의 영웅편전에서 따온, 비현실적 연극『다이아뮤드와 그라니아(Diarmuid and Grania)』가 되리라는 것을 알고 당황했다. 1901년 10월 15일에, 조이스는 아일랜드 극장의 지방성을 비난하는 격분한 기사를 재빨리 썼다.

그는 이 기사를 『성 스티븐즈』지의 편집장에게 제출했는데, 이 잡지는 유니버시티 칼리지의 몇몇 학생들이 막 출판하기 시작한 새로운 잡지였다. 그 기사는 편집자뿐만 아니라 지도교수인 헨리 브라운 신부에 의하여 거절당했다. 조이스는 대학 학장에게 호소했으나, 신부의 거절에 대한 어떤 책임을 부인하는 동안, 그는 브라운 신부를 번복시키지 못했다. 한편 조이스의 친구였던, 프란시스 스케핑턴은 자신이 쓴 '대학 문제의 잊혀진 양상'이란 논문에 대해 같은 퇴짜를 받는지라, 이 논문에서 필자는 여성의 동등한 신분을 옹호했다. 조이스는 그들이 합세하여 자신들의 비용으로 논문들을 함께 출판할 것을 제의했다. 양자들이 검열을 분개하는 동안, 아무도 상대방의 위치에 동의하지 않았기 때문에, 그들은 다음과 같은 서문을 첨가했다: "이들 두 논문은 『성 스티븐즈』지를 위해 그의 편집자에 의하여 위탁되었으나, 검열자에 의하여 잇따라 삽입이 거절되었다. 필자들은 이제 그들을 원래의 형태대로 출판하며, 각 필자는 자기 자신의 이름, F.J.C.S. J.A.J. 하에 나타난 것에 대해서만이 책임을 진다." 약 85부가 아마도 1901년 11월에, 스티븐즈 그린의 문방구인, 저랄드 브라더즈에 의하여 그들을 위해 출판되었다. 그들은 두 저자에 의하여 그리고 스테니슬로스 조이스에 의해 배부했는데, 후자는 조지 무어의 하녀에게 한 부를 배부했음을 기억했다. 그 팸플릿의 서평이 12월에 『성 스티븐즈』지에 출판되었는데, 서평은 조이스의 위치를 격렬하게 불찬성했으며, 심지어 1년 반 전에 『백작 부인』의 탄원에 그가 서명하기를 거절한 것을 신랄하게 회상했다.

****

노란이 말하기를, 어떠한 사람도 그가 다수를 혐오하지 않는 한 진(眞)과 선(善)의 애인이 될 수 없으며, 그리하여 예술가는, 비록 그가 군중을 고용한다 할지라도, 대단히 조심스럽게 자기 자신을 고립시킨다. 예술적 경제의 이러한 급진적

원칙은 위기의 시간에 특히 적용되거니와 오늘날 예술의 지고 형식이 방금 필사적인 희생 덕분에 보존되어 있을 때, 예술가가 소동과 타협하는 것을 본다는 것은 이상한 일이다. 『아일랜드의 문예 극장』은 현대 무대의 불모와 위선에 항거하는 최근의 운동이다. 반세기 전 항의의 각서는 노르웨이에서 언급되었다. 그리고 그때 이래 몇몇 나라에서 길고도 낙심할 싸움이 편견과 오해 및 조롱의 다수에 대항하여 싸웠다. 어떤 승리가 여기저기 있었음은 완고한 확신에 기인했고, 영웅적으로 출발했던 모든 운동은 조금 성취되었다. 『아일랜드의 문예 극장』은 전진의 챔피언이었으며, 상업주의와 통속성에 대항하여 전쟁을 선포했음을 명백히 밝혀왔다. 그것은 부분적으로 언약을 이행했으며, 최초 봉착이래 대중의 낡은 의지에 굴복했을 때, 낡은 악마를 추방하고 있었다. 이제, 그대의 대중적 악마는 통속적 악마보다 한층 위험하다. 몸집과 허파는 중요하다. 그리고 그는 자신의 말씨를 적절히 치장할 수 있다. 그는 다시 한 번 우세했고, 『아일랜드의 문예 극장』은 이제 유럽에서 가장 뒤진 종족의 소동의 재산으로 간주되고 있음이 틀림없다.

여기에 사리를 살펴보는 것은 흥미로울 것이다. (극장) 운동의 공식적인 기관은 유럽의 걸작들을 공연하는 것을 말했지만, 그 일은 더는 나아가지 않았다. 이러한 기획은 절대적으로 필요하다. 검열은 더블린에서 무력하며, 연출가들은 만일 그들이 선택한다면 『유령들』이나 혹은 『어둠의 지배』를 공연할 수 있었다. 대중의 판단을 전제(專制)하는 힘이 맞설 때까지 아무것도 이루어질 수 없다. 그러나 물론, 연출가들은, 심지어 『백작 부인』이 사악하고 저주스럽다고 선포되는 곳에서, 입센, 톨스토이 또는 하웁트만을 공연하는 것을 두려워한다. 심지어 기술적인 이유로 이러한 계획은 필요했다. 도덕극까지 결코, 전진하지 못했던 민족은 예술가에게 어떠한 문예적 모형을 부여하지 못하며, 그리하여 그는 국외로 눈을 돌리지 않으면 안 된다. 2류급의 열성적 극작가들인, 수다만, 브존슨 및 지아코사는 아일랜드 문예 극장이 무대에 올리는 것보다 훨씬 나은 것들을 쓸 수 있을 것이다. 그러나 물론, 연출가들은 이러한 부적당한 작가들을 무교양의, 더군다나 교양 있는 소동에게 연출하는 것을 좋아하지 않을 것이다. 따라서 소동은, 조용하고 극도로 도덕적이기에, 인정의 잡음 속에 관람석이나 특별석에 앉게 된다 ― 짐승은 사람의 소동이 아니요 인간의 악에 속한다 ― 에코가리가 '병적'이라 생각하는, 메리잔데가 그녀의 머리를 풀 때 수줍게 킥킥거리는, 자들은 확신은 없지만, 모든 지적 및 시적 보물의 보관자들이다.

한편, 예술가들은 어찌 됐는가? 예이츠 씨가 그에 관해 천재를 가졌느냐 안 가졌느냐를 이야기하는 것은 현재로선 마찬가지로 불안하다. 목적과 형식에서『갈대에 부는 바람』은 최고의 질서를 지닌 시이며,『매기의 경배』(위대한 러시아인 중의 하나가 쓸 수 있는 이야기)는 예이츠 씨가 반(半) ― 신(紳)들과 관계를 끊을 때 할 수 있는 것을 보여준다. 그러나 심미론자는 유동적 의지를 보인다. 그리고 적응성에 대한 예이츠 씨의 위험한 본능은 심지어 자기 존중이 그로 하여금 삼가도록 권장할 기반과 그의 최근의 연계(連繫)에 대하여 비난받아야만 마땅하다. 마틴 씨와 무어 씨는 많은 독창력을 지닌 작가들은 아니다. 마틴 씨는 그의 교정 불가한 문체에 의하여 무능할지라도, 그가 때때로 암시하는, 스트링버그의 사납고, 신경질적 힘의 아무것도 갖지 못한다. 그리고 그에게서 우리는 어떤 구절들의 고상성(高尙性)을 능가하는 전체 효과와 탁월성의 결여를 의식한다. 무어 씨는, 그러나 놀라운 모방적 능력을 지니기 때문에, 몇 년 전에 그의 책들은 영국의 소설가들 사이에 그의 명예의 자리를 얻을 수 있었을 것이다. 그러나『허영의 재산』(아마 우리는『에스터 홍수』를 약간의 첨가해야 할지니)이 훌륭하고 독창적 작품이라 할지라도, 무어 씨는 제이콥센을 통해 플로베르로부터 단눈치오까지 나아갔던 저 조류의 역류에서 정말로 버둥거리고 있다. 왜냐하면, 두 개의 전(全) 연대가『보바리 부인과』과『격정』사이에 놓여 있기 때문이다.『독신자들』과 후기 소설들에서 무어 씨는 그의 문학적 설명에 의존하기 시작하고 있으며, 새로운 충동의 탐구가 그의 최근의 놀라운 전환을 설명할 수 있음이 분명하다. 전향자들은 이제 행동 중이요, 무어 씨와 그의 섬(島)은 타당하게 감탄 받아 왔다. 그러나 아무리 솔직하게 무어 씨가 자신을 옹호하기 위해 피터와 투르게네프를 잘못 인용할지라도, 그의 새로운 충동은 미래의 예술과는 어떤 종류의 관계도 없다.

이러한 상황에서 입장을 정의하는 것은 엄연해졌다. 만일 예술가가 대중의 호의를 꾀한다면, 그는 속물 숭배와 궁극적 자기기만을 피할 수 없으며, 만일 그가 대중의 운동에 합세한다면, 그는 자신의 위험을 무릅쓰고 그렇게 한다. 그런고로, 『아일랜드 문예 극장』은 장난꾸러기들에게 항복함으로써 전진의 행렬로부터 스스로 밧줄을 끊은 채 표류해 왔다. 그가 주변의 미천한 영향들—멍청한 열성과 예리한 빗댐, 허영과 저급한 야심(野心)의 모든 아첨하는 영향으로부터 자유로울 때까지, 어떤 사람도 전혀 예술가가 아니다. 그러나 그의 참된 노역은 의혹에 의하여 깨진 의지, 그리고 애무를 위해 그의 혐오를 온통 포기하는 정신을 그가 상속하는 것이다. 그리고 가장 외견상 독립된 자들은 그들의 유대를 되찾는 최초의 자들이다. 그러나 진리는 대체로 우리를 다룬다. 그 밖에 다른 곳에 크리스티아니아에서 죽어가고 있는 노(老) 대가의 전통을 수행할 가치 있는 사람들이 있다. 그는 『미하엘 크라머』의 작가에서 그의 상속자를 이미 발견했다. 그리고 제3의 대행자는 그의 시간이 도래할 때 없지 않을 것이다. 심지어 지금도 그 시간은 아마도 문간에 서 있을 수 있다.

제임스 조이스
1901년 10월 15일

8

제임스 클레런스 맹건 (I)

1902

맹건에 대한 조이스의 이 에세이는, 1902년 2월 15일, 더블린의 유니버시티 칼리지의 『문학 및 역사 학회』에서 강연된 것인바, 이는 같은 해 5월 비공식 대학 잡지인 『성 스티븐즈』지를 통해 출간되었다. 이 에세이에서 조이스가 맹건을 발견한 듯한 기미는 다소 허세에 지나지 않는다. 왜냐하면, 조이스에 앞서 이미 예이츠와 라이오넬 존슨이 맹건의 시작을 자세히 조명하고 경탄한 적이 있었고, 조이스가 이 글을 쓰기 전 10년 동안 맹건의 작품들의 몇몇 판본들이 나온 상태였기 때문이다. 이 시의 어려움은 부분적으로 그것의 지극히 장식적이고 음운적 문체에서, 그리고 부분적으로 조이스가 동정적으로 맹건의 불행했던 이력을 묘사할 같은 시절의 아일랜드의 상상적 및 예술적 필요를 이론적으로 개발하는 데 있어서 가진 조이스의 흥미에서 비롯된 것이다. 그런고로 조이스는 한편으로 맹건의 상상력을 칭찬하고, 다른 한편으로 이 시인이 아일랜드의 오랜 세월 이어진 불행을 우울하게 받아들인 사실을 유감스럽게 여긴다. 그리고 예이츠처럼 맹건의 매마른 무미함에 거부감을 느낀다. 고전적 힘과 강력한 낭만적 상상력의 혼용은 분명히 조이스가 그의 에세이의 소개와 결론에서 요구하는 바다.

『영웅 스티븐』에서 조이스는 맹건에 대한 에세이의 미학적 이론을 세밀히 서술하고, 맹건에 대한 모든 언급은 생략하고 있으며, 그는 이 논문을 '연극과 인생'이라고 칭하고, 고의적으로 2년 전에 자신이 바로 이 대학의 강연 때 읽었던 논문

과 일부러 혼란스럽게 만들고 있다.

****

'내가 갖고 싶은 기억……나를 사랑하는 사람들과 한결같이 함께하는 것.'

고전주의 학파와 낭만주의 학파 간의 논쟁이 조용한 예술의 도시에서 시작된 이래 많은 나날이 흘렀다. 그런고로 이제는 고전적 기질이 한층 오래된 낭만적 기질이라 잘못 파악했던 비평은, 이 두 가지가 인간에게 한결같은 마음의 상태임을 인정하게 이르렀다. 비록 그 논쟁은 자주 점잖지 못했고(더는 언급하지 않거니와), 보기에 따라서는 어떤 이에게 명칭을 두고 논쟁을 벌이는 것으로 생각되었으며, 세월과 더불어 이 싸움은 혼란스런 양상을 띠게 되었을지라도, 각 분파는 서로 상대방의 영역으로 접근하거나 자기 학파의 내적 갈등에 분주하기도 했다. 또한, 고전파는 그것에 수반되는 물질주의와 싸워야 했고, 낭만파는 일관성을 유지하는 문제에 신경을 써야 했지만, 결국, 이런 혼란이 모든 성취의 조건이라면, 그것은 아주 다행이요, 두 가지 학파가 결국, 하나가 되는 더욱 깊은 통찰으로 천천히 나아가기 마련이다. 한편 어떤 원숙한 기준을 설정함으로써 그것에 의하여 여러 학파들을 판단하는 노고를 피하려는 비평은 정당하지 못하다. 낭만파는 종종 그리고 심각하게 잘못 해석됐던 바, 그것도 다른 사람들에 의해서 보다는 바로 낭만주의자들 자신에 의하여 오해를 받아왔다. 왜냐하면, 낭만주의의 성급한 기질은 어디에서도 그 이상(理想)을 위한 적절한 현주소를 발견하지 못하여, 지각할 수 없는 형상들 아래서 이상을 보고자 하다가, 어떤 한계를 무시하게 되는 것이다. 그리고 이러한 형상들은 그들을 인식하는 인간 정신에 의하여 높게 혹은 낮게 부풀리게 함으로써, 낭만적 기질은 때때로 형상들과 빛 주위를 어둡게 하며 이리저리 움직이는 희미한 그림자에 불과한 것으로 여기게 된다. 그리고 그와 같은 기질은, 확실히 한층 인내성이 없거니와 이러한 현재의 사물에 관심을 기울이며, 고로 그들에 작용하고, 그 사물에 형태를 부여함으로써, 기민한 지력이 그 사물 너머에 있는 여전히 언급되지 않은 의미에 도달할 수 있게 하는, 어떤 방법에 따라서 빛이 그림자보다 더 못한, 심지어 어둠으로 변하게 한다고 소리 높이 주장한다. 그러나 자연에서 이런 위치가 우리에게 주어지는 한, 비록 예술이, 사랑하는 것을 위해서 별들과 바다를 훨씬 넘어갈지라도, 그러한 재능에 어떠한 폭력을 행사하지 말아야 한다는 것은 옳은 일이다. 그러므로 최고의 찬사(讚辭)는 낭만파로부터 철회되어야 하며(그렇게 함으로써 서양의 가장 계몽적 시인들이 간과될지 몰라도), 참을 수 없는 기질의 원인이 예술가와 그의 주제에서 탐색되어야만 한다. 시의 지고의 법칙에 의하여 문인을 평가하기보다는 어떤 잘못은 더 보편적이지 않기 때문에, 예술가를 평가하는 데 있어서 그의 예술의 법칙들이 망각되어서는 안 된다. 운문은, 과연, 운의 유일한 표현이 아니요, 시는 어떤 예술에서도 그것의 표현 양식을 초월한다. 그리고 예술에서 시보다 못한 무엇을 칭하기 위해서는, 비록 어떤 예술에서 '문학'이라는 용어를 사용할 수 있을지라도, 새로운 용어들이 필요하다. 문학은 금세 사라지는 글쓰기와 시 사이에 놓인 폭넓은 영역이요 (철학도 그와 함께), 운문의 많은 부분이 문학이 아니듯이, 독창적인 작가와 사상가들이 종종 질투시 되어 그 명예로운 직함(職銜)을 거부당할 것임이 틀림없다. 워즈워스의 많은 작품과 보들레르의 거의 모든 작품은 단지 운문으로 된 문학이며, 문학의 법칙에 의해 판단되어야 한다. 최후로, 모든 예술가가 어떤 방식으로 최고의 지식, 그리고 사람들과 시대로부터 망각된다 해도 멈추지 않고 작용하는 그들 법칙과 어떤 관련을 맺고 있는지에 대해 질문이 가해져야 한다. 이것은 어떤 메시지를 구하는 것이 아니라, 기도하는 늙은 여인이나 구두끈을 매고 있는 젊은 남자의 모습과 같은, 작품을 낳는 인간의 기질에 접근하는 것이며, 그러한 작품에서 무엇이 잘 되었는지, 그리고 그것이 얼마나 많은 것을 의미하는지를 알기 위한 것이다. 셰익스피어나 베를레느의 노래는, 그것이 너무나도 자유롭고 생생히 살아 있는 듯하며, 뜰에 내리는 빗줄기나 저녁의 불빛만큼이나 어떤 의식적 목적과 거리가 멀거니와 어떠한 정서의 음률 있는 표현으로 발견되며, 그 정서는 이러한 방식 외에는 적어도 그렇게 적절한 전달은 불가능하다. 그러나 예술을 이루는 기질에 접근하는 것은 경이로운 행위요, 많은 관습은 우선 배제되어야만 하기에, 왜냐하면, 확실히 가장 내적인 영역은 불경함에 말려든 사람에게 결코, 불복하지 않을 것이기 때문이다.

그것은 순수한 파시펄이 물었던 ─ '누가 선한가?'의 낯선 질문이요, 이는 우리가 비평과 전기를 읽을 때 마음에 되새기게 되거니와 그에 대해 폭넓은 ─ 의상 숭배로서 오해받는, 어느 현대 작가의 영향력이 설명해 준다. 이들 비평이 진지하지 못할 때, 그들은 유머러스하지만, 이처럼 비평들이 진지할 때 상황은 더욱 나쁘다. 그래서, 맹건이 그의 모국에서 기억될 때(왜냐하면, 그는 때때로 문학계에서 언급되므로) 그의 모국인은 그런 뛰어난 시적 재능이 올바르지 못한 행실과 맺어진 것을 한탄하고, 그처럼 특이한 악덕을 지닌 이국적이요 비애국적인 사람에게 그런 재능이 있다는 사실에 놀란다. 그에 대해 글을 쓴 사람들은 술주정뱅이와 아편 ─ 복용자 간의 균형을 유지하는 데 세심한 신경을 써 왔으며, '오토먼에서' 라든지 혹은 '콥틱에서'와 같은 구절 뒤에 학식 아니면 사기가 숨어 있는지 알아내려고 노력해 왔다. 그리고 이런 유의 작은 기억 말고는, 맹건은 그의 조국에서 이방인이었으며, 거리의 희귀하고 비공감적 인물이었다. 그리하여 거리에서 그는 오랜 고대의 죄에 대해 참회하며 홀로 걸어가는 사람인 듯 보였다. 확실히 삶이란, 노바리스가 영혼의 병이라 부른 적이 있거니와 그에게 부과된 죄를, 아마, 잊은 무거운 참회였으며, 또한, 슬픔의 운명이었으니, 그것은 그의 통로에 불쑥 나타나는 사람들의 얼굴에 비친 야만성과 나약함의 선(線)들을 그렇게도 진실되게 읽어내는 훌륭한 예술가를 그 안에 간직하고 있기 때문이다. 그는 자신을 분노의 그릇으로 만들었던 정의감에 순종하면서, 그것을 대부분 잘 견뎌내지만, 그러나 광기의 순간에 그는 침묵을 깨뜨리고, 어떻게 우리는 그의 동료들이 그의 사람됨을 악의의 불순물로 모욕했는지, 그리고 어떻게 그가 만난 모든 사람이 그에게 구덩이에서 나온 악마처럼 느껴졌는지, 그의 아버지는 그를 조이는 왕뱀이었는지를, 읽게 된다. 확실히 그는 누군가가 자기에게 부당하게 행동하는 사람을 비난하지 않는 사람이기에 지혜로운지라, 왜냐하면, 그는 불의(不義)라는 것도 정당함의 한 단명일 뿐이라는 것을 잘 알고 있는 사람이기 때문이다. 반면에 그런 끔찍한 이야기를 혼란된 두뇌가 지어낸 허구라고 여기는 사람들은 한 예민한 소년이 거친 자연과의 접촉에서 얼마나 민감하게 상처를 입을 수 있는지를 잘 이해하지 못하는 자들이다. 맹건은, 그러나 어떤 위안이 없지는 않았으니, 왜냐하면, 그의 고통은 그를 내부로 몰입하게 했던바, 그 내적 지향은 많은 세월 동안 슬픈 자와 지혜로운 자에게만 허용되는 것이었다. 누군가가 그에게 그가 어린 시절부터 지급해야 했던 슬픔의 시작은 너무나도 과장되어 말해졌고, 부분적으로 거짓인 것도 있다고 말했을 때, 맹건은―"아마 나는 그것을 꿈꾸었을지 모른다."라고 대답했다. 세계는, 보다시피, 명백히 그에게 어느 정도 비실질적인 것이 되었고, 그는, 결국, 많은 오류를 자아낸 세계를 경멸하기 시작했다. 모든 젊고 단순한 마음을 가진 자들에게 그런 값진 현실을 가져다주는 꿈이 함께 한다면 과연 어떠할까? 본성이 몹시도 예민한 사람은 안전하고 분투노력하는 삶 속에서도 그의 꿈을 잊을 수 없다. 그는 꿈들을 의심하고, 그것들을 잠시 자신으로부터 떼어 놓지만, 사람들이 그 꿈들을 맹세코 부인하는 것을 듣게 될 때. 그는 오히려 꿈들을 자랑스럽게 인정한다. 그리고 예민함이 나약함을 가져오거나, 혹은, 여기처럼, 천성적인 나약함을 세련되게 하는 것에 그는 심지어 세상과 타협하고, 그 대가로 세상으로부터 침묵이라는 호의를, 더는 아닐지라도 얻는지라, 이때 침묵은 격한 경멸을 보이기에는 너무 사소한 것, 마음의 욕망이 그렇게도 큰 소리로 경멸해 온 것, 생각을 냉혹하게 호소해 온 것에 대한 것이다. 그의 태도는 이러하기에 아무도 그것이 자부심인지 혹은 그 위의 비단결 같이 고운 머리카락 때문에 살아 있는 듯, 밝게 빛나는 눈인지, 약간의 허영을 지닌, 그의 모호한 얼굴에서 나오는 겸양인지, 아무도 말할 수 없다. 이러한 순수한 방어적 유보(留保)는 그에게 위험이 있을 수도 있는지라, 궁극적으로 그의 과도함 만이 그를 무관심으로부터 구하는 것이다. 뭔가가, 그와 그가 독일에서 가르쳤던 제자 한 사람의 심적 사건에 관해 글이 쓰였거니와 그런데 그는 뒤에 세 사람의 사랑의 코미디에 등장하는 배우였던 것 같으나, 만일 그가 남성들에게 내성적 태도를 보였다면, 그는 여성들에 수줍은 편으로, 그는 멋쟁이가 되기에는 너무나도 자의식적이요 비평적이며 부드러운 대화에 대해서는 너무나도 아는 것이 없다. 그리고 그의 이상한 옷차림—고깔 모양의 굽 높은 모자, 그에게는 터무니없이 큰 바지와 배가파이프처럼 보이는 낡은 우산—에서 어떤 이들은 괴짜라는 인상을 받았는가 하면, 어떤 이들은 가식적 꾸밈을 보았다. 언제나 그와 함께했던 수많은 지역의 박식(博識)과 동방의 이야기들 및 그가 정신없이 몰두했던 중세의 인쇄된 책들의 기억은—매일매일 합쳐져, 거미줄처럼 장식된 채, 그와 함께한다. 그는 수십 개의 언어를 알았으며, 그 언어의 능력을, 기회 있을 때마다 마음껏 과시했고, 많은 문학 작품들을 닥치는 대로 읽었는지라, 수많은 바다를 건넜으며, 심지어 아무도 가보지 못한 페르시아까지 파고들었다. 팀박투스에서 그는 어떤 비방자들도 막지 못할 만한 매력적인 겸손으로 고백하고, 이것은 약간 비도덕적이지만, 유감의 이유가 못 된다. 그는 또한, 프로보스트의 여성 점성가들의 생활에, 그리고 영혼의 가장 아름다움과 단호함이 힘을 지닌 중세와 현세의 현상에 흥미를 느끼며, 하나의 세계 속에, 그것과 와토우가 탐색했던 것과 어떻게 다른 것인지를, 이들 양자는 어떤 변덕을 가지고, '결코, 또는 전혀 만족을 주지 못하는 척도로 무엇이 거기 있는지'를 탐색하는 듯하다.

그의 글들은, 지금까지 결코, 수집된 적이 없으며, 또한, 알려지지 않았기 때문에, 더피에 의하여 출판된 시 선집이나 몇 페이지의 산문들의 두 미국 판을 제외하고는, 어떤 질서도 때때로 사상도 별반 보여주지 않는다. 그의 많은 수필은 한번 읽어보면 매우 바보스럽지만, 아무런 근사한 의도도 없는 잇단 구절이 품은 희롱의 저변에서 우리는 어떤 사나운 에너지를 인식하지 않을 수 없다. 자기 자신이 기민한 고통의 희생인 절망한 작가와 왜곡된 작품 사이에 유사성이 있다. 맹건이, 기억할 일은, 자신을 안내하는 어떤 토속적 문학의 전통을 가지고 글을 쓴 것이 아니라, 당시의 문제들에 관심을 가진 대중을 위하여, 그리고 단지 그것이 이런 것을 설명할 수 있는 한, 시를 위하여 글을 썼다는 사실이다. 그는 그가 쓴 것을 자주 개필(改筆)할 수 없었으며, 무어 및 윌시와는 그들 자신의 근거에서 자주 서로 맞섰다. 그러나 그가 여태 쓴 가운데 최상의 것은 확실히 호소력을 지니는 것인즉, 그 이유는, 내 생각에, 그가 사물의 어머니라고 불렀던 상상력에 의하여 잉태되었기 때문이요, 그리하여 그녀의 꿈은 우리가요, 우리를 그녀 자신으로 그리고 우리 자신으로 상상하고, 그녀 자신을 우리 속에 상상한다 ― 즉, 그러한 힘은 그녀의 숨결 앞에서 '사그라져가는 석탄'(셸리의 이미지를 사용하면)으로서의 창조의 마음이 된다. 비록 맹건의 최상의 작품 중에서조차도 이국적 정서의 존재를 때때로 느낄 수 있지만, 상상력의 미의 빛을 반사하는 상상적 개성의 존재가 한층 생생하게 느껴진다. 동서가 그러한 개성 속에서 만난다(우리는 그 방법을 알고 있다). 거기서 이미지들은 부드럽고 빛을 발하는 목도리처럼 짜이고, 말들은 빛나는 갑옷의 비늘처럼 울린다. 그리고 그 노래가 아일랜드의 것이든 이스탄불의 것이든, 그것은 똑같은 후렴을 가지며, 평화를 잃어버린 그에게 다시 평화가 찾아오기를 기원하는 기도, 그의 영혼의 새하얀 달밤의 진주인 아민(Ameen)이 된다. 음악과 향기 그리고 빛이 그녀의 주변에 퍼지고, 그는 그녀의 얼굴 근처에 또 다른 영광을 펼 수 있도록 이슬과 모래를 찾을 것이다. 경치와 세계가 마치 눈(眼)이 사랑으로 넘치는 얼굴 주변에 자라나듯, 그녀의 얼굴 주변에 자라나고 있다. 빅토리아 코로나 및 로라 그리고 베아트리체는 많은 삶이 그녀의 얼굴 위에 아련한 섬세함을 던지는 그녀조차도, 마치 머나먼 공포와 광폭의 꿈에 대해 명상하는 사람, 그리고 사랑이 그 앞에서 침묵을 지키는 이상한 정적(靜寂)의 화신인 모나리자의 것처럼 하나의 기사도적 관념을 구현한다. 그리하여 그것은 죽음의 것이 아니요, 욕정과 불신 그리고 나약함의 사건들을 넘어 그것을 용감하게 지탱한다. 그리고 그녀의 하얗고 성스러운 손은 매혹적인 손, 그의 처녀의 꽃, 그리고 꽃 중의 꽃의 미덕을 지닌 그녀는 다름 아닌 그러한 관념의 구현이다. 동방(東方)이 어떻게 하여 그녀를 위해 공물을 바치고 모든 보물을 그녀의 발아래 가져가야 하는가! 샤프론 색 모래 위로 거품이 이는 바다, 발칸 해협의 외로운 삼나무, 가리스탄으로부터 황금빛 달과 장미의 숨결로 물결무늬를 장식한 거실―이 모든 것들은 그녀가 기꺼이 봉사하는 곳에 있게 되리니: 존경과 평화가 마음의 봉사가 될 것이요, 이는 마치 '미리에게(To Mihri)'란 운시에서 볼 수 있다:

> *나의 별빛, 나의 달빛, 나의 한밤중, 나의 저녁 빛이여*
> *가리지 말지라, 가리지 말지라!*

그리고 바로 거기서 음악은 그것의 무기력함을 흔들어 없애며, '모리스 피츠제럴드 경을 위한 애도' 그리고 '어두운 로잘린'에서처럼 전투의 환희로 충만되고, 그것은 정말로 휘트먼의 특질까지는 미달하나 셸리의 운시의 모든 변화하는 조화를 가지고 전율한다. 이따금 이 음조는 거칠어지고 일군(一軍)의 정돈되지 않은 정열은 그것을 조롱하듯 메아리친다. 그러나 적어도 두 편의 시들, '스와비언 유행가'와 웨젤이 번역한 4행시의 두 연(聯)은 깨어지지 않은 음악을 유지한다. 한 송이 작은 꽃을 창조하는 것은, 블레이크가 말하기를, 오랜 세월의 노고이다. 그리고 심지어 한 편의 서정시가 다우랜드를 불멸로 만든다. 다른 시들 속에 발견되는 무비(無比)의 구절들은 너무나 훌륭하기에 맹건 이외에 그 누구에 의해서도 쓰일 수 없으리라. 그는 아마도 시적 예술에 대한 논문을 쓸 수 있으리라. 왜냐하면, 그는 대부분의 현대 학파 중의 높은 사제(司祭)라 할 (알렉산더) 포(Poe)보다 음악적 음향의 사용에서 한층 재치가 있기 때문이다. 그리고 어느 학파도 가르칠 수 없는, 그러나 내심의 명령에 복종하는, 그리고 우리가 '카사린 – 니 – 호라한'에서 답습할 수 있는 숙달함이 있으며, 거기에서 후렴은 갑자기 강약격의 장단에서 단단하고, 행진하는 약강격의 시행으로 바뀐다.

모든 그의 시는 슬픔의 시간이 마음속에 들이닥칠 때 고통을 받으며 커다란 신음과 동작으로 움직이는 사람의 학대와 고통과 열망을 기억한다. 이것은 많은 노래의 주제이지만, 이들 가운데 어느 것도 고상한 비참함 속에, 그가 사랑하는 스베덴보리가 말하듯, 영혼의 광대함에서 이루어진 이러한 노래만큼 강렬하지 못하다. 나오미는 그녀의 이름을 마라로 바꾼다. 왜냐하면, 그것은 그녀와 더불어 쓰라리게 사라졌기 때문이다. 그리고 그것은 이러한 이름과 제목을 설명하는 슬픔과 쓰라림의 깊은 감정이요, 그 속에서 자신의 망아(忘我)를 추구했던 변형의 분노가 아닌가? 왜냐하면, 그는 자신 속에서 외로움의 신념, 또는 중년에서 행복의 절정을 노래 불러 천국으로 보냈던 신념을 찾지 못했으며, 그는 속죄로 마감할 마지막 장면을 기다리기 때문이다. 레오파디보다 한층 미약한지라, 그 이유인즉 그는 그 자신의 절망의 용기를 갖지 못하나, 모든 아픔을 잊고 약간의 호의를 보여주면서 자신의 경멸을 버리기 때문이다. 아마도 그는 이런 이유로, 그가 가지려고 했던 기념비 — 그를 사랑하는 사람들과 항상 함께함 — 를 가진다. 그리고 한층 영웅적인 비관론자가 그의 의지를 무릅쓰고 인간성의 조용한 불굴의 용기를 입증하듯, 건강이 안전한 사람에게 좀처럼 발견되지 않는 건강과 즐거움에 대한 미묘한 동정을 입증한다. 그래서 그는 지상의 중대하고 바쁜 작업으로부터 보다는 차라리 여성들의 비정한 눈이나 남성들의 딱딱한 눈으로부터 몸을 움츠린다. 사실을 말하면, 그는, 다른 이(키츠)처럼, 일생 죽음을 사랑해 왔다. 그리고 어느 여성과도 사랑을 나누지 않았으며, 얼굴이 구름으로 가려지고, 아즈라엘이라 불리는 자를 환영하는 그 옛날의 꼭 같은 점잖은 태도를 지닌다. 너무나 격렬한 사랑의 불꽃이 지상에서 소진된 사람들은 사후에 욕망의 바람 사이에서 파리한 유령이 된다. 그리고 그가 여기 비참한 자의 열정을 가지고 평화를 향해 나아가려고 했을 때, 이제 평화의 바람이 그를 방문하자, 그는 휴식하며 이제 더는 시체의 쓰라린 시의(屍衣)를 기억하지 않아도 좋은 것이다.

　시는, 분명히 가장 환상적일 때라도, 언제나 책략에 대한 반항이요, 어떤 의미에서는 현실에 대한 반항이다. 그것은 현실의 시련인 단순한 직감을 잃어버린 자들에게 환상적이요, 비현실적인 것처럼 보이는 것에 대하여 말한다. 그리고 시가 그 시대와의 불화에서 종종 발견되듯, 기억의 딸들에 의하여 가공된, 역사에 대하여 설명하지 않고, 동맥의 맥박보다 적은 매 순간, 6천 년의 기간과 맞먹는 순간을 중시한다. 의심할 바 없이 그들은 시대의 연속, 그리고 역사 또는 현실의 부정을 주장하는 유일한 문인들이다. 왜냐하면, 그들은 한 가지에 대한 두 이름이며, 전 세계를 기만하는 자라 말할 수 있다. 이 점에서, 다른 경우에서처럼, 맹건은 그런 종족의 타입이다. 역사가 그를 너무나 엄격하게 둘러싸고 있기 때문에, 그의 불같은 순간들도 그를 거기서 해방하지 못한다. 그는 또한, 그의 인생에서 그리고 그의 슬픈 시에서 약탈자의 불의에 항거하여 절규하지만, 격자무늬의 그림이나 장식의 상실보다 더 깊은 상실을 결코, 비탄하지 않는다. 그는 전설에서 시의 행(行)이 결코, 그려지지 않은, 그리고 그것이 원을 따라 움직일 때 그 자체에 대항하여 분할되는, 가장 최근의 그리고 최악의 부분을 상속받고 있다. 그리고 이러한 전통이 그에게는 너무 대단하여, 그는 모든 그의 슬픔과 실패를 가지고 그것을 감수해 왔고, 강한 정신이 아는 것만큼 그것을 변화시키는 방법을 알지 못했다. 그리하여 그는 그 전설을 후세에 유증하리라. 폭군들에게 그의 분노를 던지는 시인은 친숙하고 더욱 잔인한 폭정을 미래 위에 수립하리라. 마지막 견해에서, 그가 숭상하는 인물은 한 비열한 여왕으로 보일 것인즉, 그녀가 저지른 끔찍한 범죄와 그녀에게 가해질 끔찍한 자들 때문에 광기(狂氣)가 그녀에게 다가오고 죽음이 다가오고 있다. 그러나 그녀는 자신이 곧 죽게 되리라 믿지 않을 것이요, 단지 그녀의 비원(秘園)과 돼지들의 먹이가 되어 온 그녀의 아름답고 키 큰 꽃에 도전하는 목소리의 소문을 기억한다. 노발리스는 사랑에 관하여 '그것은 우주의 찬동'이라고 말했다. 그리고 맹건은 중오의 미에 관하여 말할 수 있다. 그리고 순수한 중오는 순수한 사랑만큼 탁월하다. 열렬한 정신을 가진 자는 맹건의 종족의 높은 전통을 과격하게 내던질지 모른다. 슬픔과 절망 그리고 무서운 위협을 위한 슬픔의 사랑 말이다. 그러나 거기 그들의 목소리는 인내심으로 견뎌야 하는 지고의 애원이요, 이는 단지 작은 은총처럼 보인다. 그리고 무엇이 위대한 신념만큼 그토록 공손하고 그토록 끈질긴가?

모든 시대는 그의 시와 철학에 대한 그의 재가(裁可)를 찾아야 한다. 왜냐하면, 이들에서 인간의 마음은, 그것이 앞과 뒤를 쳐다볼 때, 영원한 상태에 도달한다. 철학적인 마음은 언제나 섬세한 삶에 기운다 — 괴테나 레너드 다 빈치의 삶 말이다. 그러나 시인의 마음은 강렬하여 브레이크나 단테의 마음처럼 그 중심 속에 그것을 둘러싼 삶을 끌어들이고, 그것을 지구의 음악 사이로 날려 보낸다. 맹건과 더불어 편협하고 신경증적인 민족성은 최후의 정당성을 받아들인다. 왜냐하면, 이러한 연약한 몸체의 인물이 떠날 때, 황혼은 신들의 행렬을 가리기 시작하고, 귀를 기울이는 자는 세상을 떠나는 자들의 발걸음 소리를 들을 수 있다. 그러나 성스러운 이름의 비전인 고대의 신들은 죽어 여러 번 다시 부활한다. 그리고 그들의 발 주변에 황혼이 그리고 그들의 무심한 눈 속에 어둠이 있을지라도, 빛의 기적은 상상적 영혼 속에 영원히 재생한다. 불모의 그리고 의심스러운 질서가 깨어질 때, 한 가닥 목소리 또는 한 무리의 목소리가 처음에는 약간 희미하게, 숲과 도시들을 그리고 인간의 마음에 들어가는 진지한 영혼을, 그리고 대지의 삶을 — 이 아름답고, 기적 같은 대지 — 삶, 이 측량할 수 없는 대지 — 삶 — 아름답고 매혹적이며 신비스런 노래하는 것이 들린다.

진리의 광휘인, 미는 상상력이 그 자신의 존재 또는 가시적인 세계의 진리를 강렬하게 명상할 때 우아한 존재이며, 진리와 미에서 출발한 정신은 즐거움의 성스러운 정신이다. 이것들은 실체들이며 이것들만이 생명을 부여하고 지속한다.

사치에서 생겨난 저 사악한 괴물인, 인간의 공포와 잔인함이 자주 힘을 합하여 삶을 품위 없고 음산하게 만들며, 죽음의 악을 이야기하듯 시간이 다가와 그 속에서 소심한 용기를 지닌 인간은 지옥과 죽음의 열쇠를 잡고, 그들을 멀리 저 나락(奈落)으로 팽개치며, 인생의 찬가를 외친다. 진리의 그리고 삶의 가장 아름다운 형태의 지속적인 광휘가 그 삶을 신성하게 한다. 우리를 둘러싼 저 넓은 과정들 속에 그리고 우리의 기억보다 더 크고 더 관대한, 저 위대한 기억 속에 어떤 삶도, 어떤 환희의 순간도 영원히 상실되지 않는다. 그리고 고상하게 글을 써 온 모든 자는, 비록 절망적이고 지친 자가 지혜의 은빛 웃음소리를 결코, 듣지 못했더라도, 헛되이 쓴 것이 아니다. 천만에, 이와 같은 자들이야말로 고통스럽게 또는 예언의 방법으로 기억하면서 그들이 밝힐 저 고상하고 독창적인 목적 때문에 영혼의 계속된 긍정(肯定)에 관여해야 하지 않겠는가?

제임스 A. 조이스

9

아일랜드의 시인

1907

아일랜드의 문에 부흥은 조이스가 『율리시스』에서 언급했던 것처럼 "온통 지나치게 아일랜드적"이 될 수 있는 위험에 언제나 빠져 있었고, 만일 예이츠가 문학은 민족적이어야 하지만 애국적이어서는 안 된다는 논점을 갖고 있지 않았다면, 아일랜드의 문에 부흥은 헛될 수도 있었다. 이러한 구별은 너무나 미묘한 것인지라, 엄격하게 적용될 수 없는 것이요, 윌리암 루니는 삼류 시인의 한 사람으로, 그의 운시는 단지 애국적 열정에 의해서 만이 특징 지워졌다. 루니는 아서 그리피스를 도와 '신페인'(자치)을 설립하는데 도왔고, 그것의 신문인 『유나이티드 아이리시만』의 주된 기고가였다. 1901년 28세로 루니가 사망하자 얼마 뒤, 이 신문은 루니의 시집을 출판했다. 조이스는, 그의 아우가 밝힌 대로, 신페인 운동의 목적과 방법에 동정적이었지만, 시인으로서의 루니에 대한 공격을 주저하지 않았다. 그리피스는 1902년 12월 20일에 『유나이티드 아이리시만』지(그것은 악명높게도 친영 적이었거니와)에 루니의 책에 대한 광고를 출판함으로써, 조이스의 서명 없는 서평에 대해 냉소적으로 반응했다. 그 글 속에서 그리피스는 조이스의 적대적인 리뷰 내용을 상당 부분 인용했고, 그의 유일한 논평으로서, 조이스가 쓴 글에다 하나의 괄호의 말을 첨가했다: "만일 그가 우리를 그토록 불행하게 만드는 그 위대한 단어 중의 하나 [애국정신] 때문에 고통을 받지 않았더라면, 그는 잘 쓸 수 있었으리라." 『더블린 사람들』에서 게이브리얼 콘로이는 "서부 브리튼"이란

『데일리 엑스프레스』에 그가 쓴 서평에 대해 애국적인 미스 아이브아에 의해 비슷하게 조롱받는다.

＊＊＊＊

이는 최근 작고한 시인의 운시들이다. 그를 많은 사람은 작고한 민족적 운동의 데이비스로 생각한다. 시들은 본부에서 발간되고, 상호 개선의 노동자, 우월한 사람, 수상한 음악극 등에 관하여 많이 언급된 두 개의 소개문이 붙어 있다. 시들은 국민적 기질을 나타내고 있으며, 바로 그렇기에 소개문의 필자들은 이들을 최상의 명예를 얻을 만하다고 주장하기를 주저하지 않는다. 그러나 그것은 문학적 진지함의 어떤 증거가 지지해주지 않는 한, 이러한 요구는 허락될 수 없다. 글을 쓰는 사람에게, 책은 그의 훌륭한 소개문에 의해서, 혹은 그의 도덕적 성격에 의해서 변명될 수는 없다. 작가는 쓰인 단어가 문제시 되는 영역으로 들어가고, 문학의 영역이 열광자나 공론가에 의해 이제 그토록 예리하게 공격받고 있기 때문에, 이것을 마음에 간직해야 함은 당연하다.

윌리엄 루니의 시와 민요들을 살펴보건대, 이들에 어떤 높은 찬사를 부여하는 것이 타당하지 않다는 것을 알게 된다. 주제는 한결같이 민족적인지라, 과연 너무나 비타협적이기 때문에, 독자는 (『네이션』지의) 114페이지에서 다시 맥기라는 이름을 만나면 눈썹을 추켜올리고, 스스로 다짐할 것임이 틀림없다(1902년, 더블린의 『데일리 익스프레스』지에 발표된, W. 루니에 대한 논평 참조). 그러나 주제의 취급은 꼭 같은 감탄할 만한 일관성을 보여주지 않는다. "성 패트릭의 날"에서 그리고 "드롬시트"에서 대니스 플로랜스 맥카시와 퍼거슨의 흥미 없는 모방을 우리는 느끼지 않을 수 없다. 심지어 T. D. 설리번 씨와 롤레스튼 씨가 이 책을 만드는데 참여했다. 그러나 "로리그 나 리오"에는 "크론맥크노이스의 사자"의 고답적이요 두드러진 가치가 전적으로 결여되어 있다. 그리고 롤레스튼 씨는, 분명히 어떤 시적 충동으로 수행되지 않은지라, 시적 충동의 바로 그 실패가 시의 글에 만족을 주기 때문에 시를 썼을 듯하다. 조심스러운 글이 성취할 수 있는 것은 많다. 그리고 이러한 운시에서 거의 이뤄진 것이 없음은 거의 확실하다. 왜냐하면, 글이 너무나 부주의하고, 더욱이 천박하기 때문이다. 그 이유인즉, 만일 부주의가 아주 멀리까지 지속된다면, 그것은 긍정적 미덕이 될 것이나, 일상의 부주의는 거짓이요 미천한 생각에 대한 거짓이며, 미천한 표현일 뿐이다.

루니 씨는, 과연, 거의 그와 같은 "스타일"의 대가인지라, 그것은 좋지도 나쁘지도 않다. 메드비의 운시들에서 그는 쓰기를:

> *안락한 골짜기 사이, 퍼져 있는 물가에서*
> *그들은 그녀를 내려놓고, 돌무덤을 세웠다네*
> *애린의 딸 중의 가장 사나운 마음씨,*
> *여태 타오른 가장 용감한 성품.*

여기 작가는 자신이 고안하지 않고, 단지 천박한 표현을 받아드렸으며, 비록 그가 멋진 표현을 받아드렸다 해도, 그는 그것을 정당하게 사용할 수 없다. 어떤 그리고 모든 색채의 스펙트럼을 포용할 수 있는, 맹간의 "포도주 빛 어두운"이란 호메로스적 형용구는 이 글에서 색깔이 없고 무의미하게 되어 버렸다. 맹건은 글을 쓸 때 얼마나 다르게 썼는가:

> *당신은 아나니, 포도주 빛 바다 위로*
> *불쑥 솟은 절벽의 성곽을.*

여기 색깔은 마음속에 솟고, 뒤따르는 시행들의 황금 같은 광휘와 분명히 대조된다.

그러나 우리는 애국심이 작가를 장악하고 있을 때, 이러한 것을 찾아서는 안 된다. 그러자 그는 과연, 예술 중 가장 위대한 것이 아닐지라도, 문학의 예술에 따라서 어떤 것을 창조하는데 상관하지 않고, 정확한 형태를 소유하는, 적어도, 그것 뒤의 정확한 전통을 가진 예술을 상관한다. 대신 우리는 이러한 페이지들에서 운시의 지루한 연속만을, 모든 것의 최악인―'현상(懸賞)' 시를, 발견한다. 그들은 매주 한 번씩 신문이나 사교를 위해 쓰인 것처럼 보이는데, 어떤 절망적이요 지루한 에너지를 입중한다. 그러나 여기 시들은 정신적이요 살아있는 힘이 없다. 왜냐하면, 그들은, 어떤 양상에서 영혼이 죽었거나, 아니면 적어도 그것 자체의 지옥 속에서, 구원과 복수를 말하며, 폭군을 모독하고, 그 지옥의 노동으로, 눈물과 저주로 가득 찬 채, 나아가는, 지루하고 어리석은 영혼을 지닌 사람에게서 나온 것이기 때문이다. 종교와 그것에 연관된 모든 것은 사람들을 분명히 커다란 악으로 권유할 수 있기에, 이러한 운시들을 씀으로써, 비록, 서문의 작가들이 생각하듯, 아일랜드의 젊은 사람들에게 희망을 주고 행동에 불 지를 수 있을지라도, 루니 씨는 커다란 악으로 권유받고 있다.

하지만 그가 우리를 그토록 불행하게 만드는 저 엄청난 단어들의 하나 때문에 고통을 받지 않았던들, 그는 더 좋은 시를 쓸 수 있었으리라. 이 시집에는 단 한 편도 미의 최초의 특질, 고결함의 특질, 구분되거나 전체가 되는 특질이 되는 것은 없으나, 의식적인 개인의 생활에서 나온 것처럼 보이는 한 편이 있다. 그것은 더글러스 하이드가 쓴 몇 편의 운시 중의 한 번역이다. 그것은 "요구"라고 불리지만, 나는 그것이 주제 이상으로 원전에 빚지고 있다고 생각할 수는 없다. 그것은 이렇게 시작한다:

내가 침대에 눕는 저 마지막 시간에,

전나무 판자로 된 나의 좁은 침대에,
나의 친척과 이웃들이 내 주위에 서 있나니
그리고 죽음의 신의 넓은 날개가 짙은 공기를 타도다.

이 시는 그것 주변에 쓸쓸함을 모으기 위해 나아가는지라, 잇따르는 행에서 처럼, 살아있는 운시의 행 속에 그러하다. 셋째 행은, 아마도, 미약하지만 넷째 행은 너무나 놀랄 정도로 훌륭한 고로 칭찬이 모자란다:

밤이 나리고 나의 날이 끝날 때
죽음의 신의 창백한 상징이 나의 얼굴을 으스스하게 할지니,
마음과 손의 전율이 더는 반응하지 않을 때
오 구세주시여, 나를 살피소서!

그리고 시가 고독의 모든 이미지를 주변에 모을 때, 그것은 '성스러운 신의' 유혹을 기억하고, '신의' 자비를 위해 기도를 잊지 않는다. 시는 스스로 인식하기 시작하는 개인 생활에서 나온 듯하지만, 거기에 죽음과 인식이 함께 나타난다. 그리하여 이런 식으로, 그의 다른 무리의 모든 잘못 및 그의 언어의 죄를 기억하는 자의 엄숙을 가지고, 시는 침묵 속으로 빠져든다.

10

조지 메러디스

1902

젊은 조이스는 메러디스의 소설들을 좋아했다. 『영웅 스티븐』에서 저자의 한 결같은 논평과 약간 선심 쓰는 태도는 뭔가 메러디스의 모델에 빚지고 있거니와 『초상』의 제4장에서 스티븐의 환희는 『리처드 페브리얼의 시련』에서 비교될 수 있는 심미론이 그러하다. 『율리시스』에서 스티븐은 벅 멀리건을 혼동시키기 위해 메러디스의 감상주의자의 정의를 빌려 쓴다. 그리고 조이스는 메러디스의 가장 급진적인 기법—단어들이 의미심장한 서술 속에 합치될 때까지 점가하는 파급 효과를 지닌 주제의 반복—을 적용한다. 그리고 그의 평론이 포함하다시피, 조이스는 흔들리는 시대의 세속적 긍정의 문제들과 메러디스의 활기찬 씨름에 흥미를 느꼈었다.

조이스는 또한, 메러디스에 관한 단서들을 지녔다. 약간은 그의 평론에 언급된다. 그는, 그의 아우 스태니슬로스가 『나의 형의 파수꾼』에서 폭로하듯, 메러디스의 왕립 시인 "오피어의 항해"에 대해 못마땅했고, 이는 *1901*년에 웰스의 왕자와 공주가 가진 제국을 둘러싼 항해를 축하한다. 그는 자신이 그 시의 저자에게 "뜻밖의 만남"의 이야기를 헌납하고 싶다고 말했는데, 아마도 독선에 대한 반대로 써였으리라. 전반적으로, 메러디스의 시는 그에게 "신문 작가로서 아주 칭찬할 만한 것이 못 되는 것"처럼 보였다. 그리고 그는 *1924*년에, 존 퀸이 『율리시스』의 원고를 $1924에 A. S. W. 로잰바그에게 팔았을 때 분개했으며, 이어 메러디스

의 두 편의 원고 시를 $1400에 되샀다.

****

조지 메러디스 씨는 영국 문인 시리즈 속에 포함되어 있는데, 여기서 홀 캐인 씨 및 피네로 씨에게 영광스럽게도 친근하게 보일 수 있다. 당대의 가치에 대한 감각이 너무나 예리한 시대는, 이따금 잘못 판단하리라, 고로, 심지어 그를 거리낌 없이 감탄하지 않은 자들에게, 진짜 문필가인 한 작가가, 이러한 이상한 모습으로 스스로 나타날 때, 불평을 해서는 안 될 것이다. 제롤드 씨는 그의 책의 전기적 부분에 평상시보다 한층 대중적 취미의 광대함을 기록해야만 한다. 그리고 만일 그의 책이 이것만을 기록했다 해도, 어떤 선한 것이 이루어졌을 것이다. 왜냐하면, 대중의 취미는, 메러디스 씨가 한 순교자임이 결코, 확실하지 않은 한, 비난받아야 함이 마땅하기 때문이다.

제롤드 씨는 소설과 마찬가지로 연극에서 자신의 신념을 고백하거니와 그는 "현대의 사랑"이 "새 조망"과 같은 수준에 있음을 인정하리라. 아무도 메러디스 씨에게 직접적이요 강제적인 연설의 수사적 힘을 부정할 수 없다(기아[飢餓]의 묘사에서 그는 "굶주리는 군주들은 백인 신교도요 나방"이라고 썼다). 그러나 그는 유동적 특질, 서정적 충격을 분명히 결하고 있어서, 이는 이따금 현자(賢者)로부터 빼앗아, 우자(愚者)에게 주어진 것처럼 보인다. 그리고 그것은 이 특질이 대신할 수 없는 문학 전통을 믿는 모든 이에게 분명하다.

메러디스 씨의 열렬한 두뇌는 그것이 그를 시인으로 만들지 않을지니, 그러나 우리의 시대에서, 아마도, 유별한 소설들을 그로 하여금 쓰도록 도왔다. 제롤드 씨는 각 소설을 표면적 분석에 맡겼는지라, 그렇게 함으로써 그는, 내 생각에, 그의 독자를 위해 잘못된 신념을 포착했다. 왜냐하면, 이러한 소설들은, 대부분, 서사적 예술로서 무가치하기 때문이다. 그런데 메러디스 씨는 서사적 예술의 본능을 갖지 않는다. 그러나 그들은 철학적 수필로서 분명한 가치를 지니는 바, 그들은 아주 완고한 문제를 아주 경쾌하게 작업하는 철학자를 보여준다. 철학자에 관한 어떤 책이든, 우리가 세계의 멋진 멋 부림에 전적으로 우리 자신을 내맡기지 않는 한, 읽기에 가치가 있으니, 비록 제롤드 씨의 책이 탁월하지 않다 할지라도, 읽을 가치가 있다.

아일랜드의 오늘과 내일

1903

스티븐 권은 아일랜드 민족주의의 동기를 시작한, 탁월한 앵글로─아이리시 지식인들 가운데 하나다. 조이스는 새로운 아일랜드 작가와 아일랜드 산업에 대하여 그의 관심을 환영했으나, 『소동의 시대』와 『제임스 클레런스 맹건』에서 보다 초기에 표명한, 그의 주장, 즉 아일랜드 작가들 가운데 맹건과 예이츠만이 주목할 가치가 있다는 생각을 반복할 기회를 가졌다. 그들의 주술적(呪術的) 비참함이 조이스 자신의 어떤 필요를 채워주었음은 의심의 여지가 없었다.

****

현대의 앵글로─아이리스 문학의 이미 많은 양에 대한 최근의 첨가물인, 이 책에서, 권은, 그들 모두를 위한 그가 주장하는 주제의 일치를 다루지 않았더라도, 흥미에서 광범위하게 다른, 다양한 비평, 잡지, 수필(논문)로부터 10편을 수집했다. 에세이들은 직접 혹은 간접적으로 아일랜드를 다루며, 그들은 서로 결합하여, 영국 문명과 영국의 사고방식에 대한 두드러진 비난을 형성한다. 그 이유인즉, 권은 당시 유행했던 민족주의 운동의 저항자였는데다가, 비록 그의 민족주의가 자신이 말하듯, 그에 관해 화해할 수 없는 것은 없을지라도, 그 자신이 민족주의자라고 공언했기 때문이다. 아일랜드에 캐나다와 같은 상황을 부여한다면,

권 씨는 즉시 제국주의자가 되었을 것이다. 권 씨가 어떤 정치적 당으로 나아갈 지는 말하기 힘들다. 왜냐하면, 그는 영국 하원에 비해 너무나 한결같이 게일적 (Gaelic)이요, 그들의 친구들이 프랑스 국민에 관해 다소 모호하게 말하기 시작 하는, 진정한 애국자들에 비하면, 너무나 온화하기 때문이다.

그러나 권 씨는 적어도 아일랜드 문학과 산업을 이루기를 탐색하는 정당의 일원이다. 그의 책에서 최초의 에세이들은 문학 비평으로, 그들은 최소의 흥미를 지니고 있음을 즉시 말할 수 있다. 어떤 것들은 단순한 사건들의 기록에 지나지 않으며, 어떤 것들은 게일 어의 재생을 뜻하는 것에 대한 일반적 개념을 영국 독 자들에게 전하기 위해 쓰인 것인 양 보인다. 그는 현대 아일랜드 작가들에게 분명 히 동정적이긴 하나, 그의 작품에 대한 자신의 비평은 두드러지지 않다. 시작하는 에세이에서 그는 아무튼 맹건을 발견하는 태도를 지니며, "마규리에 대한 오후세 이의 송가"로부터 몇몇 운시들은 다소 놀라움을 갖고 옮겨 적고 있다. 운시들의 수는 적지만, 그것들은 권 씨가 켈트의 목소리로 간주하는 현대 작가들 작품의 진 가를 보여주기에 충분하다. 그들의 작품은 다양한 장점이 있으며 (예이츠의 경우 를 제외하고) 유창한 언어와 이따금 탁월함을 보여 줄 뿐 그 이상은 결코, 아니며, 종종 너무 저급한 나머지 기록상의 증거로 이외에는 별 가치가 없다. 그것은 당 시에 흥미를 끌었던 작품이나 총괄적으로, 행운아인, 맹건과 같은 사람의 작품의 3분의 1도 미치지 않으며, 그는 앞서, 그리고 그가 품위를 지닌 사람들 가운데 한 낯선 인물이지만, 그는 아직도 서정시의 형태를 사용하는 자들 가운데 최고로 낭 만적 시인의 하나로서 나타날 수 있다.

그러나 권 씨는 아일랜드의 다른 점들에서 그러한 운동을 시작했던 산업적 작품을 설명하는 에세이들에서 한층 성공적이다. 아일랜드의 서부에서 어업의 수립을 위한 그의 설명은 아주 흥미로우며, 구식 및 신식의 낙농업 그리고 카펫 제작에 대한 그의 설명 또한 그러하다. 이 에세이들은 실질적인 방법으로 쓰였는 데, 날짜와 숫자의 많은 인용으로 보충되어 있을지라도, 그들은 또한, 일화가 풍부하다. 권 씨는 분명히 유머 감각을 가졌으며, 부활주의자에게서 이것을 발견하는 것은 유쾌한 일이다. 그는 어느 날 낚시를 하며, 한 늙은 농부와 만난 것이 얼마나 행운이었는지를 말하는데, 후자는 그의 마을의 전통적 이야기들에 관해 그리고 대가족들의 역사에 관해 그의 생각이 이어졌다. 어부로서 권 씨의 본능은 자신의 애국주의에 대해 더 좋은 것을 얻었으며, 그는, 어부는 불운한 날에 많은 고기를 잡은 뒤, 자기 생각의 흐름을 따르면서, "크랜카티 가문의 사람들은 역시 착한 사람들이었어. 그들은 살아 있는가?"라고 말했던 농부로부터 아무런 칭찬의 말을 얻을 수 없었을 때 약간 실망했다고 고백한다. 책은 감탄할 정도로 장정되고 인쇄되어, 이러한 출판으로 사업을 얻은 더블린의 회사는 명예를 지닐 만하다.

경쾌한 철학

1903

젊은이로서 조이스는 동양의 신비론과 접신론에 관한 많은 책을 사서 읽었으며, 한동안 19세기 말에 유럽과 아메리카를 흥분시켰던 관심을 나누었다. 흘 저의 책에 대한 그의 관심은 전쟁을 부적절한 것으로 외면했던 불교와 같은 철학을 그가 얼마나 동정적으로 보았던가를 나타낸다. 힘(권력)에 대한 그이 자신의 증오는 『망명자들』과 『율리시스』에 드러나거니와 『초상』에서 스티븐 데덜러스의 무기들인 — 침묵과 망명 및 간계야말로 타당하게도 비폭력적다.

****

이 책에서 우리는 이상한 신념과 동정에 따라 인생이 우리에게 통제되는 사람들에 관해 읽는다. 저자는 불교의 짧은 설명으로 그와 같은 인생을 아주 타당하게 설명하기 시작한다. 그리고 그는 불교의 주요 원칙을 설명하는 것만큼이나 그것의 역사에 관해서도 많이 보여준다. 그는 불교 전설 가운데 가장 아름다운 것들 한복판에 있는 어떤 사건들 — 말(馬) 아래 꽃을 뿌리는 상냥한 신들과 불타와 그의 아내가 만나는 이야기 — 은 생략한다. 그러나 불교의 철학(만일 그것이 타당한 이름인지 몰라도)을 상당히 길게 서술한다. 버마 사람들은 이러한 현명한 수동적 철학을 따르는데 천성적으로 적응된 듯 보인다. 그들에게 다섯 가지가 지고의 악들로서, 불, 물, 폭풍, 도적 그리고 지배자들이 있다. 이 모든 것들은 인간의 평화에 해가 되는 것들이다. 비록 불교는 본질적으로 존재의 악에 대항하여 수립된 철학, 개인의 생활과 개인 의지의 말살에 그 목적을 두고 있을지라도, 버마 사람들은 그것을 즉시 단순하고도 현명한 생의 법칙으로 변용하는 법을 알아 왔다.

사나운 모험가들, 고기를 먹는 자들 그리고 사냥꾼들에 의해 우리에게 유증된 우리의 문명은 성급함과 싸움으로 너무나 충만 되고, 아마도 별 중요하지 않은 많은 것들에 관해 너무나 분방하기에, 중요한 것을 문명에서 미약하게 보는바, 그것은 싸움터를 우월한 수련으로 만들기를 거절할 때 미소를 짓는다. 버마에는 다음과 같은 한 가지 속담이 있다 ─ "마음의 생각은 인간의 부이다." 그리고 홀 씨는, 버마에 여러 해를 살아왔거니와 모든 상황에서, 마음의 평화 위에 건립된 행복은 버마에서 가치의 탁자에 높은 자리를 지니고 있음을 보여주는 그들의 생활의 그림을 그린다. 행복은 이들 사이에 존재하는지라, 즉 시주를 구걸하는 누른 법복을 입은 스님들, 사원에 염불하러 오는 신자들, 각자는 작은 등불을 지닌 채, 어떤 향연의 밤 강 아래로 떠내려가는 작은 뗏목들, 젊은 남자들이 구혼하러 올 때까지 처마 그늘에 앉아 있는 소녀, ─ 이 모든 것은 경쾌한 철학의 한 부분으로, 그것은 눈물과 한탄을 정당화할 어떤 것이 있음을 알지 못한다. 생활의 예절은 무시되지 않는다. 분노와 무례한 태도는 비난을 받는다. 동물들 자신들은 그들을 동정과 관용의 가치가 있는 생명체로 다루는 주인들 아래에 있는 것을 기뻐한다.

홀 씨는 이러한 사람들의 정복자 중의 하나이며, 그는 그것을 전사(戰士)의 명성으로 생각하지 않기 때문에, 그것에 대해 어떤 큰 정치적 미래를 예견할 수 없다. 그러나 그는 그것 앞에 평화가 놓여 있음을 알며, 그리하여, 아마도 문학 속의 혹은 어떤 예술 속의 아주 조용하고 질서를 사랑하는 민족적 기질이야말로 그것 자체를 성취할 수 있음을 알고 있다. 그는 자신이 "구원자, 죽음"이라 부르는 마 파 다(Ma Pa Da) 이야기의 변안을 제공하거니와 이 이야기 자체는 너무나 연민의 것인지라, 우리는 미얀마의 인기 있는 이야기들에 대해 더 많이 알기를 원한다. 그는 다른 곳에서 버마의 한 사랑의 노래를 산문으로 번역하거니와 이는, 보는 대로, 의심할 바 없이, 많은 음악을 상실할지라도, 얼마간의 매력을 지녔다:

"달은 연꽃을 밤에 구애하고, 연꽃은 달에 의해 구애받으니, 나의 애인은 그들의 자식이도다. 꽃은 밤에 피고, 그녀는 태어났도다. 꽃잎들이 움직이자, 그녀는 태어났다. 그녀는 어떤 꽃보다 더 아름답도다. 그녀의 얼굴은 황혼만큼 섬세하고, 그녀의 머리카락은 언덕 위에 내리는 밤과 같도다. 그녀의 피부는 다이아몬드처럼 밝도다. 그녀는 건강으로 넘치고, 어떤 질병도 그녀를 가까이 갈 수 없도다."

"바람이 불면 나는 두렵고, 미풍이 불면 나는 겁내나니. 나는 남풍이 그녀를 빼앗을까 두려운지라, 나는 황혼의 숨결이 그녀를 구혼하여 뺏어가지 않을까 몸을 떨도다—그녀는 너무나 경쾌하고, 너무나 우아하다."

"그녀의 옷은 금이요, 비단 황금으로 이루어지니, 그녀의 팔지는 순금이라. 그녀는 귀에 보석을 달고 있지만, 그녀의 눈은 무슨 보석으로 그들을 비교하랴?"

"그녀는 자존심이 강하기에, 나의 여인. 그녀는 아주 자존심이 강하기에, 모든 사내가 그녀를 두려워하나니. 그녀는 그토록 아름답고, 그토록 자만심이 강한지라, 모든 사내가 그녀를 겁내도다."

"온 세계에서 어디고 그녀와 견줄 자 없도다."

홀 씨는 가장 흥미 있는 책을 쉽고 절제된 필체로 썼으며, 그것은 흥미로운 태도와 이야기로 충만하다. 우리는 심지어 오늘날 소설 중에서도 종교적이요, 선풍적인 인기가 있는 이 책이 4판으로 돌입했다니 기쁜 일이다.

사고의 정확성을 위한 노력

1903

그는 이 책의 논쟁자들이 평범한 사람들이라 주장하는 무모한 사람임이 틀림없다. 그들은, 다행스럽게도 인간 동물의 평화를 위해서, 아주 비범한 사람들이다. 왜냐하면, 평범한 사람들은 겉치레의 연속이 겉치레보다 더한 것인지 아닐지를 어느 상당한 시간 동안 논하지 않을 것이다. 그러나 비범한 사람들은, 그들의 대화가 앤스티 씨에 의해 약간 지나칠 정도로 여기 기록되어 있거니와 실제보다 한층 정확하고 분명한 정교성에 관해 논한다. 화자들은 실제보다 한층 정확하게 보일지니, 왜냐하면, 한때 그들은 정확성은 마음의 습관이 전혀 아니요, 명제의 특질일지라도, 사고의 정확성에 대해서 열렬히 토론한다. 그리고 한 번 이상으로 모든 화자는 감각 인상이 지식의 가장 먼 한계를 기록하며, "이성적 믿음"이 모습어법 — 철학자가 아닌 사람이 큰 소리로 자기 자신을 공언하는 결론 — 임을 동의한다. 하지만 이 책은, 그것이 활동력의 형식이라고 부르는 자극된 집중을 항상 불러일으키지 않을지라도, 사고의 정확성을 위해 노력한다.

식민지의 운시들

1903

이들은 식민지의 운시들이다. 식민지의 에서(Esau)는 제3페이지에서 자신의 죽(portage)을 야곱(Jacob)의 생득권과 바꿀 것인지에 관해 질문 ― 분명히 답이 '노우일 질문' ― 을 받는다. 어떤 시 편은 "캐나다는 충성스러운가?"라고 이름 지어져 있으며, 월리 씨는 그 나라가 충성스럽다고 선언한다. 그의 운시는 대부분 충성스럽다. 그리고 그렇지 않은 곳에서 그것은 캐나다의 경치를 서술한다. 월리 씨는 자신이 야만인이라 말한다. 그는 성가대의 "중얼대는 혼란"을 원치 않는다. 그는 "명쾌한 신조", 즉 "평범한 사람을 위한 평범한 법"을 원한다. 화랑에서 꿈꾸는 한 소녀에 관해 "묘사(Tableau)"라 불리는 시 편이 있다. 그 시는 이렇게 시작한다: "나는 당신이 단지 그림인지 정말로 사실인지 궁금하도다."

카티리나

1903

입센은 스물한 살 때『카티리나』라는 자신의 최초의 희곡을 썼고, 조이스는 같은 나이에 이 작품의 불어 판 번역에 대한 서평을 썼다. 연극의 미숙함을 인정하고 있었지만, 그는『페르귄트』에서 만개하는 입센의 초기 방법을 이 작품이 예견하는 식에 더욱 흥미가 있었다. 그는 무자비함과 연민 사이에 찢어진 채, 일부 구원자요, 일부 파괴자인 그의 연인들보다 자기 자신의 문제에 정열적으로 휩싸인 무모하고도 평범한 카티린에 집중했고, 카티린이 선언하는 다음의 구절을 주목했음이 틀림없다:

나는 꿈꾸었는지라, 옛 이카루스처럼 날개를 달고,

창공 아래로 높이 나는 것을.

카티리나 속에 비친, 초기의 입센은 조이스 자신의 젊음의 개념을 형성하는 데 도왔다. 이카루스 대신에 자기 자신을 데덜러스로 조이스가 부른 것은 부분적으로 자신의 영웅을 대담한 행동가보다 대담한 창조자로서 나타내려는 욕망에서 기인하지만, 또한 자만하고 영락한 스티븐이 이카루스라는 암시가『초상』에 있는지라, 이는 또한,『율리시스』에서도 두드러지다.

조이스의 서평은 글이 진행됨에 따라 한층 달변적이요, 한층 부적절한 것으로 된다. 서평은 미미한 구실로써, 입센을 충분히 떠받들지 않은 직업 비평가들과 믿음을 유보하면서, 정확성을 또한, 포기한 젊은 동시대인들에게 자신이 얼마나 준비되어 있는지를 들어낸다. 광포한 정신의 요새(要塞)로서 입센의 익살스러운 냉정함의 이미지는 조이스의 상상력을 사로잡는다. 예술가인 입센이 조용히 이탈하는 동안, 여기, 후기의 책들에서처럼, 조이스는 전쟁, 정치, 그리고 종교를 히스테리 하게 요구하면서, 묘사한다.

****

이 연극의 프랑스 번역가들은 1875년 드레스덴 판에 수록된 입센의 서문에서 얼마를 발췌하여 그들의 서문에다 포함했고, 이러한 발췌된 것들은 입센의 초기 역사를 약간 유머러스하게 말해준다. 이 극은 입센이 20살이던 1848년에 쓰였는데, 당시 그는 종일 약방에서 일하고 밤에는 가능한 최대로 공부하는 가난한 학생이었다. 살루스트와 키케로는 캐터라인의 인물에 대해 그의 흥미를 자극한 듯 보이며, 그는 당시 노르웨이를 반영하는 일부 역사적이요, 일부 정치적인 성격의 비극을 쓰기 시작했다. 이 극은 크리스티아니아 극단의 연출가들과 모든 출판자에 의해 정치적으로 거절되었다. 그러나 입센의 친구 중의 하나는 그것을 자신의 자비로 출판했는데, 이 연극이 즉시 작가의 이름을 세계에서 유명하게 만들리라 충분히 확신했다. 책의 몇 부가 팔렸고, 입센과 그의 친구가 돈이 필요하자, 그들은 재고를 돼지 도축자에게 기꺼이 팔았다. "며칠 동안", 입센은 쓰기를, "우리는 생활필수품이 모자라지 않았다." 이것은 충분하게도 교훈적인 역사로서, 입센이 단순히 출판하는 연극을 읽고 있을 때 그것이 완전한 것이라 기억하는 것이 좋으리라. 왜냐하면, 『카티리나』의 작가는 사회적 드라마의 입센이 아니라, 프랑스 번역가들이 즐겨 공언하는 것처럼 혼란 속에서 승리를 뽐내며 풍부한 수사의 엄호 아래 모든 형식적인 법률로부터 탈출하는 열렬한 낭만주의자이기 때문이다. 젊은 괴테가 연금술에 약간 심취한 적이 있음을 기억할 때, 이러한 사실은 그렇게 이상스럽게 보이지 않는다. 그리하여, 괴테 자신의 말을 인용하면, 인간이 그림자 속으로 들어가는 모습은 후세 사람들 사이에서 그가 움직이는 모습이기에, 후세 사람들은 괴테와 그의 불사자(不死者) 것처럼 완전히 낭만주의자로서 필경 입센의 모습을 잊어버리리라.

하지만 어떤 방도에서, 보다 초기의 이러한 태도는 보다 후기의 태도를 암시한다. 『카티리나』에서 세 인물인 — 카타린, 그의 아내 오렐리아 및 정숙한 처녀인 풀비아는 불안하고 병적인 사회를 배경으로 투영된다. 입센은 세 사람 — 통상적으로 한 남자와 두 여자 — 그리고 심지어 비평가들에 관해 연극을 쓰는 사람으로서 일반적 대중에게 알려졌다. 반면에 그들은 입센의 "철저한 객관성"에 대한 감탄을 단언하고, 그들은 그의 모든 여성이 노라, 레베카, 힐다, 아이린 등 같은 인물이 이름만 계속 바뀌고 있음을, 즉 입센은 전혀 객관성의 힘을 가지고 있지 않음을 발견한다. 관객의 이름으로 말하는, 비평가들은 그들의 우상은 상식이요, 그들의 고통은 거울처럼 모든 어둠을 반영하는 예술작품과 대면하는 것인지라, 자주 세 사람 사이의 체계를 이해하지 못한다고 말하는 용기를 가진다. 그들은 『카티리나』에서 약간의 등장인물들이 자신들 만큼 유감스런 곤경에 빠져 있음을 알고 기뻐하리라. 여기 캐터라인의 젊은 친척 큐리어스가 캐터라인의 풀비아와 오렐리아와 갖는 관계를 이해할 수 없다는 자신의 무능력을 고백하는 대목이 있다:

큐리어스 : *그대는 양자를 다 가질 참인가? 나는 더는 아무것도 이해할 수 없어.*
카타리나 : *사실상 단독이요, 나 자신도 아무것도 이해 못해요.*

그러나 아마도 그가 이해하지 못하는 것이란 비극의 일부요, 연극은, 확실히 행복과 불간섭을 지닌 오렐리아와 처음에는 간섭의 정책을 가지며, 자신의 죄가 그녀에게 가져왔던 무덤으로부터 그녀가 도망쳤을 때, 캐터라인의 숙명적 인물이 되는 폴비아 사이의 갈등이다. 이 연극 속에는 경고나 전투와 같은 방법이 거의 사용되지 않았기 때문에, 우리는 작가가 낭만주의의 흔한 특성에는 관심을 두지 않는다는 사실을 알 수 있다. 그는 자기 안에 낭만적 기질이 치열했을 때, 이미 그것을 잃어가고 있었으며, 자기 자신을 세상에 내던지고 자신의 진정한 무기가 준비될 때까지 그곳에서 도전적으로 자신을 수립하는데 만족한다. 우리는 오렐리아를 호의적으로 대함으로써 이 드라마의 해결책을 너무 진지하게 받아들여서는 안 된다. 왜냐하면, 마지막 장에 이르러서야 인물들은 자신들에게 무의미하여, 공연된 연극에서 단지 극에 참여한 무리에 의해서만 삶과 연계될 것이기 때문이다. 그리고 여기에 입센의 보다 초기의 태도와 그의 보다 후기의 태도 간의, 낭만적 작품과 고전적 작품 간의 가장 두드러진 차이가 있다. 낭만적 기질은, 사실상 불완전하고 초조한지라, 그것이 기괴하거나 영웅적 형태를 취하지 않는 한 적절하게 표현될 수 없다. 『카티리나』에서 여인은 절대적인 유형이며, 이러한 연극의 종말은 도그마, 즉 설교가에게 매우 적당한 것이나 시인에게는 부적당하기에, 그것의 기미를 띠지 않을 수 없다. 더욱이 전통의 쇄신은, 그것이 현시대의 작업으로, 절대성을 인정하지 않기 때문에, 그리고 어떤 작가도 자신의 시대를 탈피할 수 없어서, 드라마의 작가는 그 어느 때보다 모든 꾸준하고 완전한 예술의 원칙을 기억해야 함으로써, 이는 그로 하여금 그의 인물들의 관점에서 그의 우화를 표현하도록 청한다.

하나의 예술 작품으로서 『카티리나』는 별다른 장점은 없지만, 그런데도 우리는 그 속에 크리스티아니아(Christiania) 극단의 연출자들과 출판자들이 보지 못한 것, 즉 자신의 것이 아닌 형식에 분투하는 독창적이요 유능한 작가를 볼 수 있다. 이러한 태도는 이따금 희극으로 빠지기도 하면서 『페르귄트』까지 계속되는 바, 이 극은 자체의 한계성을 인식하고 무법성을 극한까지 밀고 가는 가운데 걸작의 면모를 갖추게 된다. 이 작품 다음으로 이러한 태도는 사라지며, 두 번째 태도가 그 자리에 대신하여 계속 극 속에 견지되고, 구조, 언어, 액션을 유연한 리듬 속에서 더욱 세밀하게 결합하고 있다. 그리하여 마침내 그것은 『해다 가블러』에서 저절로 성취된다. 매우 극소수만이 그런 작품의 놀라운 용기를 인식할 뿐이며, 초기의 태도보다는 후기의 태도를 덜 찬미함은 과도기라는 우리 시대의 특징이다. 왜냐하면, 상상력은 유동적인 특성이 있으며, 마술적 힘을 잃지 않기 위해서는 모호해지지 않도록 확고하면서도 정교하게 자리를 잡아야만 하기 때문이다. 그리고 입센은 자신의 강력하고 풍부한 상상적 힘과 자신에게 제시된 사물에 대한 몰두를 결합해 왔다. 아마도 시간이 지나면 전문적 비평가조차도 사회 드라마의 진수를 감수하면서 그들이 기량과 지적인 침착함의 가장 우수한 예로써 — 이러한 결합을 전문적 비평의 공리로 삼게 될 것이다. 그러나 그러는 사이 믿음을 던져버리고 그 후 정확성마저도 포기해버린 젊은 세대는 발작이 위대한 지성이요, 자신의 형체도 없는 지옥과 천국 가운데서 방황하기를 선택한 모든 표본 자는 단테의 불행한 편견마저도 없이 단테적 인물이 되어버리기 때문에, 이러한 선입관에 의해 고통받는지라, 그리고 그는 양심 자체로부터 어떤 방법을 너무도 침착하고 아이러니하게 포기해 버릴 것이다. 이러한 히스테릭한 외침은 다른 많은 것 — 전쟁과 정치 및 종교의 목소리 — 과 더불어 발효하는 통(桶) 속에 혼성되어 있다. 그러나 우리는 확신하거니와 목자자리(天)는 "성화의 한 무리 속에서" 창공을 가로질러 자신의 사냥개들을 인도하는 고대의 일을 열심히 하기 때문에, 그러한 외침을 무로 생각한다.

16

아일랜드의 영혼

1903

그레고리 부인은 1902년 11월 조이스가 파리로 의학을 공부하러 가려고 했을 때, 그를 문학으로 이끈 아일랜드 문인 중의 하나이다. 그녀는 『데일리 엑스프레스』지의 편집장 롱워스를 간곡히 설득하여 조이스에게 서평자를 맡도록 했다. 그리고 아마도 이러한 친분 때문에 롱워스는 조이스를 그레고리 부인의 저서 『시인과 몽상가』를 비평하도록 보냈다. 의심할 바 없이, 1903년까지 예이츠와 그레고리 부인의 "민속"에 대한 관심이 분명하게 다른 사람들에게도 조금씩 전달되고 있었으나, 아무튼 조이스는 민속을 수용할 수 없었다. 그래서 조이스는 떠나기 직전 예이츠의 농민극을 비난했고, 가서도 거리낌 없이 그레고리 부인을 비난했으며, 그녀는 조이스의 비평을 달가워하지 않았다.

오늘날 그레고리 부인의 작품에 대한 조이스의 비난을 읽어볼 때 다소 억지스러운 면이 보이지만, 그 비난은 조이스 자신의 예술적 독립을 위한 전초전이었다. 그레고리 부인의 『시인과 몽상가』와 예이츠의 『켈트의 황혼』의 경멸적 비교는 정당하지 못하지만 조이스에게 있어서 예술가를 형성하는 힘이 얼마나 중요했는지를 알 수 있다. 조이스의 마지막 책에서 아일랜드 민속을 소재로 쓰는 것을 그가 결국, 수락했을 때, 그는 몸소 그레고리 부인이나 예이츠에게 좋은 유대관계를 보여 주었다.

그레고리 부인의 책은 롱워스가 조이스에게 보낸 어떠한 책들보다도 조이스로 하여금 한층 개인적이요 사적인 비평을 하도록 하는 힘을 가지고 있었다. 마지막 문단에 암시된 조이스의 은밀한 민족 감정은 후에『피코 델라 세라』지의 애란의 논평과 트리에스테에서 가진 조이스가 행한 강의에서 대두하나, 그 당시 조이스의 다른 평론에는 거의 나타나지 않는다.

****

아리스토텔레스는 모든 사색의 시작을 유년 시절에 느끼는 경이감에서 찾았고, 만일 사색이 인생의 중반에 적당하다면, 우리는 사색의 결실인 지혜 그 자체를 위해서 인생의 최고 시기를 지향하는 것이 당연하다. 그러나 오늘날 사람들은 유년기와 중년 및 노년을 크게 혼동하고 있다. 노년기에 이른 사람들은 문명에도 불구하고, 더욱 지혜가 없는 것 같고, 그들이 걸을 수 있고 말을 할 수 있자마자 일을 하는 어린이들은 더 많은 상식을 가지고 있는 듯하다. 그리하여 아마도 미래에는 긴 턱수염을 기른 어린이들은 한쪽에 서서 박수를 치고, 반면에 짧은 반바지를 입은 노인들은 집 옆에서 공놀이를 할 것이다.

만일 그레고리 부인이 그녀의 나라의 노년을 말한다면, 이것은 아일랜드에서도 일어날 수 있다. 그녀의 새 책에서 그녀는 과거의 전설과 젊은 영웅들을 제시했고, 슬픔과 노쇠 속에서 전설적 땅을 탐험했다. 그녀의 책의 절반이 아일랜드 서부 노인들의 이야기이다. 노인들은 고양이나 마녀, 검은 손잡이의 칼이나 개의 이야기를 많이 알고 있었고, 그 이야기를 구빈원 마당에서 차례차례로 하나씩 말하거나 장황하게 여러 번 되풀이 이야기하기도 한다. (왜냐하면, 그들은 한가한 사람들이었기 때문이다.) 그들의 마술이나 약초 치료의 사실성을 판단하기는 어렵다. 그 이유는 그들은 이러한 방식으로 배워 왔고, 또한, 이런 것으로 각 지방의 관습을 비교할 수 있는 지방에서 살기 때문이다. 그리하여, 과연, 이러한 마술적—과학을 알지 못하는 것이 한층 나을 수도 있을지니, 왜냐하면, 만일 당신이

야생 카밀레 나무를 꺾는 동안 바람의 방향이 바뀌면 당신은 정신을 잃을지도 모르기 때문이다.

그러나 우리는 그들의 이야기를 한층 쉽게 판단할 수 있다. 이러한 이야기들은 어떤 감정에 호소하기에, 이는 분명히 사색의 시작인 경이감의 감정이 아니다. 이야기의 화자는 늙고, 그들의 상상력은 유년기의 상상력이 아니다. 이야기의 화자는 동화의 나라의 이상한 구조를 지니지만, 그의 마음은 연약하고 맥이 없다. 그는 한 가지 이야기로 시작하여, 그것에서 다른 이야기로 떠도는지라, 이야기들 가운데 어느 것도 최후의 주장을 하던 존 도우의 시와 같지 않으며, 만족스러운 상상적 총체성을 갖지 않는다. 그레고리 부인은 이를 알고 있었고, 고로 화자가 질문을 통해 본 이야기로 되돌아가도록 자주 노력했으며, 이야기가 무의미로 전개되면 가능한 한 적은 부분이라도 애용하여 통일성을 유지하려고 노력한다. 때때로 그녀는 "절반 흥미를 갖거나 반쯤 초조해하면서" 이야기에 귀를 기울인다. 결국, 그녀의 책은, 그것이 어느 곳에서 "민속"을 다루든지 간에, 예이츠가 그의 가장 행복한 책인 『켈트의 황혼』에서 섬세한 회의론과 같은 것으로, 완전한 노쇠 속에서 표현했던 마음을 드러낸다.

그러나 시인인 라프트리는 약간의 건강과 자연스러움을 지닌다. 그는 독설(毒舌)을 가지고 있는 듯하기에, 아주 적은 불쾌함에도 풍자시를 쓰기도 했다. 그는 연애 시도(그레고리 부인은 서부 연애 시에서 어떤 위선을 발견하지만) 또한, 회개 시도 쓸 수 있었다. 라프트리는, 그가 결코, 위대한 음영시적(吟詠詩的) 계열의 최후가 아닐지라도. 그의 주변에 많은 음영시의 전통을 가졌다. 그는 어느 날 수풀 아래서 비를 피했는데, 처음에는 수풀이 비를 막아주고 그도 수풀을 찬양하는 시구를 썼으나, 잠시 후에 비가 새자, 그는 수풀을 불평하는 시를 썼다.

그레고리 부인은 라프트리의 시를 번역했고, 또한, 어떤 서부 아일랜드의 민요와 더글러스 하이드 박사의 시를 번역했다. 그녀는 자신의 책을 더글러스 하이드 박사가 지은 4개의 단막극을 번역하는 것으로 완성했거니와 그들 중 3편은 중심인물인, 전설적 사람들로 부랑자나 시인, 심지어 성자이기도 하다. 한편 4번째 연극은 "예수 강탄 극"이라 불린다. 난쟁이 연극(우리가 그 말을 쓸 수 있을지 몰라도)은 부적절하고 비효과적 예술의 형식이지만, 한 시대 동안 왜 사랑을 받았는지 이해하기란 쉬운 일이다. 그것은 "야경 시"요, 말라르메와 같은 작가들 및 "재현"의 작곡가의 묘사들을 지녔다. 난쟁이 연극은 따라서 오락 극으로 분류될 수 있으며, 더글러스 하이드 박사는 분명히 "밧줄의 꼬임"에서 오락적이다. 그리고 그레고리 부인은 아래의 4행시가 보여주듯 다른 곳에서보다 여기 운시의 번역으로 한층 성공했다:

> *나는 멜로디의 하프를 들었는지라*
> *코크의 거리에서, 우리에게 연주하는.*
> *훨씬 선율적인지라, 나는 그대의 목소리를 생각했네.*
> *훨씬 선율적인지라, 그보다 당신의 입을.*

이 책은, 우리 시대의 많은 다른 책들처럼, 부분적으로 아름다우며, 부분적으로 아일랜드의 중심적 믿음의 직접적 또는 간접적 언급이다. 그 힘겹게 지속되어 왔던 물질적 및 정신적 싸움에서, 아일랜드는 믿음의 많은 기억으로, 그리고 한 가지 믿음 —아일랜드를 정복했던 불치의 지속성에 대한 믿음[1]으로— 나타났다. —그리고 그레고리 부인은, 그녀의 노인들과 여인들이 자신들의 떠도는 이야기를 할 때 거의 스스로 판단하는 듯한지라, 그녀의 책에 대한 헌시[2]를 이루는 휘트먼의 구절을 첨가할 수 있을지니, 위트먼의 정복자를 위한 모호한 말인즉—"전쟁은 그들이 이긴 정신에서 지도다."[3]

J. J.

1 태도와 말에서 여기 조이스는 예이츠와 가깝거니와 후자는 또한, 영국민의 야비한 물질주의에 대한 반작용에 그의 민족주의를 토대로 하고, 그것에 대한 반대로써, 모든 형태에서 아일랜드의 이상주의를 축하한다.

2 *그대는 멀리 떨어져 찾을 것인고? 그대는 확실히 마침내 되돌아올지니,*

그대에게 가장 잘 알려진 것에서, 최고나, 최고만큼 훌륭한 것을 찾을지라.

그대에게 가장 가까운 민중에게 가장 감미롭고, 가장 강하고, 가장 사랑스러운 것 찾을 지라,

행복과 지식을 다른 곳이 아니라 이곳에서, 다른 시간이 아니라 이 시간에서 찾을지라.

[예이츠의 '점령의 노래'로부터]

이 시행들은 파리에 멀리 떨어져 있는 젊은 아일랜드인에게 훈계처럼 들렸으리라.

3 조이스는 휘트먼의 "나 자신의 노래"의 뜻을 변경시킨다.

그대는 승리의 날에 도달함이 좋은 줄 들었느뇨?

나 역시 패배함이 좋은 걸 말할지니, 전쟁은 정신이 승리한 곳에서 지도다.

이는 아일랜드가 그의 정복자의 저속성에 억압되었음을 말한다.

17

자동차 경주

1903

파리에서 조이스의 마지막 돈벌이 궁리로 판명된 것은 『아이리시 타임스』지를 위해 프랑스의 자동차 경주 선수인, 헨리 포니에르와 인터뷰를 하는 생각이었는데, 후자는 제2차 "제임스 고던 베넷 금배 경주"에 참가하기 위해 7월에 더블린으로 오기로 되어 있었다. 이 인터뷰가 있고 며칠 뒤, 이는 아마도 4월 5일에 있었거니와 조이스는 아버지로부터 "모 위독 귀가 부"의 전보를 받았으며, 4월 23일 성 금요일에 더블린으로 되돌아왔다. 베넷 경기가 시작되자, 조이스는, 그의 아우에 따르면, 그것에 귀찮아하지 않았으나, 그는 포니에르와의 자신의 기억을 "경주가 끝난 뒤"의 이야기에 이용했다. 조이스는 이 이야기를 결코, 높이 평가하지 않았으나, 그것은 『죽은 사람들』이나 『작은 구름』과 같이, 자국과 외국의 갈등의 좋은 주제를 구체적으로 마련한다. 그리고 포니에르와의 인터뷰의 아이러니한 솔직성 아래, 초기에 뭔가 같은 갈등의 의미를 보는 것은 어렵지 않다.

****

일요일, 파리

드안죠 가(街)의, 마대라인 성당에서 멀지 않은 곳에, 헨리 포니어 씨의 사업소가 있다. "파리 자동차 회사"—포니어 씨가 매니저인 회사—는 거기 본부를 가졌다. 출입구 내에, 지붕이 덮힌, 큰 사각형의 마당이 있고, 마루로부터 지붕까지 뻗은 커다란 선반들이 있다. 오후에 이 마당은 소음으로 가득하고 — 노동자들의 목소리, 6개의 외국어로 떠들어대는 바이어들의 목소리, 전화벨 울리는 소리, 차가 들락날락하자 울리는 운전사들의 나팔소리다. 두, 세 시간을 자기 차례로 기다리지 않고는 포니어 씨를 만나는 것은 거의 불가능하다. 그러나 "자동차"의 바이어들은, 한 가지 의미로, 여가가 있는 사람들이다. 그러나 아침은 한층 호감이 가기에, 나는 어제 아침, 두 번의 실패 끝에, 포니어 씨를 만나는 데 성공했다.

포니어 씨는 날씬하고 활동적으로 보이는 젊은 사람으로, 검붉은 머리카락을 하고 있다. 시간이 이른지라 우리의 인터뷰는 수시로 성가신 전화 때문에 차단되었다.

"당신은 '골던 베넷' 상배를 위한 경쟁자 중의 한 사람인가요. 포니어 씨?"

"그래요, 나는 프랑스를 대표하는 선발된 세 사람 중 하나요."

"그리고 당신은 또한, 메드리드 상을 위한 경쟁자가 아닌가요?"

"그래요."

"경주들 가운데 여는 경주가 첫째인지, 아일랜드 경기요 혹은 메드리드 경기?"

"메드리드 경기지요. 그것은 5월 초에 열려요, 한편 국제 컵을 위한 경기는 7월까지 열리지 않아요."

"당신은 경기를 위해 활발하게 준비한 것으로 알고 있는대요?"

"글쎄. 나는 방금 몬테 칼로와 니스 여행에서 돌아왔어요."

"경주용 자동차로?"

"아니, 아니 소형차로."

"당신은 아일랜드 경주에서 무슨 차를 탈지 결정했나요?"

"사실상."

"이름을 물어도 되나요. — 머시디스 벤츠인가요?"

"아니요, 모로코제요."

"마력은?"

"80."

"이 차를 타고 당신은 얼마의 비율로 여행할 수 있어요?"

"최고 속도 말이요?"

"그래요."

"초고속도는 시간당 140킬로미터요."

"그러나 경기 중 내내 그러한 속도로 달리지 못하지요?"

"오, 아니, 물론 경주를 위한 평균 속도는 그보다 아래요."

"평균 속도로, 얼마나 많이?"

"평균 속도는 시간당 100킬로미터, 아마도 그보다 좀 더, 시간당 100 및 110킬로미터가 될 거요."

"1킬로미터는 약 반 마일, 그렇잖소?"

"그보다 더, 틀림없이. 댁의 마일은 몇 야드요?"

"1,760야드입니다, 옳다면."

"그럼 당신의 반 마일은 880야드지요. 우리의 1킬로미터는 1,100야드와 같아요."

"가만, 그럼 당신의 최고 속도는 시간당 거의 86마일이요, 당신의 평균 속도는 시간당 61이 되지요?"

"그런 것 같소, 타당하게 계산하면."

"놀라운 페이스요! 도로를 불태우기에 충분하군요, 글쎄 달리는 도로를 보았겠지요?"

"아니요."

"아니? 그럼, 코스를 모른단 말이오?"

"약간 알아요, 파리 신문에 난 어떤 스케치로부터."

"그러나 분명히, 그 더 많은 지식을 원할 거요?"

"오, 물론, 사실상, 이달이 끝나기 전에 나는 코스를 살피려 아일랜드로 갈 생각이오. 아마 3주 뒤에 갈 거요."

"아일랜드에 언제 머물 참이오?"

"경기가 끝난 뒤에."

"그래요."

"그렇지 못 할까 걱정이오. 그리고 싶지만, 할 수 있을 것 같지 않아요."

"경과에 대한 당신의 의견을 물어서는 안 되겠지요?"

"아뇨."

"하지만 어느 국민이 당신은 가장 두렵소?"

"모두 두렵지요—독일인, 미국인, 그리고 영국인. 그들은 모두 겁나지요."

"에지 씨는 어떻소?"

무답.

"그인 지난번 상을 탔지요. 그렇잖소?"

"오, 그래요."

"그럼 그는 당신의 가장 만만찮은 적수군요?"

"오, 그래요……하지만 글쎄, 애지 씨가 이겼소, 물론, 그러나……모든 이의 마지막이었소. 그래서 다른 차들이 깨면 이길 기회가 없지요."

우리가 이 이야기를 어떤 식으로 관망하든, 그것의 진리에 도전하기란 어려워 보인다.

아리스토텔레스의 교육관(教育觀)

1903

이 책은 윤리학의 첫 3권 및 정치학으로부터 약간의 발췌문과 함께, 열 번째 책으로부터 편집되었다. 불행히도 편집은 교육에 관한 완전한 논문도 아니요, 그뿐만 아니라, 읽어갈수록 철저하지도 않다. 윤리학은 감탄자들과 마찬가지로 반대자들에 의해 소요학파적 철학의 약한 부분으로 이용된다. 생물학자로서 아리스토텔레스에 대한 현대적 개념 —"과학"을 옹호하는 자들 사이에 인기가 있는 개념 — 은 형이상학자로서 그를 생각하는 고대의 개념보다 아마도 덜 진실하다. 그리고 그것은 확실히 그가 성취하는 자신의 엄격한 방법을 보다 고차원적으로 적용하는 데 있다. 그러나 교육에 대한 그의 이론은 흥미가 없지 않고, 국가에 대한 그의 이론에 종속되어 있다. 개인주의는 그리스인의 마음에 쉽사리 추천될 수 없는 것 같으며, 교육에 대한 그의 이론을 제시함에서 아리스토텔레스는 가장 큰 흥미의 문제에 대한 최종적이요 절대적인 해결을 제기하는 것보다 오히려 그리스 국가를 위해 보충하려고 노력했다. 따라서 이 책은 철학적 문학에 대한 가치 있는 추가 물로 거의 생각할 수 없다. 그러나 그것은 프랑스의 최근의 발전적 견해에서 당대의 가치를 지닌다. 그리고 현재, 과학적 전문가들과 유물론자들의 무리가 철학의 좋은 이름을 염가로 다룰 때, "지식인의 거장"이라고 현명하게 명명된 자에게 주의를 기울이는 것은 아주 유용하다.

쓸모없는 자

1903

조이스는 4월에 더블린으로 되돌아와 그의 어머니가 암으로 서서히 사망하는 것을 보았다. 아일랜드는 그를 더는 기쁘게 하지 않았고, 그는 다음으로 무엇을 해야 할지 분명히 알지 못했다. 8월 13일 그의 어머니의 사망 후로, 그는 혼란스런 근면과 금전상의 필요를 느꼈고, 이는 그로 하여금 8월 말부터 늦은 11월까지 14편의 서평을 쓰도록 강요했으나, 이내 그는 서평을 완전히 그만두었다.

실지의 이름이 발렌타인 호트리였던, "발렌타인 카일" 저의 『쓸모없는 자』를 조이스가 주목한 것에 대해, 스태니슬로스는 말하기를: "이 소설을 서둘러 처리함에서 나의 형은 필명을 비난한다. 그러나 1년 뒤 그 자신의 첫 이야기들이 출판되었을 때, 그는 암시(나의 것이 아닌, 러셀의 것)에 굴복했고, "스티븐 다이더러스"라는 필명을 사용했다. 그러나 당시 그는 자기—은폐를 몹시 후회했다. 그는 나쁜 문학을 행했다고 느끼지 않는지라, 이를 자신이 부끄러워해야 했다. 그는 자신이 이미 쓰기 시작한, 『영웅 스티븐』이란 소설의 중심인물로부터 그 이름을 택했다. 그 이름에 대해 나는 헛되이 항의했었다. 그러나 아마 그것은 그로 하여금 최후로 채택하도록 결정한 필명으로써, 그 이름을 사용한 것이었다. 그는 순간적인 미약함을 보충하기를 원했다. 사실상, 자기 자신을 그의 영웅(주인공)과 한층 더 동일시하기 위하여, 그는 소설의 끝에 "스테파너스 다이덜러스 초상"이라는 서명을 첨가하는 의도를 발표했다."

****

결국, 필명을 띤 문집은 그것의 이점을 지닌다. 서명으로 나쁜 문학을 알리다니, 그것은 어떤 의미에서 악을 지속하는 것이다. "발렌타인 카일"이란 책은 집시 천재의 이야기인바, 독백은 바이올린 반주로 보충되는—평범한 산문으로 말해지는 이야기이다. 이 책이 나온 연재(連載), 책의 출판, 그리고 그것의 소재의 부족은 정독(精讀)으로 잘못 정당화되거니와 이는 허세의 태도를 지닌다.

20

엠파이어(제국) 빌딩

1903

1903년 8월 13일 그의 어머니의 사망 약 한 달 뒤에, 조이스는 한 아일랜드의 신문의 편집자에게 자신이 의도했던 바를 편지로서 썼다. 그는 그 속에, 한 부유한 프랑스의 모험가인, 자크 르보디에 관해 언급하거니와 후자는 자신의 요트인 프라퀴터를 타고 북아프리카 주위를 순항하고 있었는데, 그는 사하라의 새 제국을 건설 중이며, 자크 1세로서 그것의 최초의 황제가 될 것이라 공언했다. 르보디는 그 당시 분명한 지배가 없었던 캐이프 주비와 캐이프 보자도 간의 영토를 얻기 위해 멀리 항해했다. 프랑스 정부는 그의 활동에 관련된 것을 부인했으나, 그의 선원 중 다섯 명이 9월 초 원주민에 의해 체포되었을 때, 선장 조르 하에 순양함 갈릴레를 보내 그들을 석방하도록 했다. 1903년 9월 8일 자의 『타임』지에 보낸 속달 편은 평하기를, "파리 신문이 모든 문제를 다루는 어조는 애초부터 그것이 만들어낸 인상—다시 말해, 거기에 아무것도 없다"는 것이었다. 조이스는 수부들을 잘못 다룬 것에 화가 났고, 그 주제를 『율리시스』에서 다른 문맥으로 재차 언급하고, 이 아이러니한 글을 썼다.

****

1903

"엠파이어 빌딩"은 남부 아프리카에서처럼 북부에서도 성공적인 것처럼 보이지 않는다. 그의 사촌들이 비행기로 여행함으로써 파리의 대중을 놀라게 하는 동안, 사하라의 그 새로운 황제인 자크 르보디는 파리 정부 청사의 한층 심하고 위험한 분위기 속으로 모험을 준비하고 있었다. 그는 이전에 『프로스퀴타』소속인, 두 수부, 장 마리 부르디에와 조셉 캠브래이의 소송에서 앙드레 씨 면전에 나타나도록 소환되었다. 그들은 자신들이 레보디 씨의 행동 때문에 계약했던 1백만 프랑의 손해를 곤경과 병으로 인해 요구했다. 그 새 황제는, 자신의 신하의 육체적 안녕에 대해서 지나치게 걱정하지 않는 듯 보였다. 그는 자신이 돌아올 때까지 기다리도록 그들에게 명령하며, 사막에 남겨 두었다. 그들은 원주민의 무리에 의해 포로가 되었고, 포로로 있는 동안 고통과 번뇌를 겪었다. 그들은 두 달 가까이 포로로 남아 있었고, 마침내 조래 씨의 명령으로 프랑스 군함에 의해 구조되었다. 그 뒤로 그들 중 한 명은 해브르에 있는 병원에 입원했고 한 달 동안 치료한 후 단지 회복되었다. 배상을 원하는 그들의 호소는 무시되었고, 그들은 지금 법에 호소하고 있다. 이러한 것은 메트르 오벵과 메트르 리보리가 보유한 변호에 대한 선원들의 경우이다. 황제는 그의 장교 중의 하나인, 어떤 브느와를 통해 행동하면서, 탄원에 들어갔다. 그는 사건이 프랑스 공화국과 사하라 제국 간의 문제로써, 그 때문에 다른 국가의 법정에서 재판 받아야 한다고 생각했다. 그러므로 그는 영국, 벨기에 및 네덜란드의 재판에 맡겨져야 한다고 탄원했다. 그러나 사건이 진행되고(그것에 따르는 특별한 상황이 재판하기에 극도로 어려운 것은 분명했다), 새 황제는 물질적으로 또는 '위신' 상으로 재판에서 얻는 것이 불가능했다. 그 논쟁은 사실상 식민지화하려는 계획을 상업적인 관심으로 축소하려는 경향이 있었으나, 식민지화하려는 정신이 프랑스인에게 얼마나 적게 호소하는지를 생각할 때 변덕의 고소에 대해 레보디 씨를 변호하기는 쉽지 않다. 새 계획은 '국가'를 배후에 가지는 것 같지 않았다. 새 제국은 베코나랜드 위원회로부터 남부 제국을 세우는 것과 같은 어떤 관리하에 일을 시작하는 것처럼 보이지 않았다. 그러나 그 일이 독립국의 새로운 후보에 국지적인 관심을 자극하기에 매우 새로울 지라도, 이런 단순한 문제들이 포함된 사건을 듣는 것은 의심할 것 없이 파리인의 관심을 래잔느 여배우와 "작은 새들(레 쁘띠 우와소)"과 같은 비교적 사소한 화제들로 분할시키리라.

제임 조이스
카브라, 더블린

새 소설

1903

이 작은 책자는 주로 인디언의 생활을 다루는 이야기 모음집이다. 독자는, 만일 그가 어느 정도 인디언의 마법 이야기에 흥미를 느낀다면, 첫 다섯 편의 이야기들—아가 미자(Aga Mirza) 왕자의 모험들—을 한층 재미있는 부분으로 알게 될 것이다. 그러나 이러한 이야기들의 호소는 솔직히 감상적이기에, 우리는 직업적 비교론자(秘敎論者)들이 사용하는 긴 설명들을 피한다. 캠프 생활을 다루는 이야기들은 언제나 용맹으로 오해받지 않을가 염려되는 저 미숙한 야만성으로 철저하게 길들어 있다. 그러나 소설에 대한 요구를 통제하는 사람들은 그들이 수립하기를 돕는 문명에 의해 너무나 제한되어 있기 때문에, 그들은 맨더빌 시대의 사람들과 닮은바, 그들을 위해 마력, 괴물 및 용감한 행위는 너무나 관대하게 조달되었다.

목장의 기개(氣槪)

1903

제임스 레인 알런의 소설을 다룸에 있어, 조이스는 기대하지 않게 관대하다. 켄터키 인인 알런은 조이스에게 알런이 낡은 태도로 취급되었을 때라도, 조이스에게 비범한 관심이었던 주제에 부딪혔다. 『목장의 기개』에서 알런의 주인공은 그의 약혼녀에게 자신의 과거의 부도덕을 고백하자, 그녀는 그를 저버리고, 그가 죽어갈 때만이 그에게 되돌아온다. 남녀 간의 전적인 정직과 같은 주제는 『망명자들』에서 진전된다. 조이스는 초기 소설인 『증가하는 목적』(1900)에 의한 알런의 호의를 좋아했으며, 이 작품을 그는 분명히 극도의 동정으로 읽었다. 소설은 한 젊은 남자의 정서적 및 지적 발전을 서술하는데, 그는 켄터키 성경 대학에 재학하는 동안, 다원주의를 발견한다. 그의 교수들과의 그리고 양친들과의 결과적 싸움은 예술적으로 열세인 듯하며, 스티븐 데덜러스의 그것들에 평행을 이룬다. 최후로, 그는 산문의 운율에서 비상한 말의 솜씨와 기쁨을 감탄했다. 그리고 그는 가느다란 서술적 실오라기에 매달린 길고도 산만한 구절들을 상관하지 않았는데, 『초상』 역시 그것을 분담한다.

****

『증가하는 목적』의 저자에 의해 쓰인 이 작품은 확실히 한 대중에게서 듣는 그런 종류의 것으로, 그것을 잘 받드는 자들은 감사할 것이다. 알런 씨는 비상한 장점이 있는 어느 작품도 아직 쓰지 않았지만, 그는 작품들이 진행하는 한, 그이 인물들을 심각하고 꾸준히 해석한 많은 것들을 써오고 있다. 그것이 작가 속에 혹은 그의 주제 속에 있건 간에, 우리는 여기서 자기 의존적 온전함의 특질―목장의 바로 그 기개(제목으로서 그가 사용한 세익스피어 유의 말을 사용하면)를 식별하는 데 실패할 수 없다. 문체는 언제나 맑고 투명하며 단지 그것이 화려함을 가장할 때만이 잘못된다. 방법은 심리적이요 아주 가볍게도 서술적이며, 저 형용어구가 통상적으로 다수의 문학적 죄를 감쌀지라도, 헨리 제임스에게 '장기 저속함'처럼 알런 씨에게 안전하게 적용될 수 있다.

그것은 스캔들의 비극으로, 연애사건의 이야기요, 그것은 한 인간의 고백으로 갑자기 종결되지만, 그것은 세계가 어떤 연관을 새롭게 하고 세월의 변화에 벌(罰)을 제공하도록 제의하는 재판을 통해 그것이 경과한 수년 뒤에 재차 경신된다. 이 이야기는 다소 인습적인, 둘 혹은 셋의 다른 연애 사건들로 둘러싸여 있다. 그러나 인물묘사는―콘니어스 부인의 경우에서처럼―자주 독창적이요, 소설의 전반적 흐름은, 때때로 이상하게도 애도적인 어떤 막연한 범신론적 정신의 영향하에 있는 다른 종족들 사이에 그것의 숙명을 행사하는 열렬하고 생생한 종족의 어떤 암시로 독자를 사로잡는다. "그녀를 위하여, 그는 어딘가 커다란 매력을 지닌 구절에서 말하거니와" 그녀를 위하여, 그것은 한순간인지라, 그때 우리는 우리의 생명이 우리의 존재의 것이 아니라, 우리에게 닥치는 것이 무엇이든 우리의 힘을 초월한 원천에 기원을 두고 있음을 상기시킨다. 우리의 의지는 과연 우리의 팔 길이, 혹은 우리의 목소리가 공간을 투과하는 한, 도달할 수 있다. 그러나 우리의 외부와 우리의 외부에 하나의 우주가 움직이기에, 그것은 그것 자체의 목적을 위해서 만이 우리를 구하거나 혹은 멸망시킨다. 우리가 그것의 법칙들 사이에서 숲의 나뭇잎들이 자신들을 양육하는 소나기와 자신들을 마침내 흩어버리는 폭풍을 자유로이 명하지 못하듯, 만개(滿開)하는 그들 자신의 모습과 계절을 자유로이 결정하지 못한다.

23

역사 엿보기

1903

우리는『교황의 음모』에 대한 이 설명이 많은 소설 작품들보다 한층 재미있다고 말함에서, 이 책의 주제에 대해서든 폴록 씨(작품의 필자)가 그것을 다루는 것에 대해서든, 아무런 해학적 언급을 갖지 않을지 모르겠다. 폴록 씨는, 비록 그가 역사적 방법의 신비들을 철저하게 개시한 듯할지라도,『음모』를 설명하기 시작했는지라, 그것은 분명하고, 자세하며, 그리고 (그것이 비평적인 한) 관대하다.

책의 가장 흥미로운 것은 애드먼드 고드프리 경의 살인 이야기로, 이 살인은 너무나 예술적으로 비밀스러운지라, 디킨스의 감탄을 이끌어낼 정도이거니와 그런데도 그토록 거짓 증언으로 압도된 살인이기 때문에, 액턴 경은 그것을 해결불가의 신비로서 선언했다. 그러나 정의는 정치적 및 종교적 원한을 띤 당시에 공평한 재판을 자유로이 받았고, 그런과 배리는 후세(적어도 이 한 가지에서 이의가 없는)가 그들을 무죄로 석방한 범죄에 대한 최후의 형벌을 참고 견뎠다.

가엾은 사람들을 반역죄로 고발한 자들로서 말하면, 프랑스와 배드로는 같은 비난이 부여될 수 없다. 프랑스는, 결국, 아주 어색한 위치 밖에 놓여 있을 뿐이지만, 그러나 배드로는 오직 그의 괴물 같은, 달덩이 얼굴의 지도자인 공포의 오츠에 버금가는, 한층 모험적인 악한이었다.『음모』와 관련하여 이루어진 모든 공격 및 역공을 읽는 것은 당황스러운 일이며, 우리가 찰스의 행위를 읽다니 동정의 한숨이 나온다. 혼란의 한복판에서 왕은 갑자기 뉴 마켓의 종족을 남겨 두고 떠났는

데, 그의 버릇없는 경거망동으로 만사를 중상시켰다. 그럼에도 그는 노츠의 심문에 아주 숙달한 태도로 수행했으며, 그는 오츠를 "가장 거짓의 악당"처럼 아주 간결하게 서술했다.

선동자로서 비난받은 자들을 다루는 포록 씨의 행위는 그의 책의 속표지에 마빌론의 분명한 인용구를 읊음으로써 그를 정당화하는 바, 독자는 만일 그가 그것을 이방인으로 마련된, 왜곡되고, 우스꽝스러운 설명과 비교한다면, 이 책이 얼마나 끈기 있고 탐구적인가를 알게 되리라.

24

프랑스의 종교 소설

1903

조이스의 모든 서평 가운데, 가장 칭찬받을 것은 마셀 티나야의 소설에 관한 것이다. 입센과 교육에 반대하여 절반─반항하고 절반 굴복하는 한 젊은이에 대한 설명은, 그가 단지 인생과 사랑을 최후로 그들을 거역하기 위해 받아드리는 지라, 조이스를 깊이 흥미 있게 하는 자기 자신의 주제에 매우 가까웠다. 조이스의 서평은 그가 자기 자신의 작품의 두 가지 고유한 요소들을 향해 움직이고 있음을 암시한다. 천진한 젊은 남자와 약간 김빠진 세속적 여인에 관한 티나야의 이야기 줄거리를 비평하면서, 그는 아마『영웅 스티븐』과『초상』을 위해 전개하고 있는 이야기 줄거리를 마음에 두고 있었으니, 이 작품에서 주인공은 현세와 내세의 어떠한 과시에도 위축되지 않은 채, 여인 혹은 종교보다 오히려 예술을 포용한다. 티나야의 주인공은, 자신의 갈등으로 인해, 슬프지만 분명하게, 허물어지는 곳에, 스티븐 데덜러스는 즐거운 통일성을 성취한다. 티나야의 문체에 대한 그의 열렬한 찬사에서 알 수 있는 조이스 작품의 두 번째 고유한 요소는 문체를 작가의 표현 양식이 아니라, 주제의 표현 양식으로 생각한 점이다. 그는『율리시스』에서 이러한 생각을 알지 못하는 동안에 매우 극단까지 전개해 나간다.

****

이 소설은, 주요한 프랑스 서평 중의 하나의 페이지로부터 다시 프린트 되고 이제 영어로 아주 성공적으로 번역 되어 파리에서보다 런던에서 한층 주의를 끌었을 듯하다. 그것은 지극히 현대적이요, 혹은 병적 회의주의(성직자들의 말을 빌리면)에 따라 시달리는, 비타협적 정교 신봉의 문제를 다루기 때문에, 지상(地上)의 매혹적이요, 아름답고 신비스런 정신에 의해 심하게 시련을 겪는바, 그의 목소리는 성인들의 기도를 영원히 참견하거나, 때때로 유혹한다.

그의 신자 중의 많은 자가 파스칼의 제자요, 옛 가톨릭 종파의 후손인, 오가틴 첸터프레는 엄격하고, 실질적인 신앙의 분위기 속에 자랐는지라, 만일 신자의 인생으로서가 아니라면, 적어도 순결과 신앙심을 거의 희생하지 않고, 악마의 냉소로부터 질투하게 보호될 수 있는 그런 현세의 삶을 살아갈 운명이다. 그러나 그의 조상 중에는, 젊은 시절 받았던 성스러운 권고를 저버리고, 세계의 탁월한 멋쟁이가 된 것인 양 행동하는 자가 있었다. 그는, 자신의 종파의 음울한 사원에 반대하여, 나중에 "죄의 집"으로 알려지게 된, 즐거운 무용(無用)의 대건축물을 세웠다. 오가스틴은 불행히도 자기도 모르게, 이중의 기질을 물려받았고, 차차 방어적 신앙 생활이 약화 되었으니, 그는 인간들 사이의 사랑을 교묘하고도, 은근한 열정으로써 깨닫게 되었다. 오가스틴과 마담 마놀의 교제는 멋지게 인식되고, 아름답게 이행되었으며, 영광의 놀라운 다정함으로 충만 되었다. 간결한 이야기는 언제나 간결한 매력을 지니기에, 그것이 우리에게 주는 삶 자체가 너무나 풍부하고 복잡하여 전체를 표현할 수 없다고 판단할 때인즉:

"오가스틴과 패니는 이제 혼자였다. 그들은 첸네ー프레를 향해 그들의 발길을 돌렸고, 갑자기 도로 한복판에 서서, 서로 키스했다……빛도 소리도 없었다. 천개(天蓋) 아래 살아 있는 것은 아무것도 없었으나, 남녀는 그들의 키스로 도취되었다. 이따금, 자신들의 손을 떼지 않고, 그들은 떨어져 서로 바라보았다."[1]

이 책의 마지막 장들은, 그 속에 여러 세대의 전통이 애인들을 극복하지만, 너무나 잔혹하게 이루어진지라, 모든 그러한 감정을 띤 인간의 사원은 흩어져 조각이 나고, 문체와 서술의 감탄할 조정을 보여주는 바, 산문은 점점 빈번히 끊어지고, 활력의 줄어짐과 함께, 마침내 소멸하는데 (만일 우리가 얼마간 환상적으로 인상을 재생할 수 있다면), 그러자 그것은 기도의 중얼거림 사이, 미지의 세계 속으로 들어가나니, 떨고 있는, 가련한 영혼이라.

정치―종교적 소설에 대한 관심은, 물론, 당시의 관심이요, 그리하여, 아마, 휴이스만은 나날이 그의 책들에서 한층 형태를 잃어가고 한층 분명히 코미디언이 되어감으로써, 파리는 문학적 수도사에 의해 지치기 시작했기 때문이다. "죄의 집"의 저자는, 재차, 배교자의 생애로서의 이익이 없고, 개종자들 사이에 간주되지 않는다. 순박한 남자와 세속적 여자 간의 복잡성은, 아마도, 아주 새로운 것은 아니나, 주제는 여기 아주 두드러진 취급을 받으며, 이야기는 부르제의 "메송"에 의해 이득이 크거니와―아무리 자세하고 냉소적이라 할지라도, 조야한 책이다.

"마셀 티나야"는, 그런데 그는 신―대부분의 가톨릭교도보다 더욱 섬세한 동정을 나누고 있는 듯하기에, 인생 그리고 세계의 아름다운 일들의 애인이다. 그리고 비록 연민과 천진함이 이들 페이지에서 애정과 다양한 천성의 모든 기분과 뒤섞였다 하더라도, 우리는 작가가 슬프고 외로운 망령과 같은 얀센파교의 예수에 대한 무서운 이미지를 그녀의 비극 전면(全面)에 내걸었음을 인식한다.[2]

---

1 티나야는 이렇게 썼다:(p. 168.) "빛도 소리도 없었다. 이들 벽 뒤에 잠자는 인물들의 존재를 나타내는 것은 아무것도, 개구리들은 더는 개골개골하지 않았다. 하늘 아래 아무것도 살아있지 않았으나 남녀는 그들의 키스로 도취되었다. 이따금, 맞잡은 손을 놓지 않은 채, 그들은 떨어져 열렬한 표정으로 서로를 쳐다보았다. 달빛 어린 길을 따라 한 번에 몇 걸음을 걸으면서, 그들은 제삼제사 그들의 입술을 합쳤다." 조이스는 "천개"와 "그들의 키스로 도취되다."라는 말을 받아들였으나, "광란의

표정으로"란 말에 멈칫했다.

2 이 이미지는 애인들이 그들의 침실에서 추방한 십자가 위에 분명히 나타
난다. 정교에 대한 하나의 상징으로서 그것은 『초상』에서 스티븐을 성직
으로 초대하는 신부의 "그늘진 얼굴"과 비교될 수 있다.

25

불균형한 운시

1903

랭브리지 씨는, 그의 운시의 서문에서, 그토록 많은 문학적 도제(徒弟)들에게 고백하기를, 우리는 책에 가득한 문체와 주제의 다양성에 잘 직면한다. 랭브리지 씨의 최악의 태도는 정말 고약하다. 여기 브라우닝의 최악이 "통달자"가 정당하게 비난받을 수 없는 감상(感傷)과 결합한다. 여기 "땅 위의 눈물의 튀김", 장님 거지, 어머니들의 아씨들, 슬픈 서기들, 그리고 절름발이가 무서운 혼돈 속에 운집되고 있다. 그리고 절반 아메리카 절반 런던내기의 속어적 문체가 그들의 쉽사리 상상이 되는 모험을 장식하기 위해 고용된다. 결과보다 한층 개탄스런 그 무엇을 고안하기 어려우리라. 그리고 결과는 한층 개탄스럽거니와 왜냐하면, 랭브리지 씨가 그의 책 속에 삽입한 몇몇 소네트들은 어떤 근심이요 주요한 기법상의 힘의 증거이다. 시행, "모리스 매타린크에게"는 그런고로 이 범속한 서사시의 잡동사니에서 이상하게도 부적절하여, 주제상에 너무나 위엄이 가득하고 취급에서 너무나 저장되어 있어서,[1] 우리는 랭브리지 씨가, 그가 재차 출판할 때, "눈물 연극"에 대한 그의 취미를 희생하기를 타당하게 보고, 그가 단지 명상을 위해 공언한 저 사랑을 심각한 운시 속에 입증하리라 희망할 수 있으리라.

1 랭브리지의 책의 3페이지, 소네트에 대한 조이스의 감탄은 예이츠의 메아리에 기인하리라:

모리스 매타린크에게

아, 음울하고, 유령의 장소에 사는 그대여,

거기 육체는 절반 정신이요, 거기 여린 눈은

크고 천진한 비극으로 무거운지라.

거기 이상하고, 생각에 잠긴 황혼이, 불길한 물의

공간을 가리니, 날짜 없는 탑의 밑 주위를 부수면서,

인간처럼, 슬픈 그리고 문답의 오랜 숲과 대답으로

저주받은 종족의 슬픔을 전하도다.

나는 감히 그대의 예언하는 꿈, 신비의 발까지

분리할 수 없는지라,

나의 운율의 책, 거기 소란스런 빈곤이 다투나니,

그리고 모든 대기는 매매(賣買)로 타락하도다.

하지만 그대처럼, 나는 흰 날개 치는 것을 듣노라,

그리고 검은 파도와 깨어지는 심장을.

26

아놀드 그레이브스 씨의 새 작품

1903

조이스는 그의 저명한 선배들을 비난하기를 즐겼는데, 그들은 아놀드 그레이 브스와 그레이브스의 책을 소개해준 R. Y. 타이렐 교수로, 잘 알려진 아일랜드인 이었다. 이 서평은 조이스가 유니버시티 칼리지에 재학할 때 꾸준히 유지된 것으 로, 도덕 성향을 지진 예술에 항거하는 그의 싸움을 계속하거니와 그는『초상』의 유명한 구절에서처럼, 그들이 부정(不貞)이든 혹은 살인이든 범하는, 예술가 자 신의 등장인물들과의 "무관심한 동정"을 여기 옹호한다.

****

타이렐 박사가 그레이브스 씨의 비극을 위해 쓴 소개문에서, "클리템네스트 라"는 "칼리돈의 아트란트라"처럼, 영어로 쓰인 그리스의 연극이 아니라, 오히려 한 현대의 극작가의 관점에서 취급된 그리스 이야기이다 ─ 즉, 그것은 결코, 문 학적 골동품으로서가 아니라 그것 자체의 장점만으로 들려야 한다고 주장한다. 부수적인 언어 문제를 잠시 제쳐 놓고라도, 그 취급이 주제에 가치가 있다는 타이 렐 박사의 의견을 동의하기는 쉽지 않다. 반면에 구성 면에서 몇몇 결함이 있는 것처럼 보인다. 그레이브스 씨는 아가메논의 불정한 아내의 이름을 따서 그의 극 을 명명하려 했으며, 그녀를 명목상 홍미의 중요한 점으로 삼으려 했다. 하지만 대사의 운으로 보아, 그리고 그 극이 거의 전적으로 오레스테스가 신성한 복수의 대리인이 되어 있는 범죄에 따르는 징벌의 연극인 한, 왕비의 범죄적 본성이 그레이브스 씨의 동정을 끌어들이지 못했다는 것은 분명하다.

연극은, 사실상, 거리의 신학자들에게 자주 저주를 받는 특정한 상태를 저 무관심한 동정에 의해서가 아니라, 윤리적 개념에 따라 해결된다. 행위의 규칙들은 도덕적 철학자들의 책에서 발견될 수 있다. 더욱이, 그녀의 연인을 위해서 모든 것을 위태롭게 하려는 클리템네스트라가, 거의 꾸미지 않은 경멸로 그를 다루는 것으로 표현된 것을 볼 때, 또한, 전승(戰勝)의 밤에 그 자신의 궁전에서 그의 왕비에게 살해되려는 아가메논이, 병적임을 연상시키는 어리석은 가혹함으로 딸 에렉트라를 향해 행동하도록 만들어진 것에서 볼 때, 그 흥미는 방향이 잘못 이루어진 것이다. 과연, 다섯 개의 막 중 가장 취약한 것은 살해를 다루는 막이다. 그뿐만 아니라 효과도 심지어 지속되지 않기에, 그 이유인즉, 오레스테스의 최면술 같은 황홀경에서의 두 번째 재현은, 피투성이 손을 한 클리템네스트라와 애지터스를 이제막 본 관객의 마음속에서 제3막의 실재적 살인 효과를 망칠 수밖에 없기 때문이다.

이러한 잘못들은 가볍다고 거의 불릴 수 없으니, 왜냐하면, 그들은 예술적 구조의 중요한 지점들에서 일어나며, 모든 것을 묘사적 필치로 은폐하기를 추구하는 그레이브스 씨는 모든 결함이 즉각 드러나 보일 정도로 신중하게 단순한 언어를 사용할 정도로 충분히 정직했기 때문이다. 그러나 오늘날 쓰인 운시의 대부분에서보다 운시의 반칙들이 거의 없다. 그리고 아마도 단지 예언자 티레시아스가 다음처럼 외치는 것이 들릴 때 그것은 천리안적 특성에 대한 심적 혼동의 한 지시일 뿐이다:

조심하라! 조심하라!
그대가 언덕 아래로 굴리기 시작할 돌은
만일 그대가 진로를 바꾸지 않으면 그대를 뭉개버리리라.

27

소외된 시인

1903

18세기 후반에서 일반적 생활에 대한 흥미의 부활은 조이스에게 불가피하게 특별한 흥미의 것인지라, 그의 평범하고도 관찰적이 되려는 노력은 『더블린 사람들』의 몇몇 이야기들에서 볼 수 있다. 비록 이 서평에서 그는 클레브를 사실주의자로서 골드스미스 이상으로 칭찬하지만, 그는 뒤에 골드스미스를 영어로 쓴 아일랜드의 위대한 작가들 중 하나로서 환호하려 했으며, 『피네간의 경야』에서 그는 그를 인용하기를 좋아한다. 이 서평에서 "네덜란드 사람들"에 대한 명민한 인유는 회화(繪畫)에 대한 조이스의 몇몇 언급들의 하나로써, 회화는 그가 별반 흥미를 갖지 않은 예술이다. 그들에서 그리고 클레브에서 종종 그가 발견하는 "광휘"는 그이 자신의 사실주의가 단순한 신빙성에 만족하지 않음을 암시한다.

****

테니슨은 만일 하느님이 국가를 만들고 인간이 도시를 만들었다면, 악마는 틀림없이 국가 도시를 만들었음이 틀림없다고 말한 것으로 전한다. 울적한 단순함, 비열함, 불가피한 도덕적 부패―요컨대, "지방적"이라 부렸던 이 모든 것은 클레브의 운시가 지닌 한결같은 주제이다. 그의 당시 에드먼드 버크와 찰스 제임스 폭스, 스콧의 친구 및 로저스, 그리고 피츠제럴드의 문학적 대부였던 볼스에 후원을 받아, 클레브는 오늘날 그의 높은 자산으로부터 너무나 멀리 추락했기에, 그가 어떤 문학의 편람에 언급됨은 단지 호의에 의한 것이다.

이러한 소외는, 쉽사리 설명될 수 있을지라도, 아마 최후의 판단은 아닐 것이다. 물론, 클레브의 많은 작품이 지루하고, 뛰어나지 않으며, 그는 워즈워스가 그의 비평가들에게 언제나 변호할 수 있는 것과 같은 것들을 결코, 갖지 않았다. 반대로, 그가 포프의 음조를 너무나 고르게 사용한 것이 그의 주된 특질이요, 포프의 광휘를 거의 지니지 않았어도, 그는 지방의 암담한 비극들의 화자로서 감탄할 정도로 성공한다. 그의 이야기들은, 그러나 영국 소설사에서 한 자리를 요구한다. 위선적 감상과 "우아한 척하는" 문체가 유행했을 때, 그리고 시골 생활이 현대의 카이야드 파(派)의 어떤 것에 의해서처럼 열렬히 개척을 위해 포착되었던 때, 클레브는 사실주의의 전사로서 나타났다. 골드스미스는 전원적 주제를 다룸에서 그를 선행했고, 그들을 목가적 우아함으로 다룬 것이 사실이지만, 그러나 진실한 통찰력과 동정의 어떤 소원과 결핍을 가지고, "마을", "자치 읍" 그리고 "교구 목사의 기록부"와의 오우번의 비교가 이루어졌는지 드러나리라. 이들 후자는 현세대의 귀에는 이름에 불과하거니와 영국의 작가들 중 가장 소외된 자 중의 하나를 위한, 적어도, 청취를 획득하는 것이 현재 모노그래프(특정 논문)의 목적이다.

그것의 저자 이름은 당대 비평에서 가장 존경할, 그리고 성실한 것 중의 하나요, 다수 학파들과 이론들 사이에서 아마도 그는 클레브와 같은 자를 위해 한 자리를 굳히는데 선공할 것인즉, 그리하여 그는, 그 속에 세계의 의견을 분담하는 몇몇 구절을 예외로 하고, 올바른 판단과 냉정한 기술의 예증이요, 그리고 그는 감사와 충성으로, 그리고 네덜란드인을 회상시키는 이따 금의 광휘로, 마을 생활을 설명한다.

28

메이슨 씨의 소설들

1903

인기 있는 소설들을 서평 할 의무에 직면하여, 조이스는 몇 개의 점잖은 냉소로써 자신을 만족한다. 그가 시작하는 레오나르도에 대한 언급은 아이러니하게도 문맥에서 무겁지만, 『율리시스』의 『스킬라와 카립디스』 에피소드에서 조이스는 셰익스피어가 자신의 극에서 사용한 것을 설명하는 유사한 이론을 개진한다.

* * * *

이러한 소설들은 주제와 문체에서 아주 다르거니와 레오나르드의 한 가지 관찰의 진리를 호기심 있게 설명한다. 레오나르드는, 어떤 유사 — 범신론적 심리학의 흥미에서 의식의 어두운 구석을 탐험하면서, 그것이 창조하는 것 위에 그것 자체의 유사성을 남기는 마음의 경향을 주목했다. 그가 말하는 바, 그것은 이 경향 때문으로, 많은 화가가 사실상 타자들의 초상화에 그들 자신의 반영을 투사하는 것을 의미한다. 아마도, 메이슨 씨는, 같은 태도로, 이야기들을 의심할 바 없이 자신의 "이해의 틀"의 하나 속에 스스로 짜 맞춘다.

메이슨 씨의 "특징들" 가운데, 독자는 초기의 지울 수 있는 남편을 주목하는 데 실패하지 않을 것이다. 『모리스 벅클러의 구혼』에서, 그것은 주리안 하우드이요, 『엽색자』에서 그것은 추방자 골리이며, 『발코니의 미란다』에서 그것은 랄프

워리나이다. 모든 세 작품에서 이전에—암시된 변덕스러운 소녀는 흔한 타입의 젊은 남자—건장하지만 머리가 나쁜 영국 사내—와 사귄다. 이 이야기가 장명과 시간이 그렇게 다름에도 불구하고, 저자의 동의 없이 자신을 재생산하는 것을 지켜보는 것은 진기한 일이다.

한 가지 작은 현상은 각 이야기에 호러스의 나타남이다. 『모리스 벅클러의 구혼』에서 타이롤의 성(城)에 대한 계획은 이야기의 무게의 중심이거니와 호러스에 대한 작은 엘저비어 활자체의 기록이다. 『연애 유희자』에서 호러스는 클라리스의 고전적 미의 가치가 있는 직유를 한 번 이상 크게 이용한다. 『발코니의 미란다』에서 다시 한 번 저 흥미로운 인물인 "메이저" 윌브라함은 약탈과 갈취를 일삼는 호러스에 대한 번안에 종사하는 것으로 대표된다.

메이슨 씨는 그가 큰 도회로부터 약간 먼 시간과 장면에 관해 쓸 때 한층 성공적이다. 『엽색 자』(이 타이틀은 메이슨 씨가 조지 버나드 쇼와 분담하거니와)의 상류사회 분위기는 많은 위트와 사건에 의해 활기를 띠지 않지만, 『발코니의 미란다』는 스페인의 그리고 무어의 장면들의 즐거운 연쇄를 지닌다. 그러나 메이슨 씨의 최고의 작품은 분명히 『모리스 벅클러』이다. 이야기는 어깨 망토와 칼의 질서에 관한 것으로, 세지모어 이후의 시간을 지닌다. 독일은 성(城)과 음모에서 탁월한 장소이다. 그리고 이 로맨스의 모험적 분위기에서 현대 생활에 관한 너무나 많은 소설을 읽은 자들은 마음대로 자기들 자신을 창조하리라. 그러한 필치는, 역시, 때때로 아주 멋지다. 『발코니의 미란다』는 멋진 이름이 아닌가?

29

브루노 철학

1903

　제임스 조이스는 그의 아우에 따르면, 한때 배우가 되기를 생각했으며, 무대명(예명)을 선택할 정도였다. 그의 예명은 고던 브라운이었으며, 그것은 자신이 존경하던 지오다노 브루노에 대한 경의의 표시였다. 이 서평을 쓸 때 지음에, 조이스는 브루노의 작품에 친근했으며, 『소동의 날』에 그것을 인용했다. 조이스는 UCD에서 그의 스승이었던 이탈리아인인 게찌 신부와 브루노에 관해 토론했거니와 게찌 신부는 브루노가 광적인 이교도였다고 했고, 조이스는 그가 잔인하게 화형 되었음을 주장했다.

　1600년에 사망한 브루노는 두 세기 동안 세인의 관심에서 잊혀 있었는데, 19세기가 되어서야 다시 논의되기 시작했다. 1889년에 브루노가 화형에 처한 곳인, 로마의 캠포 대 포이리에서 그의 동상이 제막되었다. 조이스는 그의 인격과 철학으로 인상을 받았다. 그것은 투옥을 앞에 두고 생각을 일관되게 주장했던 브루노의 영웅적 완강함, 견고한 철학과 금욕 생활에서 오는 외로움을 달래 주는 일시의 휴식, 그리고 『피네간의 경야』에서 셈과 숀의 관계의 바탕을 이루는 브루노의 "반대의 일치"의 이론에 의한 것이었다. 그러나 여느 때처럼 이 책에서, 조이스는 노란의 브루노를 더블린의 서적상인 브라운 앤드 노란에 연관시킴으로써 묘사한다.

＊＊＊＊

관심이 주로 전기적인 책인『영국 및 외국의 철학 도서관』이란 책을 제외하고는, 노라의 삶과 철학을 조명한 중요한 책이 영국에서 나타나지 않았다. 브르노가 약 16세기 중순에 태어났으므로, 그에 관한 평가 — 영국에서 최초로 나타난 평가 — 는 다소 늦은 감이 있는 듯하다. 이 책의 3분의 1 못지않게 그것은 브루오의 생애에 대해 이바지하고, 책의 나머지는 그의 철학 체계의 설명과 비교의 개관이다. 그의 삶은 오늘날 수백만 사람들에게 영웅적 우화로서 읽힌다. 도미니크회의 신부요, 집시 교수이며, 고대 철학에 대한 논평가, 새로운 철학의 창시자, 극작가, 논객, 자신의 방어를 위한 상담자, 종국에는 캠포 대 포이리에서 화형을 당한 순교자인 브루노는 이러한 존재의 모든 양태와 사건들(그가 부른 대로)이 한결같은 정신적 통일성으로 남아 있다.

초기의 휴머니즘의 용기를 가지고 전통을 배척하면서, 브루노는 소요학자의 철학적 방법으로는 그의 철학적 탐구를 거의 가져오지 못했다. 그의 활동적 두뇌는 계속 가설을 언급한다. 그리고 비록 그 가설적 숙고에서 철학자에 의해 정당하게 사용될지라도, 그리고 투쟁적 반박이 그를 이토록 그에게 허락될지라도, 가설과 역(逆)비난은 브루노의 페이지들을 너무나 많이 점령하는지라. 어떤 것도 그들로부터 지식의 위대한 애인의 부당하고 부당한 개념을 수락하는 것 이상으로 용이하지 않다. 그의 철학의 어떤 부분들 — 왜냐하면, 그것은 많은 면임으로 — 은 제외될 수 있다. 기억에 대한 그의 논문, 레이놀드 루리의 예술에 대한 논평, 심지어 익살스러운 아리스토텔레스조차도 좋은 평판을 얻지 못했던 저 위험한 영역으로의 유람, 도덕성의 과학은 단지 그들이 너무나 환상적이요 중년이었기 때문에 관심을 가진다.

독립적 관찰자로서, 브루노는, 그러나 높은 명예를 받을 만하다. 베이컨이나 혹은 데카르트 이상으로, 그는 이른바 현대철학의 아버지로 간주되어야 한다. 합리주의와 신비주의, 유신론과 범신론에 대한 잇따른 그의 사유 체계는 곳곳에서 그의 숭고한 마음과 감식력 있는 지력으로 각인됐기에, 르네상스 시대의 생명이었던—"자연의 자연"—처럼 자연에 대한 열렬한 동화로 가득 채워졌다. 스콜라 학파의 사물과 형태로—엄청난 이름들—그것을 정신과 육체로서 그의 체계에서 그들의 형이상학적 성격을 거의 지속시키지 않는 이들—을 화해하려는 그의 시도에서 브루노는 한 가지 가설을 거의 주장하지 않음으로써, 이는 스피노자의 이상한 예상이다. 그럼, 콜리지가 그를 이원론자로 정하고, 사실상 다음처럼 말하는 자로 대표 시키다니 이상하지 않은가? "자연에서 그리고 정신에서 모든 힘은 그것의 현시(顯示)의 유일한 조건과 방법으로써 반대를 발전시켜야 한다. 그런고로 모든 반대는 재결합을 위한 경향인 것이다."

　　하지만 그것은 브루노가 복잡성을 단순화하려고 시도했던 것처럼 어떤 사유 체계에 대한 주된 주장임이 틀림없다. 비평철학의 견해에서 보일 수 있는 보장되지 않은 어떤 영혼이나 물질적 사물과 관련된 정신적이요 냉담하고 우주적인 원칙에 관한 사유는 마치 아퀴나스의 주체가 어떤 물질적 사물과 연계되어 있듯이, 사학자의 종교적 무아경에 대한 명백한 가치를 가진다. 신에 도취한 인간은 스피노자가 아니라 브루노이다. 그러나 나폴레옹 신봉자들에게처럼, 영혼의 병폐에 대한 왕국으로, 혹은 기독교인들에게처럼, 시험의 장소로서가 아니라, 정신적 활동성을 위한 기회로서 그에게 보였던, 물질적 우주로부터 내부로, 그리고 영웅적 열성으로부터 자신을 하느님과 합일시키려는 열성으로, 브루노는 나아간다. 그의 신비주의는 모리노스의 그것이나, 십자가의 성 요한과는 다른 것이었다. 그 속에는 정적주의(靜寂主義)의 요소나 암흑의 은둔 생활의 요소가 존재하지 않는다. 그것은 강렬하고, 열광적이며, 호전적이다. 신체의 죽음은 그에게 존재의 양태에 대한 정지상태요, 이와 같은 믿음과 그 믿음에 대한 증거인, 확고하나 강건한 성격 때문에 브루노는 죽음에 직면하여 두려움을 갖지 않은 고매한 사람들 가운데 하나가 되었다. 우리에게 그의 직관의 자유에 대한 변론은 영원한 기념비임이 틀림없으며, 명예로운 전쟁을 수행하는 자들 가운데도 그의 전설은 가장 명예롭고도, 아버로스나 스코터스 애리제나의 그것보다 한층 신성하고, 한층 진솔한 것임이 틀림없다.

인도주의

1903

　야만주의는, 쉴라 교수가 말하기를, 철학에서 두 가지 모습, 즉 문체의 야만주의와 기질의 야만주의로서 나타날 수 있다. 그리고 야만주의에 반대되는 것은 쉴라 교수의 철학적 신조이다. 즉 이도주의, 혹은 그가 때때로 부르는 대로, 실용주의이다. 그런고로, 기질과 문체에서 정직한 휴머니즘을 가까이 기대해 왔던 사람은 다음과 같은 문장을 읽으면 얼마간 놀라게 될 것이다. ―'이전의 철학들은 모두 밝혀졌다', '실용주의는 "내게 감명을 주고, 귀를 기울이는" 단계에 이르렀다', '그것[스콜라 철학의 용(龍)]은 그것이 제시하는 건조된 쓰레기의 진운(塵雲)에 의해 애매한 기법에서 굴복하고, 무가치한 탐구의 무용한 추구활동으로 자신을 매장하며, [인도적 통찰력으로부터가 아닌, 쉴라 교수] 인간적 통찰력으로부터 그 자신을 감춘다.'

　그러나 이것들은 세부적인 것들이다. 실용주의는 정말로 아주 중요한 것이다. 그것은 논리를 개혁하고, 순수한 사상의 부조리를 보여주며, 형이상학을 위한 윤리적 기초를 수립하고, 실질적 유용성을 진리의 표준으로 만들며, 단호히 '절대자'에게 연금을 주어 퇴직시킨다. 다른 말로, 실용주의는 상식이다. 독자는, 따라서, "무익한 지식"으로 불리는 후기 플라톤주의 대화에서, 윌리엄 제임스의 제자가 플라톤과 아리스토텔레스의 유령의 형태를 철저히 참패시키고 창피를 주는 것을 깨닫고도 놀라지 않을 것이다. 감정적인 심리학은 출발점이 되고, 철학자의 발전 순서는 일치 속에 조성된다. 만일 쉴러 교수가 이성적 심리학을 출발점으로 세우려고 했다면, 그의 주장은 충분한 근거가 있으나, 그는 결코, 이성적 심리학에 관하여 들은 적도 없거니와 이성적 심리학을 언급 할 가치도 없는 것으로 여긴다. 불멸의 욕망에 관한 그의 논문에서 하나의 사실을 수립했거니와 즉 그는 대다수 인간은 그들의 삶이 신체의 해체와 함께 끝나는지 아닌지에 관해 관심을 두지 않는다는 것이다. 그럼에도, 그가 마지막 상소(上訴)의 법정에서 진리의 시험과 인간성의 심판으로서 능률을 주장한 연후에, 그가 소수를 위하여 변론함으로써, 그리고 그가 여러 해 동안 회원이었던 심령 조사 협회의 주장을 옹호함으로써, 결론을 내렸다.

결국, 논리를 매우 급진적으로 개혁하는 것이 아주 잘했던가? 그러나 그대의 실용주의자가 낙관주의자가 아니라면 아무것도 아니기에, 그이 자신이 철학을 그러한 이유로 부인하더라도, 그는 염세주의를 "영원히 부정하는 영혼"이라고 선언한다. 괴테의 메피스토펠레스는 책에서 가장 흥미로운 논문 중의 하나의 주제이다. "그의 변장 중에서 가장 미묘한 것은," 하고 쉴러 교수가 말하는데, "즉, 그의 가장 습관적인 마스크는 하느님을 제외한 파우스트에서 다른 인물들을 속인 인물이며, 내가 아는 한, 나 자신을 제외한 괴테의 모든 독자를 속인 인물이다." 그러나 확실히 쉴러 교수는(영국 회의론자의 관용구를 영국 감각주의자 — 신학자들 용어에 인용하기 위해), 그가 그것이 어떠한 악마일 수도 있다는 것을 모르기 때문에, 하느님으로 간주되는 존재이요, 더욱이 브래드리 씨의 절대자와 스펜서 씨의 절대자와 같은 불충분하고 실용주의적으로 전멸된 실체와 밀접하게 같은 종류에 속하는 존재인 괴테의 파우스트의 하느님과 그의 발견을 공유한다는 것을 읽으면서, 많은 만족을 거의 이끌어 낼 수가 없다.

* 『휴머니즘』의 재검토:『철학적 논문들』F.C.S. 쉴러 저, 1903년 11월 12일,

『데일리 엑스프레스』지에 발표, 더블린. 스태니스로스 조이스가 쓰기를:
"나의 형의 실용주의에서 관심은 사소한 것으로, 철학의 한 학파에 관해서
는 일종의 호기심 이상은 거의 아니었다……. 그것은, 그가 주장하기를, 재
빠르게 회피함으로써 철학적 어려움을 피하는 것이라 말했다. 진리의 단
정적인 상대성과 목표에 대한 유용성에 의한 지식의 실제적 테스트는 논
리에 대한 아리스토텔레스의 이론뿐만 아니라, 한층 더 그 자신의 인격에
반대되었다……. 트리에스테에서 그는 나에게 한번 말했다. 그는 영국의
백과사전이 그의 관심을 끄는 많은 무익한 지식을 포함하고 있기 때문에
이탈리아의 백과사전을 좋아한다고……"『북 리뷰』지, p. 43.

31

셰익스피어 해설

1903

짧은 서문 격인 노트에서 이 책의 필자는, 많은 연구와 비평으로 무장한 셰익스피어 학자를 위해서가 아니라, 일반 독자가 8편의 극을 한층 흥미 있고 잘 이해할 수 있도록 글을 썼다고 말한다. 이 책에서 뭔가 칭찬할 만한 것을 발견하기란 쉽지 않다. 책 자체가 너무 긴데다가, 거의 5백 페이지에 달하고—책값도 비싸다. 8부로 나누어진 이 책은 셰익스피어의 연극 몇 개를—작품의 선별도 임의대로 인 듯—길게 설명하고 있다. 비평적 시도는 어디에도 없으며, 해석은 미약하고 뻔하며 진부하다. "인용된" 구절들이 아마 책의 3분의 1을 차지하고, 셰익스피어를 다루는 저자의 방법 또한, 불경스럽다—아니면 그런 것처럼 보인다. 그렇게 저자는 『줄리어스 시저』의 1막에서 마툴러스가 행한 연설을 "인용하고" 있으며, 그리고 첫 16행을 대단한 성공을 가지고 응축하려고 시도한데다가, 삭제표시도 없이 원문의 6행을 생략했다.

아마도 캐닝 씨가 위대한 시인(셰익스피어)의 16행 가운데 10행 이상을 제시하지 않았음은 일반 대중의 문학적 이해를 위한 세심한 배려일 것이다. "그의 고상한 동료는 용기에서뿐만 아니라 지혜에서 아킬레스와 완전히 대등하다. 양자는 대단한 열정을 가지고 트로이의 포위 공략 동안 철학적인 대사를 말하게 되어 있다. 그들은 분명히 심오한 지혜의 말을 하기 위해 잠시 자신들의 거대한 대상으로부터 비켜서는 것이다……" 이 책의 내용인즉, 고대 연극 광고의 전단을 본

뜬 것으로 보이리라. 여기에는 비천한 다수를 당황하게 하는 심리적 복잡성이나, 엇갈린 목적도, 동기의 뒤얽힘도 없다. 그런 사람은 "고상한 인물"이며, 그런 사람은 "악한"이고, 그런 어구는 "장엄하거나", "웅변적"이요, "시적"이다. 『리처드 3세』를 설명하는 한 페이지는 단일 행들이나 대구, 그리고 "요크는 그때 말한다", "분명히 놀라서 글로스터는 대답한다", "그리고 요크는 대답한다", "그리고 클로스터는 대답한다", "그리고 요크는 논박한다"와 같은 — 모호한 말들로 구성되어 있다. 이 책에는 뭔가 참신한 데가 있지만 — 맙소사! — 일반 대중은 그런 참신함에 16실링을 지급하지 않을 것이다. 똑같은 속물적인 대중도 틀린 인용구들로 설명된 "대답한다"와 "논박한다"로 쓰인, 5백 페이지를 읽지는 않을 것이다. 그리고 심지어 페이지도 잘못 표시되어 있다.

32

볼레스 부자(父子)

1903

『볼레스 부자』은, 무엇보다 첫째로, "실재성"이라는 장점을 지닌다. 서문은 지난 5월로 추정되거니와 우리는 그 작가의 예언적인 힘을, 혹은 적어도 멜로드라마 작가에게 아주 필요한 특질인 실제적이요 열중시키는 화제에 대한 저 특별한 친화력을 신용할 수 있다. 이야기의 장면은 아르메니아인들이 싸웠던 펙함 라이 부근의 변두리 교외 지역이다. 그리고 더욱이, 그 이야기의 에피타시스(epitasis; 벤 존슨이 부르는)는 미국과 라틴 사람들 사이에서 혁명 초기 주식이 폭락한 사건으로 거슬러 오른다.

그러나 저자는 이러한 암시로부터 유도될 수 있는 것을 초월한 흥미를 지닌다. 그는 캠버웰의 졸라라고 불려 왔으며 그리고 그 별명이 부적당할지라도, 아마도, 소설의 그러한 급에서 최상의 성취인 『볼레스 부자』에 대해 우리는 졸라에게 의존해야만 한다. 『부인의 행복』에서 졸라는 큰 상점에 대해 마음속으로 친근한 영광과 수치를 말하는데 ― 사실상, 포목상을 위한 서사시를 썼다. 그리고 한층 작은 캔버스인 『볼레스 부자』에서 우리의 저자는, 그것의 불결한 탐욕, 박봉의 노동, 음모, 그곳의 "매매의 관습"과 함께, 더 작은 "상점"의 그림을 아주 성실하게 그렸다.

교외 생활의 마음이 언제나 아름다운 것이 아니요, 그것의 노동은 비감정적 확기로서 여기 묘사된다. 아마도 나이 많은 볼레스의 매끄러운 상냥함은 다소 과장되어있다. 그리고 여주인들은 디킨스를 상기시킬지 모른다. 그것의 "이중 환"의 이야기 줄거리에도 불구하고, 『볼레스 부자』은 많은 독창적 장점이 있으며, 다소 불충분하고 여윈 사람의 이야기가 아주 말끔하고 종종 아주 유머러스하게 이야기된다. 그 밖에 대해서는, 책의 장정(裝幀)이 우리가 타당하게 기대하기에 꽤 보기 흉하다.

33

미학

1903/04

드라마 및 다른 장르와의 관계를 수립하기 위한 그의 야망으로 인해 부분적으로 강요된 채, 조이스는 영웅적으로 자신의 미학을 조합하기를 계속했다. 그는 불가피하게 아리스토텔레스로 시작하여, 놀랍게도, 토마스 아퀴나스로 돌았고, 한층 예언적으로 플로베르로 끝났다. 그의 초기의 공식적인 서술은 1903년 2월과 3월에, 파리에로의 두 번째 여행 동안 이루어졌다. 그는 그들을 한 권의 노트북에 써두었으며, 마치 저작권을 확인하려는 것과 같은 중요성을 두는 것인 양 각 의견 다음에 이름과 날짜에 서명했다. 거기 베리츠 학교에서 글을 가르치는 동안, 1904년 11월에 폴라(당시 오스트리아 영)에서 자신의 사색을 계속했다. 다음 해 3월과 7월 사이에 그는 『영웅 스티븐』을 위해 자신의 초기 글과 노트북에 있는 진술들을 모았다. 『초상』에서 미학에 관한 토론은 몇 년 뒤에 쓰였다. 그러자, 그는 파리와 폴라 노트의 대담한 서술로부터 『영웅 스티븐』에서 그의 이론들의 서술적 에세이와 극적 표현의 혼성으로, 그리고 마침내 『초상』의 철저하게 극적인 제시로 움직인다.

파리 노트에서 조이스는 점차로 아리스토텔레스의 미학뿐만 아니라, 미학의 방법 또한, 추종한다. 나중에 스티븐 데덜러스처럼, 그의 "단검의 정의"를 풀어놓으면서, 그는 비극과 희극 간의 차이를 가벼운 대조로써 상술한다. 그는 희극은 기쁨을, 비극은 슬픔을 준다는, 그리고 상실감은 불완전하다는, 고로, 그가 암시하다시피, 소유감보다 영등하다는 이유로, 비극보다 희극의 우위성을 주장한다. 많은 창의성으로, 조이스는 재차 연민과 공포를 훌륭하게 정의하고, 기쁨의 그것에서처럼 이러한 감정의 포착 속에, 예술에 필요한 정적 상태를 발견한다. 그러자 그는 서정적, 서사시적 및 극적인 양상들을 구별하고, 가장 몰개성적인 것으로 드라마의 우위성을 은밀히 암시한다. 최후로 그는 예술은 도덕적 목적이 아닌 미학을 향해 움직인다고 주장한다.

　도덕의 문제는 그가 폴라에서 다음으로 채택한 문제이다. 아퀴나스로부터 한 문장을 사용하면서, 그는 주장하기를, 선은 바람직하므로, 진과 미는 가장 일관성 있게 바람직한 것이라, 고로 그들은 선으로 간주되어야 한다는 것이다. 이것은 예술의 윤리적 양상에 대한 그의 유일한 동기이다. 그러나 그가 진선미가 서로 엉키는 것으로 간주한 것은, 이것으로 분명히 충분하다. 예술이 교훈적이 아님은 예술이 외설이라는 것을 의미하지는 않는다. 사실상 그는 파리의 노트북에서 외설문학을 불쾌한 것으로 거절한다. 그것은 비도덕적이지도 무(無)도덕적이지도 아니하나, 예술의 목적은 인습적 도덕성을 아주 초월하여 결국, 도덕성을 잊어버리는 것이 유익하다는 것이다.

　이어 그는 어떤 것들이 미적인가를 묻고, 기쁨을 주는 그러한 것들의 이해가 미적이라는 것을 확립하기 위해 아퀴나스로부터 또 다른 문장을 끌어 온다. 그는 주장하기를, 아마도 자기 자신의 미래의 주제를 마음에 둔 채, 일상적으로 추한 것을 포함하도록 미는 받아들여져야 한다는 것이다. 그는 미가 단순한 예쁜 것으로 퇴화하는 것을 피하려고 노력한다. 『영웅 스티븐』에서 그는 이제 미의 인식에서 3가지 단계, 즉 미의 3요소들의 고독의 서곡으로 향한다.

　나중에, 『영웅 스티븐』에서, 조이스는 예술가에 대한 미학 이론에 초점을 맞추고, 예술가의 역할에 대한 주인공의 사색을 보여주기 위해 맹건과 『드라마와 인생』에 대한 에세이를 사용한다. 셸리를 되풀이하면서, 그는 모든 세대는 그 시대의 시인들과 철학자들에 대한 구속력을 찾아야 한다고 주장하지만, 예술은 어떤 명백한 교훈적인 목적을 갖지 않는다고 분명히 한다. 아퀴나스로부터의 3가지 말인, '전체성', '조화', '광휘'에서, 그는 미의 3가지 양상을 발견하고, 어떻게 그들이 자신들의 증가하는 강도를 모방하는 3단계 속에 이해되는 지를 설명한다. 그는 가장 생생한 현시에서 미의 본질을 서술하기 위해 "에피파니(현현)"란 말을 기독교로부터 빌린다.

최후로, 『초상』에서 조이스는 그의 노트북과 『영웅 스티븐』의 새로운 혼합을 이룬다. 그는 초기의 에세이들을 없애고, 스티븐으로 하여금 독창적 이론의 용어로 그의 심미론을 발전시켜 나가도록 한다. 그러나 그 역시 스티븐이 많은 위트와 힘을 가지고 미학 이론을 선전하도록 하고, 조이스가 플로베르의 대응으로부터 이어받은 신으로서 예술가의 세밀한 이미지를 가지고 이 이론이 정점에 이르도록 하고 있다. 스티븐을 단순한 미학자로 묘사하는 것이 최근까지 유행하고 있지만, 이것은 그를 오해하는 것이다. 그는 미에 관심을 가진 만큼 진리에도 관심이 많았고, 선을 무시했기보다는 그것을 당연한 것으로 여겼기 때문에 선에 대해 논하는 것이 빠졌다. 『초상』 말에서 스티븐은 그가 종족에 대한 양심을 버리기를 선언할 때, 그는 자신이 공포한 미와 완전히 일관하고 있다.

****

I. 파리의 노트북

욕망은 우리가 어떤 것에 가도록 권장하는 느낌이요 혐오는 뭔가 어떤 것으로부터 떠나도록 권장하는 느낌이다. 즉 희극이든 비극이든 우리속에서 이러한 감정을 유발하는 예술은 부적절하다. 희극에 관해 얼마 뒤에 말하리라. 하지만 비극은 우리에게 연민과 공포의 감정을 일으키는 것이 목적이다. 지금에 있어 공포는 인간 운명에서 신중한 무엇이든지에 앞서 우리를 사로잡으며, 비밀스러운 원인으로 우리를 묶는 느낌이다. 연민은 인간 운명에 있어 신중한 무엇이든지에 앞서 우리를 사로잡으며 인간의 고통받는 자와 함께 우리를 연관시키는 감정이다. 비극의 방식으로 흥미를 일으키는 데 목적을 삼는 혐오는 비극적 예술, 즉 공포와 연민에 적절한 느낌과는 다르다. 왜냐하면, 혐오는 우리를 어떤 것으로부터 가게 함으로써 휴식으로부터 우리를 몰아내지만, 공포와 연민은 매력에 의해 우리를 쉼 속에 묶어 둔다. 비극 예술이 나의 몸을 떨게 만들 때, 공포는 나의 감정이 아닌지라, 왜냐하면, 나는 쉼으로부터 권유받고 더욱이 이러한 예술은 나를 정중한 것을 보여주지 않으니, 내가 의미하는 것은 인간의 운명에서 한결같고 불치의 것은 어떠한 비밀의 원인으로 나를 묶지 않기에, 그 이유인즉 그것은 나에게 단지 비정상적 및 치유할 수 있는 것을 보여주고, 그것은 나를 단지 너무나 뻔한 원인으로 묶기 때문이다. 내가 인간의 고통을 막도록 만드는 예술이 적절한 비극적 예술이 아니듯이, 인간 고통의 어떤 명백한 원인에 대해 나를 분노하게 하는 예술도 적절한 비극적 예술은 아니다. 결국, 공포와 연민은 슬픔에서 이해되는 슬픔의 양상들—슬픔은 어떤 좋은 것의 결핍이 우리 안에 불러일으키는 감정이다.

이제 희극에 관해 말한다. 부적절한 예술은 코미디의 방법으로 욕망의 감정을 불러일으키려고 하지만 코믹한 예술에 적절한 감정은 기쁨의 감정이다. 이미 말한 대로, 욕망은 우리가 무엇을 하도록 촉구하는 감정이지만, 기쁨은 우리가 가진 어떤 좋은 것이 우리 안에 불러일으키는 감정이다. 부적절한 예술이 코미디의 방식으로 불러일으키려고 하는 감정인 욕망은 앞으로 보이겠지만 기쁨과는 다르다. 욕망은 쉬고 있는 우리로 하여금 무엇인가를 갖게 하지만 기쁨은 우리가 무엇인가를 가진 한 우리를 편안하게 해준다. 그러므로 욕망이 자신 밖에 어떤 것을 얻도록 촉구하기 때문에 본질적으로 충분하지 않은 코미디(코믹 예술 작품)에 의하여서만 욕망이 생길 수도 있다. 그러나 자신 밖의 어떤 것을 얻게 하려고 우리를 촉구하지 않는 코미디는 우리에게 기쁨의 감정을 일킨다. 우리 안에 기쁨의 감정을 불러일으키는 모든 예술은 지금까지 코믹한 것이었고, 이 기쁨의 감정이 인간의 행운에 중요한 것에 의해, 아니면 우연한 것에 의해 불러일으켜 졌느냐에 따라, 그 예술이 더 훌륭하거나, 혹은 덜 훌륭한 것으로 판단된다. 그리고 비극 예술 작품(비극)이 우리에게 기쁨의 감정을 불러일으키는 한, 심지어 비극적 예술도 코믹 예술의 본질에 참여한다고 말할 수 있을 것이다. 이 점에서, 비극은 불완전한 예술 방식이고, 코미디는 완전한 예술 방식이라고 말할 수 있을 것이다. 한편으로 공포와 연민의 감정이, 또 한편으로 기쁨의 감정이 우리를 사로잡는 감정이므로 모든 예술은 정적인 것이다. 아름다운 것의 미래를 위해서 이런 정적인 것이 어떻게 필요한 지를 후에 언급하겠다. 비극적이든, 희극적이든 모든 예술의 목적은 아름다운 것의 이해이다. 이 정적인 것은 우리에게 공포, 연민 혹은 기쁨을 불러일으키게 하는 이미지들이 우리에게 적절히 제시 될 수 있고, 보일 수 있게 하는 유일한 것이기 때문이다. 아름다움은 보이는 어떤 것의 특질이지만, 공포와 연민 그리고 기쁨은 마음의 상태이기 때문이다.

제임스 조이스, 1903년 2월 13일.

……예술의 3가지 조건이 있으니, 즉 서정적, 서사적 및 극적 조건이다. 예술가가 자신과의 즉각적인 관계 속에서 이미지를 제시하면 그 예술은 서정적이고, 예술가가 자신과 타인들에 대한 중개적 관계에서 이미지를 제시하면 그 예술은 서사적이며, 예술가가 타인과의 즉각적인 관련 속에서 이미지를 제시하면 그 예술은 극적이다……

제임스 조이스, 1903년 3월 6일,
파리에서.

리듬(운율)은 어떤 전체에서 부분이 부분에 대한 최초의 혹은 공식적인 관계이거나, 전체의 일부를 구성하는 관계인 것으로 보인다. 부분들은 그들이 공동의 목적을 가진 한 전체를 구성한다.

제임스 조이스 1903년 3월 25일,
파리에서.

에 태컨 미네이테 탠 피신—이 문구는 "예술은 자연의 모방이다."라는 말처럼 잘못 이해되고 있다. 아리스토텔레스는 여기서 예술을 정의하지 않았다. 그는 단지 "예술은 자연을 모방한다."라는 말을 하고 있고, 예술적 과정은 자연적 과정 같은 것이라는 것을 의미하고 있다, ……예를 들면, 조각이 정지의 예술이라는 말이 조각은 움직임과 관련이 없다는 말을 뜻한다면, 조각이 정지의 예술이라고 말하는 것은 잘못된 것이다. 율동적인 조각은 움직임과 관련이 있다. 조각 예술 작품은 작품의 리듬에 따라서 검토되어야 한다면, 이 검토 작업은 공간 속에서의 상상적 움직임이다. 조각 예술 작품이 그 자체로 공간 속에서 이동하는 것으로 제시될 수 없는 조각적 예술 작품으로 남는다는 점에서 조각이 정지의 예술이라고 말하는 것은 잘못된 것이 아니다.

제임스 조이스 1903년 3월 27일,
파리에서.

예술은 심미적 목적을 위한 감각적이고 지적인 물체에 대한 인간적 처리이다.

제임스 조이스 1903년 3월 28일,
파리에서.

질문 : 배설물, 아이들 및 이(蝨)가 왜 예술 작품이 아닌가?

대답 : 배설물, 아이들 그리고 이는 인간의 산물이다 ─ 감각적 물체에 인간적인 성향을 가한 것이다. 이들이 생산되는 과정은 자연적이고 비예술적이다. 그들의 목적은 심미적 목적이 아니다. 그러므로 그들은 예술 작품이 아니다.

질문 : 사진이 예술 작품이 될 수 있는가?

대답 : 사진은 감각적 물체를 다룬 것이고, 심미적 목적을 위해서 처리될 수도 있겠지만, 감각적 물체에 인간적인 성벽이 가해진 것은 아니다. 그러므로 그것은 예술 작품이 아니다.

질문 : 만일 어떤 사람이 분노에 차서 나무토막을 마구 쳐서 소(예를 들어)의 형상을 만든다면, 그가 예술 작품을 만들었다고 할 수 있는가?

대답 : 분노하면서, 나무토막을 쳐서 만들어진 소의 형상은 감각적 물체에 인간적 성향을 넣은 것이지만 심미적 목적을 위한 것은 아니다. 그러므로 그것은 예술 작품이 아니다.

질문 : 집들, 옷들, 가구 등이 예술 작품인가?

대답 : 집들, 옷들, 가구 등이 모두 예술 작품은 아니다. 이들은 감각적 물체에 인간적 성향을 부여한 것이다. 이들이 심미적 목적을 위해 만들어졌다면 예술 작품이라고 할 수 있다.

II. 폴라의 노트북

로넘 애스트 인 코드 탠디트 아페티터스. 성 토마스 아퀴나스.

선한 것은 선한 것을 얻기 위한 취향을 향해 가는 방향이다. 선한 것은 바람직하다. 진실되고 아름다운 것은 가장 바람직하다. 진실은 지적인 욕구가 추구하는 것으로, 지적인 욕구는 지성적인 것의 가장 만족스러운 관계에 의해 해소된다. 진실한 것과 아름다운 것은 정신적으로 만족스러운 관계에 의해서 해소된다. 진실한 것과 아름다운 것은 정신적으로 소유된다. 진실한 것은 지성에 의해, 아름다운 것은 이해에 의해, 지적이고 심미적인 욕구를 소유하기를 갈망하는 욕구들은 그러므로 정신적인 욕구들이다……

J. A. J, 폴라, 7 XI 04.

펄크라 순트 퀴이 비사 프라산트. 성 토마스 아퀴나스.

직관적 이해가 즐거운 것들은 아름답다. 그러므로 미는 감각적 물체의 직관적 이해가 감각적인 것의 가장 만족스러운 관계를 감지하기를 원하는 심미적 요구를 즐겁게 하거나 만족하게 하는 감각적 물체의 특질이다. 직관적 이해의 행위는 적어도 두 개의 행위, 인지 혹은 단순한 지각적 인식의 행위와 인식의 행위를 포함한다. 만일 단순한 지적인 인식의 행위가 모든 다른 행위와 마찬가지로, 그 자체로 유쾌한 것이라면, 이해되는 모든 감각적 물체는 첫 번째로 어느 정도 아름다워 왔고, 또 아름다울 것이라고 말할 수 있다. 그리고 심지어 가장 불쾌한 물체도 그것이 이해되는 한 아름다워 왔고, 또 아름다울 것이라 말할 수 있다. 단순한 지각적 인식의 행위라고 불리는 것 또한, 아름다울 것이라고 말할 수 있다. 단순한 지각적 인식의 행위라고 불리는 이해의 행위와 관련해서, 어느 정도 아름답다고 말할 수 없는 감각적 물체는 없다.

인식의 행위라고 불리는 이해의 행위의 두 번째 부분에 관해서, 어떤 정도로든, 인식의 행위가 따르지 않는 단순한 지각적 인식의 행위는 없다고 말할 수 있겠다. 왜냐하면, 인식의 행위는 결정의 행위를 의미하기 때문이다. 그리고 생각해 볼 수 있는 모든 경우의 이 인식의 행위와 관련해서 지각적 물체는 만족스럽거나 혹은 만족스럽지 못하다고 할 수 있다. 그러나 인식 행위는 다른 모든 행위와 마찬가지로 그 자체로 즐거운 것으로, 이해된 모든 물체는 두 번째로 어떤 정도로든지 아름답다. 결과적으로 심지어 가장 불쾌한 물체도 그것이 단순한 지각적 이해 행위와 직면하는 한, *선험적으로* 아름답다고 말할 수 있으므로, 이런 이유로 가장 불쾌한 물체도 아름답다고 말할 수 있을 것이다.

그러나 감각적 물체는 관습적으로 아름답다고 말해질 수 있는 데, 앞서 말한 이유 때문이 아니라, 감각적 물체를 이해하는 데서 오는 만족의 본질과 정도, 만족이 유지되는 기간을 근거로 아름다움을 말할 수 있다. 그리고 이 점은 '아름다운', '추한'이라는 단어들이 실제적인 심미적 철학에서 사용된다는 것과 일치하는 것이다. 이 단어들은 더 많거나, 혹은 더 적은 정도의 만족을 나타내며, '추한'이라는 단어가 실제로 적용되는 어떤 감각적 물체는 어떤 종류이던지, 만족을 어느 정도 가져옴으로, 세 번째로 아름답다고 말할 수 있다.

J.A.J. 폴라, 15 xi 04.

이해의 행위

이해의 행위는 적어도 두 개의 활동이 포함된다고 말해진다. 즉 인식의 행위나 단순한 지각의 행위, 그리고 인식의 행위이다. 그러나 이해의 행위는 가장 완벽한 형태에서는 세 가지의 행위로 구성된다. 세 번째 행위는 만족의 행위이다. 이 세 가지 행위들이 그 자체로 모두 즐거운 것이라는 사실 때문에, 이해된 모든 감각적 물체는 이중으로 아름다워야 하고, 또 삼중으로 아름다울 수도 있다. 실제의 심미적 철학에서, '아름다운', '추한'과 같은 형용사들은 주로 세 번째의 행위에 붙여지는 이름들이다. 즉, 어떤 감각적 물체의 이해에서 비롯되는 만족의 특성과 정도, 만족이 남아 있는 기간과 관련해서 붙여질 수 있는 형용사들인 것이다. 그럼으로 실제의 심미적 철학에서 '아름다운'이란 형용사가 적용되는 감각적 물체는 어느 것이나 세 배로 아름다울 것이고, 이 물체가 가장 완결된 형태 속의 이해의 행위 속에 포함된 세 가지 행위들과 만났음이 틀림없다. 실제로, 아름다움이라는 특질은 본질적으로 이 세 가지 행위들의 하나와 만나는 세 가지 구성 요소를 포함해야만 한다.

J.A.J. 폴라. 16 xi 04.

34

성직(聖職)

1904

조이스는 1904년 더블린에서 유럽으로 떠나기 약 두 달 전에 이 풍자적 비방 시를 썼다. 그는 이 시를 인쇄하려 했으나, 인쇄비를 지급하지 못하여, 이듬해 다시 폴라에서 이를 인쇄하여 더블린에 있는 아우 스태니스로스에게 보내 더블린 시내 아는 사람들에게 배포하도록 했다.

이 시에서 조이스는 당대의 아일랜드 시인들, 특히 예이츠와 러셀, 그리고 그들의 추종자들을 한데 묶어 위선과 자기기만에 찬 인물이라고 비난한다. 그들은 육체만 있을 뿐 그들의 정신은 여성의 "새침"에 유사함을 그들의 작품을 통하여 의심의 여지가 없었기 때문이다. 자신의 강직성과 솔직성을 언제나 자부하며, 이러한 기질을 『영웅 스티븐』에나, 『더블린 사람들』의 최초의 몇몇 이야기들 속에 담고 있던 조이스는 아리스토텔레스를 기독교의 의식에 연결함으로써 그의 성직은 이상의 광대 시인들이 숨기고 있는 감정의 정화임을 주장한다. 이어, 그는 자신의 우상이었던 입센과 니체의 도움으로 산정에 섬으로써 이들 광대를 고고의 소리로 비난한다.

****

나는 나 자신에게 지어 주리라

이 이름, 정화(淨化) ― 청결(淸潔)을.

나는, 시인의 문법서를 지지하기 위하여

갖은 일 다 젖혀놓고,

선술집과 유곽으로

지혜로운 아리스토텔레스의 마음을 동반하면서,

탄창(彈唱) 시인들이 그들의 잘못을 엄두에도 못 내도록

여기 해설자가 되어야겠다.

그런고로 이제 나의 입술로부터

소요학파의 학식을 들어 보라.

하늘로 들어가거나, 지옥을 여행하거나,

불쌍해지거나, 참혹하게 되거나,

인간은 철저한 방종의 안일(安逸)이 절대 필요하다.

진실하게 태어난 모든 신비주의자에게는

단테와 같은 사람이야말로, 편견이 없으며,

그 대신, 노변(爐邊)에 편히 앉아,

이교(異敎)의 극단을 모험하는 자일지니,

마치 역경을 생각하면서도,

식탁에서 즐거움을 발견하는 자처럼,

상식에 의해 자신의 생애를 다스리나니,

어찌 인간은 열정적이 되지 않을 수 있으랴?

그러나 나는 저 가장(假裝)하는 무리의 일원이 돼서는 안 되겠다 ―

금으로 아로새긴 켈트족의 술 장식을 그가 걸칠 때

그를 위안하는 마음 들뜬 귀부인들의 경박함을

서둘러 만족하게 하는 자와는 ―

아니면 온종일 맨송맨송

그의 연극 속에 잔소리를 섞어대는 자와는—

아니면 자신의 행동으로

"풍채" 좋은 몸가짐을 더 "사랑하는 체"하는 자와는—

아니면 헤즐해치의 백만장자들에게

졸작을 연기하고는

그러나 성스러운 단식 일이 지난 뒤에 울면서

그의 온갖 이교도적 과거를 고백하는 자와는—

아니면 모자를 밀짚이나 십자가에 고정하지 않으면서

모든 사람에게 저 가난한 차림이야말로 카스틸의 예의임을 보여주려는 자와

는—

아니면 그의 존경하는 주인을 사랑하는 자와는—

아니면 술을 공포 속에서 마시는 자와는—

아니면 침대에 나긋이 누워 머리 없는 예수 그리스도를 보고,

아이스킬로스의 오랫동안 잊힌 작품들을,

우리의 평판을 얻으려고 끈질기게 애쓰는 자와는.

그러나 내가 말하는 이 모든 자는

나를 그들 도당의 우두머리로 삼고 있도다.

그들은 덧없는 꿈을 꾸고 있는지 모르나,

나는 그들의 불순한 풍조를 빼앗아 버리도다.

왜냐하면, 어머니 성당이 그 때문에 나를 저버린

그따위 일들을 할 수가 없기 때문이다.

그리하여 나는 비겁한 자들을 위로하고

내 정화의 성직을 완수하노라.

나의 주홍빛이 모직과도 같이 그들을 하얗게 만든다.

나로 하여 그들은 배불뚝이로 순화시킨다.

수녀 같은 광대들에게 모조리

나는 감독 대리처럼 행동한다,

그리고 수줍고 신경질적인, 모든 아가씨에게

나는 비슷한 친절의 봉사를 한다.

왜냐하면, 나는 놀라는 일 없이

그녀의 눈 속에 저 우울한 미를,

나의 부패한 "욕망"에 대처할

아름다운 처녀의 "도전"을 찾아내기 때문이다.

우리가 공공연히 만날 때마다

그녀는 결코, 그걸 생각하는 것 같지 않다.

그녀가 밤에 침대에 묻혀 누워

그녀의 허벅지 사이에 내 손을 느낄 때

내 귀여운 임은 가벼운 옷차림을 하고

부드러운 열망의 불길을 느낀다.

그러나 재물신(財物神)은

레비아단을 파문(破門)하고

그리고 저 숭고한 정령은 언제나

재물신의 무수한 종에 대항하여 싸운다.

그들 또한, 재물신이 부과하는 경멸에서

언제나 면제될 수 없다.

나는 저 멀리 잡색의 무리의 비틀거림을

눈 돌려 바라보나니,

내가 지닌 힘을 증오하는 저 영혼들은

아퀴나스 학파에 무장되어 있는지라,

그들이 몸 굽혀 기어가며 기도하는 곳에

나는 두려움 없이, 숙명처럼 서 있나니

동지도 없이, 친구도 없이 그리고 혼자서.

청어 뼈와도 같이 냉철하게,

사슴뿔이 거기 공중에 번뜩이는,

산마루처럼 굳세게.

그들로 하여금 대차대조표(貸借對照表)에 어울리도록

알맞게 행동하게 내버려 두라.

그들이 힘들여 무덤에 이를지라도

그들은 결코, 내 정신을 빼앗지 못할 뿐만 아니라,

내 영혼을 그들의 영혼과 결합하지 못하리라.

억만년이 다한다 해도,

그리고 그들이 문간에서 나를 쫓아 버린다 해도,

나의 영혼은 그들을 영원히 쫓아 버리리라.

35

아일랜드, 성인과 현인의 섬

1907

조이스는 1904년 10월, 노라 바나클과 함께 더블린을 떠나, 폴라 트리에스테 그리고 로마에서 잇단 2년 반의 세월을 보냈다. 로마에서 그는 은행 점원으로서 불행한 아홉 달을 보낸 뒤, 1907년 3월 트리에스테로 돌아왔다. 이즈음에, 그는 터스커니 어의 방언을 상당한 수준까지 사용할 수 있게 되어, 유니버시티타 포포루라라는 트리에스테에 위치한 일종의 성인 교육 기관에 초대를 받아 이탈리아 어로 세 번의 공개 강연을 했다. 그는 4월 27일에 행한 첫 번째 강연에서 아일랜드의 정치적 문화적 역사에 대하여, 두 번째 강연에서 맹건에 대하여, 그리고 세 번째 강연에서, 맹건 강의(그러나 현존하지 않은) 때 청중들에게 약속했던 바대로 아일랜드 문학의 르네상스에 대하여 강연을 할애했다.

그의 트리에스테의 청중들은 교권 반대자들이며 대부분 불가지론자였는데, 이들은 오스트리아 인들을 쫓아내고 도시를 다시금 이탈리아로 되돌려주기를 원하는, 하지만 이 운동은 전적으로 이것으로만 추진된 것은 아니나, 민족통합주의 운동에 매혹되어 있었다. 조이스는 아일랜드와 트리에스테 사이의 일정한 평행 관계, 가령 둘 다 외국의 지배 아래 생활한다는 것, 둘 다 점령국의 언어와는 다른 언어를 요구한다는 것, 둘 다 가톨릭이라는 것을 지적할 필요는 없었다. 그러나 그는 자기의 조국이 배반과 가슴 졸리는 비활동성, 모순되고 편협한 믿음의 역사를 가지고 있음을 지적하고 싶은 충동을 느꼈다. 비록 그는 객관적이라고 말하지만, 그의 태도는 아일랜드에 대한 정서상의 매혹과 또 한편으로 그것의 불신 사이에서 흔들리고 있었다.

조이스는 그의 강의를 즉석에서 할 것을 권고받았으나, 실수를 범하고 싶지 않았고, 그래서 그는 원고를 읽는 방식으로 강의를 진행했다. 이탈리아 인의 기준으로 보았을 때, 그의 강의는 다소 냉정하고 이지적이었지만, 그의 학생들과 친구들로 구성된 그의 청중은 열성적으로 그에게 갈채를 보냈다.

* * * *

민족은 개인과 마찬가지로 그 자신의 자아를 가진다. 따라서 그들 자신에게 다른 백성과 구별되는 자질과 영광을 부여하고자 하는 사람들의 사례 역시 역사상 우리 조상의 시대부터 전적으로 낯선 것은 아니었다. 우리의 선조들은 자신들을 아리안 귀족 혹은 그리스의 귀족들이라 불렀는데, 그들은 헬라 야만인들의 성지 밖에서 살았다. 아일랜드 사람들은 다소간 설명하기 힘든 자부심을 가지고 있었는바, 자신들의 조국을 성인과 현인의 나라로 자칭하는 것을 좋아한다.

이러한 거창한 명칭은 어제와 오늘에 고안된 것이 아니다. 그것은 신성과 지성의 진정한 중심으로 자리하여, 대륙 전반에 걸쳐 문화와 활력을 전파하고 있던 태고 쪽까지 거슬러 올라간다. 한 나라에서 다른 나라로, 순례자와 은둔자로서, 학자나 현인으로서, 지혜의 횃불을 가져다 준 아일랜드 사람들의 명단을 작성하기란 아마 어려운 일이 아닐 것이다. 그들의 흔적은 버려진 제단에서, 심지어 영웅의 이름이 겨우 인지될 수 있는 전통이나 전설에서, 혹은 그의 스승이 지옥의 고통으로 고통받는 켈트족의 마술사 중의 한 사람을 지시하는 단테의『지옥편』의 구절과 같은, 시적인 인유(引喩)에서, 오늘날 여전히 발견된다.

옆구리가 저토록 빈약한 자가

마이크 스코트였나니, 그는 실제로 거짓 마법의

속임수를 알았느니라.

    사실상, 이러한 성인들과 현인들의 행위를 나열하자면, 느긋한 볼란디스트들의 인내와 학식이 필요할 것이다. 우리는 적어도 성 토마스의 악명 높은 적대자 존 단즈 스코터스 (성 토마스, 즉 천사 같은 현인과 보나벤투라, 천상의 현인과 구별하기 위하여 '미묘함 박사'라 불림)를 기억한다. 그는 무염시태(無染始胎)에 관한 교리의 호전적인 승리자였으며, 그 시대의 연대기가 우리에게 말해 주는 바로는, 패배를 모르는 변증자(辨證者)였다. 그 당시 아일랜드는 거대한 학교와 같아서 유럽의 여러 다른 나라로부터 학자들이 모여들었고, 아일랜드는 정신적 문제에 정통한 것으로 명성을 떨쳤음은 부정할 수 없는 듯하다. 비록 이러한 주장들은 어느 정도의 유보를 두고 취해져야 하겠지만, (이에 대하여 최근의 회의론의 음식을 섭취한 자는, 거의 정확한 생각을 형성시킬 수 없겠지만, 아일랜드에 여전히 만연되고 있는 종교적 열의라는 측면에서 본다면) 이러한 영광스러운 과거는 자기 미화의 정신에 근거한 허구가 아니라는 것은 한층 있을 법하다.

    만일 여러분을 진정으로 이해시키기 위해서라면, 독일인들의 먼지투성이 옛 문헌이 항상 준비되어 있다. 페레로는 이와 같은 독일 훌륭한 교수들의 발견이야말로, 그들이 로마 공화국과 로마 제국의 고대사에 관하여 다루고 있는 한, 거의 모든 것이 처음부터 완전히 잘못되었다고 이제 우리에게 말한다. 그럴지도 모른다. 그러나 그것이 그러하든 그렇지 않은 간에, 이러한 학식 있는 독일인들은 셰익스피어를(이때까지만 하더라도, 윌리엄은 서정시의 유쾌한 흐름을 지닌 멋진 사람이었으나, 지나치게 영국산 맥주를 애호하던 자, 즉 부차적인 인물로 간주하였다) 그의 동포의 왜곡된 눈앞에 세계적 의의를 지닌 시인으로 나타나게 한 최초의 사람들이었듯이, 이들 독일인이 유럽에서 다섯 켈트 민족의 켈트 어들과 역사에 관심을 가진 유일한 사람들이었음은 아무도 부정할 수 없다. 몇 년 전까지, 더블린에서 게일 동맹이 건설되기까지만 해도, 유럽에 존재했던 유일한 아일랜드 문법서들과 사전들은 독일인들의 책들이었다.

아일랜드의 언어는, 비록 인도—유럽어족에 속하긴 하지만 로마에서 사용된 언어가 테헤란에서 사용된 언어와 거의 다른 만큼, 영어와 다르다. 그것은 특별한 철자로 이루어진 알파벳을 가지고 있고, 거의 3천 년 정도의 역사를 지녔다. 10년 전 이것은 대서양 연안의 서부 지역과 남부 몇 곳의 농부들에 의해서만, 그리고 동반구(東半球)의 전면에 위치한 유럽 선봉의 말뚝처럼 서 있는 작은 군도들에서만 사용되었다. 이제 게일 동맹은 그것의 사용을 부활시켰다. 연합주의자 동맹만 제외하고는, 모든 아일랜드의 신문은 최소한 하나 이상의 아일랜드어의 표제를 싣는다. 주요 도시들의 문서들은 아일랜드어로 쓰여지고, 아일랜드어는 초등학교 그리고 중등학교에서 대부분 가르친다. 그리고 대학에서 이는 프랑스어, 독일어, 이탈리아어, 스페인어와 같은 다른 언어들과 같은 수준에 놓이게 되었다. 더블린에서 거리의 이름들은 두 가지 언어로 쓰인다. 동맹은 콘서트, 토론장 그리고 사교장을 조직하는바, 거기는 '불라'(즉, 영어)의 사용자가 거칠고 후두음으로 말하는 군중 복판에서 어리둥절한 채 마치 자신을 물 밖의 물고기처럼 느낀다. 거리에서 여러분은, 조금은 필요 이상으로 흥분된 채 아일랜드어로 말하며, 지나가는 한 무리의 젊은 사람들을 자주 보게 된다. 동맹의 회원들은 서로 서로 아일랜드어로 글을 쓰고, 주소를 읽을 줄 모르는 가련한 우체부는 매듭을 풀기 위하여 그의 상사에게 종종 의지해야 한다.

이 언어는 많은 문헌학자에 의하여 기원상으로 동양적이며, 페니키아인의 고대어요, 역사학자에 따르면, 무역과 항해의 창시자들의 것으로 판명되었다. 바다를 독점했던 이들 모험꾼들은 최초의 그리스 역사가들이 펜을 들기 전에, 이미 쇠퇴하여 사라져 버린 문화를 건설했다. 그것은 자신들의 지식의 비밀을 애써 보존했으며, 그리하여 외국 문학에서 아일랜드 섬의 최초의 언급은 기원전 5세기 역사가들이 페니키아의 전통을 되풀이하는 그리스 시(詩)에서 발견된다. 비평가 발란시에 따르면, 희극의 라틴 극작가인 프라터스가 『포누러스』라는 그의 희극에서 페니키아 인의 입을 통하여 표현된 언어가 오늘날 사용되는 아일랜드 동부의 것과 거의 같다고 한다. 후에 드루이드교라는 이름으로 알려진 이 고대 민족의 종교와 문화는 이집트적인 것이었다. 드루이드 사제들은 그들의 사원을 개방했고, 참나무 숲에서 태양과 달을 숭배했다. 그 당시의 조잡한 지식의 수준에서, 아일랜드 사제들은 매우 학식이 있는 것으로 간주되었다. 그리고 플루타르크가 아일랜드를 언급할 때, 그는 성스러운 사람들의 거주지라고 말했다. 4세기에 페스터스 아비에너스는 최초로 이 섬을 '성스러운 섬'이라는 칭호를 부여했다. 그리고 스페인과 게일 족들의 침입을 겪은 후, 성 패트릭과 그의 부하들에 의하여 이 섬은 기독교로 개종되었고, 다시 '성스러운 섬'이라는 칭호를 얻었다.

　나는 서력기원 1세기에 아일랜드 성당의 역사 전체를 살피고자 하지는 않는다. 그렇게 하는 것은 이 강연의 영역을 벗어날 뿐만 아니라, 그리고 첨부해서, 분명히 흥미롭지도 않다. 그러나 당신들에게 나의 제목 '성인과 현인의 나라'에 대한 약간의 설명을 그리고 그것의 역사적인 근거를 부여하는 것이 필요하다. 수없이 많은 성직자의 이름을 열거하는 것과는 별도로, 몇몇 켈트 사도들이 모든 나라에 남겨 놓은 흔적들을 당신들에게 보이는 동안, 몇 분간이라도 나를 따를 것을 부탁한다. 평범한 사람에게는 오늘날 사소해 보이는 사건들을 짤막하게 이야기하는 것이 필요하다. 왜냐하면, 그것들이 발생했던 몇 세기, 그리고 그것에 이어 나타난 중세에는 역사뿐만 아니라 과학과 다양한 학문 역시 모성적 성당 이상의 수호 아래 종교적인 특성이 있었기 때문이다. 그리고 사실, 르네상스 이전에, 신의 유순한 하녀가 아니라면, 이탈리아의 과학자들 그리고 예술가들, 성서의 격조 높은 주석자들, 혹은 그리스도 우화를 담은 운시나 그림의 삽화가들은 어떠했던가?

　문화의 중심으로부터 아일랜드만큼이나 멀리 떨어진 섬이 사도들을 위한 학교로서 탁월할 수 있을지가 다소 이상하게 보일지 모른다. 그러나 가장 피상적인 사고(思考)라도 우리에게 보여줄지니, 즉 자신의 문화를 독자적으로 발전시켜 온 아일랜드 민족의 끈기가 유럽적인 제휴(提携)로 인하여 성공하기를 원하는 신생 국가의 요구라기보다 오히려 과거의 문명의 영광을 새로운 형태하에 새롭게 하자는 바로 오랜 민족의 요구라는 것이다. 서력기원 1세기만 해도, 성 베드로 사제의 정신적인 영도 아래 있었던 아일랜드인인 맨수에터스를 우리는 발견하는지라, 그는 후에 성인으로 추앙되었고 롤라인에 선교사로 재직했으니, 거기 그는 성당을 설립하고 반세기 동안 설교했었다. 카탈다스는 사원을 그리고 제네바에 2백 명의 신학자들을 가졌으며, 뒤에 타란토의 주교가 되었다. 위대한 이교의 창시자요, 여행가며, 지칠 줄 모르는 성자였던 레라기우스는 많은 사람이 주장하듯, 비록 아일랜드인은 아니라 하드라도, 마치 그의 심복인 카레스티우스처럼, 분명히 아일랜드계이거나 스코틀랜드 계였다. 세두리우스는 세계의 여러 곳을 가로질러 마침내 로마에 정착했다. 거기서 그는 5백 편에 달하는 아름다운 논문을 작성했고 오늘날에도 가톨릭의 의식에 사용되는 많은 찬송가를 작곡했다. 아일랜드 왕족에 속하는, 이른바 항해자라는 프리도리너스 비에토는 독일인들 사이의 선교사였으며, 독일의 셱인겐에서 사망했는데, 그는 그곳에 매장되었다. 열혈아 콜럼바너스는 프랑스 성당의 개종 작업을 수행했으며, 버간디에서 설교로써 시민전쟁을 시작한 다음에 이탈리아로 갔다. 그곳에서 그는 롬바즈의 사도가 되었으며, 보비오에서 수도원을 건립했다. 북아일랜드 왕의 아들인 프리지디안은 루카의 주교직을 차지했다. 처음에는 콜럼바너스의 제자요 동료인 성 골은 손수 사냥하고 고기 잡고 농사를 지으면서, 은둔자로 스위스의 그리슨 주민들 사이에 살았다. 그는 그에게 제공된 콘스탄스 시의 주교직을 거절했고, 95살의 나이로 죽었다. 그의 암자 터에는 성당이 하나 세워졌고, 그곳의 수도원장은 하느님의 은총에 의하여 그 주의 군주가 되었으며, 베딕틴 도서관을 풍요롭게 했나니, 이 도서관의 폐허가 성 골의 옛 도시를 방문하는 사람들에게 아직도 보인다.

박식자로 불리는, 페니언은 아일랜드의 보인 강둑에 신학교를 하나 세웠고, 그곳에서 영국, 프랑스, 아메리카, 그리고 독일에서 온 수천 명의 학생에게 가톨릭 교리를 가르쳤으며(오, 얼마나 행복한 때이랴!) 또 그들 모두에게 그들의 책과 교육뿐만 아니라 빵과 식사를 무료로 제공했다. 그러나 그들 중 몇몇 학생들은 자신들의 연구실 등(燈)을 채우는 데 등한히 했고, 그의 등이 갑자기 꺼진 한 학생은 페이지 사이로 그의 빛나는 손가락들을 움직이게 함으로써, 그의 손가락들을 기적적으로 빛나게 하는 방법으로 신의 은총을 밝혀야만 했으며, 그래서 그는 자기의 지식에 대한 갈증을 만족하게 할 수 있었다. 성 피아크레, 그를 위해 파리의 성 마터린 성당에는 기념적 명판(銘板)이 있으며, 그는 프랑스 사람들에게 설교했고, 궁정의 경비로 호화로운 장례식을 치렀다. 퍼시는 다섯 나라에 수도원을 세웠는데, 그의 기념 축제일은 그가 피카디에서 죽은 곳인, 페론에서 여전히 기념되고 있다.

아보가스트는 알삭와 로래인에 성소와 성당을 세웠고, 5년 동안 스트라스보그에서 주교관을 다스렸으며, 그리하여 마침내 그의 최후가 가까워짐을 느끼면서(그의 황태자에 의하면), 그는 죄가 죽음이 되는 장소의 암자에 살기 위하여 그곳에 갔었다. 그리하여 그의 뒤에 도시의 거대한 성당이 세워졌다. 성 버러스는 프랑스의 성 처녀 마리아의 예배의 우호자가 되었고, 더블린의 주교 디시보드는 40년 이상 동안 독일 전역의 구석구석을 여행했으며, 결국에 지금은 디센보드라고 불리는 마운트 디스보드라는 이름의 베네딕타인 수도원을 세웠다. 루몰드는 프랑스의 주교가 되었고, 차례망의 도움으로 순교자 알비너스는 파리에 과학 연구소 하나를 그리고 옛 티시넘(지금의 파비아)에 그가 여러 해 동안 관리해 온 또 하나의 연구소를 세웠다. 프랑코니아의 사도 키리안은 독일의 버츠버그의 주교로 봉헌되었으나, 고츠버트 공작과 그의 부인 사이에 세례자 요한의 역할을 하였으므로, 그는 살인자들에 의해 살해당했다. 젊은 세두리어스는 조지 2세에 의하여 스페인 사제 분쟁을 안정시키는 임무를 위해 선발되었다. 그러나 그가 그곳에

도착했을 때 스페인의 사제들은 그가 외국인이라는 이유로 그의 말을 들으려 하지 않았다. 이에 대하여 세두리어스는 그가 고대 미레시우스 종족의 아일랜드 사람이었기 때문에 자신이 사실상 본래 스페인 사람이라고 대답했다. 이 논의는 그의 상대자들을 철저하게 확신시켰기 때문에 그들은 그가 오레토의 주교 관저에 머무는 것을 허락했다.

요약건대, 18세기에 스칸디나비아 족들의 침입으로 아일랜드에서 끝난 시기는 단지 사도의 직분, 전도, 그리고 순교의 끊어진 기록에 지나지 않는다. 이 나라를 방문했던 그리고 우리에게 그것의 감동을 '왕족의 여행'이라 불리는 시로써 남겼던 앨프레드 왕은 그의 첫 시연(詩聯)에서 다음과 같이 우리에게 말한다:

> *내가 아일랜드에서 망명 생활을 했을 때*
> *아름다운 많은 귀부인, 엄숙한 사람들,*
> *수많은 신도와 사제들을*
> *나는 발견했노라.*

그리고 12세기 동안 그러한 광경은 많이 바뀌지 않았음은 틀림없는 일이다. 비록 그 당시에 아일랜드에서 많은 신도와 사제들을 발견한 훌륭한 앨프레드가, 만약 지금 그곳에 간다면, 그는 전자보다 후자를 더 많이 발견하리라.

영국민의 도래보다 3세기 앞서는 아일랜드의 역사를 읽는 자는 누구든지 강력한 복부(腹部)를 가져야 한다. 왜냐하면, 서로 죽이는 투쟁, 그리고 덴마크와 노르웨이, 이른바 검은 외래자와 하얀 외래자 사이의 갈등들은 서로가 너무나도 지속적이고 잔인하므로 그들은 이 땅 전체를 진정한 살육장으로 만들었다. 덴마크인은 섬의 동쪽 해안의 모든 중요한 항구를 점령했고, 지금의 아일랜드 수도인 더블린에다가 왕국을 건설했는데, 이곳은 약 20개의 세기 동안 거대한 도시였다. 그러고 나서 본토의 왕들은 때때로 체스 게임에서 자신 얻은 휴식을 취하면서 서로 죽였다. 마침내 더블린 성벽 바깥의 모래 해변 위에서 노르웨이 무리를 물리친 찬탈자 브라인 보루의 끔찍한 승리는 스칸디나비아의 침략을 끝냈다. 그러나 스칸디나비아인은 그 나라를 떠나지 않았고, 그들은 점차 지역 단체들에 동화되었는데, 이것은 만약 우리가 현대 아일랜드 사람의 특이한 성격을 이해하려면 반드시 마음속에 간직해야 할 사실이다.

이 기간에, 문화는 필연적으로 쇠약해졌지만, 아일랜드는 존 단스 스코터스, 마카리오스 그리고 베르길리우스 소리바거스라는 세 명의 위대한 이교(異敎)의 창시자들을 만들어 낸 명예를 얻었다. 베르길리우스는 프랑스의 왕에 의하여 잘츠부르크의 수도원장으로 임명되었고, 그 후 그가 성당을 세운 주교구의 주교가 되었다. 그는 철학자이자, 수학자요, 프톨레마이오스 저서의 번역자였다. 지리학에 대한 그의 소책자에, 그 당시에는 전복적(顚覆的)인 이론인 '지구는 둥글다'는 이론을 나타내고 있고, 그와 같은 대담성은 교황 보니페이스와 교황 짜차리아스에 의해 이교의 유포자로 선언되었다. 마카리오스는 프랑스에서 살았고, 성 에리거스 수도원은 아직 그의 소책자인 『영혼』을 보유하는데, 이것에는 그 자신이 브레톤 켈트인, 어네스트 레난이 우리에게 남겨준 완성된 심사서(審査書)인 아버로이즘으로 뒤에 알려진 교리를 가르쳤다. 파리 대학 학장인 스코츠 엘이게는 가짜 에리오파기츠요, 프랑스 국민의 보호신인 디오니소스의 신비적 신학의 그리스어 책을 번역한 신비적 범신론자였다. 이 번역은 처음으로 유럽에 동양의 초월 사상을 소개한 것인데, 이것은 피코 델라 미란도라 시기에 만들어진, 플라톤의 후기 번역이 이탈리아 문명의 발전에 영향을 미친 것으로써, 유럽의 종교적 사고(思考)의 과정에 영향을 미쳤다. 그와 같은 혁신은(이것은 신성불가침의 성당 무덤, 즉 아다스의 뜰에 쌓여 있는 정통 신학의 죽은 자의 뼈들을 되살리는 삶을 주는 호흡과 같이 보인다) 교황의 지지를 못 받은 것이 당연하고, 교황은 용자(勇者) 찰스를, 아마 그들에게 교황의 특별대우의 기쁨을 맛보게 하기를 원했기 때문에,

호위(護衛)하에 그의 책과 그의 책의 저자를 로마로 보내기 위해 초대했다. 그러나 스코터스가 이 특별한 초대를 응하려 하지 않았고 서둘러서 그의 나라를 떠났기 때문에, 그의 뛰어난 두뇌에는 한 알의 훌륭한 감각을 지녔던 것처럼 보인다.

영국 침략의 시기로부터 지금 우리 시대까지 거의 8세기의 간격이 있다. 그리고 만약 내가 당신들에게 아일랜드인의 기질의 뿌리를 설명하기 위하여 앞선 시대에 장황하게 머물러 있다면, 나는 외국 지배하에서 아일랜드의 변화를 설명함으로써 당신들을 오래 붙잡아 둘 생각은 없다. 나는 특히 그렇게 하고 싶지 않다. 왜냐하면, 그 당시의 아일랜드는 유럽에서의 지적 힘을 중단시켰기 때문이다. 고대 아일랜드인이 훌륭하게 발전시킨 장식 예술은 사라졌고, 신성하고 독실한 문화는 폐기되었다.

둘 또는 셋의 유명한 이름들이 마치 새벽이 다가올 때 희미해지는 찬란한 밤의 마지막 몇 개의 별처럼 빛난다. 구전(口傳)에 따르면, 내가 이미 말했던 스코티스트 교단의 창설자 존 단스 스코터스는 파리 대학의 모든 박사의 토론을 3일 내내 듣고, 그다음에 일어나 자기 기억으로부터 말하면서 그들을 하나씩 논박했다. 프톨레미의 지리학적 해명서인 『대(對) 이교도 대전(大典)』의 저자요, 아마도 인간 역사에 알려진 가장 예리하고 명석한 지성인, 토마스 아퀴나스의 마음을 교육하는 최상의 일을 했던 신학자 페트러스 하이버너스가 있다.

그러나 이런 마지막 별들이 아직 유럽 각국들에게 아일랜드의 과거의 영광을 상기시켜 주고 있는 동안, 옛 켈트 민족은 일어나고 있었다. 또 다른 국가적 기질이 다양한 요소와 더불어 섞이고 옛 몸을 새롭게 함으로써 옛것의 기초 위에 솟아났다. 옛날의 적들은 영국 침략에 대항하는 공통된 원인이 있었는데, 그들은 프로테스탄트 거주자들 (그들은, 아이리시 자신들보다 더 아이리시인 "하이버너스 하이버니오레스"가 되었다.)은 그들에게 대립되는 아이리시 가톨릭을 바다 건너서 온 캘빈파적 루터파적 환상을 강요하는 자들이요, 영국 폭정에 반대하는 새 아이리시 국가의 원인을 옹호하는 덴마크 노르만 앵글로색슨 정착자들의 후손이다.

최근에, 아이리시 의회의 한 일원이 선거 전날 밤 투표자들에게 연설을 하고 있었을 때, 그는 그가 옛 혈통의 하나라는 것을 자랑했고, 그의 경쟁자를 크롬웰 정착자의 후손이라는 이유로 비난했다. 그의 비난은 언론의 전반적 조소를 야기시켰으니, 그 이유인즉, 사실을 말하면, 현재의 민족으로부터 외래의 가족들의 후손인 모든 사람을 배제하는 것은 불가능한 일이요, 아일랜드의 혈통이 아닌 모든 사람에게 애국자라는 이름을 붙이기를 거부하다니, 근대운동의 모든 영웅, 에드워드 피츠제럴드 경, 로버트 엠메트, 티오볼드 울프와 네퍼 탠디, 1798년 봉기의 지도자들, 토마스 데이비스와 존 미첼, 청년 아일랜드 운동의 지도자들, 아이작 바트, 조집 비거, 의회의 의사방해의 발명가, 반(反) 피니아 회원들, 그리고 마지막으로 아마도 아일랜드의 지도자 중 가장 굉장한 사람이었으나, 그런데도 그에게는 한 방울의 켈트인의 피가 섞이지 않았던 찰스 스트워드 파넬 등에게 그 이름을 붙이기를 거의 거부하는 것이 될 것이기 때문이다.

국가의 달력에서 이틀 동안은, 위의 애국자들에 따르면, 나쁜 징조의 날로 기록되어야 한다. 즉 앵글로―색슨 및 노르만 침공의 날과 한 세기 전 두 의회의 결합의 날 말이다. 이제 이 시점에서, 두 개의 통쾌하고 중요한 사실을 상기하는 것이 중요하다. 아일랜드는 교황에 대해서와 마찬가지로 국가적 전통에 대하여 심신을 다 바치고 있다는 사실에 대하여 자부심을 가지고 있다. 대부분의 아일랜드인은 이 두 개의 전통에 대한 성실한 마음을 주요한 믿음의 조항으로 간주한다. 그러나 사실은 영국인들이 아일랜드에 온 사실은 한 토속 왕의 요청에 따른 것이었지, 말할 필요도 없이, 그들이 정말로 자기 쪽에서 원해서 온 것도, 그리고 그들 자신의 왕이 승낙한 것도 아니었다. 그러나 그들은 로마 교황 아드리안 4세의 교서와 교황 알렉산더의 교서로 무장하고 있었다. 그들은 한 국가에 대한 원정군인 7백 명의 병력과 함께 동부 해안에 상륙했다. 그들을 마중 나온 것은 토속 부족이었다. 그리고 1년도 안 돼 영국 왕 헨리 2세는 더블린 시에서 성대하게 크리스마스를 축하했다. 더욱이 의회의 통합이 입법화된 것은 웨스트민스터에서가 아니라, 더블린에서 아일랜드인의 투표로 선출된 의회에 의해, 이 의회는 영국 총리 대리인의 간계에 의해 타락되고 토대가 훼손되었지만, 그래도 아일랜드의 의회에 의해 이루어졌다. 나의 견해로는, 이 두 사실은 그 사실이 일어났던 그 나라 앞에 철저히 설명되어야 하니, 거기에는 그의 자손 중 한 명을 설득하여 공정한 관리자의 그것으로부터 확고한 민족주의자의 그것으로 변경할 수 있는 가장 기본적인 권리를 가지고 있다.

다른 한편으로, 공정함이란 사실을 마음대로 무시한다는 것과 쉽게 혼동될 수 있다. 그리고 만약 어떤 관찰자가, 헨리 2세의 시대에 아일랜드가 잔혹한 투쟁으로 인해 분열된 채였고, 윌리엄 핏트의 시대에는 부패한 타락의 온상이었다고 믿고는, 이러한 사실로부터 영국이 아일랜드에 변상해야 할 죄를 지금이나 미래에 많이 짓지 않았다는 결론을 내린다면, 그는 아주 잘못된 것이다. 한 승리 국이 다른 나라를 전제적으로 장악했을 때, 그 피(彼) 지배국이 반역을 꾀한다고 해서 논리적으로 잘못된 일이라 할 수 없다. 사람들은 이런 식으로 커 가는 것이고, 자기 이익이나 관대함 때문에 잘못 판단하지 않는 사람이라면, 지금의 시대에서는 누구도 식민지 국가의 동기가 순수한 기독교 정신이라 믿지 않을 것이다. 이러한 사실이 잊히게 되는 것은 외국 해안이 침공을 당했을 때이다. 비록 전도사와 주머니 용 성경이 몇 달 차이로, 통상적인 일로써, 군대와 사회사업가보다 일찍 돌아온다 하더라도 말이다. 만약 조국의 아일랜드인은 그들의 형제들이 미국에서 행했던 일을 하지 못했다 치더라도, 그러한 사실이 그들이 결코, 하지 못하리라는 것을 의미하지 않으며, 또한, 영국의 역사학자들의 입장에서 볼 때, 조지 워싱턴에 대한 기억을 상기하거나, 학자들 스스로 아일랜드의 분리주의자들을 미친 사람 취급한다면, 사회주의 국가와 같은 호주에서의 독립공화국의 진보에 만족한다고 공언하는 것은 논리적인 일이 거의 못될 것이다.

두 나라 사이에 이미 도덕적 분리는 존재하고 있다. 나는 영국의 찬가 '신이여 우리 왕을 도우소서!'가 공개 석상에서 불릴 때마다 쉬쉬하는 소리, 고함, 엄숙하고 장엄한 곡이 연주되면 절대적으로 들리지 않는 시끄러운 소리가 들려오던 것을 상기한다. 그러나 이러한 도덕적 분리를 확인하고자 한다면, 우리는 빅토리아 여왕이 죽기 바로 전 해에 아일랜드의 수도에 들어섰을 때 거리에 있었어야 했을 것이다. 무엇보다 주목할 필요가 있는 것은, 한 영국의 군주가 정치적인 이유로 아일랜드에 가고 싶어 할 때, 방문지의 시장(市長)을 설득하여 그를 그 도시의 입구에서 마중하라고 야단법석이 일어난다는 것이다. 그러나 사실, 마지막으로 방문한 군주는 주 관장의 비공식적인 환대에 만족할 수밖에 없었다. 왜냐하면, 시장이 군주를 환대할 수 있는 광경을 거부했기 때문이다(나는 여기서 단지 호기심으로 현 더블린 시장이 이탈리아인, 나네티 씨라는 것을 밝히고 싶다).

빅토리아 여왕은 50년 전 단 한 번 아일랜드를 방문했는데, 그것은 그녀의 결혼 후 9년 만의 일이다. 그때에는 아일랜드인이 (그들은 불행한 스튜어트 왕조에 대한 이름도 잊지 않았으며, 전설적인 도망자 보니 프린스 찰리도 잊지 않고 있었다) 마치 여왕의 배우자가 독일 왕자를 폐위시킨 것처럼 짓궂게 그를 놀리고, 그가 영어를 잘 못하고 혀 짧은 소리로 발음하는 것을 따라 하면서 재미있어했다. 그리고 그가 아일랜드의 땅에 발을 디뎠던 바로 그 순간, 양배추 줄기의 엄청난 세례를 선사 받았다.

아일랜드인의 태도와 아일랜드인의 성격은 여왕에 대해 반감을 느끼고 있었다. 왜냐하면, 여왕이 그녀의 가장 총애하는 대신인 벤자민 디스라에리의 귀족적 및 제국주의적 이론을 갖고 있었고, 아일랜드인의 운명에 대해 거의 관심을 보이지 않거나 전혀 관심을 지니고 있지 않았으며, 간혹 하는 말이라고는 경멸적인 언사뿐이었다. 그러한 그녀의 말에 대해 아일랜드인은 당연히 민감한 반응을 보였다. 한때 케리 주에서 엄청난 재난이 있었는데, 그곳의 대부분 지역은 먹을 것도 거처할 곳도 없었던 것이 사실이다. 그러한 때에 여왕은 자신의 재산을 손에 꽉

잡아 둔 채 구원 위원회를 보냈는데, 그들은 이미 사회 각 계층의 자선가로부터 수천 파운드를 모금했고, 여왕 자신이 하사금으로 보낸 것은 총액 10파운드였다. 그 하사금이 도착하자 위원회는 그 돈을 감사 카드와 함께 봉투에 넣어서 다시 여왕에게 부쳐 버렸다. 이 자그마한 사건에서 알 수 있듯이, 빅토리아 왕조와 그 피지배국인 아일랜드인 사이에는 애정이 거의 없었다. 그리고 그녀가 그녀의 왕권 말기에 아일랜드를 방문한다 했더라도, 이러한 방문의 동기는 틀림없이 정치적인 이유였을 것이다.

사실은 여왕이 오지 않았다. 그녀의 고문들에 의해 보내졌던 것이다. 그 당시에 남아프리카에서 영국 군대는 보어인과의 전쟁에서 패함으로써 유럽 언론의 조롱의 대상이 되고 있었다. 그리고 영국이 천재성을 발휘하여 로버츠 경과 키체너 경(둘 다 아일랜드 태생의 아일랜드인)을 총사령관으로 임명하여 추락한 권위를 세우고자 했더라도, 그것은 동시에 아일랜드인과 지원병을 뽑아 전쟁터에서 그들의 용맹을 입증하고자 함이었다(1815년에서처럼 워털루에서 나폴레옹의 경신된 힘을 극복한 것은 또 다른 아일랜드 군인의 천재성이었다). 이러한 사실을 인정하여, 전쟁이 끝났을 때, 영국 정부는 아일랜드 부대가 애국의 상징인 클로버를 성 패트릭의 날에 걸칠 수 있도록 허락했다. 사실, 여왕은 아일랜드의 안이한 공감대를 형성하려는, 그리고 부사관 징집의 수를 늘리려는 목적으로 바다 너머로 왔었다.

내가 지금까지 말한 바 있거니와 양국을 여전히 분리하고 있는 그 간격을 이해하기 위해서는, 그녀가 더블린으로 들어서던 때에 누군가가 그곳에 있었어야만 했다. 연도에는 얼마 안 되는 영국 병사들이 도열하고 있었고 (왜냐하면, 제임스 스티븐즈의 반항 아래 정부는 결코, 아일랜드의 연대를 아일랜드에 보내지 않았기 때문이다.), 이 장벽 뒤에 시민이 모여 있었다. 화려한 발코니에는 관리들과 그들의 부인들, 통합론자들과 그 부인들, 관광객들과 그 아내들이 있었다. 행

럴이 나타났을 때, 발코니에 있던 사람들은 환영의 환호를 외치며 손수건을 흔들었다. 여왕의 마차가 지나갔다. 군도(軍刀)를 든 인상적인 경위병들이 사방에서 조심스럽게 호위를 한 채, 그리고 안에는 작은 부인이 보였는데, 거의 난쟁이 같아 보였고, 상복을 입은 채, 마차의 움직임에 따라 이리저리 몸을 흔들고 있었는데, 뿔테 안경을 창백하고 공허한 얼굴에 걸치고 있었다. 때때로 그녀는 발작적으로, 얼마 안 되는 고독한 환호 소리에 답했다. 마치 자기가 배운 것을 제대로 알지 못하는 학생처럼, 그녀는 좌우로 모호하고 기계적인 동작으로 고개를 끄덕였다. 그들의 여왕이 지나가는 동안, 영국 병사들은 존경을 표하면서 부동자세로 서 있었고, 그들 뒤에서 많은 시민이 이 과장된 행렬과 그 애처로운 중심인물을 호기심 어린 눈으로 그리고 거의 연민으로 지켜보고 있었다. 그리고 마차가 지나가자, 그들은 모호한 눈길로 마차가 사라져 가는 것을 보았다. 이때에는 폭탄도 양배추 줄기도 없었다. 그러나 영국의 나이 든 여왕은 침묵을 지키고 있는 사람들 사이로 아일랜드 수도로 들어섰다.

　이러한 기질상의 차이에 대한 이유는 프리트 가(街)의 말장난하기 좋아하는 사람들 사이에는 흔한 일이 되었지만, 부분적으로는 인종상의 문제요, 부분적으로는 역사적이다. 우리의 문명은 광대한 섬유(纖維)이고, 그 섬유에서 가장 다양한 요소들이 섞이고, 그 속에서 북유럽 사람들의 호전성과 로마법, 새로운 부르주아적 관습과 옛 시리아의 종교(기독교)의 잔여물이 화해를 이루고 있다. 이러한 섬유에서, 한 올의 실이 바로 곁에 있는 실의 영향을 받지 않고 순수하고 처녀로 남아 있기를 기대한다는 것은 있을 수 없는 일이다. 무슨 종족, 또는 무슨 언어(만일 우리가 아이슬란드의 국민처럼, 유희적 의지로 얼음 속에 보존했던 것처럼 보이는 몇 개를 제외한다면 몰라도)가 오늘날 그의 순수함을 자랑하랴? 그리고 다른 어떤 민족도 현재 아일랜드에 사는 민족보다 더 그렇게 자랑할 권리는 없다. 민족성(만일 요즘 과학자들의 해부용 칼이 최후의 일격을 가하는 그토록 많은 허구처럼 편리한 허구가 아니라면)은 혈연이나 인간의 언어같이 사물들을 변화시키는 것을 압도하고 초월하며 알려주는 뭔가에 뿌리박고 있는 그러한 근거를 찾아내야 한다. 디오니소스 같은 가명이나 가짜 에리오파지타 같은 이름을 가장한 신비주의 신학자는 어딘가에서, '신은 그의 천사들에게 국가의 경계를 맡긴다'고 말하는데, 이것은 아마 순수하게 신비적인 개념인 것만은 아니다. 우리는 데인족, 퍼볼그 족, 스페인계의 밀레지안 족, 침략자인 노르만, 그리고 앵글로―색슨계 정착민들이 아일랜드에서 지역 수호신의 영향하에 있다고 말할 수 있는 하나의 실체를 구성하는 것을 보지 않는가? 그리고 현재 아일랜드의 민족이 후진적이고 열등하다 하더라도 그들이 전체 켈트족 중에서 죽 한 그릇에 생득권을 팔지 않으려는 유일한 민족이라는 사실을 고려해 볼 가치가 있다.

나는 영국이 아일랜드에서 한 악행 때문에 영국을 모욕하는 것은 오히려 고지식하다는 것을 안다. 정복자는 우연일 수 없으며, 영국인들은 벨기에인이 콩고 자유 주에서 오늘날 행하고 있으며 일본의 난쟁이들이 다른 어떤 섬에선가 내일 또 저지를 것을 수 세기 동안 아일랜드에서 행해 왔다. 영국은 내분을 일으켰고, 그들의 재물을 차지했다. 그는 새로운 농경 체계를 도입함으로써, 원주민 지도자들의 권력을 축소하고 영국군에게 많은 토지를 주었다. 또한, 그는 가톨릭 성당이 반항적일 때는 박해했고, 지배의 효과적인 도구가 되었을 때는 박해를 멈추었다. 영국의 주요 관심은 그 나라를 분열 상태로 유지하는 것이었으므로, 그리하여 만일 자유파 영국 정부가 언젠가 영국 유권자들이 아일랜드의 자치권을 내일 넘겨줄 것이라고 확신한다면, 보수적인 영국 언론은 당장에 얼스터 지방으로 하여금 더블린의 권위에 도전하도록 부추겼을 것이다.

영국은 교활한 만큼 잔혹했다. 그들의 무기는, 그리고 지금도 여전히 그렇듯이, 공성(攻城) 망치와 곤봉과 밧줄이었다. 그리고 만일 파넬이 영국 편에서 보면 눈엣가시였다면, 그것은 본래 그가 어린 시절 위크로우에서 유모로부터 영국의 잔인성에 대한 이야기를 들었기 때문이다. 그의 이야기는, 형법을 위반한 한 농부가 대령의 명령에 따라 체포되어, 옷은 벗겨지고 마차에 매달려서 군대에 의해 채찍질을 당하는 것이었다. 대령의 명령에 따르면, 복부에 채찍질을 가해서 그 비참한 농부가 극심한 고통 속에 죽을 것이며, 내장이 길바닥으로 쏟아져 나오게 하는 것이었다.

영국인들은 아일랜드인이 가톨릭 신자인데다 가난하고 무지하다고 경멸하지만 어떤 사람들한테는 그런 비난을 정당화하기란 쉬운 일이 아닐 것이다. 영국이 국가의 산업, 특히 모직물 공업을 폐허화시켰기 때문에, 영국 정부의 태만으로 감자 기근 시기에 대부분의 인구가 굶어 죽었기 때문에, 현 정부하에 있기 때문에, 아일랜드가 인구를 잃고 범죄가 거의 사라지는 동안, 판사들은 거금의 월급을 받고 정부의 공직자나 공무원들은 거의 일도 하지 않고도 많은 돈을 받았다. 더블린에서 만도, 총독은 1년에 50만 프랑을 받고 있다. 더블린 시민은 각 경찰관에게 1년에(이탈리아에서, 내가 추측건대, 고등학교 교사가 받는 급여의 두 배쯤 되는 것으로 생각되는) 3,500프랑을 지급하는 반면, 시의 사무 관리장 정도의 일을 하는 가난한 이는 일당 정화(正貨) 6파운드의 비참한 급여로 생계를 유지해야 했다. 그러면 아일랜드가 가난하고, 더욱이 정치적으로 뒤처졌다는 영국인 평자의 말은 옳다. 아일랜드인에게 루터의 종교개혁이나 프랑스 혁명은 아무 의미도 없었다. 영국에서는 남작들의 전쟁으로 알려진, 왕에 대항하여 투쟁한 봉건 호족들은 아일랜드에서 비슷한 동료를 가지고 있었다. 만일 영국인 남작들이 점잖은 방식으로 그들의 이웃을 학살하는 방법을 알고 있었다면, 아일랜드 남작들도 그러했으리라. 그 당시 아일랜드에서는, 귀족 혈통의 산물인 잔혹한 행위가 성행했다. 아일랜드의 왕자 샌 오닐은 그런 기질을 너무 강하게 타고나서, 그가 육체적 욕구를 느낄 때마다 사람들은 자주 그를 땅속에 목까지 파묻어야 했다. 그러나 외국 정치가들에 의하여 교묘하게 분열된 아일랜드 남작들은, 본성에 따라 행동할 수 없었다. 그들은 자기들끼리의 어린애 같은 논쟁에 몰두했고, 국가의 힘을 전쟁에서 소모했다. 그러는 동안 성 조지 운하 건너편의 동료들은 억지로 존 왕에게 런

니메드 평야에 대한 마그나 칼타(현대적 자유를 최초로 기록한)에 서명하게 하고 있었다.

하원의 설립자인, 몬트포드의 사이몬 시대에 그리고 그 후에 호민관 크롬웰 시대에 영국을 뒤흔든 민주주의 물결은 아일랜드의 해안에 도달했을 때는 이미 소진되어 버렸다. 그래서 이제(진지한 세계의 영원한 만화가 될 하느님에 의한 운명의 나라) 아일랜드는 귀족이 없는 귀족주의 국가가 되었다. 고대 왕들의 후손들(작위 없이 가족명만으로 지칭되는)은 그들의 왕호(王號)를 짓밟은 법률의 편에 서서 가발과 선서 진술서로 무장하고, 법정에 나타난다. 현실에 어두운 아일랜드인로 타락한 왕손들은 자신들이, 비슷한 곤경에 빠져, 그가 바니스 왕 또는 소시지 왕일지 모르지만, 어떤 다른 왕의 딸에게 구혼하기 위하여 신비로운 미국으로 가는, 영국에 있는 동료의 예를 따르리라고는 결코, 생각해 보지 못했다.

왜 아일랜드 시민이 반동적이고 가톨릭 신자인지, 그리고 왜 그들이 저주할 때 크롬웰과 사탄의 이름을 혼동하는지를 이해하는 것은 조금도 어렵지 않다. 그에게, 시민권의 위대한 수호자는 아일랜드로 와서 총과 칼로 자신의 신념을 전파한 야만적인 짐승이다. 아일랜드는 드로그헤다와 워터포드 강탈을 잊지 않으며, '바닷속으로 또는 지옥으로' 가겠다고 하면서, 청교도들에게 쫓겨 땅끝의 섬으로 내몰린 사람들도 잊지 않으며, 영국인들이 리머릭 조약에서 맹세한 거짓 약속 또한, 잊지 않는다. 어찌 잊을 수 있겠는가? 노예의 등이 회초리를 잊을 수 있겠는가? 영국 정부가 가톨릭교를 추방했을 때 가톨릭의 도덕적 가치를 증대시켰다는 것은 사실이다.

이제, 부분적으로는 끊임없는 대화와 부분적으로는 페니언 당의 폭력적 투쟁에 감사하게도, 공포 정치는 끝났다. 형법은 철회되었다. 오늘날, 아일랜드에서 가톨릭 신자가 교수형에 처해지거나 끌려가서 형리(刑吏)의 손에 참수될 위험을 감수하지 않고도 투표를 할 수 있으며, 공무원이 될 수도 있고, 무역이나 교육 직을 맡을 수 있으며, 공립학교에서 가르칠 수도, 의회에 진출할 수도, 30년 동안 개인 토지를 소유하며, 정화 5파운드 상당의 말(馬)을 소유하고, 가톨릭 미사에 참석할 수도 있다. 그러나 이런 법률은 현존하는 국회의원이 영국 판사에 의하여 실질 교수형에 처해지고, 최근에 형리(영국에서 성실 및 근면으로 그의 용병 동료들 사이에서 보안관에 의하여 추천된 고용인)의 손에 반역죄로 참수되었기 때문에 얼마 전에 폐지되었다.

90퍼센트가 가톨릭 신자들인 아일랜드인은 단지 수천 명의 정착민의 복지를 위해서만 존재하는 신교 성당의 유지에 이제는 더는 기여하지 않는다. 영국의 재산은 어느 정도 손실을 겪었고, 그리하여 가톨릭 성당은 딸을 한 명 더 얻었다고 할 수 있다. 교육 제도에 관한 한, 그것은 현대적 사고의 몇 줄기 흐름을 천박한 토양 속으로 천천히 흘러들게 했다. 곧, 아마도 아일랜드는 양심의 점진적인 각성이 있을 것이며, '벌레 음식물'의 4-5세기 후에 우리는 아일랜드 승려들이 승복을 벗어 던지고, 수녀들과 도망쳐서, 가톨릭교였던 일관성 있는 부조리의 마지막이며, 신교의 일관성 없는 부조리의 시작을 큰소리로 외칠 것을 알고 있다.

그러나 아일랜드에서 신교는 거의 생각할 수 없다. 의심할 바 없이, 아일랜드는 지금까지 가장 성실한 가톨릭 성당의 딸이었다. 그는 아마도 최초로 기독교 선교사를 정중하게 받아들였으며, 피 한 방울 흘리지 않고 새로운 교리로 개종한 유일한 나라일 것이다. 그리고 실제로, 아일랜드의 성직사(聖職史)에는, 카셀의 주교가 조롱자인 기랄더스 캠브렌시스에게 자랑스럽게 대답하는 가운데 순교의 역사는 전혀 없다. 6-8세기 동안, 아일랜드는 기독교의 정신적 중추였다. 그는 세계 각국으로 교리를 전파하기 위하여 그의 백성을 파견했으며, 성서를 해석하고, 새롭게 하도록 석학들을 파견했다.

성직자의 삭발 종류, 부활절 기념 시기, 그리고 최후로 에드워드 7세의 개혁 밀사의 촉구에 대한 일부 승려들의 탈퇴 등과 같은, 사소하면서도 동시에 중요한 제식상(祭式上)의 차이들과 예수 그리스도의 두 가지 특성인 위격적(位格的) 결합에 관련된 5-6세기의 네스토리어스의 교리 경향을 제외한다면, 아일랜드 가톨릭교의 신앙은 한 번도 심각하게 흔들린 적이 없다. 그러나 성당이 위험 속에 빠져들고 있다는 최초의 통보에, 아일랜드의 특사들의 실질적인 무리는 즉시 유럽의 모든 해역으로 출발했는바, 그곳에서 그들은 이교도들에 대항하는 가톨릭의 권능 사이에서 강력하고 총체적인 운동을 선동하려 시도했다.

가령, 교황청은 독특한 방식으로 이러한 충성에 보답했다. 처음에 교황의 칙서와 반지로 아일랜드를 영국의 헨리 2세에게 바쳤으며, 그 후 신교의 이단이 고개를 쳐들었던 교황 그레고리 8세의 직위 시에 교황청은 이교도적인 영국에게 신앙심 깊은 아일랜드를 바친 것을 후회했다. 그리고 이 실수를 극복하고자, 교황청은 교황 법정의 사생아를 아일랜드의 최고 통치자로 임명했다. 그는 자연스럽게 '분리된 비신앙계'의 왕으로 남게 되었지만, 그럼에도 이 때문에 교황의 의도는 관대한 것이었다. 다른 한편으로, 아일랜드의 불평은 대단해서 이미 아일랜드를 영국인과 이탈리아인에게 넘겨주었듯이, 교황이 유럽의 예측 불가한 불평 때문에, 일시적 탄핵으로 알고 있던 알폰소의 일부 스페인의 하급 귀족에게 그들의 섬을 앞으로 양도한다면, 이는 단순한 불평일 수 없을 것이다. 그러나 교황청은 성당의 명예를 더욱 소중하게 간직하고 있었으며, 비록 과거의 아일랜드가 우리가 살펴본 방법으로 성인(聖人) 연구의 고서(古書)를 풍부히 했다손 치더라도, 이는 바티칸 의회에서 인정받기에는 힘든 것이었다. 그리고 1,400년 이상이 흘러서야 성부(聖父)는 아일랜드 주교를 추기경으로 승격시키는 것을 고려하기 시작했다.

그러면, 교황권에 대한 성실과 영국 왕위에 대한 불성실로부터 아일랜드가 얻은 것은 무엇이었던가? 그것은 상당한 것 같으나, 아일랜드 자체를 위한 것이 아니었다. 17-18세기에 영국 언어를 채택하고, 모국을 거의 망각했던 아일랜드 작가 중에는 이상가(理想家) 철학자인, 버클리, 『웨이크필드의 목사』의 저자인 올리버 골드 스미스, 심지어 오늘날 현대 영국의 불모의 무대에서 주목을 받고 있는 걸작들을 쓴 두 저명한 극작가 리차드 브린스리 셰리던과 윌리엄 콘그리브, 세계 최고의 풍자 문학으로 인정받은『걸리버 여행기』의 작가 조너선 스위프트, 그리고 영국인들이 현대의 데모스테네스라고 일컬을 만큼 하원 의원에서 가장 심원한 웅변가로 손꼽는 에드먼드 버크가 있다.

심지어 오늘날, 그의 무거운 장애에도 불구하고 아일랜드는 여전히 영국 예술과 사상에 공헌하고 있다. 아일랜드인이『스탠더드』지(誌)와『모닝 포스트』지의 주요 기사에서 접하는 불균형적이고 무기력한 얼간이들이라는 사실은, 영국 문학에서 3명의 가장 위대한 번역가들, 페르시아 시인 오머 카이얌의『루바이야트』의 역자인 피츠제럴드, 아랍의 걸작들을 번역한 벌튼, 그리고『신곡』의 고전 번역가인 캐리에 의해 부인된다. 또한, 다른 아일랜드인, 현대 영국 음악의 악장인 아더 설리번, 차티즘의 창시자 에드워드 오코너, 사하라 사막의 오아시스 격인 허구의 영적 메시아적 탐정적 글쓰기를 한 소설가 조지 무어, 그리고 역설적이며 우상 파괴적 희극 작가인 버나드 쇼, 그리고 역시 잘 알려진 혁명적 여류 시인의 아들 오스카 와일드라는 두 명의 더블린인의 이름에 의해서도 이 사실은 부인된다.

마지막으로, 구체적인 사례로부터 아일랜드인이 아일랜드라는 지역을 벗어나 다른 환경 속에서 인식될 때, 그가 아주 빈번히 존경받는 인사가 된다는 사실에 의하여 이와 같은 아일랜드에 대한 경멸적 인식이 잘못된 것임을 알 수 있다. 자국에 팽배한 지배적인 경제적, 지적 조건들은 개인성의 발전을 허용하지 않는다. 국가의 영혼은 무용한 투쟁과 허물어진 법제(法制)에 의하여 쇠약해지고, 개인의 독창성은 성당의 영향과 설교로 마비된다. 그런 사이 그 실체는 정치, 세관과 군대에 의하여 족쇄가 채워진다. 누구든 자만하는 자는 아일랜드에 머물지 않고, 분노한 신의 방문에 시달린 이 국가로부터 멀리 도망친다.

리머릭 조약의 시기로부터, 아니 불신 속에서 영국인들로부터 떨어져 나온 그때부터, 수백만 아일랜드인은 그들의 조국을 떠났다. 수 세기 전과 마찬가지로, 이들 도망자는 야생의 기러기라 불린다. 그들은 유럽의 강대국들, 정확히 말해서, 프랑스, 네덜란드, 스페인의 외국인 연대에 입대하여 그들을 고용한 주인을 위해 수많은 전장에서 승리의 월계관을 차지했다. 미국에서 그들은 또 하나의 조국을 발견했다. 미국 반란군 계층에서 아일랜드의 고대어가 들리기 시작했다. 그리고 1784년 마운트 조이 경 자신은 "우리는 아일랜드 이주민 때문에 미국을 잃어 가고 있다"고 말했다. 오늘날 미국에 상주하는 아일랜드 이주민들은 1,600만으로, 풍요하고 강대하며 산업적 정주를 누리고 있다. 아마 이것은 부활이라는 아일랜드의 꿈이 전적으로 환상이 아님을 입증하지는 않으리라!

만일 아일랜드가 틴달처럼 타인의 배려에 한몫할 수 있었다면, 그 이름이 국외로 알려진 소수 과학자, 캐나다 주지사와 인도의 총독이었던 더펄인 후작, 식민지 통치 관이었던 찰스 가빈 더피와 헨네시, 최근의 스페인 장관 테투안 공작, 미국 대통령 후보 브라이언, 프랑스 공화국의 대통령 마샬 맥크마흔, 최근 채널 함대의 사령부에 소속된 영국 해군의 실지 지휘자 찰스 브레포드 경, 3명의 아주 유명한 영국 육군 대장들, 울세리 경, 수단 운동의 승리자이며 인도에서 현 육군사령관에 임명된 키천너 경, 아프가니스탄과 남아프리카 전쟁에서의 승리자 로버츠 경처럼, 만일 아일랜드가 타인의 봉사에 이 모든 실제적 재능을 발휘해 왔다면, 이는 아일랜드의 현 상황에서 반목하고, 부적절한, 그리고 전제적인 것에 다름 아님을 의미한다. 왜냐하면, 조국의 아들들이 자신의 나라를 위하여 열정을 쏟아 부을 수 없기 때문이다.

심지어 오늘날에도, 기러기의 비상(飛翔)은 끊임없이 이루어지고 있기에, 인구의 격감을 겪고 있는 아일랜드는 매년 6만 명의 아들을 잃고 있다. 1850년부터 지금까지 5백만 이상의 이주민이 미국으로 떠났고, 이들은 고국에 있는 친구와 친척에게 초대장을 보내고 있다. 노인 병자, 어린이, 빈자만이 고국에 남아 있다. 여기 이중의 멍에가 씌워진 가운데 또 하나의 깊게 파인 홈이 덮이고, 그리하여 가난하고 허약한, 삶의 의욕을 거의 잃은 사람들이 고통에 시달리고, 통치자들은 명령을 내리고, 신부들이 최후의 의식을 집행하는 죽음의 침대 주위에 머물고 있다.

이 나라는 미래의 어느 날 북녘의 헬라스처럼 과거의 지위를 회복할 운명을 지니고 있는가? 여러모로 유사한 슬라브족 정신처럼, 켈트 정신에도 미래의 새로운 발견과 통찰력으로 국민의 양심을 고양할 가능성은 있는가? 아니면 켈트 계인 켈트 5개국은 강대국의 수세에 몰려 대륙의 가장자리로, 유럽의 외곽 섬나라로, 세기의 투쟁을 겪고 결국에는 대양으로 던져져야 하는가? 안타깝게도, 우리 아마추어 사회학자들은 단지 이류 논쟁자일 뿐이다. 우리는 인간 내부를 남달리 꿰뚫어보지만, 결국, 거기에서 아무것도 보지 못한다고 자백한다. 단지 초인간만이 미래의 역사를 어떻게 기록할지 알고 있다.

이러한 종족의 재생을 위한 문명화에 대한 결과가 무엇인가를 알게 된다는 것은, 오늘 밤 내가 조준해 놓은 망원경에서 벗어난다 해도, 매우 흥미로운 것이다. 2개 국어를 가진, 공화정(共和政)의, 자기중심적이고, 진취적인 기상을 가진 자체 상업 함대를 거느린, 세계 전 지역에 영사를 둔 섬나라 아일랜드, 영국 근방의 한 경쟁적 섬의 탄생이 가지는 경제적 효과 그리고 구 유럽에서 아일랜드 예술가와 사상가—저 기이한 정신들, 지독한 열성가들, 성(性)과 예술을 배운 바 없는, 이상주의에 충만하여, 이를 실현해 낼 수 없는, 어린애 같은 정신, 재치 있고 풍자적인 이른바 '온정 없는 아일랜드인'의 출현의 도덕적 성과는 바로 그것이다. 그러나 나는 이러한 재생을 기대하면서, 로마의 폭정이 영혼의 궁전을 메우고 있을 때 영국의 폭정에 대항하여 절규한다는 것이 얼마나 타당한가 하는 점에는 분명히 답할 수 없음을 고백한다.

나는 영국의 파괴자에 대항하는 격렬한 욕설의 의도를 알지 못한다. 그뿐만 아니라 앵글로—색슨 문명에 대한 비난, 비록 그것이 전적으로 물질주의적 문명이라 할지라도, 영국이 비 문명국가였던 시기로 거슬러 올라가는 때의『켈즈의 책』『레칸의 누른 책』『단 카우의 책』과 같은, 고대 아일랜드의 책들에서 나오는 세밀화의 예술이, 거의 중국만큼이나 역사가 깊으며, 그리고 아일랜드는 최초의 플레밍이 영국에 빵 제조 술을 전수하려고 런던에 도착하기 이전 수 세대 동안 그들 자신의 직조(織造) 술을 만들어 유럽에 보급했다는 공허한 허풍을 알지 못한다. 만일 이런 식으로 과거에 호소하는 것이 타당하다면, 카이로의 농부가 영국 여행자를 위하여 짐꾼으로 행사하는 것을 조롱하는 보편적 권리를 가질 수 있을 것이다. 고대의 아일랜드는 고대의 이집트가 멸망한 것과 흡사하다. 그 죽음은 찬송되며, 그 비석 위에 그것은 봉인되어 있다. 터무니없는 예언자들, 방랑하는 음유시인들, 그리고 영국 자코뱅 시인의 입을 통하여 수 세기에 걸쳐 말해 왔던 고대의 국가 정신은, 제임스 클레런스 맹건의 죽음과 함께 사라져 버렸다. 그와 함께, 고대 켈트의 음유시인의 3배(triple)의 규칙의 오랜 전통은 끝났다. 오늘날 다른 음유시인은 또 다른 이상에 빠진 채, 울음을 터뜨리고 있다.

한 가지만이 나에게는 분명한 것 같다. 아일랜드가 한때 번영했으나 결국, 쇠락해버린 것은 바로 그들의 과거이다. 만일 진실로 부활의 가능성이 있다면, 이를 일깨우거나 아니면 머리를 가리고 무덤 속에서 영원히 잠들도록 하라. "우리 아일랜드인은", 하고 오스카 와일드가 어느 날 나의 친구에게 말했다, "지금까지 아무것도 행하지 않았지만, 우리는 그리스 사람들의 시대 이래로 가장 위대한 다변가들이다." 그러나 아일랜드인이 다변적이긴 하지만 혁명은 인간의 마음과 타협으로 만들어지지 않는다. 아일랜드는 이미 상당한 모호성과 오해의 여지를 가져왔다. 우리가 그토록 기다려 온 한 판의 극(劇)을 아일랜드가 벌이려 한다면, 이번에는 단결된 모습으로, 그리고 완벽하게, 결정적으로 하는 일이다. 그러나 아일랜드 국민을 향한 우리의 충고는 우리의 이전 세대가 얼마 전에 그들에게 한 것과 꼭 같은 것이다. 서둘러라! 나는 확신하건대, 적어도 나는 그러한 막(커튼)이 오르는 것을 결코, 보지 못할 것이다. 왜냐하면, 나는 이미 막차를 타고 고국으로 가고 있을 것이기 때문이라.

36

제임스 클레런스 맹건 (II)

1907

조이스의 맹건에 대한 두 번째의 이탈리아어 강의는 맹건의 한계라는 문제와 솔직히 맞붙는다. 그런데 그는 5년 전의 유니버시티 칼리지에서 읽은 맹건에 대한 그의 논문에서는 이를 교묘히 감춰 왔다. 그는 이제 맹건이 '내부와 외부의 오류'로부터 충분히 벗어나지 못한 점을 시인하고 있다. 맹건은 더는 그에게 위대한 시인처럼 보이지 않는다. 오히려 그는 위대한 상징적 인물이고, 그의 시는 그의 국민의 슬픔, 열망 그리고 한계를 간직하고 있을 따름이다. 조이스는 그의 연설의 몇 부분에서 그의 초기 에세이를 유지하고 해석하지만, 다른 부분, 특히 첫 부분에서, 그는 훨씬 더 강건하며, 희미한 맹건의 리듬으로부터 자기 자신의 개성을 명쾌하게 분리한다.

****

어떤 시인은, 자신들의 시대까지 알려지지 않은 인간의 양심의 어떤 국면을 우리에게 드러내 보여주는 미덕에 더하여, 자신들의 시대의, 존재적 수많은 대조되는 경향, 말하자면, 새로운 힘의 축전지(蓄電池)를 스스로 종합하는 한층 의심스러운 미덕을 또한, 가진다. 대부분 그들이 대중에 의해 평가받는 것은 전자(前者)라기보다는 후자(後者)의 역할에서다. 그런데 그 대중은 본질적으로 진정한 자기 — 계시적 작품을 평가할 수 없고, 은총의 어떤 행위로 시인에 대한 개인적인 확신이 대중 운동에 부여하는 무수한 도움을 인식하는 데 성급하다. 이러한 경우에서 가장 대중적인 은총의 행위는 기념비인지라, 왜냐하면, 그것은 살아 있는 자에 아부하면서 죽은 자를 기리기 때문이다. 또한, 그것은 궁극적 최고의 유리한 고지(高地)를 지니고 있다. 왜냐하면, 사실을 말하거니와 그것은 죽은 자에 대한 지속적인 망각을 확인하기 위한 가장 정중하고도 효과적인 방법이기 때문이다. 논리적이요, 진지한 나라들에서 기념비를 점잖은 방법으로 마무리하고, 조각가, 시청 관리, 웅변가가 대중을 제막식에 참가하도록 하는 것이 관습이다. 그러나 하느님에 의하여 진지한 세계의 영원한 풍자가 되도록 운명 지워진 아일랜드에서는, 심지어 그 기념비는 가장 인기 있는 사람들을 위한 것이고, 그의 성격이 인민들의 의지에 따라 대부분 수정될 수 있는 때라도, 그들은 초석(礎石)을 쌓아놓은 곳을 넘어설 수는 없다. 전술한 것에 비추어, 내가 에메랄드 섬의 유명한 관대함을 희생하고서도, 지금까지 어떠한 열성적인 정신도 불우한 국민 시인의 유령을 초석과 평범한 화환과 함께 놓는다는 생각을 하지 못했다고 말할 때, 나는 아마도 클레런스 맹건이라는 이름을 감싸고 있는 영원한 밤에 대한 생각을 여러분에게 줄 수 있으리라. 아마도 그가 그 속에 누워 있는 깨어지지 않는 평화는 그에게는 너무나 즐거운 것인지라, 그는 자신의 괴상한 고요함이 망명 중인 한 동포에 의해 방해를 받았다고 들을 때, 아마추어가 그에 관해 호의를 바라는 외국인들 앞에서 이상한 말로 그에 관해 이야기하는 것을 들을 때(만약 이 세상의 어조[語調]가 무덤 너머 저 세계까지 간다면), 그는 화를 내게 될 것이다.

아일랜드의 유럽 문학에 대한 공헌은 아일랜드어로 쓰인 문학과 영어로 쓰인 문학에서 다섯 개의 시대와 두 개의 부분, 즉 아일랜드어로 쓰인 문학과 영어로 쓰인 문학으로 나누어질 수 있다. 첫 부분 가운데, 그것은 첫 두 시대를 포함하거니와 더 오래된 시대는 고대의 종교 서적, 서사시, 법전, 지형의 역사, 전설이 쓰인 시대의 밤 속에서 거의 소실되었다. 더 최근의 시대는 헨리 2세와 존 왕 치하에서 앵글로 색슨 족과 노르만 족이 침범한 후로 오랫동안 지속되었다. 이는 방랑하는 음유시인의 시대였으며, 그들의 상징적인 노래들은 고대 켈트의 음유 시인의 3중 관계의 전통 위에서 수반되었다. 그리고 이는 내가 여러분에게 며칠 밤 전에 말한 일이 있었던 그 시대이다. 두 번째 부분은, 영어로 쓰인 아일랜드 문학의 것으로, 3개의 시대로 나누어진다. 첫째는 18세기인데, 다른 여러 아일랜드인 중에서 유명한 소설 『웨이크필드의 교구 목사』의 저자인 영광스런 이름, 올리버 골드스미스, 유명한 코미디 작가 리처드 브린스리 셰리던과 윌리엄 콘그리브를 포함하는데, 그들의 걸작품들은 오늘날까지도 현대 영국의 불모의 무대 위에서 존경을 받고 있다. 그들 가운데는 라블레 풍(風)의 사제장(司祭長)이요,『걸리버 여행기』의 저자인, 조너선 스위프트와 영국의 비평가들까지도, 심지어 그가 하원에서 연설한 가장 심오한 웅변가이자 대영제국의 빈틈없는 정치가 무리 중에서, 가장 현명한 정치가 중의 하나로 생각되던, 소위 영국의 데모스테네스인 에더먼드 버크가 있다. 두 번째 및 세 번째 시대는 지난 세기에 속한다. 하나는 1842년과 1845년의 청년 아일랜드 문학운동이고, 다른 하나는 다음 강의에서 내가 여러분에게 이야기하려는 오늘날의 문학운동이다.

1842년 날짜의 문학운동은 분리주의자 신문인『민족』지의 창간에서 시작되는데, 이 신문은 토마스 데이비스, 존 블레이크 딜론(전 아일랜드 의회당의 지도자의 아버지)에 의해 성립되었다.

[한 페이지 탈장]

중산계급의, 그리고 가정적 참혹함, 불행, 고통스러운 과정의 어린 시절을 보낸 후에 그는 3급 공증인 사무소의 서기가 되었다. 그는 항상 조용하고 무반응의 본성을 가졌으며 친구나 아는 이도 없이 비밀스럽게 다양한 언어 연구에 전념하고 종교적 문제에 집착하고, 비사교적인, 조용한 어린이였다. 그가 글을 쓰기 시작했을 때, 세련된 사람들의 관심을 이내 끌었는데, 그들은 그에게서 고양된 서정 음악과 불타는 이상주의를 알아차렸다. 이러한 것들은 비범하고 미리 생각지 못한 미의 리듬 속에 드러나 있었고, 영감을 받은 셸리의 노래를 제외하고는 영국 문학 영역의 어디에서도 발견할 수 없는 것들이다. 그는 몇몇 문학가 영향 덕택에, 더블린의 트리니티 대학 대 도서관의 조수 자리를 얻었는데, 이는 로마에 있는 빅토 에마누엘 도서관의 도서보다 3배나 많은 책을 소장한 책의 보고(寶庫)였고,『암갈색 암소의 책』,『르캉의 노란 책』(이는 유명한 법률 논문으로, 아일랜드의 솔로몬으로 불릴 만큼 탁월했던 콜맥 왕의 작품이다) 그리고『켈즈의 책』도 보관되어 있는데, 이는 기독교 기원의 첫 세기로 되돌아가는 시기에 쓰였으며, 중국의 책만큼 오래된 축소 예술판이었다. 그의 전기 작가와 친구 마이클이 그를 처음 만난 것이 그곳이었다. 그리고 시인의 작품 서두에서 그는, 부드러운 용모에 창백한 머리카락을 하고, 사다리 꼭대기에 다리를 꼬고 앉아, 희미한 불빛 속에서 커다란 먼지 낀 장서를 읽고 있는, 작고 가냘픈 사람으로 그에게 준, 인상을 서술하고 있다.

이 도서관에서 맹건은 그의 생애를 연구하며 보냈고 유능한 언어학자가 되었다. 그는 이탈리아, 스페인, 프랑스, 독일어 문학을 영국과 아일랜드의 언어와 문학만큼 잘 알고 있었고, 약간의 산스크리트와 아라비아 같은 동양 언어에 대한 지식도 습득한 것 같다. 때때로 그는 혁명적 신문에다 자신의 시를 기고하기 위해 그 학문적 침묵에서 빠져나오기도 했다. 하지만 그는 밤에 열리는 파티 같은 것에 흥미가 있지 않았다. 그는 자기의 밤을 멀리서 보냈다. 그의 집은, '자유 구역'이라는 의미 있는 이름을 가진 더블린의 한 오래된 지역에 있는, 어둡고 지저분한 방이었다. 그의 밤은 '자유 구역'의 불명예스러운 하급 술집들 사이에서 보낸 고난의 밤이었다. 거기서 그는 도시 하층민들의 생활 ─ 좀도둑, 노상강도, 도망자들, 매춘 알선자, 싸구려 매춘부 같은 이런저런 사람들 속에서, 자신을 괴상한 인물로 만들고 있었음이 틀림없다(이런 문제에 대해 늘 증언할 준비가 되어 있는 그의 나라 사람들 사이에서는 상식적인 이야기이나). 맹건이 이 하층 세계와 순전히 형식적 교제만을 가졌다고 말하는 것은 이상한 일이다. 그는 거의 술을 마시지 않았지만, 그의 데스마스크는 세련되고, 귀족적인 얼굴을 보여준다. 그 섬세한 선속에서는 우울하고 아주 지친 듯한 표정 외에는 다른 것을 찾아볼 수 없다.

　　나는 병자들이 알코올의 즐거움을 아편의 그것과 연결하는 가능성을 부정하는 것을 알고 있다. 맹건은 곧 이 사실을 인식하게 되었던 것 같다. 왜냐하면, 그도 무분별하게 마약을 사용하기 시작했으니까. 마이클은 그가 그의 종말을 향해 살아 있는 해골처럼 보였다고 우리에게 말한다. 그의 얼굴은 뼈만 남아 있었고, 근사한 도자기 만큼 투명한 피부로 겨우 덮여 있었다. 그의 몸은 수척했으며, 그의 눈은 그 뒤로 자신의 비전에 대한 무섭고 도발적인 기억들이 이따금 반짝거리며 숨어 있는 듯 한 커다랗고 고정된 그리고 공허한 것이었다. 그의 목소리는 느리고 약했으며 음침했다. 그는 놀랄 만한 속도로 죽음을 향한 마지막 발걸음을 디뎠다. 그는 말이 없고 초라했다. 그는 육신과 영혼을 유지할 만한 음식을 먹지 않았고, 길을 걷다가 어느 날 갑자기 쓰러졌다. 병원으로 옮겨졌을 때, 몇 개의 동전과 낡은 독일 시집이 주머니에서 발견되었다. 그가 죽었을 때 그의 참혹한 육체는 사람들을 떨게 했고, 몇몇 자비로운 친구들이 그의 초라한 장례식의 비용을 지급했다.

　　내가 생각하기에 이 사람은 현대 켈트 세계의 가장 중요한 시인으로, 어떤 나라에서든 서정적 형식을 사용했던 시인 중 가장 영감을 받은 시인으로, 그는 이렇게 살다 죽었다. 내가 생각하기에, 그가 단조로운 망각의 세계 속으로 영원히 들어가야만 한다고 단언하는 것은 너무 이르다. 하지만 나는 만일 그가 결국, 받아 마땅한 사후의 영광으로 들어간다면, 그것은 결코, 동포들의 도움만으로는 아닐 것이라고 굳게 믿는다. 맹건은 분쟁이 조국의 땅과 외국 세력, 즉 앵글로색슨과 로만 가톨릭 사이에서 결정되고, 그것이 토착적이든 완전히 외래적이든 새로운 문명이 일어나게 될 때, 그들의 민족 시인으로 아일랜드인에 의해 인정받을 것이다. 그때까지 그는 잊히거나, 혹은 경축일에서나 겨우 기억되게 될 것이다.

[한 페이지 탈장]

우리가 때때로 어떤 영국의 비평을 읽을 때, 바그녀가 무고한 파시팔(Parsifal)의 입속으로 나타내는 문제는, 켈빈주의의 맹목적이고 씁쓸한 정신의 영향에 그 대부분이 기인한다. 비평가들이 강력하고 근원적인 천재를 다룰 때, 그들을 설명하는 것은 쉬운 일이다. 왜냐하면, 그런 천재의 출현은 언제나 모든 부패의 표시이며 오랜 질서의 방어 속에서 서로 즐기는 부연된 흥미의 표시이기 때문이다. 예를 들면, 헨릭 입센의 모든 작품의 파괴적이고 맹렬한 자기중심적 경향을 이해하던 사람은 누구나 런던의 가장 영향력 있는 비평가들이 헨릭 입센의 첫 작품 발표 바로 다음 날 그를 추잡하고 '쓰레기를 헤집는 개'(나는 『데일리 텔레그래프』지의 한 죽은 비평가가 한 정확한 이 말을 인용하거니와)라고 부르면서 그의 극작품을 통렬히 비판하는 것을 들었을 때도 그다지 놀라지 않았을 것이다. 그러나 이 불쌍하게 비난받은 사람은 그의 잘못이 존경의 제식(祭式)을 고지식하게 지키지 못한 무해한 시인인 경우에는 설명될 수 없다. 고로 다음의 경우가 일어나는데, 맹건의 이름이 그의 고국에 언급되자 (나는 그가 때때로 문학계에 이야기됨을 인정해야 하거니와), 아일랜드인은 이런 시적 능력이 파격적으로 그에게 들어 있음을 개탄하고, 부도덕이 이국적이며 애국심이 그렇게 열렬하지도 않은 한 인간 속에 그 증거를 발견하고 엄청나게 놀란다.

그에 관하여 써 왔던 사람들은 술꾼과 마약 복용자 사이에 균형을 잡는데 꼼꼼했고, 학식과 사기가 '터키 어에서 번역된 것,' '고대 이집트 어에서 번역된 것'과 같은 구절들 뒤에 숨어있는지 어떤지를 결정하는 데 많은 고생을 해 왔다. 그리하여 이러한 애처로운 기억을 제외하고, 맹건은 자신의 조국에서 이방인이었고, 거리에서 보기 드문 괴기한 인물이었다. 그는 거리에서 마치 고대의 죄로 고행을 당하는 사람처럼 슬프고 고독하게 보였다. 확실히 노발리스가 영혼의 병이라 불렀던, 삶은 맹건에게도 무거운 고행이었으며, 아마도, 고행을 안겨 준 그 죄를 잊어버렸던 맹건에게 그 죄의 상속은, 역시, 그만큼 한층 슬픈 것이었으니, 왜냐하면, 증오와 경멸로 그를 바라보는 사람들의 얼굴에서 잔인함과 연약함의 경계를 너무나 잘 읽을 수 있는 그의 속의 섬세한 예술가적 기질 때문이다. 그가 우리에게 남긴 짧은 전기적 스케치 속에서, 그는 단지 그의 초기의 삶, 유아기 그리고 유아기만을 말하며, 한 어린아이로서 그가 아는 것은 둔탁한 비참함과 가혹뿐이며, 그의 지인들이 그들의 가증스러운 독설로 그의 인간성을 더럽히고, 그의 부친을 인간 방울뱀이었다고 그는 우리에게 말한다. 이러한 과격한 단정 속에서 우리는 동양적 마약의 효과를 인식한다. 하지만 그럼에도 그의 이야기는 무질서한 두뇌가 꾸며낸 이야기에 불과하다고 생각하는 사람들은 거대한 자연과 한 민감한 소년에게 얼마나 날카로운 고통을 주었는지를 간과하거나 잊어버린다. 그의 고통은 그를 은둔자가 되도록 했고, 사실상 그는 자기 삶의 대부분을 거의 꿈속에서, 수세기 동안 슬픈 사람과 현명한 사람들이 가져왔던 그 마음의 성역(聖域) 속에서 살았다. 한 친구가 그에게 지금까지 언급된 이야기들이 너무 과장되고 다소 거짓이라고 말했을 때, 맹건은 대답했다: "아마 내가 꿈을 꾸었나 보지." 세상은 분명히 그에게 다소 비현실적이고, 그다지 의미 있는 것이 아니었다.

무엇이, 그러면, 그런 꿈들이 되며, 모든 젊고 소박한 마음으로 하여금 그런 귀중한 현실로서 치장되는 것일까? 천성이 아주 민감한 사람은 심각하고 분투적 삶 속에서 그의 꿈을 잊을 수 없다. 그는 처음에는 그것을 의심하고 거절하지만 누군가가 그것을 조롱하고 저주하는 것을 들을 때는 그 꿈을 자랑스럽게 인정할 것이다. 그래서 감수성이 연약함을 만들어 내거나 맹건처럼 타고난 연약함을 정체(停滯)시키는 그 꿈은 최소한 침묵의 은혜를 얻어내기 위해, 너무 연약하여 폭력적 경멸을 낳을 수 없는 어떤 것처럼, 그렇게 냉소적으로 조롱받는 마음의 욕망, 잔인하게 악용되는 사상에 대해 세계와 타협하게 될 것이다. 그의 태도는 이러하기 때문에 그의 모호한 얼굴을 조망하는 것이 자만심인지 겸허함인지를 누구도 말할 수 없을 것이다. 그것은 깨끗하고 빛나는 눈(眼) 속에서만, 그리고 아름다운 은발(銀髮) 속에서만 생생해 보이는 듯하고, 그 속에서 그는 다소 허망 된 존재이다. 이러한 비축은 위험이 없지 않으며, 결국, 그를 무관심 속에서 구출한 것은 단지 그의 무절제이다. 맹건과 그가 그에게 독일어로 강의했던 한 제자 사이의 친밀한 관계에 대해서도 약간의 말이 있다. 그리고 나중에 그는 삼각관계의 연애 코미디에 빠진 것 같다. 하지만 만약 그가 남성들과 머물면, 그는 여성들에게는 소심하고, 그리고 너무 자의식이며, 너무 비판적이었고, 그는 멋쟁이가 되기에는 아첨하는 거짓말을 너무 몰랐다. 그의 이상한 옷차림에서—높은 원뿔 모양의 모자, 빈약한 다리에 3배나 되는 너덜너덜한 바지, 횃불처럼 생긴 낡은 우산—우리는 그의 소심함의 우스꽝스러운 표현들을 볼 수 있다. 그는 언제나 여러 나라에 대한 지식이 함께하고, 동양의 이야기나 그의 마음을 현실에서 빼앗아 버리는 기묘하게 프린트된 중세의 책들에 대한 기억은 나날이 수집되었고, 어떤 직물로 짜였다. 그는 대략 20개의 언어를 알고 있었으며, 때때로 그것들을 자유로이 구사한다. 그리고 그는 많은 문학을 탐독했고, 많은 바다를 횡단했으며, 심지어는 지도에도 없는 페르시아 땅까지 파고들었다. 그는 프레보스트의 여(女) 점술사의 삶에, 그리고 영혼의 사랑스러움과 단호함이 무엇보다도 위력을 발휘하는 중간 천성의 현상에, 많은 흥미를 느꼈으며, 둘 다 어떤 특징적인 불일치를 가지고 있지만, 와토우(피터의 행복한 구에서)가 추구했음 직한 방법과는 다른 방법으로, 이 가상의 세계에서, 만족하지 않는 정도의 혹은 전혀 발견되지 않은 것을 추구하는 듯하다.

그의 글들은, 결코, 결정판으로 수집된 적이 없거니와 완전히 질서도 없으며 종종은 사상도 없다. 산문으로 된 그의 수필들은 아마 처음 읽을 때에는 흥미롭겠지만, 사실은 시시한 시도에 불과하다. 문체는 최악의 의미에서 자만심에 차 있고, 긴장되고 진부하며, 주제는 사소하고 과장되었으며, 사실상 저급한 시골 신문에 실릴 약간의 지방 소식들 같은 종류의 산문이다. 맹건은 토착적인 문학 전통 없이 글을 썼고 일상의 사건에만 관심을 두는 대중들을 위해 글을 썼는지라, 시인의 유일한 의무는 이러한 사소한 사건들을 묘사하는 것이라고 주장했다. 그는 특별한 경우를 제외하고는, 유머러스한 회화(戱話)들과 명백하고 조잡한 행사시(行事詩)들 이외에, 그의 작품을 수정할 수 없다. 또한, 그의 최상의 작품들은, 그가 칭한바, 그의 꿈이 우리이고, 우리를 그것 자신이자 우리라고 상상하며 우리 안에서 그것 자체를 상상하는, 그리고 그의 숨결 앞에서 창조적인 마음은 '사그라져 가는 석탄'(셸리의 구절을 사용하면)이 되는 사물의 어머니인, 상상력 속에서 쓰였기 때문에, 진정한 호소력을 지닌다. 그의 최고의 작품 속에도 고립된 정서의 존재가 가끔 느껴지고, 상상적인 미의 빛을 반사하는 상상적인 인물의 현존이 훨씬 더 생생하게 느껴진다. 동서양이 그 개성 속에서 만나고(우리는 이제 그 방법을 안다) 이미지들은 거기서 부드럽고 빛나는 스카프처럼 짜이며, 말(言)은 갑옷의 고리처럼 빛나며 울린다. 그리고 그가 아일랜드에 관해서든 이스탄불에 관해서든 노래하는 그의 기도는 언제나 꼭 같은 내용을 지니는 즉, 그가 자기 영혼의 진주라고 부르는, 평화를 상실한 그녀에게 다시 평화가 오리라, 아멘.

그가 숭배하는 이 인물은 중세 시대의 정신적 열망과 상상적인 사랑을 상기시키며, 맹건은 그의 숙녀를 멜로디와 빛과 향기로 가득한 세계, 시인의 눈이 사랑으로 응시했던 모든 얼굴을 숙명적으로 고안하게 한 그 세계에다 두었다. 거기에는 마치 이 장(章)을 끝맺는 쓰라린 환멸과 자기 경멸이 한 가지요 동일한 것처럼 비토리아 코로나, 라우라, 그리고 베아트리체의 얼굴을 비춘 한 가지 기사도적 이상, 유일한 남성적 헌신이 있을 따름이다. 그러나 맹건이 그의 숙녀가 살기를 바란 세상은 보오나로티가 지은 대리석 사원과도 피렌체의 신학자의 평화로운 군기(軍旗)와도 다른 것이다. 그것은 거친 세상, 동양의 밤의 세상이다. 마약에서 기인하는 정신적 활력은 이 장대하고도 끔찍한 이미지들의 세계를 흩뜨려 버렸고, 마약 상용자의 천국인 불타오르는 꿈속에서 시인이 재창조한 모든 동양은 이 페이지들 속에서는 묵시록의 구절들과 직유와 풍경들 속에서 맥박친다. 그는 보랏빛이 난무하는 한가운데서 시드는 달에 대해서, 타는 듯한 기호들로 붉어진 천상의 마술책에 대해서, 선홍색의 모래 위로 거품 이는 바다에 대해서, 발칸의 꼭대기에 있는 외로운 삼나무에 대해서, 그리고 왕이 길리스탄에게 받은 장미의 숨결로 충만한 금빛 초승달로 빛나는 야만의 홀에 대해서, 이야기한다.

신비주의의 베일 아래 자기 나라의 퇴락(頹落)한 영광에 대한 찬양을 노래하는 가장 유명한 맹건의 시들은, 가늘고 미세하며 곧 흩어질 듯하며, 빛 알갱이로 가득한 여름날 지평선을 덮은 한 조각구름과 같다. 때때로 이 음악은 권태에서 깨어나는 듯하고 전투의 환희로 소리치기도 한다. 『타이―오웬과 타이코넬의 왕자들을 위한 애도』의 마지막 연(聯)에서, 어마어마한 힘으로 가득 찬 긴 시행(詩行) 속에, 그는 자기만족의 에너지를 모두 쏟아 부어 놓았다:

그리고 오늘 밤 서리가 그의 맑은 이슬 같은 눈을 흐리게 할지라도,
그리고 흰 손 장갑이 그의 고상하고 아름답고 손가락을 가릴지라도,
따뜻한 드레스는 그에게 그가 여태 입은 저 번개 의상인지라,
하늘이 아니라 영혼의 번개로다.

휴는 싸우기 위해 전진했도다―나는 그가 그렇게 떠나는 것을 보자 슬퍼했으니.
그런데 보라! 오늘 밤 그는 몸이 얼은 채, 비에 젖어, 슬프게, 배신당한 채, 배회하나니―
그러나 그의 오른손이 재(灰) 속에 쌓았던 회백색의 저택에 대한 기억은

영웅의 심장을 따뜻하게 하도다.

나는 영문학에서 복수의 정신이 그처럼 고양된 멜로디로 결합한 어떤 다른 시를 알지 못한다. 종종 이 영웅적 음색이 귀에 거슬리고, 거친 일단의 열정이 경멸적으로 메아리치는 것은 사실이지만, 자신 속에 한 나라와 세대의 영혼을 집약시키는 맹건 같은 시인은 몇몇 아마추어 예술가들의 여흥을 위해 창작하려고 하기보다는, 그의 삶에 활력을 불어넣는 사상을 노골적인 허풍을 통해 후손들에게 전달하고자 한다. 반면에, 맹건이 항상 그의 시적 영혼을 흠 없이 유지했다는 점은 부인할 수 없다. 비록 그가 놀랄 만한 영국적 문체를 썼다 할지라도, 영국 신문이나 잡지와 타협하기를 거부했다. 그리고 설사 그가 당대의 정신적 중심이긴 했으나, 어중이떠중이와 타협하지도 않았고 정치인들의 선동가가 되기를 거부했다. 그는 자신들의 예술적 삶이 정신적인 삶의 진정하고도 지속적인 현시(顯示)가 되어야 한다고 믿는 그들의 내적 삶은 고귀하여, 대중의 지지도 필요 없을 뿐 아니라 신앙의 고백도 삼가는, 요컨대, 시인은 현세의 재산의 계승자이자 수호자인 자신도 충분하다고 믿는, 그런고로 선동자, 설교자, 향내 풍기는 자가 되려고 애쓸 필요가 없다고 믿는, 저들 이상하고 비정상적인 정신 중의 하나였다.

그렇다면, 맹건이 후손에게 물려주고자 한 중심사상은 무엇인가? 그의 모든 시는 불의와 고행 그리고 마음속에 그의 비애를 다시 볼 때 위대한 행위들과 하늘을 쪼개는 외침들로 감명받은 자의 야심을 기록한다. 이것은 대부분의 아일랜드 시의 주제이지만, 어떠한 아일랜드 시도 맹건의 것처럼 고귀하게 고통받는 불행과 그토록 회복할 수 없는 거대한 영혼들로 가득 차 있지는 않다. 나오미는 필멸의 존재가 얼마나 쓰라린 것인지를 너무나도 잘 알았기 때문에, 그녀의 이름을 마라로 바꾸고 싶어 했는데, 그가 자신에게 부여한 이름들과 칭호들, 그리고 자신을 감추기 위한 격렬한 변형은 맹건을 설명해 주는 심오한 의미에서의 슬픔과 비통함이 아니겠는가? 왜냐하면, 그는 자신에게서 고독의 신념, 혹은 중세기 시대 승리자의 노래처럼 허공에서 첨탑으로 울려 퍼지는 신념을 발견하지 못한 채, 그의 시간, 고행의 슬픈 나날을 마감할 시간을 기다리고 있었기 때문이다. 그는 리오파디보다 한층 약했는바, 왜냐하면, 자신의 절망에 대해 용기가 없었고 누군가가 그에게 약간의 친절을 보이면 모든 불행을 잊고는 온통 냉소를 만들어냈기 때문이다. 아마도 그는 이러한 이유로 그가 희망했던, '나를 사랑하는 사람과의 한결같은 존재'라는 기념비를 가진다.

[한 페이지 탈장]

[시는, 비록 명백하게 공상적일 때조차도, 항상 기교에 대한 반란이며, 어떤 의미에서는 실재에 대한 반란이다. 시는 실재를 시험하는 단순한 직관을 상실한 사람에게는 비실재적이요 공상적인 것처럼 보이는 것에 대해서 말한다. 시는 많은 시장(市場)의 우상들, 세대의 계승, 시대정신, 민족의 사명을 중요하지 않은 것으로 간주한다. 시의 주된 노력은 그를 그것 없이 그리고 그것 안에서 타락시키는 이러한 우상들의 불행한 영향으로부터 자유롭게 되는 것인데, 맹건이 이러한 노력을 했다고 주장한다면 분명히 위선적이다. 그의 나라의 역사는 그를 너무나 옹색하게 가두었고, 그래서 심지어는 극히 개인적인 열정의 시간일 때조차도 그는 역사의 벽을 유물로 치부해 버릴 수는 없었다. 그는 자기의 삶과 슬픈 시들에서 약탈자의 불의에 대항해서 외치지만, 혁대 장식과 군기(軍旗)의 상실보다 더 위대한 그것에 대해서는 애도하지 못한다. 그는 어떠한 신성한 손도 경계를 더듬어 나간 적이 없는 전통, 오랜 세월이 지나는 동안 느슨해지고 분할되어 버린 전통의 최후이자 최악의 부분을 계승한다. 그리고 엄밀히, 이 전통이 그에게는 강박관념이 되어 왔기 때문에, 그는 유감스러움과 부족함을 지니고 그것을 받아들였고, 있는 그대로의 전통 위로 지나가려 했다. 독재자에 대항해 빛을 던진 시인은 가까운 미래에 더욱 잔혹한 독재를 건설할지 모른다. 그가 숭배한 인물은, 여인이 행한

극악한 죄악과 다른 사람들이 그녀에게 반대해서 행한, 그에 못지않게 극악한 죄들 때문에 광기가 다가오고 죽음이 목전에 있으면서도 자신이 곧 죽으리라는 것을 믿지 않고 단지 그녀의 비원(秘苑)과 *적당한 음식* 그리고 야생 멧돼지의 먹이가 된 사랑스러운 꽃들을 예언하는 무성한 풍문만을 기억하려 하는 비참한 여인의 모습을 지녔다. 슬픔과 절망, 높이 울리는 위협에 대한 사랑, 이러한 것들이 제임스 클레런스 맹건의 민족의 전통이요, 여위고 나약한 그 가난한 인물들 속에서 역사적인 민족주의는 마지막 변명을 얻는다.

우리는 영광된 사원의 어느 벽감(壁龕)에다 그의 이미지를 두어야 할까? 만일 그가 그의 국민에게 공감을 얻지 못했다면 어떻게 외국인들의 공감을 얻을 수 있겠는가? 차라리 그가 바라다시피 한 망각이 그를 기다리고 있는 듯하지 않은가? 분명히 그는 우리에게 승리에 찬 아름다움과 선조들이 신성시한 진리의 광휘를 드러내 보일 힘을 자신에게서 찾을 수 없었다. 그는 낭만적이고 미완성의 정령이요, 미완성 국가의 전형(典刑)이지만, 무엇보다 영혼의 신성한 의분을 고귀한 형식으로 표출한 사람이 물속에 그의 이름을 썼을 리는 없을 것이다. 우리를 둘러싼 삶의 거대한 과정에서, 그리고 우리의 삶보다 위대하고 더욱더 관대하고 거대한 기억 속에서 아마도 어떠한 삶이나 어떠한 고귀함도 상실되지 않을 것이다. 그리고 고귀한 경멸 속에서 그 글을 쓴 모든 사람은, 비록 지치고 절망적이고, 그들이 지혜의 은빛 웃음소리를 들은 적이 결코, 없다 할지라도, 헛되이 쓴 것은 아니다.]
[원고는 여기서 끝난다.]

37

페니언주의(운동)

마지막 페니어 회원

1907

　조이스 시절에 트리에스테에서 가장 중요한 신문은 1881년에 테요도로 매이어가 창간한 『일 피콜로 세라』지였다. 『피콜로』지는 트리에스테가 오스트리아 통치하에 있는 것이 아니라 이탈리아의 통치 하에 있는 것으로 보려는 마음을 조금도 숨기지 않았고, 수복주의자 원칙에 대한 메이어의 열망은 그가 이탈리아의 상원의원이 되었을 때인 1차 세계대전 후에 보답을 받았다. 그는 신문의 편집장으로 조이스가 트리에스테에 체류하고 있던 초기에 영어를 가르쳤던, 똑똑하고 민첩한 편집인 로베르토 프레지오소를 선택했다. 프레지오소는 조이스를 좋아했으며, 조이스가 1907년 3월에 로마로부터 돌아온 다음에 전보다 한층 나빠진 그의 경제적 어려움을 알고 있었다. 조이스가 아일랜드에 관해 이야기하는 것을 들은 적이 있었던 프레지오소는 아일랜드에서 영국의 제국주의적 통치의 나쁜 점들이 노출되면, 트리에스테의 제국주의적 통치자에게 교훈이 될 것으로 생각했기에, 조이스에게 자신의 조국에 대해 일련의 글을 써볼 것을 제안했다. 프레지오소가 신문의 다른 기고가들보다 한층 높은 보수를 약속한 데 대해 조이스는 기뻐했고, 또 관용 어구를 많이 쓰는 자신의 우아한 이탈리아어의 능력을 드러내 보이는 것을 좋아했다.

1907년의 최초의 세 편의 글들("여권주의", "성년의 자치통치", "법정에서의 아일랜드")은 영국뿐만 아니라 아일랜드의 잘못을 지적하면서도, 신페인과 독립 운동을 지지하는 내용으로 아일랜드의 정치 상황을 개괄한 것이다. 세 번째 글은 마치 아일랜드인의 단점들에 대해 자신이 원하는 바를 전체적으로 피력하고 난 다음, 이제는 그들의 처지를 자신이 가능한 가장 설득력 있게 방어하기를 원하는 듯, 최초의 두 편의 글과는 상당히 다른 어조로서 쓰였다.

1909년에 다음 두 편의 글들 ("오스카 와일드: 살로메의 시인", "버나드 쇼의 검열에 대한 투쟁")은 우연한 것이었다. 그 중 첫 번째 글은 오스카 와일드의 원작으로 이루어진, 트리에스테에서 있었던 『슈트라우스의 살로메』 초연과 관련해서 쓰인 것이었다. 조이스는 와일드를 배반당한 예술가 타입의 대표로 삼을 기회를 택했다. 두 번째 글은 조이스가 1909년 여름에 방문했던 더블린에서 쓰였다. 그는 영국에서 상연이 금지되었던 쇼의 『브란코 포스넷의 등장』의 초연을 관람했다. 그는 이 극을 싫어했지만, 극장의 검열에 대한 공격을 감탄했다.

이어 1910년과 1912년에 쓴 두 편의 글 ("자치령", "파넬의 그늘")에서 조이스는 아일랜드의 자치법안을 지연시키고 있던 영국과 가장 위대한 아일랜드 지도자 파넬을 버린 아일랜드인에 대해 똑같이 분노의 어조로 썼다. 이어, 기행문인, 최후의 두 편의 글("부족의 도시", "애란 어부의 환각")에서 어조를 변경했고, 1912년 자신이 처음 가 보았던 골웨이와 아란 섬에 관해 교묘하고도 매력적인 글을 썼다.

* * * *

아일랜드의 국경일인, 성 패트릭의 날에, 더블린에서 존 오리어리의 최근 죽음과 더불어, 고대 아일랜드의 언어(그 속에 이 "페니언"이란 말은 왕의 수행원을 의미하거니와)로부터 파생된 유서 깊은 이름인 페니어니즘(페니언주의, 운동)의 혼란된 드라마의 마지막 배우가 아마도 서거한 것으로 보이는지라, 이는 아일랜드의 저항운동을 의미하기에 이르렀다. 19세기 동안의 아일랜드 혁명사를 공부한 사람은 누구나 영국 정부에 대항하는 아일랜드의 국민적 투쟁과 그보다 결코, 덜 처절하다고 할 수 없는 중도파 애국자들과 소위 무력을 사용하자는 당 간의 투쟁인, 이중적 투쟁에 직면하기 마련이다. 다른 명칭들, "백의 소년들", "98년의 사람들", "연합 아일랜드인", "무적단들", "페니어 회원들"을 지닌, 이 당은 항상 영국의 정당들이나 민족주의의 대의원 중 어느 쪽도 연결되기를 거부해 왔다. 그들이 주장하기를(그리고 이러한 주장에서 역사는 충분히 그들을 지지하고 있거니와), 영국이 아일랜드에 어떤 양보를 제공했다고 해도 그것은, 일반적으로 표현되듯이. 총검 앞에서 영국이 마지못해 허용한 것이라 했다. 비타협적인 언론은 악의적이요 아이러니한 논평으로, 웨스트민스터의 민족주의 대의원들의 행동을 칭찬하기를 결코, 멈추지 않으며, 영국 무력을 고려할 때 아일랜드의 무력 항쟁은 이제 실현 불가한 꿈이 되어버렸음을 인식할지라도, 언론은 차후 세대의 마음속에 분리주의의 신조를 주입하는 것을 결코, 멈추지 않고 있다.

'45년의 로버트 에메트의 어리석은 폭동이나 열렬했던 청년 아일랜드 운동과는 달리' 67년의 페니어 운동은 단지 일시 어둠을 밝혀주는, 이전보다 더 흑색의 어둠을 남기는 켈트족 기질의 그 흔한 섬광 중의 하나는 아니었다. 이 운동이 발발했을 때, 이 에메랄드 섬의 인구는 800만 명에 불과했지만 영국의 인구는 1,700만 명을 넘지 않았다. 페니어 운동의 우두머리였던 제임스 스티븐즈의 영도력 아래 아일랜드는 중사 한 명에 25명의 부하로 이루어진 작은 집단들로 조직되었고, 이 계획은 아일랜드인의 성격에 탁월하게 맞는지라, 왜냐하면, 배반의 가능성을 최소한으로 줄였기 때문이다. 이 집단들은 광대하고도 복잡한 망을 구축했고, 그 조직망을 스티븐즈는 장악하고 있었다. 동시에 미국의 페니어 회원들도 꼭 같은 방식으로 조직되었으며, 이 두 운동은 서로 협력했다. 페니어 당원 중에는 영국군에 소속된 병사들도 많았고, 정치 스파이들, 감옥 교도관들도 많았다.

만사가 순조로운 것 같았으며, 공화국은 막 설립될 참이었다(그것은 스티븐즈에 의해 심지어 공개적으로 선포되었거니와). 당 신문의 편집자들이었던, 오리어리와 루비가 체포되었다. 정부는 스티븐즈의 목 값으로 현상금을 걸었고, 페니언 당원들이 야간에 군사 훈련을 하는 장소들도 모두 탐지하고 있다고 발표했다. 스티븐즈는 체포되어 수감되었지만, 한 페니언 당원이었던 간수 덕분에 도망치는 데 성공했다. 영국의 요원들과 스파이들이 항구를 떠나는 배들을 감시하며, 항구마다 경비를 하는 동안, 그는 이륜마차를 타고 신부(新婦)로 위장한 채(전하는바로는) 흰 면사포에 하얀 베일을 두르고, 오렌지 꽃을 단 채, 도시를 빠져나갔다. 그런 다음 작은 석탄 보트를 타고, 재빨리 프랑스로 출범했다. 오리어리는 재판을 받고 20년간의 강제 노역형을 받았으나, 뒤에 사면되었고, 15년 동안 아일랜드에서 추방되어 있었다.

왜 그토록 잘 조직화된 운동이 이렇게 해체되었을까? 단순히, 아일랜드에서 바로 적기의 순간에, 언제나 정보원이 나타나기 때문이다.

**** **

페니언 당원의 해체 뒤에도 무력을 이용해야 한다는 신조의 전통이 폭력적인 범죄에서 간헐적으로 모습을 보이고 있다. 무적단원들은 클러콘웰에서 감옥을 폭파하고, 맨체스터에서 경찰의 손으로부터 그들의 동지들을 약탈하며, 호위병을 살해하고, 대낮에 영국 총리인 프레드릭 캐던디시 경과 부수상인 버크를 더블린의 피닉스 공원에서 칼로 살해한다.

이러한 범죄들이 매번 있은 후, 일반의 분노가 약간 가라앉자, 영국의 한 장관은 하원에 아일랜드에 대한 개혁안을 제안하고, 페니어 당원들과 민족주의자들은 서로 강하게 비방하기에, 다른 한쪽은 이 조처가 의회 전략을 성공시키는 것이라 주장하는가 하면, 다른 한쪽은 그것을 칼과 폭탄이 가져온 설득력 있는 힘이라 주장한다. 이러한 슬픈 코미디에 대한 배경 막으로서, 해마다 일정하게 줄어들고 있는 인구 문제와 조국 아일랜드의 경제적, 지적 조건을 참을 수 없는 아일랜드인이 미국과 유럽으로 누구의 박해도 없이 이주해 가는 문제가 있다. 그리하여 마치 이러한 인구 감소를 위안이라도 하려는 듯, 퀸즈타운이나 뉴욕으로 여행할 만한 용기와 금전이 없는 자들의 정신적 욕구를 해결하기 위한 성당, 수녀원, 신학교가 줄을 지어 생겨났다. 여러 가지 의무와 부담을 안은 아일랜드는 지금까지 불가능한 일로 여겨져 왔던 일 ― 하느님과 탐욕의 신 마몬을 함께 섬기는 ― 을 완수하면서(아마도 약 800년 전 관대함의 순간에, 영국 왕 헨리 2세에게 섬을 선물했던 교황 아드리안 4세를 기념하여), 영국을 섬기고, 베드로의 헌금도 더 많이 내고 있다.

이제, 페니어 운동과 같은 절망적이요, 피의 신조가 어떤 환경 속에서 그것의 존재를 계속하는 것은 불가능한지라, 그리하여 사실상 농민들의 범죄와 폭력이 날로 줄어들어 가고 있는 실정에, 페니어 운동도 일단 이름을 바꾸고 외형을 정비한다. 여전히 분리주의자의 교리가 상존하지만 이제 더는 다이너마이트를 사용하지 않는다. 새로운 페니어 당원들은 신페인(우리 스스로)이라 불리는 당에 합류했다. 그들은 아일랜드를 2개 국어의 공화국으로 만들었고, 이러한 목적을 위해 그들은 아일랜드와 프랑스 간에 직통 전기선을 개설했다. 그들은 영국 상품을 거부하고, 영국 병사가 되거나 영국 왕권에 충성하기를 거부하며, 아일랜드 섬 전역에 산업을 발전시키려고 애를 쓰고 있다. 그리고 영국 의회 의원 80명을 유지하는 데 대해 소요되는 125만 파운드를 지급하는 대신에, 영국의 간섭을 받지 않고 자신들이 상품을 팔기 위해 전 세계 주요 항구들에 영사관 업무를 개시하기를 원한다.

****

많은 관점에서 페니어 운동의 마지막 국면은 아마도 가장 감당하기 힘든 것이다. 분명히 그것의 영향은 다시 한 번 아일랜드 백성의 성격을 개조했는지라, 노 지도자 오래일리가 파리에서 망명 동안 연구하던 수년 뒤에 조국으로 되돌아왔을 때, 그는 65의 사상과는 아주 다른, 그들이 주는 생동의 세대 사이에 자기 자신을 발견했다. 그는 자신의 동배들에 의해 명예의 증표를 받았으며, 때때로 어떤 분리주의의 회담이나 어떤 연회를 사회하기 위해 대중 속에 나타났다. 그러나 그는 이미 살아진 세계의 인물이었다. 그는 자주 강을 따라 거닐었고, 밝은 색깔의 옷을 입은 노인으로, 양 어깨로 매달린 흰 난발(亂髮)에다, 거의 노령과 고통으로 두 토막으로 몸이 굽은 사람이었다. 그는 낡은 서점 상의 침울한 상점 앞에 발걸음을 멈추고, 무슨 물건을 산 다음, 강을 따라 되돌아오기도 했다. 이와는 별도로, 그는 행복할 별반 이유가 없었다. 그의 모국인은 연기 속에 사라졌고, 그의 친구들은 사망했으며, 자기 자신의 고국에서, 그가 누구인지, 무엇을 한 사람인지 아는 이는 거의 없었다. 그는 이제 사망했기에, 그의 동포들은 그를 화려하게 묘지로 운송하리라. 아일랜드인은, 비록 그들이 자신의 조국을 위해 자신들의 삶을 희생하는 자들을 상심시킬지라도, 이 죽은 자를 위해 커다란 존경심을 보이는데 결코, 실패하지 않으리라.

제임스 조이스

38

자치, 성년에 달하다

1907

21년 전, 1886년 4월 9일 저녁에, 더블린의 국민당 신문의 사무실로 나아가는 거리는 사람들로 북새통을 이루었다. 이따금, 4인치 문자로 인쇄된 게시물이 벽에 나타났고, 이런 식으로 군중은 웨스트민스터에 전개되는 장면에 참여할 수 있었고, 거기에 방청석은 새벽 이래 사람들로 꽉 메어졌다. 4시에 시작한 수상의 연설은 8시까지 이어졌다. 몇 분 뒤에 마지막 게시물이 벽에 나타났다: "글래드스턴은 영국 자유당이 영국이 아일랜드의 자치를 부여할 때까지 자신을 위해 법을 제정하기를 거절하겠음을 선언하는 장쾌한 고별사로서 종결지었다." 이 뉴스에 거리의 군중은 열광적인 고함을 터트렸다. 사방에서, "글래드스턴 만세, 아일랜드 만세" 소리가 들렸다. 전혀 낯선 사람들도 이 새로운 국가적 조약을 확인하기 위해 악수했고, 노인들은 단순한 기쁨으로 눈물을 흘렸다.

7년이 흘렀고, 우리는 제2차 자치법안에 처해 있었다. 글래드스턴은, 그 사이에 아일랜드의 승정들의 도움으로 파넬의 도덕적 암살을 완료하자, 세 번째로 의회에 대한 자신의 법안을 낭독했다. 이번 연설은 지난번 보다 한층 짧았다. 한 시간 반도 채 걸리지 않았다. 이어 자치법안이 통과되었다. 행복한 뉴스는 전파로 타고 아일랜드 수도에 전해지자, 거기 새로운 열광이 터졌다. 가톨릭 단체의 주된 회의실에서, 그것은 즐거운 대화, 토론, 건배와 예언의 화제가 되었다.

14년이 더 지나고 우리는 1907년에 와 있다. 1886년 이래 21년이 지났다. 그런 고로 글래드스턴의 법안은, 영국의 관습에 따라, 성년에 달했다. 그러나 그 사이에 글래드스턴은 사망했고, 그의 법안은 아직 태어나지 못했다. 그의 세 번째 낭독 직후, 그가 예견하다시피, 상원에서는 경보가 울렸고, 성직자 및 비 성직자의 의원들은 그 법안에 최후의 일격을 가하기 위해 밀집 대형으로 웨스트민스터에 모였다. 영국의 자유당원들은 자신들의 위임을 망각했다. 1881년부터 1886년까지 아일랜드에 대해 강제적 조치에 찬성 투표했던 한 4급 정치가는 글래드스턴의 망토를 입었다. 아일랜드의 주무 대신의 자리는 영국인 자신들이 정치적 명성의 무덤이라 불렀거니와 한 학자연한 법률가에 의해 점령되었는바, 그는 아마도 자신이 2년 전에 브리스톨의 유권자들에게 자신의 모습을 드러냈을 때, 아일랜드의 주들의 이름을 알지 못했다. 그들의 맹서와 약속에도 불구하고, 4반세기 동안 아일랜드의 투표 지지에도 불구하고, 그것의 엄청난 다수(영국의 의회 역사상 전례가 없었거니와)에도 불구하고, 영국 자유당 내각은, 런던의 보수적 신문이 그 채택을 공개적으로 거부한, 1995년의 제국주의자인, 체임벌린의 제안과 다를 바 없는 권위 계승법안을 도입했다, 그 법안은 최초의 발표에서 거의 3백 명의 투표로 통과되었고, 대중에 영합하는 언론들이 가장된 노여움의 전율을 퍼부었을 때, 위원들은, 명단에 기록되듯, 이렇게 휘청거리는 허수아비에게 그들의 칼을 쓸 가치가 정작 있는지 상호 토론했다.

아마도 위원들은 법안을 말살했을 것인즉, 왜냐하면, 이것은 장사인지라, 그러나 만일 그들이 현명하다면, 이 합법적 선동에 대한 아일랜드인의 공감을 무시하는 것에 대해 주저할 것이다. 특히 인디아와 이집트가 소동에 처해 있고, 국외의 식민지 국가는 연방정부를 요구하고 있기 때문이다. 그들의 견해로 보아, 완강하게 거부권을 행사하고, 사람들의 반작용을 도발시키는 것은 바람직하지 못하기 때문에, 의사 방해 전략을 완전하게 했고, 보이콧이란 말을 국제적 전쟁 표어로 삼았다.

다른 한편으로, 영국은 잃을 것이 거의 없다. 법안(그것은 자치법안의 20번째 조항이 아니다.)은 더블린에 있는 행정 의회에 입법권과 세금을 책정하거나 조절하는 권력, 그리고 경찰과 최고 법원과 농업 위원회를 포함하여 47개 정부기관 가운데서 39개에 대한 통제 해제만을 의미했다. 덧붙여, 통일당원의 이해는 질투 나도록 안전하게 보장되었다. 자유당 대신들은 그의 연설의 첫 줄에다, 영국의 유권자들은 이 법안에 대한 대가로 매년 50만 파운드 이상을 지급해야 한다는 사실을, 조심스럽게 끼워 넣었다. 그리고 그들의 동포의 의도를 알아챈 언론인들과 보수파 연설자들은 이 말을 잘 이용했고, 영국 유권자들의 가장 취약점인—그들의 돈주머니를 건드림으로써 적대적 논평을 호소했다. 그러나 자유당 대신들도 언론인들도, 이 비용이 영국의 돈을 지급하는 것이 아니라, 영국이 아일랜드에게 진 빚에 대한 부분적인 상환이라는 것을 영국의 투표자들에게 설명하지 않았으리라. 또한, 그들은 아일랜드가 다른 식민지 국가와 비교해 보았을 때, 8천8백만 프랑이 더 세금으로 책정되었다는 사실을 영국 황실 위원회에서 인정했다는 보고에 대해서도 말하지 않았으리라. 그뿐만 아니라, 그들은 아일랜드의 거대한 중앙 늪지대를 조사한 정치가들과 과학자들이, 모든 아일랜드 벽난로에 앉아 있는 두 개의 유령인, 결핵과 정신이상이 영국인들이 주장하는 모든 것을 부정한다고 단언한 사실도 상기하지 않을 것이다. 지난 두 세기 동안 영국 정부가 전염병을 일으키는 이 늪지대에 식림(植林)을 하지 않아 아일랜드에 진 도덕적 빚이 5억 프랑에 이른다는 사실도 그렇다.

이제, 자치의 역사에 관한 성급한 연구로부터 일지라도, 우리는 이 연구의 가치이기도 한 두 가지 추론을 할 수 있다. 첫 번째는 이러한 즉, 영국이 아일랜드에 사용할 수 있는 가장 강력한 무기는 더는 보수주의의 무기가 아니고, 자유주의와 교황절대주의의 무기란 것이다. 보수주의는, 비록 그것이 전제적이긴 해도, 솔직히 터놓고 하기에는 불리한 교리이다. 그것의 위치는 필연적이다. 그것은 대영제국 근처에 경쟁적 섬이 솟아, 아일랜드의 공장들이 영국의 그것들과의 경쟁을 유발하거나, 담배와 포도주가 아일랜드로부터 수출되거나, 아일랜드 해안선을 따라 있는 큰 항구들이 자국 정부나 타국 보호 제도하에 상대국의 해군 기지가 되는 것을 원치 않는다. 한 점 한 점 의견 충돌을 하게 하는 아일랜드의 분리주의자들의 그것이 그러하듯, 영국의 위치는 필연적이다. 글래드스턴이 디스라엘리 더 많은 해를 아일랜드에 끼쳤다는 사실과 아일랜드 가톨릭의 가장 열렬한 적(敵)은 영국의 교황 절대주의자의 두목인, 노드포크 공작이라는 사실을 이해하는 데는 많은 지력이 요구되지 않는다.

두 번째 추론은 심지어 더 명확하다. 그리고 그것은 이러한지라, 즉 아일랜드 의회가 파산했다는 것이다. 27년 동안 말만 하고 들떠 있었다는 것이다. 그동안 지지자들로부터 3천5백만 프랑이 모금되었으며, 그것의 선동적 결과는 아일랜드의 세금의 8천8백만 프랑이 올랐고, 아일랜드의 인구는 100만이 줄었다. 대표자들 자신은 몇 달 동안의 감옥 생활과 약간의 기다란 개정(開廷)과 같은 불편을 제외하고, 그들 자신의 운을 개선했다. 그들은 보통 시민의 아들들, 행상인들 및 고객 없는 법률가들, 공장의 영리업소와 신문사 소유주들, 그리고 거대한 지주들의 감독으로, 돈 잘 버는 평의원들이 되었다. 그들은 단지 1891년에 자신들의 이타주의 증거를 보여주었는지라, 당시 그들은 서른 조각의 은화를 거두어들이지 않고도 그들의 영도자인, 파넬을 영국 비국교도들의 위선적 야심에다 팔았다.

39

법정의 아일랜드

1907

몇 년 전 한 가지 이목을 끄는 재판이 아일랜드에서 벌어졌다. 서부 지역의 마엠트라스나라고 불리는, 한 외로운 장소에서 한 살인 사건이 벌어졌다. 모두 조이스 가문의 옛 종족에 속하는 4, 5명의 마을 사람들이 체포되었다. 그들 가운데 최고 고령자인, 70세의 마이러스 조이스가 주된 용의자였다. 당시 여론은 그를 무죄로 생각했고, 오늘날 그를 순교자로 생각한다. 고발된 노인도 다른 이들도 영어를 알지 못했다. 법정은 통역자의 도움을 받아야 했다. 통역자를 통해 행해진 심리는 이따금 우습기도 하고 때때로 비극적이었다. 한편에는 지나치게 격식을 가춘 통역자가 있었고, 다른 한편에는 문명의 관습에 익숙지 못한 추장이 있었는데, 그는 모든 법의 의식(儀式)으로 인해 넋을 잃은 듯했다.

"그가 그날 밤 여인을 보았는지 피고에게 물어보시오." 질문은 그에게 아일랜드어로 전해졌고, 노인은 몸짓을 하면서, 고발된 다른 이들에게 그리고 하늘에 호소하면서, 설명을 시작했다. 그러자 그는 자기의 애씀에 지쳐, 입을 닥치자, 통역자는 판사에게 몸을 돌려, 말했다.

"못 봤다고 합니다, 각하."

"그 시간에 그가 이웃에 있었는지 물어보시오." 노인은 분노와 두려움 속에 홀쩍이며, 재차 말하기 시작했고, 항의도 하고 소리도 질렀지만, 의사소통을 제대로 할 수 없는 고통 때문에 제정신이 아니었다. 그러자 통역자는, 다시 냉담하게,

"아니라고 합니다, 각하."

심리가 종결되었을 때, 가련한 노인은 유죄가 입증되고 선고를 받자, 그는 상급 법원으로 이송되어, 교수형이 선고되었다. 처형이 집행되던 날, 교도소 앞 광장은, 마이러스 조이스의 영혼의 안식을 아일랜드어로 외치는 무릎 꿇는 사람들로 가득했다. 희생자에게 자신의 말을 이해시킬 수 없었던 집행관은 화가 나서 그 가련한 노인의 머리를 발로 차서 올가미에 밀어 넣었다는 말을 했다.

이 어이없는 노인의 모습은, 판사 앞에 귀가 먹고 말 못하는, 우리의 것이 아닌, 어떤 문명의 찌꺼기로서, 여론의 재판에 처한 아일랜드 국민의 상징이다. 노인처럼, 아일랜드는 영국이나 다른 나라들의 현대적 양심에 호소할 수 없다. 영국의 언론인들은 아일랜드와 영국 유권자 간의 통역자와 같은 역할을 하는지라, 영국 유권자는 이따금 이들의 말에 귀를 기울이지만, 의회에 입성한, 질서를 파괴하고 돈을 강탈하는 민족주의 의원들의 끝없는 불평으로, 결국에는 짜증을 내고 만다. 지난 며칠 전 전신국을 뛰어다니게 했던 것들처럼 폭동이 터졌을 때를 제외하고는, 외국에 아일랜드에 관한 이야기가 없자, 런던으로부터의 급보(이는 비록 신랄함을 결하고 있지만, 위에 언급한 통역자처럼 간결한 특성을 지닌다.)를 대강 훑어보면서, 대중은 아일랜드인을 모든 유니온 주의자들의 가죽을 벗길 목적으로 밤을 배회하는 일그러진 얼굴의 노상강도들로 생각한다. 그리고 아일랜드의 진정한 군주인, 교황에 의해서도, 이러한 뉴스는 성당의 많은 개처럼 받아들여진다. 그들의 오랜 여정으로 이미 쇠약해진 채, 그들이 청동 문(門)에 도착할 때, 외치는 아우성은 거의 들리지 않는다. 과거에는 결코, 성좌(聖座; 교황청)를 단념하지 않았던 사람들, 신앙이 또한, 신앙의 행사를 의미하는 단지 가톨릭의 사람들만이 배교자들의 후손인, 군주의 사자(使者)들에 편들어 거부되었거니와 그들은 로마 가톨릭 성당의 의식이 "미신이요 우상숭배"라고 그의 귀족들과 대중 앞에서 선언하면서, 자신의 대관식 날에 엄숙하게 신앙을 거역했었다.

****

2천만 명의 아일랜드인이 전 세계에 흩어져 산다. 에메랄드 섬에는 단지 그들 일부만 있을 뿐이다. 그러나 영국이 아일랜드 문제를 모든 자국 정치의 중심으로 삼고 있는 한, 풍부한 올바른 판단으로 식민지 정책의 한층 복잡한 문제들을 재빨리 처리하고 있다고 생각하기 때문에, 관찰자는 세인트 조지 운하가 왜 아일랜드와 자랑스러운 지배자 간의 대양(大洋)보다 심연을 더 깊게 만들 것인지를 자문할 수 있을 뿐이다. 사실, 아일랜드 문제는, 저 불행한 섬의 인구를 8백만에서 4백만으로 감소시키고, 세금을 4배로 올리며, 농업 문제를 더 많은 매듭으로 얽히게 한 무력 점령의 여섯 세기에 걸친 점령 뒤에, 심지어 오늘까지도 해결되지 않고 있다.

사실상 이러한 문제보다 더 혼란스런 문제는 없다. 영국인들은 말할 것도 없고 아일랜드인조차도 이러한 사실에 대해 거의 이해하지 못하고 있다. 다른 사람들에게 그것은 흑사병에 불과하다. 그러나 반면에 아일랜드인은 이러한 문제가 모두 자신의 고통의 원인임을 알고 있기에, 고로 그들은 자주 과격한 해결책을 모색한다. 예를 들면, 28년 전에 대지주의 횡포로 불행에 떨어진 것을 스스로 목격하고, 그들은 토지세의 지급을 거부했으며, 글래스톤으로부터 해결책과 개혁을 취했다. 오늘날 인구의 8분의 1이 생계 수단이 결여되어 있는 반면에, 목초지는 살진 가축으로 가득 차 있음을 보고, 그들은 농가에서 가축들을 몰아낸다. 초조해진 자유당 정부는 보수당의 강압적인 전략을 쇄신하기로 하며, 몇 주 동안 런던의 언론은, 그의 말대로, 아주 심각한 농업 위기에 관한 무수한 기사를 작성한다. 언론은 농민의 반란에 관한 긴박한 뉴스를 게재하자, 외국 언론들은 그것을 다시 게재한다.

나는 아일랜드의 농업 문제에 대한 주석을 달거나 영국 정부의 양면 정치의 배후에서 진행되는 것을 말하려는 것은 아니다. 그러나 나는 사실을 올바르게 정정하는 것이 유용하다고 생각한다. 런던에서 발송된 전보를 읽어 본 사람이라면 누구나 아일랜드가 이상한 범죄의 시대를 겪고 있음을 확신하게 된다. 그릇된 판단은 매우 잘못된 것이다. 유럽의 다른 어느 나라에서보다 아일랜드에서는 범죄가 적다. 아일랜드에 조직적인 암흑가는 없다. 파리의 언론이, 매우 아이러니하게도, "붉은 목가"라고 부르는 사건 하나가 발생하면, 국가 전체는 그것에 의해 흔들린다. 최근 몇 달 동안에 아일랜드에는 두 살인 사건이 있었던 것은 사실이지만, 병사들이 비무장 군중에게 경고도 없이 발포하여 남자 하나 여자 하나를 사살한 것은 밸파스트에 주둔한 영국군인에 의한 것이었다. 가축들에 대한 공격이 있었다. 그러나 심지어 이것은 아일랜드에서 일어나지 않았거니와 아일랜드에서 군중은 축사를 열어놓고 수 마일에 걸쳐 거리로 가축을 내모는 것에 만족하지만 영국의 그레이트 월리에서는 6년 동안 잔인한 발광적 범죄자들이 영국 회사가 더는 보험 계약을 체결하려 하지 않을 정도로 가축을 약탈했다. 5년 전에 한 죄 없는 사람이, 지금은 자유인이지만, 대중의 분노를 진정시키기 위해 강제 노동에 처했다. 그러나 심지어 그가 투옥되어 있는 중에도 범죄는 계속되었다. 그리고 지난주 두 마리의 말이 아랫배가 깊숙이 베여, 창자가 풀 속에 흩어진 채로 죽어 있는 것이 발견되었다.

제임스 조이스

40

오스카 와일드: 『살로메』의 시인

1909

오스카 핑갈 오플라해르티 윌스 와일드. 이것은 젊은 오만함으로 그가 자신의 최초 시집 표지에 거창하게 붙인 타이틀이다. 그리고 이 자만한 몸짓 속에, 그는 그것으로 귀족적인 기품을 얻으려 했거니와 그의 헛된 겉치레와 이미 그를 기다리고 있던 운명의 전조가 나타나 있었다. 그의 이름은 그를 상징하는지라, 오스카, 핑갈 왕의 조카이자, 그가 식사 중 주인의 손에 의해 무참하게 교살된, 무정형의 켈트적 『오디세이』에 나오는 오시안의 외아들이다. 오플라허티는 야만적 애란 족인 바, 그들의 운명은 중세 도시의 문을 공격할 참이었으니, 이 이름은 염병들 사이에, 신의 분노를, 그리고 성인들의 고대 연도(連禱)에서 간통의 정신을 여전히 갈구하던 평화로운 사람들에게 공포를 불러일으켰던 이름으로, "야만적 오플라허티 출신의, 주(主)의 자유인"이었다. 저 다른 오스카처럼, 그 역시 가짜 덩굴 잎으로 왕관을 씌운 채, 플라톤을 논하면서, 식탁에 앉아 있었을 때 그의 꽃 같은 세월 속에 자신의 대중의 죽음을 맞이할 참이었다. 저 야만족처럼, 그는 실질적 관습과 싸우면서, 그의 유려한 패러독스의 창(槍)을 부러뜨리고, 불명예스런 유배자으로서, 법정에서 불결한 자들의 이름과 함께 자신의 이름이 불릴 판이었다.

와일드는 졸리는 아일랜드 수도에서 55년 전에 태어났다. 그의 아버지는 일류 과학자로, 현대 이과의(耳科醫)의 아버지로 불렸다. 그의 어머니는 '48년의 문학 혁명 운동'에 참여했는데, "스페란자"라는 필명으로 민족주의 신문에 기고했고, 그녀의 시와 기사를 통해 더블린 성(城; 정청)을 탈취할 것을 선동했다. 와일드 부인의 임신과 그녀 아들의 유년기에 관한 상황들, 이는, 어떤 이의 눈에는, 와일드를 후에 파멸하도록 한 불행한 매니어(광증)(그렇게 불러질 수 있는지 몰라도)를 부분적으로 설명하거니와 적어도 이 아이는 불안전과 낭비의 분위기 속에서 성장한 것이 확실했다.

오스카 와일드의 공적 생활은 옥스퍼드 대학에서 시작되거니와 거기서, 대학 입학 허가시기에, 이름이 러스킨이라는, 뽐내는 교수가 — 외바퀴 손수레 뒤에서 — 미래 사회의 약속의 땅으로 앵글로 색슨의 청년의 무리를 인도하고 있었다. 그의 어머니의 감수성이 강한 기질이 젊은이에게 되살아나, 자신을 내디디면서, 그는 부분적으로 독창적이요 부분적으로 페이터와 러스크로부터 이어받은 미의 이론을 실천하기로 했다. 그는 의복과 가정의 걸 차림새의 개혁을 주장하고 실천함으로써 대중의 조롱감이 되었다. 그는 미국과 영국 지방에서 강연 여행을 했고, 미학파의 대변인이 되었으니, 그동안 그를 둘러싸고 '미의 사도'라는 환상적 전설이 형성되고 있었다. 그의 이름은 대중의 마음속에 섬세한 색조의, 꽃으로 미화된 인생에 대한 막연한 생각을 불러일으켰다. 그가 좋아하는 꽃인, 해바라기의 제전(祭典)이 여유로운 계층 사이에 퍼져 나갔으며, 아이들은 청록색 보석으로 빤짝이는 유명한 흰색 상아의 지팡이와 그의 네로 풍의 조발(調髮)에 관해 이야기되는 것을 들었다.

이 빛나는 모습의 주체는 부르주아들의 생각보다 한층 비참했다. 이따금 그의 메달, 그의 아카데믹한 청춘의 트로피들은 전당포에 맡겨졌고, 그 경구가의 젊은 아내는 이웃으로부터 한 켤레 구두를 사기 위해 돈을 빌어야만 했다. 와일드는 아주 초라한 신문의 편집자로서 자리를 감수해야 했으며, 단지 그의 화려한 코미디의 제시와 더불어 그는 사치와 부의 인생을 누리는 짧은 마지막 국면으로 들어갔다. 『윈더미어 부인의 부채』는 런던에서 선풍을 일으켰다. 셰리던과 골드스미스 시대로부터 버나드 쇼에 이르는 아일랜드 코미디 작가들의 전통 속에 와일드는, 그들처럼, 영국의 궁전 어릿광대가 되었다. 그는 수도(런던)에서 우아함의 표준이 되었고, 작품으로부터의 연 수입은 거의 50만 프랑에 달했다. 그는 자신의 황금을 일련의 무가치한 친구들 사이에 뿌렸다. 매일 아침 그는 값비싼 꽃을 두 송이 샀는데, 한 송이는 자신을 위해, 한 송이는 자신의 마부를 위한 것이었다. 그리고 선풍적 재판의 날까지, 그는 화려하게 차려입은 마부와 분 바른 수행원과 함께 법정까지 쌍두마차를 타고 달렸다.

그의 추락은 청교도적 기쁨의 아우성을 맞았다. 그의 선고 소식에, 군중은 법정 바깥에 운집했으며, 그들은 진흙 거리에서 파반 춤을 추기 시작했다. 신문의 기자들은 감옥까지 허락되었고, 감방의 창문을 통해 그의 수치의 광경을 만끽했다. 극장 게시판에는 그의 이름이 흰색 끈으로 가려졌다. 그의 친구들은 그를 버렸다. 그의 원고는 도둑맞았고, 그가 감옥에 세월을 지내는 동안 2년간의 노동이 그에게 가해졌다. 그의 어머니는 불행하게 사망했고, 그의 아내도 사망했다. 그는 파산선고를 받았고, 그의 물건들은 경매에서 팔렸다. 그의 아들들은 그로부터 격리되었다. 그가 출소하자, 퀸즈베리의 마르퀴의 자객들이 그를 잠복하여 기다리고 있었다. 개들이 한 마리 토끼를 사냥하듯, 그는 이 집에서 저 집으로 쫓겨 다녔다. 하나하나 차례로 그를 문간에서 내몰았으며, 음식과 잠자리를 거절당했고, 밤이 되자 그는, 아이처럼 울며 그리고 말을 떠듬거리며, 마침내 그의 형의 창 아래에서 끝을 맺었다.

종막은 급히 끝에 다다랐고, 이 불행한 사람을 나폴리의 빈민가로부터 라틴가(街)의 그의 초라한 하숙집까지 애써 따라다닐 가치가 없었기에, 거기서 그는 19세기의 마지막 해의 마지막 달에 뇌막염으로 사망했다. 프랑스의 스파이들이 그랬듯이 그를 그림자처럼 애써 따라다닐 필요가 없었다. 그는 로마 가톨릭교도로서 사망했고, 그의 황량한 신조를 거부함으로써 그의 대중 인생에 또 다른 면을 첨가했다. 시장(市場)의 우상들을 조롱한 다음에, 그는 무릎을 꿇고, 그가 한때 기쁨의 신성을 찬양했던 것을 슬픔으로 후회했다. 그리고 그는 정신적 봉헌의 행위와 함께 자신의 정신적 반항의 책자를 닫았다.

*****

이 글은 오스카 와일드의 생애의 수상한 문제를 음미하는 곳도 아니거니와 그의 신경 체계의 유전성과 간질병적 경향이 얼마만큼 그에게 부과된 과실을 설명할 수 있는지를 결정하기 위한 곳도 아니다. 그에게 가해진 비난에 대해 그가 무죄이든 유죄이든 간에, 그는 의심할 바 없이 한 속죄양이었다. 그의 보다 큰 죄는 그가 영국에 스캔들을 일으켰다는 것이요, 영국 당국은 그의 체포를 위한 명령을 내리기 전에 그에게 도망치도록 설득하려고 갖은 애를 썼다는 것은 잘 알려져 있다. 재판 도중에 내무부의 어떤 직원이 서술하기를, 런던에서만 경찰의 감시 하에 있는 사람은 2만 명 이상이었지만, 스캔들만 일으키지 않는 한, 자유롭게 있을 수 있다는 것이다. 와일드가 그의 친구들에게 보낸 편지들이 법정에서 읽혔는데, 이 편지를 쓴 당사자는 이국의 성 변태로 사로잡힌 변절자로 고소되었다. "시대가 당신을 상대로 싸우고 있다. 그것은 당신의 백합과 장미를 시샘한다.", "나는 당신이 벌꿀 색깔의 머리카락을 뻗쩍이면서, 바이올렛 꽃 가득한 계곡을 걷는 모습을 보기 좋아한다." 그러나 진실은 와일드야말로, 현대 영국의 문명에서 벗어나 불가사의한 길을 걷는 타락한 괴물이기는커녕, 비밀과 제약을 가진, 영국 대학과 대학 체계의 논리적이고도 불가피한 산물이었다.

영국 국민에 의한 와일드의 비난은 많은 복잡한 이유에서 야기되었다. 그러나 그것은 순결한 양심에 대한 단순한 반작용이 아니었다. 그 사람들의 낙서, 느슨한 그림, 추잡한 몸짓을 음미해본 사람은 누구나 그들의 순수한 마음을 믿기를 주저할 것이다. 군인의 막사에서나, 큰 상점에서나, 그 사람들의 삶과 언어를 자세히 살펴본 사람은 누구나 와일드에게 돌을 던진 자들 자신이 결점이 없다고 믿기를 주저하리라. 사실상, 이 문제에 관해 타인들에게 말함에서 불편하게 느끼는 자는 누구나, 그의 청취자가 자기보다 더 많이 알고 있을까 봐 두려운 것이다. 『스코츠 옵서버』에 실린 오스카 와일드 자신의 방어는 객관적 비평가의 판단에서 합당하게 남아 있어야 한다. 그는 쓰기를, 모든 사람은 『도리언 그레이』(와일드의 가장 잘 알려진 소설)에서 자기 자신의 죄를 본다. 도리언 그레이의 죄가 무엇인지 아무도 말하거나 아무도 알지 못한다. 그것을 인식하는 자는 누구나 그 죄를 범한 자이다.

여기서 우리는 와일드의 예술에 대한 감정─죄와 관계한다. 그는 노예로 예속된 사람들에게 자신을 신이교주의의 좋은 뉴스를 지닌 사람으로 자기 자신을 속여 믿도록 했다. 그이 자신의 두드러진 특질들, 아마도, 그의 종족의 특질들─예리함, 관대함, 그리고 무성(無性)의 지력─을 그는 미의 이론으로 사용했는지라, 이 이론은, 그에 따르면, 황금의 시대와 세계의 젊음의 기쁨을 되돌려주는 것이다. 그러나 만일 어떤 진리가 아리스토텔레스에 대한 그의 주관적인 해설을, 삼단논법보다는 오히려 궤변에 의해 진행되는 그의 불안정한 사고를, 과실 자가 겸손한 자에 대해서만큼 그의 것에 생소한 천성들의 동화를, 고수한다면, 그것의 기저에는 가톨릭주의의 영혼 속에 고유한 진리가 있는지라, 즉, 인간은 저 죄라 불리는 분리감과 상실감을 통해서 이외에는 성심(聖心)에 도달할 수 없다.

＊＊＊＊

그의 최후의 책인 『심연』에서, 그는 영지(靈知; 그노시스교)의 예수 앞에 무릎을 꿇는데, 예수는 『석류나무의 집』의 출처가 의심스러운 페이지들로부터 부활했고, 이어 그의 참된 영혼은, 떨고, 겁먹고, 슬픈 채, '일광반사'의 망토를 뚫고 빛난다. 그의 환상적 전설, 그의 오페라(살로메)─예술과 자연의 일치에 대한 대위법적 다양성, 그러나 동시에 그의 정신세계 노출─그의 뛰어난 책들(혹자들의 견해로, 그를 과거 세기의 가장 통찰력 있는 대변인으로 만든 것들)은 경구들로 빛나거니와 이들은 이제 분할된 전리품이다.

"욥기"의 한 구절이 바그누스의 피폐한 공동묘지에 세워진 그의 비석에 새겨져 있다. 그것은 그의 재주, "달변의 힘"— 이제 분할된 전리품인 위대한 전설의 망토를 칭찬한다. 아마도 미래는 또한, 거기 또 다른 운시를 각인할지니, 덜 거만하나 더 경건한 것일지라:

Partiti sunt sibi vestimenta mea et super

vestem meanm miserunt sortis.

제임스 조이스

41

버나드 쇼의 검열관과의 싸움

"블란코 포스넷의 등장"

1909

8월 31일, 더블린

더블린 캘린더(月曆)에는 매년 즐거운 한 주가 있는데, 8월의 마지막 주로서, 이 기간에 유명한 마술 쇼가 아일랜드의 수도에 많은 언어를 쓰는 다양한 군중을, 그것의 자매도로부터, 대륙으로부터, 그리고 멀리 일본으로부터 끈다. 며칠 동안 지치고, 냉소적인 도시는 새로 결혼한 신부인 양 옷을 입는다. 그의 우울한 거리는 열기의 생활로 군집하고, 숙달되지 않은 함성이 그것의 노령의 잠을 깨운다.

그러나 올해의 예술적 사건은 흥행의 중요성을 거의 가렸기에, 도시 전체에 걸쳐 사람들은 버나드 쇼와 총독 간의 충돌에 관해 이야기하고 있다. 잘 알려졌다시피, 쇼의 최근 연극 "블란코 포스넷의 등장"은 영국의 체임벌린 경에 의한 오명의 증표로 금지되었는지라, 그는 영 연방에서 그것의 공연을 금지했다. 검열관의 결정은 아마도 쇼를 놀라게 하지는 않았을 것인즉, 왜냐하면, 꼭 같은 검열관은 꼭 같은 짓을 그의 다른 연극 품들인 "와렌 부인의 직업"과 아주 최근의 "신문 오려내기"에 행사했기 때문이다. 그리하여 쇼는 아마도, 입센의 "유령들" 톨스토이의 "암흑의 힘", 그리고 와일드의 "살로메"와 함께, 그의 희극들을 비난한 전제적 선언으로 인해 다소 명예롭게 생각했으리라.

그러나 그는 포기하려 하지 않았고, 검열관의 놀란 경계를 회피하는 방법을 발견했다. 이상한 찬스로, 더블린 시는 모든 대 영국 영토에서 이제는 검열이 힘을 못 쓰는 유일한 곳이다. 사실상, 낡은 법은 다음의 말들을 함유 한다: "더블린 시를 제외하고" 쇼는, 그러자, 아일랜드 국립 극장에 그의 연극을 제공했고, 극장은 아무것도 비정상적인 것은 없는 양, 그의 공연을 발표했다. 검열관은 분명히 무력했다. 그러나 아일랜드 총독은 대국의 권위를 지지하기로 개입했다. 왕의 대표자와 코미디 작가 간에 활발한 서신교환이 있었고, 한편으로, 신랄하고 위협적인, 다른 한편으로 오만하고 냉소적이었다. 한편 더블린 사람들, 그들은 예술에는 상관 않으나 논쟁을 정열적으로 사랑하는 자들이라, 기쁨으로 그들의 손을 비볐다. 쇼는, 자신의 권리를 주장하며, 단호했고, 작은 극장은 첫 공연에서 너무나 만원이었기에, 문자 그대로 일곱 배 이상이 팔려 나갔다.

군중이 그날 저녁 애비 극장 주위에 가득 운집했고, 거대한 경계선이 질서를 유지했다. 그러나 어떠한 적의의 대모도 작은 "전위예술" 극장의 모든 구석을 매운 특별 군중에 의해 일어날 것 같지 않았다. 사실상, 그날 저녁의 공연 보도는 가장 경미한 항의도 언급하지 않았다. 그리고 커턴 이 내리자, 우레 같은 박수가 반복되는 커턴 콜을 위해 배우들을 되불렀다.

쇼는 자신의 코미디를 드라마의 한 가지 설교로서 서술하거니와 그것은, 알다시피, 단막극이다. 행동은 극서(極西) 지방의 황막하고 어슴푸레한 도시에서 전개되며, 주된 인물은 말(馬) 도둑이요, 연극 자체는 그의 재판에 한정된다. 그는 자신이 자기 형의 것으로 생각한 한 마리 말을 훔쳐, 그로부터 부당하게 뺏은 돈을 되갚으려 한다. 그러나 그가 도시로부터 도망치는 동안, 잃는 아이를 가진 한 여인을 만난다. 그녀는 자신의 아이의 생명을 구하기 위해 도회로 되돌아가기를 원한다. 그러자 그녀의 호소에 감동된 채, 그는 그녀에게 말을 준다. 이어 그는 체포되고, 재판을 받기 위해 도시로 끌려간다. 재판은 과격하고 독단적이다. 집달리는 기소자로서 행동하며, 피고에게 고함을 지르거나 책상을 치고, 손에 든 권총으로 증인을 위협한다. 도둑인, 포스넷은 어떤 원시의 신학을 발표한다. 그가 가련한 어머니의 기도에 굴복한, 감정적으로 연약한 순간은 그의 인생의 위기였다. 하느님의 손가락이 그의 두뇌를 감촉했다. 그는 이러한 만남 전에 그가 영도했던 잔인한, 동물적 생활을 더는 살 힘을 가질 수 없다. 그는 길고, 불연속적 연설을 터뜨리는데(여기서 영국의 경건한 감찰관은 자신의 귀를 가린다), 그것은 그들의 주체가 하느님인 한에서 신학적이지만, 말씨에서 그렇게 교회적이 아니다. 포스넷의 설득의 진지성 속에, 그는 광산촌의 언어를, 그리고 다른 반성들을 하는 사이, 그가 하느님은 인간의 마음 속에 비밀이 작업하고 있음을 말하려고 애쓸 때, 말을 훔치는 도둑의 언어를 쓴다.

연극은 행복하게 끝난다. 포스넷이 구하려고 애썼던 아이는 죽고, 어머니는 체포된다. 그가 자신의 이야기를 재판정에 말하자, 포스넷은 석방된다. 더는 초라한 것은 아무것도 상상할 수 없으며, 연극 애호가는 도대체 왜 연극이 검열관에 의해 제지되어야 하는지 놀람으로 자문한다.

쇼는 정당하다. 그것은 한 가지 설교이다. 쇼는 태어난 설교가이다. 그의 생생하고 다변적 정신은 귀족에게 복종 당하는 것을 참을 수 없으며, 적나라한 문체는 현대 연극에 합당하다. 드라마의 두서없는 서문들과 지나친 법칙 속에 자기 스스로 몰입하면서, 그는 마치 대화 소설과 아주 닮은 극 형태를 창조한다. 그는 논리적으로 그리고 윤리적으로 결론에 다다르는 드라마의 감각보다 오히려 상황 감이 있다. 이 사건에서 그는 "악마의 제자"가 지닌 중심적 사건을 발굴하고, 그것을 설교로 변형한다. 변형은 너무나 돌발적이기에 설교로서 설득력이 없으며, 예술은 너무나 빈약하기에 그것을 한 편의 드라마로서 설득력 있게 만들 수 없다.

그러면, 이 연극은 그것의 작가의 마음 속에 한 가지 위기를 반영할 수 없는가? 더욱 일찍, 『존 불의 다른 섬』의 종말에서, 위기는 시작되었다. 쇼는, 그의 최근 주된 인물과 마찬가지로, 세속적이고도 지배되지 않는 과거를 가졌다. 페이비언주의, 채식주의, 금주주의, 음악, 그림, 드라마 — 모두는 예술과 정치에서 진취적 운동인지라 — 그로 하여금 챔피언으로 만들었다. 그리고 이제, 아마도, 어떤 하느님의 손가락이 그의 두뇌를 감촉했기에, 그는, 블란코 포스넷의 변장으로, 똑똑히 등장한다.

제임스 조이스

42

자치법령의 혜성(彗星)

1910

아일랜드의 자치에 대한 개념은 차차 희미하고 불분명한 어떤 것들로 둘러싸이게 되었다. 그리고 바로 몇 주 전 왕령에 따라 의회가 해산되었을 때만 해도 뭔가 흐릿한 것이 꿈틀대며 동쪽으로부터 조금씩 떠오르는 것이 보였다. 그것은 자치법령의 혜성으로, 모호하고도 까마득한 것이지만, 옛것과 마찬가지로, 시의 적절한 것이었다. 나온 즉시 웨스트민스의 영웅들에게로 관심을 집중시키게 한, 막강한 영향력을 지닌 이 "말"(言; 자치법령)은 어둡고 텅 빈 하늘에 순종적 이기고도 정체불명의 별 하나를 불러냈다.

그러나 이번에도 구름 낀 하늘 때문에 그 별의 모습을 또렷하게 찾아내기 힘들리라. 항상 그렇듯이, 영국 해안을 덮고 있는 안개가 점차로 두터워져서 이제는 움직일 수도 없는 구름의 둑이 되어버렸고, 그 구름 뒤로 온갖 바이올린 음이 뒤섞인 오케스트라의 불협화음이 들려오고 있다 — 귀족들의 깡깡이의 성마르고도 신경질적인 소리, 군중의 끽끽대는 뿔 나팔 소리에 가끔 아일랜드 피리가 끼어들어 내는 소리 말이다.

영국에서 정치적 상황의 불확실성은 정부 각 부서가 아침부터 저녁까지 앞뒤가 맞지 않는 수수께끼 같은 공문들을 쏟아내는 사실만으로도 분명하다. 사실 근대 들어 와서 영국에서 벌어지는 논란의 취지 자체도 상황의 객관적 파악을 어렵게 만들고 있다. 얼빠진 지도자들에게 걸맞은 짐짓 위엄 있는 표정을 잊지 않는 애스퀴드, 밸포, 그리고 레드몬드의 세 정당 대표들은 그렇다 치더라도, 얼마 전에 바로 끝난 선거 유세로 인해 또한, 영국 공중생활의 음조는 한층 낮아지고 말았다. 이러한 연설이 재무부 장관의 입술로부터 여태 들은 적이 있었던가? 이는 보수당원에게 던져진 질문이다. 그러나 호전적인 웨일스 장관의 험담도 보수당 대표 스미스나 유명한 법률가 칼슨, 그리고 『내셔널리뷰』지 편집장들의 지속된 욕설에 비하면 아무것도 아니다. 한편 그 와중에 아일랜드의 두 분파도 그들 공통의 적의 존재를 잊은 채 서로 온갖 욕설과 갖은 저속한 험담을 동원하여 물밑 싸움이 한창이다.

혼돈의 또 다른 원인은 영국의 정당이 더는 그들이 내걸고 있는 이름에 걸 맞는 태도나 행동을 보이지 않는다는 것이다. 보수당이 세금 개정을 열렬히 지지하는 반면, 자유 무역 체계의 다분히 정치적인 세금 정책을 현 상태 그대로 유지하기를 원하는 쪽이 오히려 급진파 진보 당원인 판국이다. 현행 의회가 쥐고 있는 이 법률도 아예 통째로 국민의 직접 투표 형식으로 국가에 귀속시키기를 원하는 쪽 또한, 보수당이다. 최후로, 반 관료주의적 자유주의 정부의 주도 세력 또한, 관료적이며, 융통성 없는 아일랜드 정당인 것이다.

이러한 모순된 상황은 정확하게 당 우두머리의 성격 속에 반영된다. 극단적 진보주의와 글래드스턴식의 자유주의에서 재국주의자로 변모한 체임벌린이나 로즈버리는 (신예 처칠은 오히려 반대 방향으로 이상적 항해를 이루었지만) 말할 것도 없거니와 우리는 앵글리칸 신교도주의의, 그리고 종교적 배신자들과 개종한 페니언들에 의해 주도되는 친화적 민족주의자들의 운동을 발견한다.

사실상, 스코티시 학파의 값진 거장인, 밸포오도 세실 가(家)의 일원으로, 개인적 선택에 의해서라기보다 혈연에 의해 그의 숙부인 고 솔즈베리 후작의 사망 뒤로 보수당의 지도자로 떠올랐지만, 그는 정치가라기보다는 회의주의자라 해야 할 것이다. 기자들도 곧 그의 변칙적이고 괜히 꼬투리 잡고 늘어지는 태도를 알아차렸고, 그의 교묘한 행적은 그의 추종자들조차도 웃게 만들었다. 정통주의자들의 집단이 그의 흔들거리는 깃발 아래 모였다가 연속 세 번이나 변을 당했고, 그것도 매번 전보다 더 심하게 그랬을지언정, 후에 그의 전기가(傳記家; 그도 아마 세실 가족의 사람이겠지만)는 그가 순번에 따라서 맡게 된 의장으로서 종교적이고도 심리적인 모호한 원칙들을 자신의 철학적 논문에서 기술적으로 명쾌히 해부해 놓았다고 그에 관해 말할 수 있으리라. 아일랜드의 반체제주의자들의 '지도자'인, 오브라이언은, 그가 자신의 10명의 대표자를 "아일랜드를 위한 만인"으로 부르거니와 전형적으로 어떤 광신자들이 그의 광신주의가 사라졌을 때 내보이는 모습을 드러낸다. 그는 수년 전만 해도 자신을 잡으려고 체포영장을 청구했을 통합주의자 치안 판사들과 연합하여 투쟁하고 있다. 예전에 그를 간질병자로 보이게 하는 저들 격렬한 격발 이외에 그는 자신의 불같은 젊음 말고는 남아 있는 것이 없다.

이러한 혼동의 한복판에서, 갖가지 행동 공문들이 어떻게 서로들 모순되게 전해오는지, 그리고 자치령이 당장 문간에 있다가, 여섯 시간 뒤에 그것의 부고(訃告)를 쓰다니 이해하기 쉬운 일이다. 혜성들의 경우에서 무경험자들은 지나치게 확신할 수 없겠지만, 아무튼 그토록 오래 기다려 온 천체의 경과가 공식적인 천문 관측소에 의해 우리에게 전달됐다.

****

지난주, 아일랜드의 지도자인 레드먼드는 어부의 무리에게 반가운 소식을 선포했다. 영국의 민주주의가, 그가 말한바, 그들의 군주들의 힘을 단연 파괴했기 때문에, 수 주일 내에, 아마도, 아일랜드는 독립을 가지리라. 이토록 한입 가득한 음식을 삼킬 수 있음은 식욕이 왕성한 민족주의자가 될 필요가 있다. 내각이 구성되자마자 자유당 내각은 산적한 문제에 직면하게 될 것인즉, 그중에서도 의회 내에서 이중 균형을 이루어 내야 하는 문제가 가장 큰 골칫거리가 될 것이다. 어떤 방향으로든 이 문제가 마무리되고 나면 상하 양원 의원들은 조지 5세 즉위를 옹호하기 위한 평화협정 체결을 주장하리라. 지금까지 길은 분명하지만 단지 예언만이 이번 내각처럼 다양한 색깔이 뒤섞인 정부가 어디까지 견딜 수 있는지를 우리에게 말할 수 있으리라. 정권 연장을 위해서라면, 종교적 방법도 동원하고 농민 보호라는 명분을 내세워 웨일스인과 스코틀랜드인들을 화해시키려고 하지 않겠는가? 아일랜드인이 안정 석 확보 지지를 약속하고 그 대가로 자치를 요구한다면, 현 내각이 그들의 많은 자치법안의 하나를 끝장내고, 그것을 의회에 재차 제출할 것인가?

앵글로―색슨의 자유주의의 역사는 우리에게 이것들 그리고 비슷하게 진실한 문제들에 대해 아주 분명하게 답을 가르쳐 준다. 자유당 장관들은 주도면밀한 사람들이며, 재차 아일랜드 문제는 내각의 상징적 균열을 야기할 것인지라, 그것의 면전에서 영국의 유권자들은 분명히 정부로 하여금 법률을 제정하도록 호의적으로 특권을 부여하지 않은 듯하다. 그리고 자유당의 전략(그것은 분리주의자의 감정을 천천히 그리고 비밀리에 약세 시킬 목적이요, 반면에 새롭고 열렬한 사회 계급으로 하여금 부분적 양보의 방법으로, 위험한 열의로부터, 독립적이요, 자유롭게 만들었거니와)을 따르면서, 만일 정부가, 아일랜드가 오만하게 거절할 개혁법안, 또는 그와 유사한 것을, 소개한다면, 그것은 보수당의 개입을 위해 호의적 순간이 되지 않을 것인가? 나쁜 신의에 대한 냉소적 전통에 충실하여, 이러한 기회를 이용하여 아일랜드의 독재를 관용으로 선언하거나, 과거 및 현재의 실정의 나쁜 결과인, 개화된 국가에서 드물기보다 한층 유독한, 인구의 토대 위에 아일랜드의 위원 수를 80에서 40으로 주릴 캠페인을 시작하지 않을 것인가?

그럼, 상원 위원의 비토의 철폐와 아일랜드인의 자율권의 행사 간의 연결은 혹자가 우리로 하여금 믿도록 할 만큼 즉각적이 아니다. 최후 계산으로, 그것은 영국인들 자신들이 할 일인지라, 영국 국민이 한때 누렸던 자신들의 정신적 및 당대의 조상에 대한 숭배를 더는 가지지 않으리라는 것을 인정하면서, 그들의 중세

법들을, 그들의 뽐내고 위선적 문학에 대한 개혁을, 그들의 괴물 같은 입법 체계의 개혁을, 추진할 것임은 필경 있을 법하다. 그리고 이러한 개혁들을 예상하면서, 렌즈다운 경과 에드워드 그레이 경이 외무성의 운명을 지배할 것인지 않을지는 아일랜드의 신빙할 농민에게는 별 문제가 되지 않을 것이다.

＊＊＊＊

아일랜드가 이제 영국의 민주주의와 공동의 인과관계를 형성하기를 바라는 사실은 누구도 놀라게 하거나 권고해서도 안 된다. 일곱 세기 동안, 그는 영국의 충실한 백성이 결코, 아니었다. 그뿐만 아니라, 다른 한편으로, 아일랜드는 자기 자신에게 충실하지도 않았다. 그는 그것의 빠뜨릴 수 없는 부분을 형성함이 없이 영국의 통치에 들어갔다. 그것은 그의 언어를 거의 전적으로 포기했고, 정복자의 언어를 감수했으니, 이 언어가 문화를 동화하거나 도구인 정신성에 자기 자신을 적응시킬 수 없었다. 그는 언젠가 필요의 시간에 그리고 언제나 보상을 얻지도 못한 채, 그의 영웅들을 배신해 왔다. 그는 그들을 단지 칭찬하면서, 그의 정신적 창조자들을 유배시켰다. 그는 단지 한 주인인, 로마 가톨릭 성당을 섬겼으니, 성당은. 그러나 긴 기간 강요에 충실하도록 습관화되고 있다.

어떤 긴 기간 동안 충성이 이 이상한 국민과 새로운 앵글로 — 색슨의 민주주의 간에 존재할 수 있을 것인가? 오늘 그에 관해 그토록 온화하게 말하는 명언자(名言者)들은 (만일 그들이 이미 보지 못했다면), 영국의 귀족들과 영국의 노동자들 간에 피의 신비적 교제가 있음을, 그리고 세련된 신사인, 높이 칭찬받는 솔즈베리의 후작이 자신의 세습적 계급을 위해서 뿐만 아니라, 그의 종족을 위해 말한 바를 곧 보게 될 것이다: "애란인들로 하여금 제멋대로 하게 내버려 두라."

제임스 조이스

43

윌리엄 블레이크

1912

1911년에 조이스는 포포라 트리에스테 대학에서 야간 강좌에 참여하도록 재차 초청되었다. 4년 전 그는 애란 주제에 관해 토론했는지라, 그러나 이 강연에서 그는 "다니엘 디포와 윌리엄 블레이크"([Verismo ed idealismo nelle letterature inglese] Daniele De Foe — William Blake)를 다룰 것을 알렸다. 1912년 3월 초 그는 두 번의 강연을 했다. 첫째는, 비록 중요한 것이긴 하지만 단편적인 것으로, 이제 손에 넣을 수 있으며, 두 번째는 거의 전반적인 것이었다.

디포와 조이스의 유사함은 충분히 분명하고, 조이스는 디포보다 블레이크에 한층 밀접하다. 그가 자신의 예술이 충동에 기반을 둔다는 것에 자부심을 가지고 있는 동안, 그는 솔직히 예술이 총괄하여 모든 것 위에 정신의 우월성이 있다고 주장했다. 이러한 일반적인 유사성을 초월하여 그의 강론은 두 가지 정확한 유사성을 제시한다. 디포와 블레이크는, 다른 방법으로, 전형적 인간의 개념을 가지고 글을 쓰고 있었다. 로빈슨 크루소는 블룸이 요약했던 시대의 인간을 집약하고 있다. 영원성을 상징하는 블레이크의 우주인 앨비언은 조이스가 모든 인간 기업과 열망 속에 찾아낸 그의 인생과 죽음, 인식에서의 또 다른 형태, 즉 피네간과 깊은 관련이 있다.

****

[원고는 여기서 시작한다.] 도덕적 금언은 윤리적 및 실질적 해석이 아니다. 블레이크는, 성 파울 성당을 쳐다보면서, 영혼의 귀를 가지고 작은 굴뚝 청소부의 소리를 들었거니와 후자는 블레이크의 이상한 문학적 언어로 억압된 천진함을 상징한다. 버킹엄궁전을 쳐다보면서, 블레이크는 한 방울의 피의 형태로 궁전 벽을 달려 내리는 불행한 군인의 한숨을 마음의 눈으로 본다. 그가 아직 젊고 원기 왕성했을 때, 이들 비전(환상)들로 자신을 개조하면서, 그는 단금 된 시나 혹은 동판에다 그들의 이미지를 각인하는 힘을 가졌고, 이러한 언어적 혹은 심적 각인은 이따금 전체의 사회적 제도를 함유한다. 감옥은, 그가 쓰기를, 법의 돌들로, 사창굴은 종교의 벽돌들로 건축된다. 그러나 미지로의 이러한 여행의 계속된 긴장과 자연 생활로의 갑작스러운 귀환은 천천히 그리고 냉혹하게 그의 예술적 힘을 부식시킨다. 비전들은, 배가하면서, 시야를 어둡게 한다. 그리고 그의 도덕적 생활이 종말을 향해, 그가 갈망했던 미지의 세계는 거대한 날개의 그림자로 그를 가렸는지라, 그가 불멸의 자로서 불멸의자들과 대화했던 천사들은 그들의 의상(衣裳)의 침묵 속에 그를 가렸다.

만일 내가 쓴 말과 과격한 운시로부터 한 연약하고 제2 또는 제3급의 정치인들을 불러낸다면, 나는 여러분에게 블레이크의 개성에 대한 잘못된 생각을 부여하리라. 한 젊은이로서 그는 울스톤크래프트 양과 유명한, 글쎄 악명 높은 이라고나 할까, 『인간의 정의』의 저자인 토마스 페인을 포함하는 문학적 혁명파에 속했다. 심지어 이러한 무리의 구성원들 가운데, 블레이크는 거리에서 신시대의 상징인, 붉은 모자를 쓰는 용기를 기진 유일한 사람이었다. 그는, 하지만 그것을 벗었는지라, 1792년 9월에 일어난 파리 감옥의 대학살 사건 뒤로 그것을 다시 쓰지 않았다. 이 세계의 권력에 항거하는 정신적 반항은 우리가 다소 익숙한, 물에 가용(可溶)하는 그런 유의 화약으로 이루어지지 않았다. 1799년에, 그는 왕실 가족의 그림 선생 자리가 제공되었다. 궁전의 인공적 분위기에서 그의 예술이 생기가 죽을까 두려워하면서, 그는 그것을 거절했다. 그러나 동시에, 왕을 골내지 않게 하도록. 그는 자신의 주된 수입원을 이루었던 다른 하급 학생들 모두를 포기했다. 그의 사망 뒤로, 소피아 공주는 그의 과부에게 100파운드 영화(英貨)의 개인 선물을 보냈다. 블레이크 부인은 그것을 되돌려 보내며, 그녀에게 예절로 감사하고, 자신은 소액으로 살아갈 수 있으며, 만일 그것이 다른 목적으로 사용된다면, 그 돈은 그녀보다 못한 불행한 사람의 생활과 희망을 회복하는데 도우리라 말했다.

분명히 거기에는 저 훈련되지 못한 비전을 가진 이교도의 우두머리와 저들 가장 정교파의 철학자들, 프란세스코 스왈즈, Europae atique arbos universi magister et oculus populi Christiani, 그리고 후손의 깜짝 놀람을 위하여 이전 세계에서 폭군살해의 논리적이고 사악한 옹호를 글로 썼던, 돈 자오반니 마리아나 디 타라버사 사이에 분명한 차이가 있었다. 블레이크가 자신이 인간의 악과 비참에 항거하는 빛을 내던졌을 때, 그를 소유했고 지녔던 같은 이상주의가, 자신이 신비의 책 『텔』에서 부르는 대로, 우리 욕망의 침대 위에 놓인, 육체의 연약한 막, 심지어 죄인의 육체에 대한 잔인성으로부터 그를 금지했다. 그의 마음의 원초적 선함을 보여주는 그러한 이야기들은 그의 인생의 이야기에서 무수하다. 비록 그가 생계의 어려움을 가졌고, 그가 사는 작은 집을 유지하기 위해 주당 한 기니를 냈을지라도, 그는 한 빈곤한 친구에게 40파운드를 주었다. 한 가련하고, 폐결핵에 걸린 예술 학도가 그의 팔 아래 화첩을 끼고 매일 아침 그의 창문을 지나는 것을 보자, 그는 그를 먹이고, 그의 슬프고 줄어드는 생활을 격려하려고 애를 썼다. 그의 아우 로버트와의 관계는 데이비드와 조나단의 이야기를 상기시킨다. 블레이크는 그를 사랑하고, 그를 두우고 그를 돌보았다. 동생의 오랜 병중에, 그는 그에게 영원의 세계에 관해 말하며, 그를 위안했다. 그가 사망하기 전 여러 날 동안, 그는 끊임없이 그의 죽음의 침상을 지켰고, 지고의 순간에 그는 사랑하는 영혼이 그의 생명 없는 육체에서 풀려나, 기쁨을 위해 박수치면서 천국을 향해 솟아오르는 것을 보았다. 그런 다음, 조용히 그리고 지친 채, 그는 깊은 잠속에 누었으니, 소란 속에 72시간 동안 잠을 잤다.

나는 이미 블레이크 부인에 관해 두서너 번 언급했거니와 아마 시인의 결혼 생활에 대해 뭔가를 이야기해야 하겠다. 블레이크는 그가 20살 때 사랑에 빠졌다. 오히려 바보처럼 보였던 소녀는 이름이 포리 우즈였다. 이 젊음의 사랑은 블레이크의 첫 작품들인, 『시적 묘사』와 『천진의 노래』를 통해 빛나지만, 사건은 갑자기 그리고 투명하게 끝난다. 그녀는 그를 미친, 별 볼 일 없는 자로 생각했고, 그는 그녀를 바람둥이, 또는 그보다 더 나쁜 자로 생각했다. 이 소녀의 얼굴은 『발라』라는 예언적 책 속의 어떤 그림들 속에 나타나는데, 부드럽고, 미소 짓는 얼굴에, 여인의 감미로운 잔인성과 감각적 환상의 상징을 띤다. 이 결점을 치료하기 위해 블레이크는 런던을 떠나, 이름이 보치어라는 한 정원사의 오두막에 살기 위해 간다. 이 정원사는 약 24살 난 딸, 캐드린을 두었는데 그녀의 마음은 젊은 남자의 사랑의 불행을 듣고 동정으로 가득 찼다. 이 연민 때문에 태어난 애정과 그것의 인식이 마침내 그들을 결합시켰다. 『오셀로』로부터의 글귀:

그녀는 내가 겪은 위험 때문에 나를 사랑했는지라,
나는 그녀가 그것을 연민하기에 사랑했도다.

위의 글은 우리가 블레이크의 인생의 이 장(章)을 읽을 때 마음에 떠오른다.

많은 다른 위대한 천재들 마냥, 블레이크는 교양 있고 세련된 여인들에 끌리지 않았다. 그는 화실의 우아함 그리고 쉽고 폭넓은 문화(만일 여러분이 극장의 용어로부터의 평범한 말을 빌리기를 허락한다면)보다 멍하고 육감적인 정신의 단순한 여인을 더 좋아하거나, 아니면, 그의 무한한 이기심에서, 자기 애인의 영혼이 자기 자신의 느리고 고통스러운 창조물, 자신의 눈 아래 매일 자유롭고 순결한 여인, 구름 속에 숨은 악마(그가 말하는 대로)가 되기를 원했다. 어느 것이 진실이든, 사실은 블레이크 부인은 아주 예쁘지도 않고, 지적이지도 않았다. 사실상, 그녀는 문맹이었고, 시인은 그녀로 하여금 읽고 쓰는 것을 가르치기 위해 애를 썼다. 그는 너무나 성공했기에, 수년 안에 그의 아내는 그의 조각 일을 돕고, 그의 그림을 다시 손보며, 그녀 자신 속에 환상의 능력을 배양하고 있었다.

죽은 사람들의 원초적 인물과 유령들이 밤에 자주 시인의 방으로 찾아 와 예술과 상상력에 관해 그와 토론했다. 그러자 블레이크는 침대에서 튀어나와 연필을 잡은 채 그의 환상의 사지와 윤곽을 그리며 런던의 추운 밤에 오랜 시간 동안 앉아 있었다. 그동안 거의 편안하게 옆에서 오그리고 자던 그의 아내는 그의 손을 사랑스럽게 잡고 예언자의 환상의 황홀을 방해하지 않도록 침묵을 지켰다. 환상이 사라지자 새벽녘에 그의 아내는 침대로 돌아왔고 기쁨과 자비에 충만한 블레이크는 재빨리 불을 지피고 두 사람을 위해 아침을 준비하곤 했다. 우리는 상상적 존재인 로스와 울젠과 바라와 트리엘과 에니타몬과 밀턴의 그림자와 호메로스가 그들의 이상인 세계에서 가난한 런던의 한 방으로 찾아와 동인도의 차의 냄새와 라이드 기름으로 튀긴 달걀의 냄새 이외에 다른 어떤 향도 그들의 방문에 경배하지 않음에 놀랐다. 이것이 세계의 역사에서 영원의 신이 비천한 자의 입을 통해 말했던 최초가 아닌가?

윌리엄 블레이크의 유한한 삶은 접히지 않았다. 동정의 후원과 감사 아래 부담을 안고 닻을 내렸던 그의 결혼 생활의 돛배는 거의 반세기 동안 일상적인 바위틈 사이를 항해했다. 아이들은 없었다. 그들이 함께한 생활의 초기에, 만일 우리가 그 젊은 부부를 갈라놓은 교양과 기질의 커다란 차이를 마음에 간직한다면, 쉽사리 이해하기 쉬운 불협화음과 불이해가 있었다. 내가 짐짓 말했듯이, 블레이크는 사라가 거절했던 바를 하갈에게 준 아브라함의 예를 거의 따랐음은 사실이었거니와 그를 위해 그의 인생의 최후의 나날까지 풍요로움은 유일한 아름다움이었다. 그들 사이에 일어났던 눈물과 비난의 한 장면에서, 그의 아내는 기절했고, 아이를 가질 수 없을 정도를 그녀는 자해(自害)했다. 아이의 천진함을 쓴 이 시인, 아이의 영혼으로 아이들을 위한 노래를 썼던, 그리고 그의 이상한 시 『수정의 캐비닛』 속에 빛으로 인한 잉태 현상을 너무나도 부드럽고 신비하게 묘사했던 유일한 작가가 그의 난로 가에서 실제 어린아이를 한 번도 볼 수 없도록 운명 지어졌다고 생각하다니 슬픈 아이러니가 아닐 수 없다. 식물 세계의 환상 속에 살고, 고통받고, 다시 즐기는 모든 것에 대한, 파리, 토끼, 어린 굴뚝 청소부, 굴뚝새, 심지어는 벼룩에 대한 그토록 큰 연민을 가진 그에게 결국, 정신적 부성(父性)의 다른 어떤 부성도 거부되었는지라, 비록 자연적일 지라도, 그것은 여전히 『격언』의 시행 속에 강하게 살아있다:

> *어린이의 믿음을 조롱하는 자*
> *나이와 죽음 속에 조롱받을지니.*
> *아이에게 의심토록 가르치는 자*
> *썩어 가는 무덤에서 결코, 빠져나오지 못할지라.*
> *아이의 믿음을 존경하는 자*
> *지옥과 죽음을 넘어 승리하리라.*

블레이크의 겁 없고 불멸의 정신 위에는 썩어가는 무덤과 공포의 왕은 힘을 갖지 못한다. 그의 노령에서, 친구들과 제자들 및 감탄 자들에 의해 마침내 둘러싸인 채, 그는 카토 대노(大老)처럼 한 가지 외국어를 공부하기 시작했다. 그 언어는, 오늘 밤 내가, 여러분의 허락으로, 내가 할 수 있는 한, 그 언어로 우주의 마음의 황혼으로부터 그의 정신을 불러내어, 잠깐 그를 붙들고 그것에 질문하려는 것과 같은 것이다. 그는 『신곡』을 원문으로 읽기 위해 그리고 신비의 그림과 함께 단테의 비전을 설명하기 위해 이탈리아어를 공부하기 시작했다. 병의 고통으로 수척하고 쇠약한 채, 그는 몇몇 베개들을 기둥처럼 고이고는, 그의 무릎 위에 커다란 화판을 펼친 뒤, 하얀 백지 위에 그의 마지막 비전의 선들을 억지로 그려냈다. 런던의 국립 미술관에 있는 필립스의 그림 속에 우리는 그가 함께 있는 모습을 볼 수 있다. 그의 두뇌는 쇠약해지지 않았다. 그의 손은 그 옛날의 노련함을 잃지 않았다. 죽음은, 콜레라의 전율처럼, 차가운 빙하의 모습으로 그에게 다가왔으니, 그것은, 우리가 공간이라 부르는 차가운 암흑이 덮으며, 별의 빛을 끄듯, 순간적으로 그의 사지를 차지하고, 지력의 빛을 끈다. 그는 서까래를 울리게 하는 강하고, 울리는 목소리로 노래하며 사망했다. 그는 항상 그랬듯이, 이상 세계, 진리, 지력 및 상상력의 신성을 노래하고 있었다. "여보, 내가 부르는 노래는 내 것이 아니오," 그는 아내에게 말했는지라, "아니야, 아니, 그대에게 말하거니와 그것은 나의 것이 아니야."

블레이크의 인성에 관한 충분한 연구는 논리적으로 3가지로 구분되는 데 즉―병리학적, 신학적 및 예술적이다. 첫째 것은, 내가 믿기에, 많은 염려 없이 제외될 수 있다. 위대한 천재가 미쳤다고 말함은, 한편 동시에 그의 예술적 가치를 인정하거니와 그가 류머티즘이나 당뇨병으로 고통받고 있다고 말하는 것과 같다. 광기는, 사실상, 의학적 용어로, 그가 신학자로부터 끄집어낸 이단적 공격이나 정치에서 끄집어낸 부도덕이라는 당연한 비난보다 객관적 비평이 못 된다고 주장할 수 있다. 만일 우리가 성급한 물질주의와 정확한 과학성에 근거한 최근 대학 졸업생들의 행복한 어리석음을 믿지 않는 한, 모든 위대한 천재들을 미쳤다고 기소해야만 한다면, 예술과 우주 철학을 위해 남겨질 것은 거의 없다. 천진함에 대한 이러한 도살은 소요학파적 체계의 커다란 부분, 중세 형이상학의 모든 것, 엔제릭 닥터, 성 토마스 아퀴나스, 버클리의 이상주의 그리고 흄으로 끝나는 회의주의(무슨 결합인가)에 따라 구성된 거대한 체계적 구조 전체의 가지에서 발생할 수 있다. 그렇다면, 예술에 관련하여, 이러한 아주 유용한 인물들, 철학자나 법정 속기사와 같은 이는 한층 쉬우리 통과될 것이다. 그러한 예술과 그러한 철학의 제시는, 일상의 시장에서 더욱 강하게 느껴질 두 가지 사회적 힘의 결합, 즉―여성과 노동자―에서 머지않아 꽃피면서, 무엇보다, 모든 예술가와 철학자가 지상의 최단의 삶을 단축하도록 화해시킬 것이다.

블레이크가 서양의 신비주의 위계(位階) 속에서 어떠한 위치를 점령해야 할 것인지를 결정하는 것은 이 연설의 영역을 벗어난다. 내 생각으로 블레이크는 위대한 신비자가 아닌 듯하다. 동양은 신비주의의 부성적(父性的) 고향이고, 언어학적 연구가 우리를 동양 사상을 이해하도록 하는 위치에 두었기에 (만일 정신적 활동성과 『우파니샤드』가 말하는 수동성이 광대한 환(還)들을 창조한 관념 형성론적 힘을 사상이라 부를 수 있다면), 동양에 관한 신비적 책들은, 적어도 반사된 빛과 더불어 빛난다. 블레이크는 아마도 파라셀서스, 제이코브 베만, 또는 스베덴보리 보다 인도의 신비주의에 따라 덜 감명을 받은 듯하다. 여하간, 그는 덜 객관적이었다. 그에서 환상적 능력은 예술적 능력과 직접 연관된다. 우리는 첫째로, 신비주의에 우호적이야 하고, 둘째로, 수성, 소금, 유황, 육체, 영혼과 정신 진화의 교차를 통해 파라셀서스나 베만이 의미했던 개념을 얻어내기 위해 성인(聖人)의 인내심을 부여받아야 한다. 블레이크는 날 때부터 또 다른 범주, 예술가의 그것에 속하기 때문에, 이 범주에서 그는, 내 의견으로, 유독한 위치를 점령했나니, 왜냐하면, 그는 지력의 예리함을 신비적 감정과 결합하기 때문이다. 이 최초의 특질은 거의 완전하게 신비적 예술에서 결핍하고 있다. 십자가의 성 요한, 예를 들면, 블레이크와 함께 설 가치가 있는 몇몇 예술가들 가운데 하나는, 형식의 타고난 감각이든, 혹은 이러한 심미적 정열로 부르짖고 실신하는 『영혼의 어두운 밤』이란 그의 책에서 지력의 대등한 힘이든, 결코, 하나를 들어내지 않는다.

그러한 설명은 블레이크가 두 정신적 대가들, 서로가 다르지만, 그들의 형식의 정확성에서 대등한 자들 — 미켈란젤로 보나로티 및 애마누엘 스베덴보리 —를 가졌다는 사실에 놓여있다. 우리가 가지는 블레이크의 신비적 그림들의 첫째인, 『알비언의 바위들 사이 아리마티아의 요셉』은 한 모퉁이에 "미켈란젤로 작"이란 말이 적혀 있다. 그것은 그의 『최후의 심판』을 위한 미켈란젤로에 의해 제작된 스케치를 모델로 삼으며, 관능 철학의 힘의 시적 상상력을 상징한다. 그림 밑에 블레이크는 이렇게 썼다: "이것은 우리가 부르는 암흑시대에서 대 사원을 건립한 고딕 예술가 중의 한 사람으로서, 양피와 웅피를 입고 배회하는 자로, 그를 세상은 평가해 주지 않았다." 미켈란젤로의 영향은 블레이크의 모든 작품에서, 특히 단편들로 수집된 산문의 어떤 글귀에서 느껴지거니와 거기서 그는 언제나 창조되지 않은 공간의 배경에다 인물을 환기하거나 창조적 순결하고 맑은 선(線)의 중요성을 강조한다.

블레이크가 쓰고 그리기 시작하던 당시 런던에서 사망한 스베덴보리의 영향은 모든 블레이크의 작품에 각인된 영광의 인간성에서 보인다. 수년 동안 보이지 않는 세계를 드나들었던 스베덴보리는 인간의 영상 속에서 천국 그 자체와 미카엘, 라파엘 그리고 그에 따르면 세 천사 중의 하나가 아니고 세 천사 단(團)이었던 가브리엘을 보았다. 사랑하는 사도 및 천상의 도시로서 성 오거스틴, 그리고 천상의 장미로서 알리지에리에게 나타났고, 천상인간의 유사성 속에서 스웨텐식의 신비주의에 나타났던 영원성은 영구히 떠나, 다시 되돌아오는 유동적 천상의 삶, 사랑과 지혜의 단축과 확장으로 그의 모든 사지 속에 살아있다. 이러한 환상에서 그는 자기의 대작 『아카나 콜스티아』, 성 마태오에 의해 예견된 "사람의 아들"의 천국 속에서 현시된 새로운 복음을 통해 흐르는, 소위 상응이란 것의 저 거대한 체계를 발전시켰다.

미켈란젤로의 예술과 스베덴보리의 계시라는 양날의 칼로 무장한 채, 블레이크는 시간과 공간을 최소화시키고, 기억과 감각의 현존을 부정함으로써, 경험과 자연적인 지혜라는 용(龍)을 살해했고, 성스러운 가슴의 공백 상태에서 그의 작품들을 채색하고자 노력했다. 그에게 맥박보다 짧은 각 순간은 그것의 기한에서 6천 년과 맞먹는지라, 그 이유는 이러한 무한히도 짧은 순간에서 시인의 작품은 잉태되고 탄생하기 때문이다. 그에게, 인간의 적혈구보다 큰 모든 공간은 로스의 방망이에 의하여 창조된 채, 환상적이요, 한편 혈구보다 작은 공간 속에서 우리는 우리의 식물 세계가 단지 한 가닥 그림자에 불과한 영원에 접근한다. 눈을 가지고서가 아닌, 눈을 초월하여, 영혼과 지고의 사랑은 보아야만 하나니, 왜냐하면, 눈은 또한, 영혼이 빛 속에서 잠자는 동안 태어났으므로, 밤에 죽을 것이기 때문이다. 유사—오레오파구스(丘陵)인, 디오니소스는 그의 책 『성스러운 성인』에서, 모든 도덕적, 형이상학적 속성을 부정하고, 극복하여 황홀경에 빠져 성스러운 모호성과 영원한 질서 속에서 숭고한 지식을 선행하고 감싸는, 말할 수 없는 거대함 앞에서 자신을 쓰러뜨림으로써, 신의 왕관에 도달한다. 블레이크가 영원의 문지방에 도착하는 정신적 과정은 이와 비슷한 과정이다. 무한히 작은 것으로부터, 무한히 큰 것으로, 피 한 방울로부터 별의 우주로 나르면서, 그의 영혼은 비상(飛翔)의 신속한 비상으로 소모되고, 그리하여 하느님의 어두운 대양의 가장자리에서 새로워지고, 날개 단 듯, 영원함을 스스로 발견한다. 그리고 그가 자신의 예술을 이러한 이상주의자의 전제 위에 기초했을지라도, 영원은 시간의 산물과 연애함을 확신한 채, 하느님의 아들들은……의 아들들과…… *[원고는 여기서 끝난다.]*

258

44

파넬의 그림자

1912

하원은, 그의 2차의 의회 자치를 위한 법안을 통과함으로써, 아일랜드의 문제를 해결했기에, 그것은, 머에로의 암탉처럼, 비록 그것이 100년이 되었을지라도, 갓 낳은 듯 보인다. 더블린 의회를 매매하는 거래로 시작하는 세기는 이제 영국, 아일랜드 및 미국 간의 3국 조약을 끝장내고 있다. 그것은 여섯 개의 아일랜드의 혁명 운동들로 장식되었고, 그들은 다이너마이트, 수사, 불매운동, 의사방해, 무장 폭동 그리고 정치적 암살로 영국의 자유주의의 느리고 노쇠한 양심을 깨우는 데 성공했다.

현재의 법은, 아주 성숙한 시기에, 웨스트민스터에서 국민당의 이중적 압력 하에 탄생했거니와 이 당은 반세기 동안 영국 입법부와 대서양 건너 아일랜드 당의 작업을 뒤죽박죽으로 만들어왔으며, 그것은 크게 욕망되는 영미 동맹을 차단하고 있다. 능숙한 간계와 기술로 잉태되고 형성된 채, 그 법은 저 과거 완료적 자유당 정치인 윌리엄 글래드스턴에 의해 후손까지 전수된 전통에 값진 관석(冠石)을 형성한다. 그것은 웨스트민스터에서 실지로 대표된 아일랜드의 103명의 강한 밀집 군을 40명의 대표자로 감축시키는 동안, 소수당의 노동당의 팔 안으로 이들을 밀어 넣고 있다고, 말해 두기로 하자. 그리고 좌익으로부터, 다시 말해, 보수주의에 대항하는 그것의 캠페인에서 자유당의 활동 점으로부터 극좌익으로 움직일 연합이 이 친족상간적 포옹으로부터 필경 탄생할지 모른다.

재정적 능력의 혼란 속으로, 파고들 우연한 기회는 없다. 아무튼, 탄생할 아일랜드 정부는, 지방적 및 제국적 세금의 조정에 의해서든, 혹은 그것의 행정적 비용의 감소에 의해서든, 혹은 직접세의 증가에 의해서든, 어떤 경우에서 중 하위급의 환멸적 적의를 야기하면서, 영국 재무부에 의해 유능하게 만들어진 적자를 메우지 않으면 안 된다. 아일랜드의 분리주의자 당은 이 희랍의 선물을 거절하기를 좋아할지니, 이는 더블린의 재무장관으로 하여금 납세자들에 충분히 책임이 있는 그리고 동시에 영국 의회에 의존하는 유명무실한 장관으로 만드는지라, 그는 자신의 부서의 세금 증수를 통제할 수 없이 세금을 위한 권력을 가지는 자요 ― 런던의 발전기가 필요한 전압량의 전류를 보내지 않은 한 일을 할 수 없는 송달자이다.

그건 상관없다 ― 거기에는 자치의 외형이 있기 마련이다. 더블린에서 열린 최근의 국민 의회에서 존 미첼의 매서운 회의론 자에 속하는 민족주의자들의 반소(反訴)와 항의는 대중적 기쁨을 아주 많이 어지럽히지 않았다. 대표자들은, 입법적 투쟁에서 늙었고, 배반된 희망의 많은 세월로 약해졌기에, 그들의 연설에서 오랜 기간 오해의 종말을 환호했다. 글래드스턴의 조카인, 한 젊은 연설자는 군중의 광분한 갈채 사이에서 그의 숙부의 이름을 부르고, 새 민족의 번영을 환호했다. 최대한 2년 이내, 상원의 승낙이 있든 없든 간에, 오랜 아일랜드 의회의 문이 다시 열릴 것이다. 그리고 아일랜드는, 그것의 세기에 걸친 오랜 감옥으로부터 풀려난 채, 음악사들과 신부의식(新婦儀式)의 횃불에 의해 호송되어, 마치 신부(新婦)처럼, 궁전을 향해 전진할 것이다. 글래드스턴의 손자 조카는, 만일 하나가 있다면, 국왕의 발아래 꽃을 뿌릴 것이다. 그러나 향연에는 한 귀신이 있을지니, 그것은 찰스 파넬의 그림자이다.

* * * *

그의 가장 최근의 비평가는 노쇠한 의회의 전략적 다른 근원을 지적해 냄으로써, 이 이상한 정신의 위대성을 극소화하려고 애를 썼다. 그러나 비록 우리가 의사 방해는 비거와 로나인에 의해 생기고, 아일랜드 당의 독립적 원리는 가반 더 피에 의해서 출발 되며, 토지연맹은 마이클 대빗의 창조물이라는 역사적 비평가의 말을 인정한다 할지라도, 이러한 양보들은 단지 지도자의 개성을 한층 눈에 띄게 만드는지라, 이 지도자는, 토론 술이나 어떤 독창적 정치 재능 없이, 가장 위대한 영국의 정치가들로 하여금 자신의 명령을 추진하도록 강요했다. 그리고 그는, 또 다른 모세처럼, 광포하고 불안한 사람들을 수치의 집으로부터 약속의 땅의 가장자리로 인도했다.

파넬에 의해 아일랜드 백성에게 행사된 영향은 비평적 분석을 문제 삼지 않는다. 그는 연설의 결함과 연약한 체구를 가졌다. 그는 자기 고향의 역사에 무식했다. 그의 짧고 단편적인 연설들은 달변, 시, 그리고 유머를 결했다. 그의 차가운, 형식적 태도는 그를 자신의 동료로부터 분리했다. 그는 한 귀족적 가정의 후손인, 신교도였고, 지고의 수치로서, 그는 분명한 영국의 말투로서 말했다. 그는 자주 사과도 없이 한 시간 또는 한 시간 반 늦게 회의에 나왔다. 그는 수 주일 동안 정면으로 자신의 통신을 소홀히 했다. 군주의 박수갈채와 분노, 언론의 남용과 칭찬, 영국 장관들의 탄핵과 옹호는 그의 성격의 우울한 노쇠함을 빙해하지 않았다. 심지어 그는 아일랜드 의회에서 자신과 함께 동석한 많은 자를 알아보지 못했음이 종종 이야기된다. 아일랜드 백성이 1887년에, 4만 파운드의 국민 하사금을 선물했을 때, 그는 수표를 자신의 돈지갑 속에 넣었으며, 거대한 집회에 그가 행한 연설에서 자신이 받은 선물에 대해 일언반구의 언급도 없었다.

피닉스 공원의 야만적 암살에서 그가 연루됨을 증명하는 유명한 자필 편지가 실린 『타임스』에 그가 나왔을 때, 그는 필체의 한 문자에 손가락을 대고, "나는 78년 이래 이런 식으로 "s"자를 쓰지 않았어." 라고, 간단히 말했다. 나중에, 왕실 조사위원회의 조사가 그에게 반대를 이루는 음모를 폭로하고, 위증자요 날조자인 피곳이 마드리드의 한 호텔에서 자신의 두뇌를 날려 보냈던바, 하원은, 당과 무관하게, 영국 의회 연보에 전례 없이 남긴 열렬한 환영으로 파넬의 입장을 환영했다. 파넬이 이러한 열렬한 환영에 한 가닥 미소나 고개 끄덕임 혹은 몸짓으로 반응을 보이지 않은 채, 통로 저쪽으로 자신의 자리로 가서, 착석했음을 말할 필요가 있는가? 글래드스턴은 그가 아일랜드의 영도자를 지적인 비범한 인물로 불렀을 때 아마도 이 사건을 생각하고 있었으리라.

웨스트민스터의 도덕적 질식의 한 가운데 이 지적인 비범한 인물의 출현보다 더 비범한 것을 상상할 수는 없다. 이제, 드라마의 장면을 되돌아보며, 그의 청취자들의 마음을 흔들었던 연설들을 재삼 들으면서, 모든 달변과 전략의 모든 그러한 승리가 부패한 냄새를 풍기기 시작함을 부인하는 것은 소용없다. 그러나 시간은 농담이나 말 만드는 사람에게보다 "무관의 왕"에게 더 친절하다. 그의 군주 같은 태도, 온화하고 자만하고, 말 없고, 당당한 것을 미루어 보건대, 그것은 디스라엘리를 자신이 부유한 사람들의 가정에서 식사하는 외교적 기회주의자처럼, 글래드스턴을 야간 학교에 가는 당당하고 주된 "도모"(domo)처럼 보이게 한다. 오늘날 균형적으로, 디스라엘리의 기지(機智)는 얼마나 경박하고, 글래드스턴의 교양은 얼마나 중후하게 보이는가. 오늘날 디스라엘리의 일부러 꾸민 조롱과 번지르르한 머리타래와 바보 같은 소설들은 얼마나 경박스러워 보이는가. 그리고 글래드스턴의 고음의 시대, 호마의 연구, 아테미스에 관한 그리고 마아말래이드에 관한 연설도 마찬가지이다.

비록 파넬의 전략이, 자유당원이든 보수당원이든 어떠한 영국 당을 이용했을지라도, 상황의 핵은 그를 자유당의 운동 속에 포함시켰다. 글래드스턴의 자유주의는 가변적인 대수(代數)의 상징이요, 그것의 계수(係數)는 운동의 정치적 압력이며, 그것의 지표(指標)는 그의 개인적인 이익이었다. 그가 번갈아 스스로 모순되게 하고 정당화하면서, 내적 정치 속에서 우물쭈물하는 동안, 그는 언제나 타인들의 집에서 자유를 위한 감탄을 주장했다(그가 그것을 할 수 있는 한). 파넬의 업적의 특질과 규모를 이해하기 위해 글래드스턴의 자유주의의 이러한 탄력적 특질을 마음에 간직하는 것이 필요하다.

요약건대, 글래드스턴은 자기 본위적 정치인이었다. 그는 1885년에 오코넬의 계속된 부정에 격노했으나, 그는 아일랜드의 자치를 위해서 도덕적 및 경제적 필요를 선언했던 영국의 입법자였다. 그는 유대인의 공직적(公職的) 참여를 격렬하게 항의했으나, 영국 역사에서 최초로, 유대인을 귀족 계급으로 끌어올린 회원이었다. 그는 1881년에 반역한 보아인을 극렬하게 탄핵했으나, 마주마의 패배 후로, 그는 영국인들 자신이 비급한 항복이라 부른 트라스발과의 조약을 결론지었다, 그의 최초의 의회 연설에서 그는 그레이 백작의 잔인성 규탄에 반대하여 데메라마의 돈 많은 노예의 소유자인, 그이 자신의 부친을 온화하게 옹호했는지라, 후자는 인육(人肉)의 판매로 2백만 프랑을 벌었다. 한편 또 다른 "유년시절의 친구"였던, 웨스트민스터 공작에게 보낸 최후의 편지에서, 그는 콘스탄티노플의 위대한 암살자의 머리 위에 가능한 모든 번개 불을 질렀다.

파넬은, 이러한 자유주의가 단지 힘에만 항복하리라는 것을 확신한 채, 자신의 뒤로 아일랜드 생활의 모든 요소를 결합하고, 폭동의 가장자리를 밟으며, 행진하기 시작했다. 웨스트민스터에 입성 후 6년 만에, 그는 자신의 손안에 정부의 운명을 쥐었다. 그는 투옥되었지만, 자기를 투옥한 위원들과 킬메인함의 감방에서 조약을 결론지었다. 공갈의 시도가 피곳의 자백 및 암살과 함께 실패했을 때, 자유당 정부는 그에게 서류가방 하나를 제공했다. 파넬은 그것을 거절했을 뿐만 아니라, 그의 모든 추종자에게 마찬가지로 위원직의 임무를 거절하도록 명령하고, 아일랜드 시 당국과 공공 협회들이 영국 정부가 아일랜드에서 자율성을 회복할 때까지 영국 왕실의 어떤 회원직도 공식적으로 수락하기를 금지했다. 자유당원들은 이러한 수치스런 조건들을 감수해야 했으며, 1886년에 웨스트민스터에서 최초의 자치법안을 낭독했다.

파넬의 실각은 이러한 사건들 한복판에 마치 맑은 하늘의 번개처럼 나타났다. 그는 희망 없이 기혼 여인과 사랑에 빠졌는데, 그녀의 남편인, 오시에 대위가 이혼을 요구했을 때, 의원들인 글래드스턴과 몰리는, 만일 죄인이 국민당의 당수로서 남아 있는 한, 아일랜드를 위해 합법화하기를 공개적으로 거절했다. 파넬은 자신을 변호하기 위해 청문회에 나타나지 않았다. 그는 아일랜드의 정치적 사건들에 거부권을 행사하는 위원의 권리를 부정했고, 사임하기를 거절했다.

그는 글래드스턴의 명령에 대한 복종으로 면직되었다. 그의 83명의 위원 가운데 단지 8명만이 그에게 충성스럽게 남았다. 고위직 및 하위직의 성직자들이 그를 끝장내기 위한 명단에 들어갔다. 아일랜드 언론은 그와 그가 사랑하는 여인 위에 그들의 연민의 독 병을 비웠다. 캐슬커머의 시민은 그의 눈 속에 생석회를 던졌다. 그는 주에서 주로, 도시에서 도시로, "쫓기는 사슴처럼." 이마에 죽음의 표시를 띤 유령의 모습으로, 나아갔다. 1년 이내 그는 45세의 나이에 상심(傷心)으로 사망했다.

"무관의 왕"의 유령은 새로운 아일랜드가 가까운 장래에 "다양한 색깔로, 황금의 띠를 두른", 궁전으로 들어갈 때 그를 기억하는 자들의 마음들을 무겁게 하리라. 그러나 그것은 복수적 유령은 아닐 것이다. 그의 마음을 침략한 우울함은 아마도 심오한 확신일 것인즉, 그의 필요의 순간에, 그의 손을 같은 사발에 담근 도제(徒弟)들의 하나가 그를 배신하리라는 것이었다. 그가 최후까지 마음속에 이 황량한 확신과 함께 싸웠음은 고결함을 위한 가장 위대한 요구이다.

그의 동포에게 행한 최후의 필사적 호소에서, 그는 그들 주위에 으르렁거리는 영국의 늑대들에게 한 가지 뇌물로서 그를 던지지 말도록 간청했다. 그들이 이러한 호소에 실패하지 않았음은 그들의 명예를 높이는 것이다. 그들은 그를 영국의 늑대들에 던지지 않았다. 그들은 그를 그들 스스로 조각조각 찢었다.

제임스 조이스

45

부족의 도시

아일랜드 항구의 이탈리아 메아리

1912

골웨이, 8월

여행을 거의 하지 않고, 풍설을 통해서만이 자기 자신이 나라를 아는, 게으른 더블린 사람은 골웨이의 주민들이 스페인 혈통의 후손임을 믿거나, 올리브 색깔의 얼굴 모습과 갈 까마귀 머리카락을 가진, 진짜 스페인 형을 만나지 않고, '부족의 도시'의 어두운 거리에서 네 발걸음도 갈 수 없으리라. 이 더블린 사람은 옳고도 그르다. 오늘날 골웨이에는, 검은 눈빛의 사람도 거의 없고, 대부분 티티안의 붉은 눈이 우세한 이래, 갈 까마귀 머리카락도 없다. 오래된 스페인의 집들은 폐허가 되어가고, 잡초 무더기가 돌출한 만의 창문에 자라고 있다. 도시의 성벽들 밖에는 교외들이 솟아 있다 — 새롭고, 경쾌하고 과거에는 무관심한 듯, 그러나 이 주체스런 현대성에 단지 눈을 감기만 하면, 역사의 황혼에 "스페인다운 도시"를 본다. 그것은, 개천, 큰 폭포, 수로와 해협에 의해 갈라진 채, 영국 해군이 닻을 내릴 수 있었던 대서양의 거대한 걸프 만의 말단에, 무수한 작은 섬들 사이에 흩어져 있다. 포구에는, 잠자는 고래처럼 회색의 바다 위에 놓여있는, 세 아란 섬들이 천연의 방파제를 형성하고, 대서양의 파도의 힘을 뺏는다. 남쪽으로 섬의 작은 등대는 서쪽을 행해 연약한 불빛을 던지니, 신세계를 향한 구세계의 마지막 인사요, 그리하여 여러 해 동안, 이들 지역 가까이 오지 않았던, 외국 상인에게 끈질기게 그러나 헛되이 신호를 보낸다.

****

하지만 중세에서, 이 바다는 수천 척의 외국 배들로 나누어져 있었다. 좁은 거리의 모퉁이에 있는 간판들은 이 도시의 라틴 유럽과의 관련을 기록한다 — 메데이라 거리, 머천트 거리, 스페니아즈 산책로, 메데이라 섬, 롬버그 거리, 베라스퀴츠 팔메이라 불르바드. 올리버 클롬웰의 서신(書信)은 골웨이 항이 영 연방에서 두 번째로 가장 중요한 항구요, 스페인과 이탈리아의 무역을 위한 전체 연방에서 주된 시장이었음을 보여준다. 14세기의 첫 10년 동안, 한 플로렌스 상인인, 안드리아 제라도는 정부의 세금 증수 원이었고, 17세기의 관리의 명부에 우리는 지오반니 판태의 이름을 본다. 도시는 수부들과 아기들의 수호자였던, 바리의 성 니코라스가 있는데, 이른바 "대학의 문장(紋章)"은 그와 비슷한 모양을 지닌다. 교황의 사절인 리누치니 추기경은 순교 왕의 재판 기간 동안 골웨이에 와서, 도시를 교황 깃발 아래에 두었다. 영국 성직자와 교단은 그의 권위를 인정하기를 거부했고, 성자들의 입장을 막기 위해 성당 문간에다 그이 자신의 추종 성직자들을 두었다. 성 니코라스의 교구 회관은 중세의 또 다른 이탈리아 고위 성직자의 기록인 — 악명 높은 보지아의 자필 서를 보존한다. 같은 장소에 한 통의 신기한 문서가 있으니, 16세기 이탈리아의 한 여행객이 남긴 것으로, 그 속에 필자인, 그가 비록 세계를 모두 여행했을지라도, 그가 골웨이에서 본 것 — 성배를 들어 올리는 신부, 사슴을 추적하는 무리, 돛을 활짝 펴고 항구를 들어오는 배 그리고 창으로 살해되는 연어를 한 번도 결코, 보지 못했다고 말한다.

스페인, 포르투갈, 카나리아 아일랜드 그리고 이탈리아로부터 영 연방으로 수입되는 거의 모든 포도주는 이 항구를 통해 통과하거니와 연 수입량은 1,500톤,

즉 거의 2백만 리라에 달한다. 이 무역은 너무나 중요하기에 네덜란드 정부는 도시 근처에 많은 땅을 사는 대신 은으로 땅을 덮을 정도로 돈을 지급하겠다고 제의했다. 외국의 경쟁을 두려워한 나머지, 골웨이 상인들은 그들의 특사를 시켜 만일 은을 땅 위에 하늘 끝까지 쌓으면 그들의 제안을 받아들이겠다고 답변했다. 이러한 가장 친절한 대안에 대한 네덜란드 인의 대답은 아직 도착하지 않았다.

****

많은 세기 동안, 전체 시와 성당의 행정은 14부족들의 후손들의 손안에 있었거니와 그들의 이름은 4편의 생기 없는 운시들 속에 기록되고 있다. 시의 기록 자료 중 가장 신기하고 가장 흥미로운 문서는 17세기에서 로레인 공작을 위해 만들어진 지도로, 당시 각하는 행복한 군주였던, 영국의 동료에 의하여 그에게 요구된 배부(配付)로 도시의 위대성을 입증하고 싶었다. 상징적 표현과 조각으로 가득한 지도는 그 도시의 성당 참사회원의 사재(私財)였던 헨리 조이스의 작품이었다. 양피지의 모든 가장자리는 종족 가문의 문장들로 두툼했거니와 지도 자체는 많은 부족의 주제에 근거한 지지적(地誌的) 심포니에 불과하다. 이리하여, 지도 제작자는 14개의 성채, 성벽 위의 14개의 탑, 14개의 주된 거리, 14개의 좁은 거리 그리고 이어, 작은 모습으로 줄어들며, 정원, 성 도미니크의 행진을 위한 6개의 제단, 6개의 시장, 그리고 다른 6개의 기적을 설명하고 묘사한다. 사실상, 이들 마지막 가운데, 마지막 중 마지막인, 고귀한 성당 참사는 "도시의 남부에 자리 잡은 낡은 비둘기 집"을 열거한다.

****

모든 부족 가운데, 가장 유명한 것은 린지 가문이었다. 한 세기 반 동안 그 부분은 이 도시가 세워진 이후로 크롬웰의 파괴적인 군사침입, 83번이나 최고 행정관의 자리에 올랐던 이 가문의 많은 사람이 있었던 때까지 이어져 왔다. 도시의 역사상 가장 비극적인 사건은 1493년에 최고 치안판사인, 제임스 린치 피츠스테번의 외아들인 월터 린치가 저지른 죄에 대한 속죄였다. 부유한 포도주 상인이었던, 이 치안판사는 스페인으로 여행갔는데, 거기서 그는 어떤 고매츠라는, 그의 스페인 친구의 손님이었다. 그 남자의 아들은 매일 밤 그 여행자의 이야기들을 들으며, 먼 아일랜드에 아주 매료되었는데, 그들의 손님이 고국으로 돌아갈 때 그가 동행하도록 자기 아버지의 허락을 요구했다. 아버지는 주저했다. 당시는 위험한 시기였고, 여행자들은 그들이 알든 모르든 해안으로 출발하기 전에 유서를 마련하는데 익숙해 있었다. 그러나 판사 린치는 젊음의 안전을 보장했고, 그들은 함께 떠났다.

그들이 골웨이에 도착했을 때, 그 젊은 스페인 청년은 판사의 아들이요, 충동적 성격의 고집 센 젊은이, 월터와 친구가 되었는데, 후자는 도시의 또 다른 귀족의 딸인, 아그네스 블레이크에게 구혼하고 있었다. 이내 곧, 아그네스와 그 외국인 간에 사랑이 일어났다. 그러자 어느 날 밤 고매츠가 블레이크의 집을 떠나고 있었을 때, 덤불 속에 기다리고 있던 월터 린치가 그의 등에 칼을 꽂았고, 이어 맹목적 분노 속에 시체를 거리로 끌고 가, 도랑 속으로 처넣었다.

범죄는 발견되었고, 젊은 월터는 체포되어, 재판을 받았다. 도시의 최고 치안판사였던, 그의 아버지가 재판의 판사였다. 피의 부름에 귀먹은 채, 그리고 단지 시와 그이 자신의 맹세한 말의 명예만을 마음에 두고, 그는 그 살인자에게 사형선고를 내렸다. 헛되게도, 그의 친구들은 그를 설득하려고 애를 썼다. 불행한 청년에 대한 연민에 가득 찬, 사람들은 아직도 주된 거리를 그늘지게 하는 어둡고, 우울한 성(城)인, 판사의 집을 포위했다. 그러나 판사는 교수자(絞首者)가 사형집행을 거절했을 때도, 자신의 의지를 굴하지 않았다. 아버지와 아들은 새벽까지 기도하면서, 감옥 감방에서 처형 전에 함께 밤을 보냈다. 처형 시간이 도달하자, 아버지와 아들은 감옥 창문에 나타났다. 그들은 키스하고, 서로 작별을 고하자, 이어 아버지는 몸소 공포에 질린 군중의 안전에서 창틀로부터 아들을 목매달았다.

　오래된 스페인풍의 집들은 폐허가 되고 있다. 부족의 성들은 허물어졌다. 잡초 더미가 창문과 열린 마당에 자라고 있다. 문간 너머, 어두운 바위에 새겨진 귀족의 문장(紋章)들이 흐려져 가고 있다—두 쌍둥이를 가진 캠피도그리오의 늑대, 해피스버그 가문의 양두 독수리, 다리 가(家)의 검정 황소, 챠리마그네의 후손들. 골웨이 시에서 한 나이 많은 연대기(年代記家)는 자만과 육욕의 열정을 기록에 남기기 위해, 글을 쓰는지라.

＊＊＊＊

　고요하고 회색의 저녁이다. 멀리서부터, 폭포를 넘어, 한 가닥 중얼대는 소리가 들려온다. 벌집 주위의 벌들의 붕붕대는 소리를 닮았다. 그것은 한층 가까이 다가온다. 여섯 젊은 남자들이, 한 무리의 사람들 머리맡에, 백파이프를 불면서, 나타난다. 그들은 지나간다, 자만하고, 도전적으로, 모자를 벗은 채, 공허하고 이상한 곡을 연주하면서. 불확실한 햇볕 속에, 오른쪽 어께에서 매달린 녹색의 직물과 샤프란 색의 킬트 단바지를 거의 구별할 수 없다. 그들은 오퍼링의 수녀원 거리를 들어서고, 공허한 음악이 황혼 속애 퍼지자, 수녀원의 창문에 하얀 베일을 두른 수녀들이, 하나하나 나타난다.

제임스 조이스

46

아란 섬의 어부의 신기루

전쟁시의 영국의 안전판(瓣)

1912

골웨이, 9월 2일

　여행자들의 작은 짐을 실은 자그마한 배는 사적 환상의 계산에 몰입한 스코틀랜드의 대리점의 감시의 눈 아래 부두로부터 움직이며 떠난다. 그것은, 오른쪽으로 크라다 마을, 도시의 벽 밖으로 오막 집들의 무리를 뒤로 남긴 채, 골웨이의 작은 하구를 떠나 열린 바다로 들어간다. 한 무리의 오막 집들은, 하지만 왕국이다. 몇 년 전까지만 해도, 마을은 자기 스스로 왕을 선거했고, 그 자체의 옷맵시를 지녔으며, 그 자체의 법을 통과시켰고, 홀로 살았다. 주민들의 결혼반지는 여전히 왕의 관모(冠毛)로 장식되었고, 두 손이 왕관 쓴 심장을 지탱하고 있었다.

　우리는 대서양의 회색 물결 위에 잠자는 커다란 상어처럼 성스러운 섬, 아란 모어를 향해 출발했는데, 이 바다를 도민들은 '노인 비다'라 부른다. 이 만의 물결 아래 그리고 그것의 해안을 따라 불행한 스페인의 알마다 전대(戰隊)의 잔해가 놓여 있다. 영국 해협에서 그들의 패배 후로, 배들은 북방을 향해 출범했고, 거기 폭풍우와 파도가 그들을 흩어버린다. 골웨이의 시민은, 스페인과 아일랜드 간의 긴 우정을 기억하면서, 영국 수비대의 복수로부터 도망자들을 감추었고, 그들의 시체를 하얀 리넨 천에 쌈으로써, 파선에 정중한 장례를 치렀다.

바다는 참회한다. 몽소스천(蒙召昇天)의 축제 전날에 매년, 청어 낚시가 시작되고, 만의 파도는 축복을 받는다. 어선들의 선대(船隊)가 기함(旗艦)을 앞세운 채 출발하고, 그것의 갑판 위에는 한 도미니카의 탁발 수사가 서 있다. 그들이 적당한 장소에 도착하자, 선대는 멈추고, 어부들은 무릎을 꿇으며, 모자를 벗고, 수사는 불제(祓除)의 기도를 중얼거리며, 성수기를 바다 위에 흔들고, 십자가의 형태로 어두운 대기를 가른다.

오른쪽으로 넓고 하얀 모래사장은 새로운 대서양 횡단 항구가 아마도 건립될 예정인 장소이다. 나의 동료는 계획선(線) 그 위에 커브를 긋고, 작게 구분하며, 골웨이로부터 커다란 캐나다 항구들까지 서로 횡단하는 큰 지도를 펼친다. 유럽으로부터 아메리카까지 여행은 숫자에 따르면 3일이 걸리지 않을 것이다. 유럽의 마지막 항구인 골웨이로부터, 뉴파운드랜드의 세인트 존까지, 기선은 2일 및 16시간이 걸릴 것이요, 골웨이로부터, 캐나다의 첫 항인, 하리팩까지, 3일 및 10시간이 걸릴 것이다. 지도에 부착된 책자의 텍스트는 숫자, 비용 계산 그리고 해양지도의 그림들로 가득 차 있다. 필자는 영국 해군본부, 철도회사, 통상국, 아일랜드의 인구에 대해 온정으로 호소하고 있다. 새 항구는 전쟁 시에 영국을 위한 안전판이 될 것이다. 캐나다로부터, 영 연방의 곡물 창고와 저장고, 곡물의 화물이 아일랜드 항으로 들어갈 것이며, 이리하여 세인트 조지 해협과 적 함대 항해의 위험을 피할 것이다. 평화 시에, 새 선로는 한 대륙과 다른 대륙 간의 최단 길이 될 것이다. 지금 리버풀에 하역되는 물건과 통행인들의 많은 부분이 앞으로는 골웨이에서 하선될 것이요, 더블린과 홀리헤드를 경유하여, 런던으로 직접 나아가리라. 오래된 폐허의 도시는 다시 일어날 것이다. 신세계로부터 부와 중요 에너지가 피가 마른 아일랜드의 이 새로운 동맥을 통해 흐를 것이다. 다시, 약 10세기 뒤에, 아란 섬의 가련한 어부들, 성 브렌댄의 추종자와 경쟁자를 어둡게 하는 신기루가 멀리, 거울 같은 대양 위에 공허하게 그리고 떨리며 나타난다.

클리스토퍼 칼럼버스는, 모든 이가 알다시피, 후손에 의하여 존경받거니와 왜냐하면, 그는 아메리카를 발견한 최후의 사람이기 때문이다. 제노아의 항해사가 살라만카에서 조롱당하기 전 1천 년에, 성 브렌단은 우리의 배가 접근하는 살벌한 해안으로부터 미지의 세계를 향해 닻을 올렸다. 그리고 대양을 횡단한 뒤, 플로리다 해안에 상륙했다. 당시 그 섬은 숲으로 우거지고 비옥했다. 숲의 가장자리에 아일랜드 승려들의 암자를 발견했는데, 그것은 예수 뒤의 4세기에 왕실 혈통의 성인 엔다에 의해 건립되었다. 이 암자로부터 페니언인, 고(故) 루카 승정이 태어났다. 여기 단테 알레기리의 선구자로서, 아일랜드의 성인 이전의 월력에 서술된, 환상적인 성 퍼사가 살았고, 꿈꾸었다. 퍼사의 환상을 그린 중세 본은 천국에서 지옥까지, 우주를 통한 악마의 무리 사이 4개의 불(火)들의 침울한 골짜기로부터 무수한 천사의 날개에서 반사되는 성스러운 빛에 이르기까지, 성인의 항해를 묘사한다. 이 환상은 『신곡』의 시인을 위한 모델로서 이바지했으리니, 그는, 칼럼버스처럼, 그가 영혼의 세 지역을 방문하고 서술한 최후의 사람이었기 때문이다.

****

만의 해안에 뻗은 범포를 두른, 망가지기 쉬운 작은 보트들이 마르도록 끌어올려져 있다. 네 명의 섬사람들이, 골웨이의 약초 판매자들의 가게에서 볼 수 있는 것과 같은 자색과 녹 빛깔의 해초로 덮힌 바위 너머로 바다까지 급히 내려온다. 아란 섬의 그 어부는 발걸음이 확실하다. 그는, 뒤축 없는, 장심(掌心)이 열리고, 생가죽 끈으로 묵힌, 무두질 되지 않은 암소 가죽의 거친 샌들을 신고 있다. 그는 펠트 같이 두터운 털옷을 입고, 넓은 테의 크고 검정 모자를 쓰고 있다.

우리는, 불확실하게, 비탈진 작은 거리의 하나에서 멈춘다. 온통 영어를 말하는 섬사람은 아침 인사를 말하고, 맙소사, 지독한 여름이라고 말을 덧붙인다. 그 말은, 처음 보통 아일랜드의 머뭇거림의 하나처럼 보이는데, 오히려 인간의 체념 깊은 곳에서 나오는 듯하다. 그것을 말한 사람은 위엄 있는 이름인, 오프라허티 가(家)의 이름을 지니고, 젊은 오스카 와일드가 그의 최초의 책 타이틀 페이지에 자랑스럽게 인쇄한 이름이다. 그러나 시간과 바람은 그가 속하는 지난날의 문명을—섬의 신성한 드루이드교인들, 조상에 의해 지배된 영토, 언어, 그리고 아마도 이름, 성당의 비둘기로 불렸던 아란 섬의 은거자— 땅에서 지워버렸다. 섬의 언덕 위에 자라는 왜소한 잡목들 주위에 그의 상상력은 그의 심리의 깊이를 드러내는 전설과 이야기들을 짰다. 그리고 분명한 단순성 아래 그는 회의론의 그리고 유머의 작은 자국들을 보유한다. 그는 말을 하자 멀리 쳐다보며, 열렬한 열성가로 하여금, 저 산사나무야말로 아리마티의 요셉이 지팡이를 잘라 만든 작은 나무라는 그 놀라운 사실을 그의 노트에 적도록 한다.

한 노파가 우리에게 다가와 우리를 그녀의 집에 들어가도록 초청한다. 그녀는 엄청나게 큰 차 항아리, 작은 한 조각 빵, 그리고 어떤 짠 버터를 테이블 위에 내놓는다. 그녀의 아들인, 그 섬사람은 벽로 가까이 앉아, 당황하고 겸손한 태도로 나의 동료의 질문에 답한다. 그는 자기가 몇 살인지 알지 못하지만 곧 나이 먹게 될 것이라 말한다. 그는 왜 그가 아내를 얻지 않은지 알지 못하는데, 아마 그를 위해 여자가 없기 때문이리라. 나의 동료는 왜 그를 위해 여자가 없는지 계속 묻자, 섬사람은, 머리에서 모자를 벗으며, 혼란한 듯, 미소를 띠면서, 부드러운 털 속에 얼굴을 파묻는다. 아란 섬은, 전하는 대로, 세상에서 가장 이상한 곳이다. 한 초라한 장소, 그러나 아무리 초라할지라도, 나의 동료가 돈을 지급하려 했을 때, 노파는 거의 골이 난 듯 돈을 거절하며, 자기 가문을 무시하느냐고 묻는다.

****

가늘고 꾸준한 보슬비가 회색의 구름으로부터 내린다. 비안개가 서쪽에서 다가오자, 한편 작은 배는 결사적으로 느림보들을 부른다. 섬은 구름 배일에 둘러싸인 채 조금씩 사라진다. 경사진 산마루에 꼼짝 않고 앉아 있는 세 덴마크 수부들도 또한, 사라진다. 그들은 여름 동안 낚시를 하며 대양에 나와 아란 섬에 멈추었다. 말없이 우울하게, 그들은 8세기에 골웨이 시를 불태웠던 덴마크 유랑민들을, 전설에 따라, 덴마크 소녀들의 지참금에 포함되는, 그리고 그들이 다시 정복하기를 꿈꾸는 아일랜드의 땅을 생각하는 듯하다. 섬 위에 그리고 바다 위에 비는 내린다. 비는 마치 아일랜드에서만이 내릴 수 있는 듯하다. 배의 앞 갑판 아래, 거기 한 소녀가 승무원 하나를 그녀의 무릎에 안고, 사랑하는 사이, 우리는 다시 지도를 편다. 황혼 속에 항구들의 이름은 구별할 수가 없으나, 골웨이를 떠나, 가르며 펴져 나가는 선이 신비자에 의해 그의 고향 도시의 도가머리, 그리고 아마도 심지어 수도원의 예언적 머리 근처에 놓인 표어를 회상 시킨다:

그것은 싹트는 백합처럼 자라날지라.
그의 가지들을 테레빈 나무처럼 뻗으면서.

제임스 조이스

47

정책과 소(牛)의 병

1912

조이스가 1912년 7월 더블린을 방문하기 위해 트리에스테를 떠나려고 준비하고 있었을 때, 얼스터 사람인, 그의 친구 헨리 N. 블랙우드 플라이스는 그에게 의회 의원, 윌리엄 필드의 주소를 찾아내도록 요구했다. 플라이스는 아일랜드의 소의 아구창에 관해 관심이 많았으며, 블랙록의 푸주 인으로 역시 연루된, 필드에게 오스트리아에 발달하고 있던, 소문난 치료에 관해 알기를 원했다. 조이스는 주소를 보냈고, 플라이스는 필드에게 편지를 쓰자, 필드는 1912년 8월 19일 자의 『이브닝 텔레그래프』지에 편지를 출판했다. 조이스는 편지를 『율리시스』에서 패러디하거니와 거기서, 그는 그것을 디지 씨에게 돌리고, 블랙우드 플라이스를 디지의 사촌으로 삼는다. 그러나 1912년 9월 6일 자의 그의 아우 찰스의 편지에 따르면, 그는 그 문제에 아주 흥미가 있었고, 그것에 관해 『플리먼즈 저널』지를 위한 부(副) 사설을 썼다. 이 논문은, 1912년 9월 10일에 『플리먼즈 저널』지에 부 사설로서 나타났거니와 조이스가 자신을 흥미롭게 했던 문제를 얼마나 완전히 그리고 재빨리 다루었는지를 보여줌과 아울러, 『율리시스』에 펼친 소들에 대한 그의 동정에 대해 또한, 밝혀준다.

****

나라가 몇몇 아일랜드의 지역들에서 소의 아구창(鵝口瘡)의 발발에 연루된 국가적 재난을 이용해 정치적 자재(資材)를 만들려는 연합주의자와 당파들의 애처로운 노력으로 사기당하지 않았을지라도, 딜론 씨는 이간질하는 사람들이 탐닉하는 부정한 소란에 의해 행해진 상해(傷害)를 지적함으로써 값진 봉사에 보답한다. 그들은, 그가 지적하거니와 헨리 채플린 씨와 바타스트 씨와 같은 영국의 보안주의자들과 한통속이 되었고, 그들의 목적은 영국의 대중을 위한 안전이 아니라, 영국 시장으로부터 아일랜드 소들의 연장된 배제이다. 아일랜드의 농부의 적들로 하여금, 제안될 수 있는 이러한 어떠한 완화이든, 조건들이 완화를 정당화하는 런시만 씨의 비편견적 의견으로가 아니라, '아일랜드의 지시'에 기인한다는 부르짖음을 야기하게 할 수 있음으로써, 그들은 아일랜드의 주식 소유자들과 무역인의 요구의 공정한 취급에 대한 새로운 방해를 단순히 약기시켜 왔다. 아일랜드 당을 위한 정부를 뒤엎는 모든 이러한 바보 같은 위협과 요구는 영국의 제명주의자(除名主義者)에 대한 공격수단이 되어왔다. 우리는 『글로브』지가 어떻게 그들을 이용했는지 보았다. 이러한 연합주의자의 싸우기 좋아하는 자 중의 어떠한 이도 그 문제에서 도움을 위해 그들 자신의 당에 호소하지 않음을, 또한, 주목할 것이다. 『아이리시 타임스』지의 런던 특파원에 따르면, "모든 여론의 기색을 띤 아일랜드의 멤버들은 제한의 제거를 요구하고 있지만, 성공을 거두지 못했다." 이는 대부분의 사람에게 뉴스감이 될 것이다. 지금까지 여론의 기색을 띤 아일랜드의 멤버들은 그 문제에 대한 침묵으로 단지 두드려졌다. 아일랜드 연합당의 단 한 사람도 런시만의 대표 파견에 참가하지 않았다. 채플린 씨와 바타스트 씨는 한 아일랜드 연합당 멤버로부터 항의의 한마디 말없이 광포하도록 허락되었다. 하지만 연합당 지주들, 토지 거래인들, 그리고 11월의 사람들, 그리고 그들의 부르짖음에 합세해온 패배당한 도당 후보들은 한마디 항의를 하거나 채플린 씨에게 재갈을 씌우도록 아일랜드 연합당 지도자들에게 호소하지 않았다. 그러한 단순한 사실은 그 문제에 관한 모든 연합당 이야기의 동기와 목적을 설명하기에 충분하다.

딜론 씨는 아일랜드 당에 추천된 그런 종류의 행동의 확실한 결과가 어떤 것일지 지적한다. 그것은 자치법안과 자치 운동의 희생을 함유할 뿐만 아니라, 이러한 충고자들에 의해 주장되는 목적 자체를 패배시키리라. 이러한 순간 뒤에 어떠한 영국 총리도 여러 달 동안 감히 영국의 항구들을 열지 않으려 했으니, 그 이유는 그의 동기가 즉각적으로 도전을 받을 것이기 때문이다. 동등하게 질병의 중요성에 관한 이야기 및 어떤 바보 같은 사람들에 의해 그것을 감추려는 농부들에게 주어진 충고는 나쁘고 위험한 것이었다. 그들은 모든 의심스러운 사건을 보고함으로써 그들의 상식을 증명해 왔다. 공공 당국을 도우려는 그들의 우려는 그렇게 보도된 다수 사건이 어떤 다른 질병의 경우가 됨을 입증해 왔다는 사실에 의해 증명되었다. 단지 이러한 행동만이 무역 대중의 자신감이 회복될 수 있기에, 영국의 장관은 폭로된 사실들에 관해 자유로이 행동하리라. 질병은 단지 아이들의 홍역과 같으며, 모든 소는 그것을 경험하도록 허락되리라는 이야기는, 농부들로 하여금 질병의 경우를 은폐하도록 하는 어리석은 충고처럼, 아마도 건강한 지역들은 "상황이 한층 멀리 스스로 폭로할 때까지," 그들의 권리가 부정되어야 하는 비범한 공식적 암시의 설명이리라. 상황은 충분히 드러났는데, 왜냐하면, 아일랜드의 주식 소유자들은 그 문제에서 완전히 솔직해 왔기 때문이다. 그들은 우리가 인용한 자들처럼 무책임한 화자들의 우행에 대해 책임을 져서는 안 된다. 그러나 한 순간의 반성은 주식 소유자들에게 그러한 종류의 바보 같은 사람들이 헨리 채플린 각하와 찰스 바타스트 씨와 같은 사람들에게 질병의 10배나 되는 발발만큼 가치가 있으리라 확신시킬 것이다.

우리는 아일랜드 농부들과 무역인이 그들의 노력을 풀거나 혹은 그들의 흥분을 끝내기를 권고할 생각은 없다. 정반대이다. 상황은 중대하며, 그들은 건강한 아일랜드의 주식을 위해 항구들을 다시 열기를 요구하는 데 대한 건실하고도 단단한 이유를 지닌다. 이러한 건실하고도 단단한 이유는 그들 스스로 패배시키는 위협으로, 그리고 질병은 아일랜드에서 감추어지고 있다고 비방자들에게 말하게 하는 선언으로, 단지 약화되고 있다. 주식 소유자들은 사실을 지적할 수 있거니와 본래의 발발이래, 질병의 존재가 거의 의심받지 않았을 때, 비록 콘수타버랄리 당국이나 부서(部署)의 관리들이 전(全) 국토에 걸쳐 질병의 증후를 활발히 감시하고 있었을지라도, 은폐에 대한 단 한 번의 고소도 일어나지 않았다는 것이다. 그러한 종류의 한 가지 사실은 영국의 건강한 지역들과 더불어 대우의 동등성을 위한 요구의 가장 완전한 정당성으로, 아일랜드의 주식 소유자들과 무역인이 그것을 압박하고 있다는 것이다. 그러한 요구를 밀고 나감에서 그들은 아일랜드 당과 그것의 지도자의 충분한 그리고 회심의 협동이 있다. 당의 영향은 적지 않게 강하게 행사될지니, 왜냐하면, 그것은 합법적이요 합리적 방법으로, 그리고 비방에 대한 어떤 근거도 배척주의자들에게 남기지 않는 모습으로, 사용될 것이기 때문이다. 아일랜드의 부서야말로, 우리는 신빙할 강한 이유가 있거니와 적지 않게 활동적이다. 러셀 씨는 아일랜드 주식 소유자들이 요구하는 승인을 감추지 않을 것이다. 반면에, 그는 자신의 동의를 공적으로 선언하는 강한 단계를 밟아 왔다. 그의 진술은 화물 선적의 비합리적 연장에 항거라는 가장 활기찬 선동을 위한 최선의 정당화이다. 그러한 선동을 지속함은 본질적이지만, 그것이 어리석고 유해한 언어의 사용을 찬성하지 않다니 크게 본질적인지라, 그 언어야말로 런시만 씨의 협박자들이 그들의 태도를 변호하는 유일한 정당화이다.

48

「분화구(버너)로부터의 가스」

1912

1909년 9월에 조이스는 더블린을 방문하여 그의 초기 단편집인 『더블린 사람들』을 출판하기 위해 더블린의 마운셀 출판사와 계약을 맺었다. 그러나 출판사 사장인 조지 로버츠는 조이스의 원고를 검열한다는 이유로 출판을 지연시켜 왔다. 따라서 그와 작가 간에 약 3년간의 협상을 이루지 못하다가 마침내 1912년 7월에 조이스는 더블린으로 되돌아와 이 문제를 단판 하기에 일렀다. 조이스와 로버츠는 변호사와 상담했다. 로버츠는 이들에 의해 작가가 실제 주점 명과 실제 인물명을 작품 속에 그대로 사용함으로써, 이는 남을 중상하는 처사라 일러 받고, 이를 변경시켜 줄 것을 작가에게 권고했다. 그러나 이에 대한 가망이 보이지 않자, 마침내 그는 더블린 인쇄업자, 존 펠커너가 프린트한 인쇄본을 매입해 달라는 작가의 제의를 수락하기로 했다. 그러나 인쇄자인 팰코니는 이처럼 논란의 여지가 많은 책과 관계를 끊을 양으로 그의 인쇄본을 뒤이어 모두 절단해 버렸다. 이에 조이스는 분노에 가득 차 더블린을 떠났으며, 프라싱과 솔츠버그로 가는 기차 속에서 『더블린 사람들』의 출판 계약서 뒷면에다 그의 비방 문을 쏟음으로써 화풀이를 했으니, 이것이 바로 이 분노의 산문시이다.

****

신사 숙녀 여러분, 여러분은

외지(外地)의 한 아일랜드 작가의

음울하고 불길한 예술 때문에

하늘과 땅이 진동했던 이유를 듣기 위해

여기에 모였습니다.

그는 10년 전에 나에게 한 권의 책을 보냈습니다.

나는 그 책을 전후 상하로

망원경의 두 끝을 통하여

1백 번가량이나 읽었습니다.

나는 그 책을 마지막 한 자까지 모두 출판했습니다,

그러나 주님의 자비로

나의 어두운 마음은 갈라지고,

나는 그 작가의 불결한 의도를 보았습니다.

그러나 나는 아일랜드에 의무를 지고 있습니다:

나는 나의 손안에 그의 명예를 쥐고 있는지라,

언제나 그의 작가들과 예술가들을 추방하고

아일랜드 풍자의 정신 속에

그의 지도자들을, 하나하나, 배반한

아름다운 나라.

파넬의 눈 속에 생석회를 집어넣은 것은

술을 마시거나, 마시지 않은

아일랜드의 익살이지요,

로마 주교의 구멍 뚫린 거룻배를

파멸에서 구한 것은

아일랜드의 기지(機智)이지요,

왜냐하면, 모든 사람이 알다시피, 교황은

빌리 왈시의 허락 없이는 트림도 제대로 할 수 없습니다.

그리스도와 카이사르가 환대받는 곳,

내 첫 유일한 사랑 아일랜드여!

클로버가

자라는 아름다운 나라!

(숙녀여 저가 코를 푸는 것을 용서하소서)

나는 일말의 관심도 없는 혹평을

여러분에게 보이기 위해

산양(山羊)의 시들과 "사생아", "색골", "창녀"의 말들이 난무하는

한 편의 희곡(여분은 분명히 읽었으리라 생각합니다만),

그리고 소득의 10퍼센트를 먹고 사는 성실한 신사, 무어가 쓴, 말씀과 성 바울

그리고 내가 회상할 수 없는 어떤 여인의 다리에 대하여 쓴, 한 편의 희곡도

출판했습니다.

나는 신비로운 책들도 수십 권 출판했습니다,

나는 코우신즈의 탁상─서적도 출판했습니다,

비록 그 운문으로 말하자면 여러분에게

엉덩이 깔고 앉아 가슴앓이를 일으키게 할 테지만(여러분의 용서를 빌며).

나는 황금의 입을 가진 그레고리가 쓴,

남과 북의 민속을 출판했습니다.

나는 슬프고, 어리석고, 엄숙한 시인들을 출판했습니다.

나는 패트릭 이른바 콜럼을 출판했습니다.

나는 마운셀 출판사 사장의 여행 가방으로부터

귀중품처럼 끄집어낸 플레이보이 슈미즈에서

천사의 날개 마냥 솟는 위대한 존 밀리센트 싱을 출판했습니다.

그러나 나는 올리어리 커티스와 존 와이즈 파우어에게

시간제로 이탈리아어를 낭독하면서

어떤 흑인 출판자도 참을 수 없을 태도로,

불결하고 정다운 더블린에 대해서 쓰는,

저기 누른 오스트리아의 옷을 입은,

저 경칠 친구의 행동을 참는 데도 한계가 있습니다.

천벌을 받을 일이외다! 여러분은 내가

웰링턴 기념비의 이름이나,

시드니 산책로 그리고 샌디마운트 행 전차,

도우네스의 과자점 및 윌리엄즈의 잼 따위를 출판하리라 생각합니까?

만일 그런 짓을 한다면 나야말로 경칠 놈입니다―

지옥에 떨어질 것입니다!

『아일랜드의 인명록』에 관해 이야기합시다!

그것은, 맹세코, 내게 놀라움인 바,

그자는 컬리즈 홀을 언급하는 것을 잊어버렸지요.

천만에, 숙녀들이여, 나의 출판은 계모(繼母) 에란(愛蘭)에 대한 그처럼 조
잡한 명예훼손 문서에 절대로 관계하지 않습니다.

나는 가난한 사람들을 동정합니다―그것이 내가 나의 책을 지키도록

붉은 머리카락의 스코틀랜드 인을 택한 이유지요.

불쌍한 자매 스코틀랜드여! 그의 운명은 이제 다했습니다.

팔아넘길 스튜어트 왕가도 이제 더 없습니다.

나의 양심은 중국의 명주와도 같이 아름답습니다.

나의 심장은 버터밀크같이 부드럽습니다.

콜럼은 여러분에게 그의 『아이리시 리뷰』에 대하여

계산으로 따져 1백 파운드의 비난을 내가 했다는 것을

말할 수 있습니다. 나는 조국을 사랑합니다— 진정 사랑합니다!

나는 이민의 기차와 선박을 생각할 때마다

얼마나 내가 눈물을 흘리는지 당신이 볼 수 있었으면 합니다.

그것이 내가 아주 읽기 어려운 철도 안내서를

널리 발간한 이유입니다.

나의 출판사 복도에는

그 불쌍하고 보상받을 창녀가 매일 밤마다

그녀의 딱 붙는 바지 입은 영국의 고지 척탄병과 더불어

자유형 씨름 경기를 마구 합니다.

그리고 그 외국인은 취하고 채신없는 더블린의 창녀로부터

수다 떠는 재능을 배웁니다.

누가 말 했던가요: 죄악에 저항하지 말라고?

나는 그 책을 불태워 버릴 것이요, 그러니 악마여 저를 도우소서.

나는 불타는 책을 바라보며 찬송가를 부를 것이요,

그 재를 손잡이 달린 항아리에 보관할 것입니다.

나는 무릎을 꿇으면서,

방귀와 신음으로 참회할 것입니다.

바로 잇따라 나는 나신(裸身)을 들어낼지니

나의 참회하는 엉덩이를 공중을 향해

그리고 나의 출판사 곁에 흐느끼면서

나의 무서운 죄를 고백할 것입니다.

반녹번 출신 아일랜드의 배심 장은

항아리 속에 그의 오른손을 담그고

경건한 엄지손가락으로 나의 엉덩이에다

"생자(生者)의 기억"이라 십자로 서명할 것입니다.

49

둘리의 신중성

1916

조이스는, 스위스의 영국 영사관 당국의 견해로, 세계 1차 전쟁 동안, 모욕적이게도 중립적이었다. 그는 1915년 6월 말까지 오스트리아의 트리에스테에 머물었고, 당시, 억류를 피하고자, 그는 스위스로 갔다. 그는 자신이 전쟁에 가담하지 않을 것이요, 그것을 지키는 데 어려움이 없다는 말을 오스트리아 관리에게 보냈다. "둘리의 신중성(Dooleysprudence)"은 양면을 가진 그의 평화주의자의 노여움을 반영한다. 그것의 고독한 망명자를 옹호함은 『성직』을 회상시키거니와 그러나 여기 『율리시스』에서처럼 예술가는 보통 사람이요, 영웅적 수사슴이 아니다.

＊＊＊＊

모든 용감한 국민이 전쟁으로 달려갈 때
바로 그 일급의 케이블카를 타고 점심을 먹으려 집으로 가서,
혼자서 캔트로프 콘포츠를 즐겁게 먹으며,
지구의 지배자들의 소란스런 전황(戰況) 발표를 읽을 자 누구리오?

그건 둘리 씨,
둘리 씨,

우리의 조국이 여태 알았던 가장 냉정한 녀석,
"그들은 동전과 달러를
훔치기 위해 외출하도다."
둘리—울리—울리—우 씨가 말하도다.

교회 가기를 거절하는 괴상한 녀석은 누구리오
교황과 승려와 교구목사가 그 가련한 자를 궁지에 내버려두고,
그들의 군중에게 모든 인간의 영혼을 구하는 유일한 방법을
가리킨 이래,
덤덤탄(彈)으로 인간의 육체를 꿰뚫고 있었으니?

그건 둘리 씨,
둘리 씨,
우리의 조국이 여태 알았던 가장 유순한 사나이,
"누가 주전론자(主戰論者) 예수로부터
우리를 해방하랴"
둘리—울리—울리—우 씨가 기도하도다.

샴의 경칠 위험 또는 문제에 대해
조금도 상관하지 않는 유순한 철학자는 누구리오
영국의 타르가 인생의 샘의 물임을 믿지 않는다니
그리고 산 위의 독일인의 복음을 벌컥벌컥 들이키지 않을지니?

그건 둘리 씨,
둘리 씨,

우리의 조국이 여태 알아온 가장 관대한 두뇌,
"모세의 저주를
그대의 양쪽 집 위에"
둘리 — 울리 — 울리 — 우 씨가 부르짖도다.
법전, 형법과 토지대장의 페이지를 가지고
긴 담뱃대에 불을 댕기는 유쾌한 바보는 누구리오
그리고 왜 대머리 법관들이 다른 이의 머리카락으로 만든 토가복과 가발을
법으로 꼭 입고 써야 하는지를 이상히 여기다니?

그건 둘리 씨,
둘리 씨,
우리의 조국이 여태 알았던 가장 멋진 바보,
"그들은 폰티우스 빌라도로부터
의상을 빼앗은지라"
둘리 — 울리 — 울리 — 우 씨가 생각도다.

자신이 완전한 돼지로 행동하는 자라 말하는 자는 누구리오
그가 한 마리 개를 위해 소득세와 면허세를 지급하기 전에
그리고 그가 우표를 핥을 때 미소 짓는 조롱으로 주시하나니
왕 혹은 제왕의 얼굴 혹은 일각수의 주둥이를?

그건 둘리 씨,
둘리 씨,
우리의 조국이 여태 알았던 가장 거친 개으름뱅이
"오 나의 가련한 배(腹)

그의 궁둥이의 고무질!"
둘리―울리―울리―우 씨가 신음하도다.

국가에 경례하지 않으려는 평온한 신사는 누구리오
혹은 나버콘도네소 혹은 프롤레타리아트를 섬기나니
그러나 인간의 모든 아들은 충분히 할 일을 가지리라 생각하도다
인생의 흐름 아래로 자신의 개인 카누를 첨벙첨벙 노 젓기 위해?

그건 둘리 씨,
둘리 씨,
우리의 조국이 여태 알았던 가장 현명한 인간
"가련한 유럽이 산책하는지라
도살장으로 가는 면양처럼"
둘리―울리―울리―우 씨가 한숨짓도다.

50

영국 배우들을 위한 프로그램 노트

1918/19

1918년 봄에 조이스와 이름이 크로드 스키즈라는 한 영국 배우는 그들이 "영국의 배우들"이라 부르는 일당을 조직하고, 취리히와 다른 스위스의 도시들에서 연극을 공연하기 시작했다. 조이스는 레퍼토리의 선택에서 큰 몫을 했고, 그것은 두드러지게 애란 적이었으며, 최초의 공연은 와일드 작의『어네스트의 중요성』이었다. 1918년 6월에, "배우들"은 그들의 첫 3가지 프로그램을 제시하고, 조이스는 프로그램 노트를 썼다. 그는 바리를 묵인했으나, 싱과 쇼의 연극들에 특히 흥미가 있었다. 그는 1902년 파리에서 싱을 알았고, 싱은 그에게『바다에로, 말을 타고』의 원고를 보여주었다. 조이스는 재난을 가져왔던 방식에 반대하자, 그의 프로그램 노트는 그가 의심하기를 연극이 아리스토텔레스적 흠을 포함하고 있음을 지시한다.『소네트의 흑부인』에 대한 그의 노트는 사실상 그가『율리시스』의『스킬라와 카립디스』에피소드에서 개진하는 것과 같은, 쇼의 것으로부터 셰익스피어의 다른 암시를 들어낸다. 노트의 마지막 문장은 죽음에 대해 언급하는 듯하나, 아마도 셰익스피어의 인생이 안 하사웨이의 부정으로 가려져 있다는 조이스의 이론에 대한 불가해한 언급일 것이다.

조이스는 "배우들"로 하여금 아일랜드인인, 에드워드 마틴의 또 다른 연극『헤더 들판』을 1919년 3월에 공연하도록 권고했다. 마틴은 아일랜드 문예 극장의 설립자요, 이 극은 극장이 1899년에 공연한 두 편 중의 하나로, 다른 것은 예이츠의

『카슬린 백작 부인』이었다. *마틴은 다른 애란 극작가들보다 입센의 전통에 한층 가까웠는지라, 그리하여『헤더 들판』의 토대에서, 조이스는, 많은 타자처럼, 마틴의 나중 작품이 떨쳐버린 고매한 희망을 칭찬했다.*

*****

J. M. 바리 작
『12파운드 얼굴』

어떤 '심스'라는 이름은 작위가 주어질 것이다. 즉, 아마도 그 이름이 암시하다시피, 조발사(調髮師)란 특허를 얻었기 때문이리라. 그는 그가 자신의 아내와 예행연습을 하고 있음이 발견되거니와 우리는, 아마도 조발사의 이름표를 그린 것에 대해, 역시 작위가 주어진, 왕립 아카데미 회원이 그린, 벽에 걸린 그녀의 초상화를 본다. 타자수가 공포된다. 이 타자수는 약 14년 전에 그의 도망간 아내이다. 그들의 대화로부터 우리는 그녀가 또 다른 남자를 위해서가 아니라, 타자를 침으로써 그녀의 구조수단을 해결하기 위해서 그를 떠나갔음을 알게 된다. 12파운드의 얼굴은 그녀가 말하는바, 한 아내의 눈으로, 모든 남편이 주의해야 하는 저 독립의 얼굴이다. 새 훈작사의 새 아내는, "그녀의 재치로 유명하거니와"—또한, 신중한지라—시간이 주어지면, 얼굴을 얻는 듯 느껴진다. 타자수들은, 그러나 오히려 현재로는 부족하다.

존 M. 싱 작
『바다로, 말을 타고』

싱의 첫 연극은 1902년 파리에서 그의 아란 섬의 기억으로 쓰인 것이다. 연극은 한 어머니와 그녀의 죽은 마지막 아들을 보여주는데, 운명은 그녀의 모든 아들을 요구하는 냉혹한 바다이다. 짧은 비극이 가능하든 안하든 간에 (아리스토텔레스가 갖는 의문점), 귀와 마음은, 만일 "초라한 아란 섬"으로부터의 이 짧은 장면이 비극적 시인의 작품이 아니라면, 우리를 신중하게 오도하리라.

G. B. 쇼 작

『소네트의 흑부인』

쇼 씨는 여기 정통파적 세 인물—한 처녀 여왕, 한밤중의 맑은 정신인 어떤 셰익스피어, 그리고 흑발의 명에스런 처녀, 메리 피튼, 그들은 80년대 토마스 타이어와 해리스 씨에 의해 발견되었다. 셰익스피어는 하이트홀로 그녀를 만나기 위해 오는데, 한 말잘 구슬리는 육식가로부터 W. H. 씨가 그의 기선을 제압함을 안다. 그 시인은 지나가는 그 첫 여인에 울화를 터뜨린다. 그것은 여왕으로, 그녀는 말을 거는 것을 싫어하지 않은 듯하다. 그녀는 명예의 처녀에게 방해가 안 되도록 명령한다. 그러나 셰익스피어가 그녀에게 자신의 극장을 줄 것을 청하자, 그녀는 심한 잔인성으로 그를 그녀의 출납관에게 보내고, 그를 떠난다. 연극의 최고 시해자(弑害者)는, 하느님에게 그녀를 도우도록 기도하고, 한 개의 번쩍이는 지갑, 사랑의 반역, 노 여왕의 추파 그리고 정부 관리의 사악한 눈, 다가올 공포에 대해 숙고하며, 집으로 간다.

에드워드 마틴 작

『헤더 들판』

『헤더의 들판』의 저자, 에드워드 마틴은 아일랜드 국립 극장의 낙성식을 거행하는 W. B. 예이츠와 함께한다. 마틴은 통달한 음악가요 문인이다. 극작가로서 그는 입센파를 따르거니와 그런고로, 국립 극장을 위해 글을 쓰는 극작가들이 농민 극에 주로 그들의 힘을 헌신할 때, 아일랜드의 유독한 지위를 점령한다. 마틴의 연극들 가운데서 가장 잘 알려진, 『헤더의 들판』은 다음과 같다:

카든 타이렐은 그의 젊은 시절 초에 불행한 결혼을 했고, 이제 그의 아내 그레이스와 함께 불화 속에 살고 있다. 그는 일상의 정상적인 일정을 전혀 상관하지 않는, 한 이상주의자이다. 자신의 재산으로 억지 정주한 채, 그리고 그의 이웃들이 마음에 맞지 않음을 발견하면서, 그는 농사일을 이상화했고, 연극의 시작에서 광대하고 넓은 헤더 땅을 개간하려고 애를 쓴다. 이 일을 수행하기 위해, 그는 많은 액의 돈을 빌려야 했다. 그의 친구 발리 어써와 그의 아우 마일스는 그가 당면하는 위험을 경고하지만 헛되다. 그들은 그가 자신의 노동으로부터 별 이익을 얻지 못하리라 몰아대는데, 왜냐하면, 어써는 헤더가 자라는 땅을 개간하는 것이 극히 어려움을 알기 때문이요, 야생의 헤더는 곧 재차 그들을 파멸할 것이기 때문이다. 그레이스는 카든이 많은 돈을 더 빌릴 생각임을 알고, 그가 스스로 망하리라 겁을 먹는다. 카든은 그의 아우 마일스에게 자신이 공중에서 신비스런 목소리를 듣는데, 매일의 생활은 그에게 점점 더 비실재적이 되고 있음을 시인한다. 그는 자신의 이성을 잃은 것을 확신한 채, 그레이스는 그녀의 친구 슈룰 여인에게 두 의사가 와서 카든을 진찰하도록 마련했음을 스스로 털어놓는다. 그녀는 그를 발광자로 확인하고, 제지 하에 두기를 희망한다. 슈룰 여인은 동정하지만 그녀도 그녀의 남편도 속수무책이다. 의사들은 카든의 아들, 키트를 진단할 평계를 시작하지만 계획은 발리 어써에 의해 패배되는데, 후자는 그레이스의 계획과 더불어 그 속에 빠짐으로써 그들이 당면할 위험을 경고한다. 그러나 사건은 설상가상이다. 카든은 그의 세든 이들과 싸우고, 이리하여 더 많은 돈을 잃고, 경찰의 보호를 받아야만 한다. 그는 빌린 돈에 대한 이자도 갚을 수 없어, 파산으로 위협받는다. 이러한 위기에 키트가 말타기에서 되돌아와 그가 헤더 들판에서 발견한 어떤 헤더 봉우리를 그의 아버지에게 보여준다. 키트는 이성과 기억을 잃는다. 그의 마음은 그의 결혼 전의 행복한 나날로 되돌아간다. 그레이스가 그를 길들이려고 애를 썼듯, 그렇게 그는 헤더 들판에 순화(馴化)하려고 애를 쓰고, 각각의 경우에 오랜 거친 천성은 스스로 원한을 품는다.

51

파운드에 대한 편지

1925

에즈라 파운드는 조이스가 1913년부터 1922년까지 받은 인식을 위한 다른 어떤 사람보다 한층 책임이 있었다. 파운드는 그의 작품을 『에고이스트』지의 편집자였던 도라 마스던의 주의를 끄게 했는데, 잡지는 1914년부터 1915년까지 『젊은 예술가의 초상』을 연재로서 출판했다. 파운드는 조이스의 책에 관해 말하고, 그것을 서평하고, 친구들로 하여금 읽게 하고, 다른 친구들에게 조이스를 위해 왕립 문학 자금과 영국 재무성 자금으로부터 보조금을 얻도록 권유하고, 조이스를 다른 작가들과 접촉하도록 하고, 그를 『율리시스』를 가지고 격려하고, 1920년에, 그들이 처음 만났을 때, 그를 트리에스테를 떠나 파리로 가도록 권유했다. 그는 『피네간의 경야』에 많은 흥미를 갖지 않았는지라, 조이스에게 불쾌하게도 그렇게 말했으나, 그들은 친구로서 남았다. 조이스는 파운의 작품을 많이 읽지 않았으며, 『디 코터』지의 편집장인, 어네스트 월시가 그에게 찬사를 요구했을 때, 그는 자기의 칭찬을 파운드의 개인적 친절에 제한했다.

* * * *

프랑스, 파리

1925년 3월 13일

친애하는 월시 씨:

나는 당신의 비평의 첫 호가 곧 선을 보이리라 소식 듣고 반갑소. 이 호를 에즈라 파운드에게 헌납하다니 아주 좋은 생각이요. 나는 당신이 출판하는 다른 이들에 나의 감사의 인사를 첨가하도록 허락해 준 데 대해 정말 행복하오. 나는 그의 다정한 도움, 격려와 내가 쓴 모든 것에 보인 관대한 흥미에 크게 빚지고 있거니와 알다시피 그에게 비슷한 감사를 지고 있는 많은 타인이 있소. 그는 내가 그를 만나기 전 아주 커다란 어려움에 직면하면서도, 7년 동안 모든 방법으로 나를 도왔소. 그리고 그때 이후로, 그는 언제나 내게 충고와 감사할 채비를 해왔기에, 그것을 나는 정말로 탁월하고 명민한 마음에서 나온 것으로 아주 높이 평가하오.

나는 당신의 비평이, 그토록 멋진 이름하에 출범함으로써, 응당 성공하리라 희망하오.

여불비례,
제임스 조이스

하디에 대한 편지

1928

귀하에게.

토마스 하디의 영전에 바치어 헌납된 귀하의 특별 호를 위한 나에게 가능한 공헌을 위해 귀하가 방금 내게 행한 요구는 깊은 감동을 주었소. 나는 불행히도 뭔가 값진 것이 담겨 있을 법한 하디의 작품에 관한 의견을 행사하는 데 필요한 자격이 없지 않나 생각하오. 왜냐하면, 나는 여러 해 전에 그의 소설들을 읽었는지라, 얼마나 오래되었는지 오리려 기억하고 싶지 않소. 그리고 그의 시적 직품들도, 나는 그것에 대해 전적으로 아는 바 없음을 당신께 자백하지 않을 수 없소. 고로 방금 별세한 존경할 인물에 관한 최소한의 판단을 한다는 자체가 나로서는 단순히 지나치게 철면피한 것이오. 나로서는 그이 자신의 나라의 비평가들에게 이러한 책임을 넘기는 것이 더욱 나을 것 같소.

그러나 그의 작품에 관한 어떠한 다양한 판단이 존재하든 간에(만일 존재 한다면), 그럼에도 분명한 것은, 하디야 말로, 특히 독자가 아무리 초라한 말일지라도 만족하는 시대에, 그리고 결국에, 작가는, 그럼에도 아무런 도움 없이 스스로 문제들에 한층 적응하려고 하는 시대에, 시인으로서 그의 태도에서, 그의 대중과의 관계에서, 다른 학자들이 결핍한, 독자의 성실과 자기 — 평가의 존경할 예를 보여주었소.

제임스 조이스

스베보에 대한 편지

1929

에토르 시미츠 ("이따로 스베보")는 1907년에 영어를 공부하기 위해 조이스에게 온 트리에스태의 한 실업가였다. 조이스는 곧 그의 생도가 비상하게 문학적 감수성이 있는 사람으로 알아채고, 그에게 자기 자신의 글쓰기에 대해 말했다. 그러자 시미치는 그이 자신도 글을 쓰며, 몇 년 전에 두 편의 소설을 출판했다고 고백했고, 그들을 조이스에게 전했다. 조이스는 스미츠가 어떤 종류의 책을 썼는지 궁금했는지라, 그는 소설들 속에 그가 발견한 미묘한 아이러니로 인상을 받았다. 그는, 스태니슬로스 조이스가 회상하다시피, 그들의 다음번 수업에서, 『세니리타』지의 페이지들은 가장 위대한 프랑스의 작가가 쓸 수 없을 정도라고 그에게 말하며, 긴 구절들을 암기하여 인용했다. 시미치는 그의 작품이 주의를 끌지 못했거나 혹은 끌었어도, 조롱을 받았을 때, 조이스의 칭찬으로 깊이 감동받았다. 그는 대신에 조이스가 쓰고 있던 『초상』에 대해 평했다.

시미치는 계속 글을 썼으나, 1920년대까지 어떤 인정도 얻지 못했다. 그러자 조이스는 그것을 발레리 라르보와 벤자민 크레믹스에게 가져가자, 후자들은 그것을 『르 나비르 아르자』지에서 높이 칭찬했으며, 차차로 "스베보"의 소설들은 이탈리아에서 또한, 뛰어난 것으로 받아들여졌다. 조이스는 기고하도록 요청받았고, 파운드에 관한 그의 편지에서처럼, 그의 작품에 대해 평하기를 사양하고, 자기 자신을 자신의 인물에 국한했다.

****

친애하는 동료에게

　나는 나의 옛 친구인 이타로 스베보의 영전에 비치어 소라리오의 헌사 속에 나를 포함하는 친절에 대해 당신에게 아주 많이 감사하오. 그리고 비록 내가 믿기로 이제 그의 문학적 운명은 그의 책들에 전적으로 맡겨져야 하고, 그들에 대한 현재의 판단은 특기 그이 자신의 나라의 비평가들에게 관련되어야만 할지라도, 나는 기꺼이 찬동하는 바이오.

　아무리 사소한 기회일지라도, 자신의 나라와 국제적 대중이 스베보에게 그의 최후의 만년에 부여한 답례로서, 한 역을 내게 주었다는 생각이, 언제나 나를 기쁘게 하오. 나는 사랑스러운 사람에 대한 기억 및 세월로 인해 쇠약해지기는커녕 오히려 성숙해질 오랜 지속적 감탄을 유지할 것이오.

1929년 5월 31일. 파리
제임스 조이스

금지된 작가로부터 금지된 가수에게

1932

1929년부터 1934년까지 조이스는 비범한 목소리를 가진 아이리시 계―프랑스의 테너 가수인, 존 설리번의 행운을 증진하기를 탐하면서 많은 시간을 보냈다. 설리번의 가족은 코크의 그리고 궁극적으로 케리의 출신으로, 조이스는, 이 가수를 파리에서 알게 되었거니와 동포의 열성과 동료 테너의 이해로서 그의 동기를 채택했다. 그는 설리번이 비평가들과 흥행 주들로부터 그의 공과(功過)와 같은 아무것도 받지 않았음을, 그리고 자신을 위해 새로운 일거리를 마련하는 일에 헌신했음을 확신했다. 설리번을 위해 그는 오토 칸, 토마스 리캄, 레이디 쿠나드 및 많은 다른 사람들과 접촉했다. 그의 캠페인이 전적으로 성공을 거두지 못했음은 설리번의 목소리가 쇠퇴했다는 사실에 대부분 기인했다. 그것은 강력하게 남아 있었으나 뭔가 그것의 대들보를 잃었었다. 서리번은 그것을 알았으나, 조이는 충실하게 그것을 믿기를 거절했다.

그를 지지하는 역할로서 조이스는 "금지된 작가로부터 금지된 가수에게"를 썼고, 그것을 1932년에 『새 정치가와 국민』지 및 『사냥개와 뿔』지에 발표했다. 그것은 당대인들에 관한 그의 글 가운데 가장 다정한 것이요, 아마도 가장 매력 있는 소품일 것이다. 『피네간의 경야』의 문체로, 그러나 덜 복잡하게, 그는 설리번의 주된 역할들을 개관하고, 그를 당시의 다른 테너들과 비교한다.

＊＊＊＊

그[1]는 활보한다, 분노로 내쫓긴 채, 그의 분견(糞犬)의 목소리[2]인, 피델리온[3]에 의해 솔로로 반주되어. 그들은 바람의 발성에 관해 협화음으로 다툰다, 서로의 소란스런 이름들을 부르면서[4].

1 그(He): 존 설리번으로서, 로시니의 작품인 『윌리엄 텔』에서 아놀드의 역으로 노래하는지라, 그의 가장 훌륭한 역이다.

2 그의 분견의 목소리(his mastiff's voice): "주인의 목소리"(His Master's Voice)에 대한 언어유희로서, Victor 녹음 회사의 영국 분점의 이름이요, 회사의 모토이기도. 이는 축음기의 화자에 귀를 기울이는 개를 묘사한다. 텔은, 스위스의 애국자들의 영도자요 발기자로서, 아놀드의 거장이며, "그의 분견의 목소리"는 그가 베이스 가수이기 때문이다.

3 피델리온(Fidelion): Fido(개 이름) 및 베토벤의 『피델리오』에 대한 언어유희이지만, 중심적으로 "Fide — lion"요 — 사자(취리히의 상징)로서, 초(超) 애국자 윌리엄 텔을 암시한다.

4 서로의 소란스런 이름들을 부르면서(calling each and its other clamant names): 이는 제2막에서 듀엣에 대해 언급하거니와 거기서 텔은 아놀드가 오스트리아의 폭군의 딸과 사랑하는 것을 발견할 때 그의 충절을 질문한다.

＊＊＊＊

버로 켈리 호기심[1]에서 설리번이란 자는 매(鳥)를 여하히 닮았는고? 그것은 어떤 마커스 블루타스[2]의 대담한 얼굴[3]을 지녔나니, 한 마리 펼친 독수리의 날개 어깨(翼背)[4]. 콜라의 그랜드 피아노를 닮은 놋쇠 발[5]을 가진 수도경찰의 유니폼을 입은 육체[6]. 그것은 매부리코[7]에 주름 잡히고, 남향으로[8] 디미누엔도로다. 그것은, 그들의 연기(煙氣)[9] 낀 외로운 골짜기 위의 어떤 당나귀들에 의해 최후로 보이고, 들리는지라, 그것이 날자, 회광(灰光)을 진음(塵陰)하면서. 그것의 부르짖음이 굴곡도(屈曲島) 사이 메메메아리치도다. *마지막으로 !*[10] 흑의교황우(黑衣敎皇牛)들[11], 궤주(潰走)하면서, 그들의 뿔 나팔[12]감추었나니, 온통 경악하고 많이 전도(顚倒)된 채, 그것은 그들의 오버코트 위의 도랑(싸구려) 우유를 설명하도다.

1 켈리 호기심(kerryyosity): "Curiosity" 및 설리번 가족 충신 주인, "Kerry"의 결합.

2 마커스 블루타스(Markus Brutas): Brutus는 Brito란 켈트의 이름의 라틴 어화한 형태이다. 설리번은 그들 모두 가운데 가장 고상한 로마 — 아이리시만이다.

3 대담한 얼굴(fortefaccia): "Bold face", 즉 뺨(cheek). 조이스는 1930년 3월 18일 자의 Harriet Weaver에게 한 그의 서간에서 설리번의 약한 자에 대한 위협을 언급한다.

4 독수리의 날개어깨([翼背] the wingthud of a spread eagle): 그는 넓은 어깨를 가졌다.

5 콜라의 그랜드 피아노를 닮은 놋쇠 발(the brass feet of a collared grand): 설리번은 Collard 그랜드 피아노를 닮은 발을 지녔었다.

6 수도경찰의 유니폼을 입은 육체(the body uniformed of a metropoliceman): "메트로폴리탄" 오페라에 대한, 그리고 "더블린 수도 경찰청"에 대한 언어유희로서, 경찰들은 사이즈로 선발된다.

7 매부리코(Aquilone): "aquiline" 및 "aquila"에 말장난을 지닌 북풍.

8 남향으로(austrowards): Southwarde(남풍인, Auster). 조이스는 설리
번의 목소리의 역학에 관해, 그리고 Kerry 남쪽과 동쪽의 극서에 있는
매 산(鷺山, Aquilone)으로부터, Cork까지, 그리고 그의 생애에서, 보다
나중에, 파리와 이탈리아에로(오스트리아를 향한)까지 설리번 가족의
진행에 대해 논평한다.

9 연기(煙氣)(reeks): Macgillicuddy's Reeks: Kerry의 산, 설리번은 아이
로서 아일랜드를 떠나, 노래하기 위해 최근 그곳으로 되돌아왔다.

10 *마지막으로!(pour la derniere fois!)*: 『윌리엄 텔』의 제4막의 서곡에서 아
놀드의 아리아로서, 당시 그는 "마지막"으로 그의 부친의 가정을 방문
한다. 이것은 설리번의 아일랜드로의 마지막 방문이었다.

11 흑의교황우(黑衣教皇牛)들(blackbulled ones): 흑의의 성직자 및 교황
(papal bull)에 의해, 또한, 작은 흑종인, 캘리의 암소들에 의해 지배되
는 아일랜드인.

12 그들의 뿔 나팔(their horns): 아일랜드 통속어에 대한 언급: "켈의 암소
들은 긴 뿔을 가졌다네." 설리번은 그의 아일랜드 비평가들을 혹평했는
지라, 그들은 그가 아일랜드에 노래하자 그들의 뿔로 죄었다.

****

그들은 권투 선수 깽, 밴트리[1] 리, 필립 경(卿)[2]제이 헬 헌상 권투가[3]본스톰 가
(家)[4] 덩치 큰 오바리, 아서[5]저 합창단을 늘이는 일광욕자들. 용감저주자(勇敢咀
呪者)[6]그리고 쿵쿵, 쿵쿵, 쿵쿵[7]그리고 T. 덤 설리번[8]

모든 것 가운데 일자(一者) 파우스트, 물주론(勿咀論)[9]그러나 피아노 담당[10]
발라크라바[11]함께 객실을 위한 파리[12]주어진 옛 콘서트 홀[13] 소리는 교외의, 멋지

게 그리고 굴종이 되도다[14] 늘 열기는 뜨거운 것 치고 너무 지나친지라, 그리하여 홍행 주[15]시원한 초저녁[16]에 정원을 걷기를 좋아하나니, 혹서미(酷屠尾)로 용광안(鎔鑛顔)을 부채질하면서. *멀르시, 도우 크레프슐레!*[17]

1 밴트리(Bantry): 코크의 항구. "Per Bantry"는 "Parbleau"와 닮았다. 또한, Bantry 도당에 대한 언급으로, 이는 반 — 파렐 아일랜드 의해 그룹을 말한다.

2 필립 경(卿)(Don Philip): Philip O'Sullivan Beare(1590~1660), 그는 스페인 군대에서 영웅적으로 봉사했다.

3 헬 헌상 권투가(Jay Hell): John L. 설리번, 비국의 현상권투가.

4 본스톰 가(家)(Bornstorms): 1) Bantry Bay의 Dunboy 성의 습격 및 그의 추종자들을 1,000명에서 35명으로 줄인 1603년 겨울에 170마일의 무서운 퇴거를 감행한, Beare 및 Bantry(현재 Kerry 및 Cork 소재)의 영주인, Donall O'설리번 Beoredo 대한 언급 2) 코크 출신의 아일랜드 배우인 Barry 설리번에 대한 언급으로, 그는 자신의 권위와 권력으로 유명했거니와 그의 생의 대부분을 아일랜드뿐만 아니라, 스코틀랜드, 영국, 오스트레일리아, 및 미국의 지방을 순회하는, 유랑 배우로서 보냈다. Barry 설리번은 그의 기질의 발작(폭풍)으로, 그리고 감독과의 자신의 과격한 싸움으로 유명했다.

5 덩치 큰 오바리, 아서(Big O'Barry······ Arthur): Sir Arthur 설리번(1842~1900), 그는 Covent Garden의 왕실 오페라의 조직자 및 아일랜드 일파와 더불어, "잃어버린 현"(The Lost Chord)의 작곡가였다.

6 용감저주자(勇敢咀呪者)(Damnen): The "great D — "라는 그는 Gilbert와 설리번의 『앞치마』에서 용감한 주장으로, 결코, 자신을 제 정신 들게 할 수 없었다.

7 쿵쿵, 쿵쿵, 쿵쿵(tramp, tramp, tramp): Timothy Daniel 설리번 (1827~1914)는 "쿵쿵, 쿵쿵, 쿵쿵"의 음률에 맞추어, "신이여 아일랜드를 구하소서"(God Save Ireland)를 썼다. 『피네간의 경야』, p.93.: "나는 설리번 그로부터 저 트럼펫의 쿵쿵 소리인지라"와 비교하라.

8 T. 덤 설리번(T. Deum sullivamus): 3음악가들인 설리번에 대한 언급: 1) Timothy Daniel 2) 1872년 웰스 왕자의 회복을 위해 "Te Deum"을 쓴, Arthur 경 3) 조이스의 구절 뒤에 놓인 "Te deum laudamus"의 구절에 함유한, 가수 John.

9 물주론(勿咀論)(damnation): Berlioz 작의 『파우스트의 저주』(*The Demnation of Faust*).

10 피아노 담당(Parigot): "Parigot"는 파리의 인기 연설 중의 말임; 여기 아마도 Paris 자체인듯.

11 발라크라바 (Trocadero): 파리의 옛 콘서트 홀, 이제 새로운 Trocadero 란 말로 대치되었다. 그것은 오페라 홀보다 한층 적은 것이었다.

12 객실을 위한 파리(Ballaclavier): Balclava, 및 독일어인 'Klavier'(piano) 에 의한 연주와 함께, "경기병대의 공격"(The Charge of the Light Brigade).

13 주어진 옛 콘서트 홀(in charge at the pianone): 'big piano'란 말의 코믹 이탈리아어. 반주자는 소리높이 연주한다.

14 굴종이 되도다(subdued): 파우스트의 목소리로서, 설리번이 노래했던 테너 역.

15 흥행 주(Impressario): Marguerite의 유혹에서 그를 돕기 위해 지옥의 사기꾼들을 불러내는, 그리고 파우스트에 그의 의지에 감동을 주는, 흥행 주인, Mephistopheles. Frank Budgen은 언급하기를: 내가 조이스에게 왜 파리 — 켈리 출신 태너 가수인 그의 친구 설리번이 Academie

Nationale의 대기자가 될 정도로 오페라에서 노래하기를 싫어했는지를 묻자, 그는 대답하기를: "댄(Dan)의 나라에서 온 Samson이 그를 싫증 나게 하는 것은 파우스트의 저주보다는 오히려 Mephistopheles의 지배라고 내게 말했다오."(『재임스 조이스와 '율리시스' 제작』, 런던, 1937, p. 16. 참조)

16 시원한 초저녁(the cool of the evening):『창세기』3: 8 참조: "그들이 날이 시원한 때에 동산에 거니시는 여호와 하나님의 음성을 듣자……" 조이스는 여기 하나님을 악마로 변경하고, 심지어 악마도 열을 참을 수 없음을 암시한다.

17 *멀르시, 도우 크레프슐레!(Merci, doux crepuscule!):* 오페라의 III부에서 파우스트의 아리아.

＊＊＊＊

피니스터의 예수마냥,[1] 그의 안구(眼球)를 오맹(汚盲)한 채,[2] 소택지의 피 빛 크라프탄 옷을 입고, 그의 십자배(十字背)의 유대 턱뼈를 하고,[3] 여기 다가오는 자 누구인고?[4] 한 작은 아이가 그를 인도할지니.[5] 아, 그건 강남(强男) 심슨이라, 티모시 나단,[6] 이제 그릴 반점(飯店)[7]의 심슨 가(家)의! 글쎄, 팀 넷,[8] 대머리[9] 포도즙 통,[10] 한 가락도 남기지 않았던고? 그러나 하지만 그는 지니는지라. 주시(注視)! 주청(注聽)![11] 그는 지고자(至高者)의 권세에 대한 주권을 위해 버티며, 그의 미끼 자[12]와 그들의 사원을 방문하도다. 그대 다관인들,[13] 평탄(B flat: 내림 음)하라![14]

1 피니스터의 예수처럼……누구인고?(Who is this that……a crossbaqcked?):『이사야』63:1 - 2 참조: "에돔에서 오며 홍의를 입고

보스라에서 오는 자가 누구뇨. 그 화려한 의복 큰 능으로 걷는 자가 누구뇨. 그는 내니 의를 말하는 자요, 구원하기에 능한 자라……. 어찌하여 네 의복이 붉으며 네 옷이 포도즙 틀을 밟는 자 같으뇨."

2 그의 안구(眼球)를 오맹(汚盲)한 채(his eyeholes phyllistained): "Philistines에 의해 눈멀고" 그리고 "한 여인에 의해 수치당하다."(Samson의 Phyllis는 Dalila였다.)

3 그의 십자배(十字背)의 유대 턱뼈를 하고(of a crossbacked): Samson은 십자의 오맹(汚盲)을 지녔다.

4 여기 다가오는 자 누구인고?(Who is this that advances?): 주 (1) 참조.

5 한 작은 아이가 그를 인도할지니(A little child shall lead him): 『이사야』 11:6 참조: "그때에 이리가 어린 양과 함께 거하며 표범이 어린 염소와 함께 누우며 송아지와 어린 사자와 살진 짐승이 함께 있어 어린이에게 끌리며……"

6 아, 그건 강남(強男) 심슨이라, 티모시 나단(it's Strongman Simpson, Timothy Nathan): 아리시시 히브로, Samson으로서 John 설리번.

7 이제 그릴 반점(飯店!)(now of Simpson's on the Grill!): 이전에 강자였던 Samson은 이제 Phillistine들의 물레방아를 돌린다. 해변에 있는, 런던의 한 반점인 Simpson's에 대한 말장난.

8 팀 넷(Tim Nat): Samson은 Timnath 시(市)로부터 그의 첫 아내를 얻었다.

9 대머리(bald): Samson은 그의 곱슬머리를 잘랐다.

10 포도즙 통(winepress): 하나님의 복수의 기구가 되려는 Samson, 마치 『이사야』 63: 3~4에서처럼: "만민 중에 나와 함께한 자가 없이 내가 홀로 포도즙을 밟았는데 내가 노하여 무리를 밟았고, 분하여 짓밟았으므로 그들의 선혈이 내 옷에 뛰어 내 의복을 다 더럽혔음이니 / 이는 내 원수 갚는 날이 내 마음에 있고 내 구속할 해가 왔으나……"

11 주청(注聽)! (Auscult!): 들러라(라틴어).

12 그의 미끼 자(his baiters): "beaters"의 아일랜드 발음으로, Philistines의 뜻. 그들은 그를 미끼로 삼는다.

13 그대 다관인들(You daggones): "dog-gone"에 대한 유희(遊戲)를 가진 Dagon의 숭배자들인 Philistines. 아마 또한, "Dagoes": 설리번의 재능을 인정하기를 거절했던 이탈리아의 반지. "gago": 남부 유럽인 또는 다관 인.

14 평탄(B flat: 내림 음)하라!(be flat!): 오페라에서 Samson의 마지막 곡은 B-flat(반음 내린 음). 그리고 그는 "필리스틴인을 차버렸다(flattened)."

****

저 길고 긴 가락 속에 그가 바로 전한 것은 무엇이었던고? 아무리해도[1] 나는 말할 수 없도다. 내가 그대에게 노래하나니 무의미(無意味)요[2] 밀어(密語)[3]라? 이러한 것은 없나니, 오 콘돔의 아들이여.[4] 존 설리번에게 차변가입(借邊加入).[5] 빵과 육(肉)[6]의 단지 한 패니 가치의 빵 편지요 반증(버터)[7]을 먹지 말리라. 그대가 사랑하는 한 먹고 마실 수 있나니[8] 그러나 그대는 빵 구이를 목 졸라 죽게 해서는 안 되는 도다. 우리의 매일의 빵값을 당장 우리에게 지급하라. 그리고 감사.

1 아무리해도 (For the laib of me): (G) *Laif*(loaf), 및 *Leib*(body); 또한, "for the life of me."

2 무의미(無意味)요(More twopenny tosh): "Nonsense"(Br.)

3 밀어(密語)(luxus languor): Lapsus linguage, 그러나 또한, sweet nothing(사랑의 밀어).

4 오 콘돔의 아들이여(O son of an envelope): 조이스는 설리번의 "note"

의 전달에 관해 유희하고 있다.

5 존 설리번에게 차변가입(借邊加入) (Dr. to J.S.): John 설리번에 대한 차변(借邊)(debit).

6 빵과 육(肉)(Braum and Brotmann): 조이스는 설리번의『삼손』의 최후의 글줄들에 대한 노래는 아름답지 않지만, 빵(Brot)과 고기(Brawn)을 위한 식욕에 근거한, 그의 힘의 놀라운 과시임을 함축한다.

7 반증(버터)(rebutter): (피고의) 제2 답변에 대한 대답을 위한 응답.

8 그대가 사랑하는 한 먹고 마실 수 있나니(Liebfraumich): 술(wine). 조이스는 가수는 자기 마음대로 마실 수 있지만, 또한, 그는 먹어야 함을 말하고 있다.

****

그의 향리(鄕里)의 난로 위에.[1] 말(言)! 말(言)! 발코니가 부르짖도다.[2] 우리는 다니엘 오코넬의 땅에 있는지라.[3] 그러나 머스케리[4]에 관한 그들의 말은 오셀로의 저 노래[5]를 따라 거칠도다. *그는 웅변가가 될 수 없으니, 협잡꾼도 되지 않을 것이다, 왜냐하면, 그는 설리번이기에.*[6]

1 그의 향리(鄕里)의 난로 위에(On his native heath):

2 발코니가 부르짖도다(cry the godlets): "일반석(gods)" 혹을 발코니에 앉아 있는 청중들.

3 다니엘 오코넬의 땅에 있는지라(We are in land of Dan): Daniel O'Connell의 땅은 웅변술의 땅인지라, 또한, Samson의 출생지이다. O'Connell은 Kerry 인이다.

4 머스케리(Muskerry): Cork 주의 두 남작령의 이름.

5 오셀로의 저 노래(that song od Othello): Mercury의 낱말들은 Apollo의 노래(『사랑의 헛수고』의 최후 구절)를 닮아 거칠다.

6 *그는 웅변가가 될 수 없으니, 협잡꾼도 되지 않을게다, 왜냐하면, 그는 설리번이기에(Orateur ne peut, charlatan ne daigne, 설리번 est):* 오페라 "Otello fu"("Othello was")의 종말 가까이 Otello의 말과 비교하라. 조이스는 프랑스의 탁월한 귀족 가족인, Rohans의 모토로 익살을 부리고 있다:"Roy ne puys, Due ne daygne, Rohan suys." 전체 문장은 "He cannot be an orator, would not deign to be a charlatan, for he is 설리번."

* * * *

오후 11시 59분(연극의 끝)[1]. *그는 이 좁은 통로를 통하여 와야 할지라.*[2] 확실히, 바다 오리의 어림을 말할지라. 그러나 미카엘[3]을 향한 노동자가 20여 분 동안 그 노래를 훌륭히 해낼 수 있을까?[4] 어디 보세![5] 저 무대 아우성은 헬비티안 배경 저쪽 물결처럼 지나가 버렸도다. 그리고 저기 그들이, 요들 노래 부르는 촌놈들, 그럼에도 그들의 물오리 담금과 *오페라의 폭풍 음악*[6]을 위해, 알프스 산맥의 그리고 대서양 이쪽의 향수병 들린 고향, 전 세계의 그들 저급 스위스 호텔[7]의 리츠[8] 그리하여 그대가 생각한 대로 자유로이 포기하고 떠날 것인가. 어찌 경쾌하고 늙은 지오치노(로시니)[9]의 연방 정부[10]가 카메라트 바그너가 그의 *마화(魔火)*[11] 음악을 위해 피리를 발견하는 곤혹에서 구해질 수 있도록 아 피날레를 작곡했던고, *요 주의!*[12] 단지 네 세로줄(바) 더![13] 그는 숨활(吹弓)을 당긴다. 저 궁곡(弓曲)이 다가온다.[14] 잘 겨냥하라, 아놀드, 그리고 특등석의 소경 지미(조이스)를 명심하라![15] 그러나 위대한 스코트의, 이건 무슨 소리인고![16] 밴드의 반 톤짜리 녹관 악기, 탈월(코뮈) 농장 제(製)의 1만 개의 기관(氣管)들![17] 자유![18] 토지를 찬미하는 자유(테이!) 그리고 아빠는 칼빌을 마치도다![19]

1 오후 11시 59분(연극의 끝)(11.59 p.m.): 시간은 로시니의 『윌리엄 텔』의 종말 가까이이다.

2 *그는 이 좁은 통로를 통하여 와야 할지라(Durch diese hohle Gasse muss er kommen):* 실러의『울리엄 텔』의 4막 3장의 개시 행으로, 독일어의 경구.

3 미카엘(Melckthal): 스위스, Unterwalden의 구에 있는 골짜기. 마이클은 설리번에 의해 불리는 테너 역인 아놀드의 부친. 조이스는 반도(叛徒)인, 아놀드를 좌익 국회의원으로서 제시한다.

4 그 노래를 훌륭히 해낼 수 있을까?(be able to bring off his coo): 고음의 C's조에 대한 특별한 언급을 지닌, "Coup"와 "song", 설리번은 이에 명인이었다.

5 어디 보세! (*Wartemal!*): (G) "Let's see!"

6 *오페라의 폭풍 음악(gewittermassen):* 독일어의 *gewissermassen*("어떤 면에서")+*Gewitter*("storm")— 오페라에서 폭풍 음(storm music)에 대한 언급.

7 저급 스위스 호텔(chyberschwitzerhoofs): *hoteliers*의 왕자인 스위스의 Cesar Ritz(1850-1918)로, 전 세계에 Ritz 호텔을 건립했다.

8 리츠(ritzprinz): 스위스의 방언인 *chaibe*, "저급" + Khyber(유명한 산의 통로) + 독일어의 *Schweizerhof*(스위스형 호텔). 조이스는 스위스인이 전 세계에서 도시와 산의 유람지에서 1급 및 3급의 호텔 유숙자들이 되기 위해 이주함으로써 그들이 애써 얻은 자유를 남용하고 있음을 말하고 있다.

9 지오치노(Gioacchino): Gioacchino Anronio Rossini.

10 연방 정부(donfederate): 스위스형 정부는 "Confederation"으로 불린다.

11 *마화(魔火)(Feurzauber!):Die Walkure*에서 마화곡(magic fire music). 조이스는 로시니가 이 종곡에서 바그너의 화곡의 효과의 얼마간을 기대했음을 말하고 있다.

12 *요 주의! (Pass auf!)* (G).

13 단지 네 세로줄(바) 더!(Only four bars more!):『윌리엄 텔』의 우레 종곡.

14 저 궁곡(弓曲)이 다가온다. (that arrownote's coming): 아놀드로서의 설리번은, 초기 오페라에서, 그의 아들 Jemmy의 머리로부터 사과를 쏘기를 준비하는, 텔의 그것처럼 같은 강도로서 종말의 코러스에 합세할 채비를 갖춘다.

15 아놀드, 그리고 특등석의 소경 지미(조이스)를 명심하라!(아놀드, and mind puur blind Jemmy in the stalls!): 반소경(부분 장님)인 제임스 조이스는 청중 속에 있다.

16 위대한 스코트의, 이건 무슨 소리인고!(whas is thas for a larm!): (G) "What kind of noise is this?"

17 탈월(코뮌) 농장 제(製)의 1만 개의 기관(氣管)들(ten thousand throats from Thalwyl): Thalwyl은 스위스의 지방 자치제(commune)로, "Tell-ville"를 암시한다.

18 자유(Libertay): 오페라는 다음의 말들로 끝난다: "Liberte redescends des cieux!"

19 아빠는 칼빌을 마치도다!(pap goes the Calville!): 여왕사과(queening apple): 설리번의 화살 주가 과녁을 맞힌다. 또한, "Pop Goes the Weasel"에 대한 유희.

****

구조(救助)[1]는 믿음이라 그러나 이렇게 가능할까? 이것이 성 발트바라[2]의 모델 교구목사, 존경하는 타운하우저 씨, 음악사가, *사창가에서* [3] 극악무도로 발견되다? 그녀는 분명하고, 반 야드 비단[4]으로 된 세 발의 소파 위에 앉아 있으니, 매춘부 마담.[5] 그녀는 한때 그에게 청했던 하프 악기를 얼마나 듀엣으로[6] 그에게 연주하는 고, 그를 의지로 붙들었는지라. 재발 교구목사 재미 봐요![7] 그녀는 어느 *하느님의 암캐처럼*[8] 단지 낭만적이지만, 걱정은 저 개심(改心)한 T 존사[9]인지라. 그녀, *단순녀*, 존사로부터 작은 선물을 바라나니, 왜냐하면, 그녀는 그와 결코, 좋지 않게 작업했기에.[10] 그러나 그는 샐바 레지나 테라스와 리자,[11] 나의 엘리자,[12] 그리고 아름다운 마리[13]에게 답창송가(答唱頌歌)를 하프로 키는지라. 그녀가 부르짖을 때까지: 속일 지라! 그러자 그는 부르나니: 똑똑히 설명할 지라! 그러자 그는 부르나니: 부정(不貞)한 자! o.u.t. 천명하라![14]

1 구조(救助)(Saving): Tannhauser, 1막 1장의 내용으로, 조이스는 Tannhauser가 비너스를 개혁하기 시작했음을 유희적으로 가상한다.

2 성 발트바라(Saint Wartburgh's): Wartburgh: 여기서 Tannhauser는 그가 비너스의 영향 하에 들기 전까지 기사도였었다. 또한, 이 성은 의회(the Diet of Worms) 다음으로 루터의 피난처요. 성 Werburgh로서 더블린의 신교도 교회였다.

3 *사창가에서(montagne de passe):* The Venusberg, 사창(brothel)에 관한 유희.

4 비단(casheselks): 프랑스어의 cachesexe, G-string(G 선[線]), Venus는 비단이다.

5 매춘부 마담(Madame de la Pierreuse): 프랑스 어: 매춘부. 비너스는 곧 약혼한다.

6 듀엣으로(duetonically): 그들은 온음계(diatonic)의 악기인, 하프로 반주된, 이중창을 노래한다.

7 재발 교구목사 재미 봐요! (do blease to, fickar!): Vicar(교구목사) + (G) *ficken*(to have intercourse).

8 *하느님의 암캐처럼(puttana maddonna):* "God's bitch of a Mother", 야비한 트리에스테의 저주로서, 『율리시스』(p.605.)에 또한, 나온다.

9 개심(改心)한 T 존사(the reverend T is reformed): 성 로마 가톨릭 및 프로테스탄트.

10 작업했기에(wi가 worklike): 독일어의 *wirken*에 대한 말장난: "to work on something", *wicklich:* 과연(정말로)

11 샐바 레지나 테라스와 리자(Salve Regina Terrace): 더블린의 두 거리 명인, 성 매리 태라스에 대한 언어유희와 함께, 성처녀 마리아애 대한 교창 시가.

12 나의 엘리자(Liza): Wartburgh 성에서의 Tannhauser의 애인 엘리자베스. 『피네간의 경야』에서 "Mildew Lisa"처럼(p.40.) 『트리스탄과 이솔트』로부터 "Mild und leise"란 조이스의 말의 사용과 비교하라.

13 아름다운 마리(sweet Marie): I막에서 Tannhauser의 마지막 말들은 "My hope rests in Mary!"이다.

14 천명하라!(spells out!): Tannhauser는 비너스를 버린다.

****

우리는 만찬을 위해 나아가기에, 저것은 참으로 신의(神意)로 타운하우저 존사이고, 왜냐하면, 그는 그토록 존경스럽게 보이기에? *그가 드러난다!*[1] 신부 루쿠러스[2] 발리티커,[3] 타버트[4] 교구 목사. 그는 건반(鍵盤)에서 노래하는 영혼이요, 연초봉함(煙草封函)[5]을 가지고 카윈의 버섯 집[6]을 달성할 수 있었나니. 연단에서 재단, 쬠통과 성당까지 어김없이, 그는 게다가 메리[7]를 거절하지 않았다. *맹세코.*[8] 강무(强無)의[9] 런던까지 시민 복으로 가장한[10], 검열당한,[11] 교구목사.[12]

1 *그가 드러나다!(Ecco trovato!):*(It) "There he is revealed." 조이스는 설리

번의 애란성(愛蘭性)이 그의 노래 속에서 Tannhauser의 역할 또한, 드러
난다는 것을 암시하고 있다.

2 신부 루쿠러스(Father Lucullus): Lucius Lincinius Lucullus(c. 110~56
B.C.) 로마의 장군으로, 그의 호화로운 생활로 유명했다.

3 발리티커(Ballytheacker): Bally-the-acker: 애란 어인 *baile*(도회), 및 독
일어의 *Acker*(들판): 들판의 도회는 그의 시골풍의 성질을 암시하며,
belly aches(복통), 즉 식통(食通)의 규모를 암시한다.

4 타버트(Tarbert): Kerry 군의 마을 이름.

5 연초봉함(煙草封函)(cigar thuriferant): thurible(향로) 또는 쇠사슬 향로
(censer)처럼 가지고 다님.

6 카윈의 버섯 집(Chateau Kirwan): 이 문맥에서, 프랑스 포도주에 대한
초라한 애란적 모방. 『율리시스』의 글귀 참조: "이리저리 뻗은 교외들, 날
림으로 지은 채, 바람으로 지어진, 카윈의 버섯 집들(sprawling suburbs,
jerrybuilt. Kerwan's mushroom houses bulit of breeze)."(p.135.)

7 메리(Mary): 성모 마리아와 여성 전반을 가리키며, 그는 베드로가 그리스
도를 부정하듯 여성들을 부정하지 않는다. Tannhauser의 노래와 술에서
세속적인 성향을 자세히 밝힌 다음, 조이스는 여기 여성들을 첨가한다.

8 맹세코(*Nullo modo*): "결코(By no means)".

9 강무(强無)의(maughty): mighty naughty. "티퍼레리까지는 먼 길인지
라(It's a Long Way to Tipperray)"라는 노래로부터: "강대한 런던까지
한 아일랜드인이 어느 날 다가가도다(Up to mighty London came an
Irisjman one day)."

10 시민 복으로 가장한(muftimummed): disguised in civilian dress.

11 검열당한(Censored): 설리번의 비번일 기분 전환은, Parish Priest의 그
것처럼, 열거할 필요가 없다.

****

그대는 칼을 쓰기 좋게 다듬었는고? 종치기 성 앤디[1]가 묻는다. 여기 그는 신품이로다, 바소로뮤[2]가 답한다. 준비, 준비, 우리의 노트르담 사원[3]의 종이 부르짖는다. 그들은 아주 사살 당했음을[4] 확실히 하라, 점잖은 크로틸드[5]가 덧붙인다. 요 주의, 나리들, 재발, 대형(大兄) 서프리스[6]가 고함지른다. *대학살의 시작을 종을 쳐 알릴 지라!* 위대한 오써로이스가 붕붕댄다.[7]

1 성 앤디(Saint Andy): 성 Andre 교회. 조이스는, 런던의 종들에 관하여, 자장가의 음률을 사용한다: "오렌지와 레몬, 성 클레멘트의 종이 말한다." 여기 Meyerbeer의 『위그노 교도들』에서 성 바로톨로뮤(예수의 12 제자 중의 하나) 축일(8월 24일)의 대학살 전에 파리의 종들은 대화한다.

2 바소로뮤(Bartholomew): 성 바로톨로뮤의 교회.

3 노트르담 사원(Our Lady): 노트르담 사원(F) 성모 마리아……

4 아주 사살 당했음을(quite killed): 찰스 IX세는 그의 어머니 Catherine de' Medici에게, 그가 대학살을 위임하도록 그녀에 의해 권고받자, 다음과 같이 말한 것으로 전한다: "Eh bien, qu'on les tue, qu'on les tue tous."

5 점잖은 크로틸드(gentle Clotilde): 성 Clotilde 교회.

6 대형(大兄) 서프리스(big Brother Supplice): "고통(Torture)" 또한, 성 Sapplice 교회.

7 위대한 오써로이스가 붕붕댄다(booms the great Auxerrois): 성 Germain l'Auxerrois의 종들은 대학살의 시작을 신호하기 위해 울린다.

* * * *

능보조각(稜堡彫刻)의 장쾌한 설명, 자동화기와 일반 순교화(殉敎化), 일급 목관 악기 음으로 반주된 채[1]. *맹세코!*[2] 식당관(食堂館)의 메이어 맥주[3]보다 저 장면[4]에 더 많은 노래 있는지라. 그는 아이릭의 행운에서 도출자(逃出者) 인고?[5] 그는 더블린으로 그의 발렌타인[6]을 독점내기하고[7], 진짜 푸른 포플린 천[8]의 앞치 마를 그녀에게 짤 수 있는고? 유그노의 크롬웰이 다가오는지라, 여태 스머든 숨통처럼[9] 최고의 사랑 예수? 그들의 이유는 아주 신성한지라,[10] 그들은 승리가 확실하다.[11] 여전히 내가 '라울 데 낭기'를 위해 반 크라운을 내기 걸지니,[12] 이중 담 자색 그리고 물소가죽의 소맷부리.[13] 멋진 소녀![14] *아하 아하 아하 아하비엔!*[15] 베이스 (낮은 음부),[16] 그러나 그는 재차 해냈나니, 거구의 맹견(猛犬).[17] 그리고 누자(淚者)들이 창문을 통해[18] 그와 함께 자기, 거세(去勢)된, 저들 수사들, 타락자들에 의해 부신(符信)되도다. 주님의 개들.[19] 그대는 타(打)할 수 있는고, 그대 교황절대주의자들의 깽깽이들? 강아지들과 함께 부르짖기 위해![20]

1 반주된 채(bigleighted): (G) begleiten: "반주하다."
2 *맹세코(Pardie):* By God! 여기, 앞서 란(section)의 *Pour la fais*에서처럼, 조이스는 위그노가 사망해야 함은 하느님의 의지라는 가톨릭 주장의 아이러니에 대해 언급하고 있다.
3 메이어 맥주(mayer's beer): 조이스는 의심의 여지 없이 Meyerbeer의 이름은 원래 Meyer-Beer임을 알고 있었다.
4 저 장면(that Sceine): 그 장면에서 노래하다(Sung in that scene). 또한, "센 강의 피" III막에서 설리번에 의해 불리우는 Raul de Nangis는 노래한다: "센 강은 피와 시체로 가득하다(The Seine is full of blood and bodies)."

5 아이릭의 행운에서 도출자(逃出者)인고? (Is he a beleaper in Irisk luck?): 신자인 Raoul은 IV막에서 창문 밖으로 도출함으로써 도망친다.

6 발렌타인(valentine): Valentine, Nangis의 위그노교도에 의한 가톨릭의 사랑.

7 독점내기하고(swhipstake): 아일랜드의 내기 경마.

8 푸른 포플린 천(blue poplin): 1) 아일랜드의 오렌지 당(주의) (Orangeism)과 연관된, 극한적 트로이 당(주의)(Troyism). 2) 프랑스 어의 *popeline*(papal), 그 이유인즉, 포플린은 원래 Avognon의 교황 시(市)에서 방적되었기 때문이다. 17세기에 더블린에 온 위그노교도들의 대부분은 직공들이었다. 그들은 아일랜드에 포플린 제조를 소개했거니와 그 후로 그것은 가장 중요한 아일랜드의 방직업의 하나였다.

9 여태 스며든 숨통처럼(as ever slit weasand): windpipe. Nangis의 Raoul은 Valentine과 도망치기를 원한다. 그리고 조이스는 크롬웰의 위그노들에 의한 가톨릭교도들이 필적하는 학살을 준비하도록 그가 그녀를 더블린으로 데리고 갈 것을 암시한다.

10 그들의 이유는 아주 신성한지라(Their cause is well sainted): III막에서 성 Bris는 노래한다:

Pour celle cause saints

J'obeirai sans crainte.

11 그들은 승리가 확실하다(they are centain to won): 조이스는 분명히 코러스인, "La causa e' santa"를 포함했던 이탈리아의 가사를 알았다. 『율리시스』의 "레스트리고니언즈" 삽화(제8장)에서 블룸은 반성한다: "번쩍번쩍 비치는 피야. 위그노 교도들이 저걸 이 나라에 들여왔지.", "라 카우즈 에쌍트 타라 타라(원인은 신성한 것이로다)." 그건 참 위대한 코러스였어. "타라 타라." 밧물로 씻어야만 합니다. 마이어베르 "타라: 봄

봄 봄."(p. 138.)

12 내기 걸 지니(pointe): 프랑스 어 *panter*로부터 "Punt"(bet). (물주를 상대로 돈을 걸다.)

13 물소가죽의 소맷부리(cuffs of buff): Raoul은 면식의 증표로서 가톨릭교도들이 매었던 흰 스카프를 지니지 않았다. Valentine은 그녀의 가톨릭 구혼자들을 넘어 위그노교도인 Raoul을 선택한다.

14 멋진 소녀!(Attagirl): 조이스는 결정을 승인한다.

15 *아하 아하 아하 아하비엔!(Ah ah ah ah ah ah viens!):* Valentine은, 그들이 결혼할 수 있도록, Raoul로 하여금 가톨릭의 혈통을 통하여 도망할 수 있도록 흰 스카프를 가져온다.

16 베이스 (낮은 음부)!(Piffpaff): 아리아의 타이틀로, 이는 가톨릭교도들에 의한 증오를 표시하거니와 오페라의 초두에서 Marcel이 노래한다. 여기 그는 Raoul로 하여금 가톨릭의 스카프를 매도록 결심하게 한다.

17 거구의 맹견(猛犬)(bully mastiff): Marcel은 Raoul의 충실한 가신(家臣)이요, 베이스 가수이다.

18 누자(淚者)들이 창문을 통해(through then window): Raoul은 Valentine을 떠나, 위그노들과 싸우기 위해 창문을 통해 도망한다.

19 주님의 개들(Dominie's canes): Dominicans들은 중세에 "주님의 개"(hound of the Lord)로 알려졌다.

20 강아지들과 함께 부르짖기 위해!(To howl with the pups): "To hell with the Pope (교황을 없애버려!)"의 익살, 그리고 대학살을 사주한 가톨릭교도들과 함께!

****

엔리코,[1] 기와코모,[2] 그리고 지오반니,[0] 우리의 가수들의 3대 테너들,[4] 조련사의 오버코트를 입고,[5] 성스러운 친교 유대와 오페라 모의 아리아 도당들,[6] 그들이 가스램프에서 만나다. 그것은 파손되어 트리오의 성투(聲鬪)[7]에 빛을 전혀 던지지 않는다. 리코는 대 주연을,[8] 지아코[9]는 유혹적 연애 곡을, 그러나 니노[10]는, 그들 가운데 최고로, 감미로운 달시티, 테너들 가운데 음차(音叉)인지라. 공복(空腹)과 성(섹스) 다음으로, 다정하고 나이 많은 *솜니엄* 잠의 신은 기도로서 오도다. 그들의 가락들, 축제의 혼성kb 6의 장미들 그리고 정기(精氣),[11] 빛없는 공기 속에 나른하게 연결하다. 상식 주식회사에 의해 제조된 불안한 기성(旣成) 중산모를 쓴 녀석[12]이 도착하니, 연장 백을 들고, 전주적(前奏的)으로 그는 도랑 속에 한 포르토갈 인[13]을 뱉는지라, 음송(吟誦)하면서. 그러자 이제, 신사 여러분, 그대의 허락으로! 그리고 그의 업(業)으로, 이 노동자는 누구인고? 조지[14], 양배추 통을 바꾸는 조지, 엔진실에서 불을 지피는 조지, 가스[15]에 대해 뭔가를 말하는 조지(*통풍을 닫을 지라!*)[16] 그리고 방앗간의 물레방아를 오른쪽으로 돌리고 돌리는, 세상을 한층 가볍게 자라게 하는 조지 말고 아무도, *보라!* 선창(先唱)의 헨리[17]. 제임스와 존,[18] 입 닫고 설지라. 어떠할까요? 탈모, *별의 연주자!*[19] 음악적으로 낭랑하게, 우리를 폐(肺)하도록 오래, 높이 고승(高昇)으로! 안전 보호 하소서 우리의 조지를![20]

---

1 엔리코(Enrico): 뚜갸채 Caruso.

2 기와코모(Giacomo): Giacomo Lairi Volpi.

3 지오반니(Giovanni): Giovanni Martinelli.

4 3대 테너들(three dulcetest of our songsters): 이상 3사람은 모두 테너들이다.

5 조련사의 오버코트를 입고(in liontammers overcoats): 조이스의 부친은 1909년 Volta Cunema를 건립하기 위해 더블린에 온 그의 아들의 트리에스테 동료들 중 하나를 "사자 조련사의 코트를 입은 털 난 기사"로서 서

술했다.

6 오페라 모의 아리아 도당들(cliqueclaquehats): "claque"는 오페라 모자이요, 또한, 특별한 열성을 가지고 그들의 후원자의 아리아를 갈채하도록 지급된 도당.

7 트리오의 성투(聲鬪)(the trio's tussletusculums): 목소리의 성투(vocal struggle).

8 리코는 대 주연을(Rico is for carouse): Carusodo 대한 말장난으로, 그는, 조이스가 말하기를, 생기 있는 역에 탁월하다. (carousel: 흥청거림)

9 지아코(Giaco): Giacomo Lauri Volpi ("luring volupy")는 연애 노래에 최고였다.

10 니노(Nino): Giovanni Martinelli: 자장가의 최고.

11 6의 장미들 그리고 정기(精氣)(June roses and ether): Caruso, Volpi 및 Martinelli.

12 녀석(type): (F) guy: 설리번을 뜻함.

13 포르토갈 인(portugaese): (F) portugais: 일종의 굴.『율리시스』의 구절과 비교하라: "젠장, 그는 레드뱅크의 그 굴 같은 가래침을 바로 구석에다 몸 밖으로 내뱉었다."(p. 272.)

14 조지(Geoge): 이 이름은 범인(凡人)을 암시함을 뜻한다.

15 가스(gas): (F) *gars* (guys).

16 (*통풍울 닫을 지라!*)(*tes gueules!*): "Shut your traps!"(F) 설리번은 3 열세의 테너 몫을 하다. 그들은 어둠에 잠겨 있는지라, 그러나 그는 빛을 가져오도다.

17 헨리(Henry): Caruso를 뜻함.

18 제임스와 존(James and John): Volpi 및 Martinelli.

19 *별의 연주자!* (*primi assoluti!*): (It) "Star performers!" 그들이 "입을 닫

고" 서 있음은 충분하지 못한지라, 그들은 또한, 설리번에게 그들의 모자를 벗지 않으면 안 된다.

20 안전 보호 하소서 우리의 조지를!(Guard safe our Geoge): 3테너들은 "하느님이여 그들의 왕(king)을 구하소서."를 부름으로써 설리번의 왕의 존엄을 환영 한다:

그를 승리로 보내소서,

행복하게 그리고 영광되게

오래도록 우리를 다스리게 하소서,

하느님이여 왕을 구하소서.

55

광고 작가

1932

　이타로 스베보의 죽음 뒤로 조이스는 그의 미망인, 리비아 배네찌아니 부인에게 쓰기를, 그는 스베보의 추도를 위해 할 수 있는 모든 것을 하겠고 했다. 그러나 『세네리타』(사람이 늙어 가면)의 영어 번역의 서문을 쓰도록 요청받자, 조이스는 극히 싫어했는데, 아마도 그의 일생 모든 일을 회피한 뒤에 문인 역을 하지 않으리라 느꼈으리라. 출판자는 고집했다. 조이스는 다른 이름들을 암시했다. 마침내 스태니슬로스 조이스가 서문을 쓸 것을 그리고 그것을 주로 스베보를 위한 그의 형의 열의를 이바지하도록 초청되었다. 조이스는 서문에 대해 평할 것을 요청받자, 그는 익살스러운 회피로서 "광고 작가"를 썼다.

****

파리

　친애하는 헌팅턴 씨에게

　나는 트리에스테 대학 영어 교수인 나의 박식한 친구가 『세니리타』(사람이 늙어 가면)에 쓴 것에 대해 뭔가를 유용하게 첨가할 생각은 없습니다.

　『세니리타』의 저자에 의한 다른 책과 관련하여, 내가 암시할 수 있는, 영국 대중을 끌 것 같은 유일한 것은 『나의 니코틴 부인』의 저자인. M. 바리 경에 의한 서문으로, 스텁키의 교구목사와 웰스의 왕자와 같은, 오늘날도 당연히 인기 있는 인물들로부터의 책에 대한 의견 (책의 배면에 인쇄될)이요, 한 왕립 아카데미 회원에 의해 그려진, 두 젊은 여인들이, 아름답고 흑발로, 그러나 양자 다 두드러지게 예뻐 보이며, 테이블 곁에 비록 물론 어울리는 우아한 자세로 앉아 있는, 한 편의 채색화(재킷 정면에)인지라, 테이블 위에는 한 권의 책이, 제목이 보이게 곧이 서 있고, 그림 아래는 단순한 대화의 세 글줄이 적혀 있는바, 예를 들면:

에델 : 시릴이 흡연에 돈을 너무 많이 쓰지?

도리스 : 너무나 지나치게.

에델 : 퍼시도 (가리키나) 그랬어 ─ 내가 그에게 지노를 주었을 때까지.[1]

여불비례

제임스 조이스

1　스배보의 소설 『지노의 고백』은 흡연을 결사적으로 그리고 불합리하게 포기하기를 애쓰는 주인공을 다룬다.

56

입센의 『유령』에 대한 발문(跋文)(결어)

1934

조이스가 극작가로서의 입센에 대한 자신의 헌신을 결코, 포기하지 않았던 동안, 그에 대한 자신의 최후 선언에서, 증거가 드러난 바, 그것은 그가 입센 기법을 오히려 약간 익살맞게 생각했다는 점이다. 고로, 1934년 4월에 『유령』에 대한 발문을 씀에서, 그는 연극 공연을 본 뒤, '범죄를 퍼트리며'와 '지독한 암시'라는 두 방책을 규명함으로써 입센을 능가한다. 알빙 선장은 자신이 두 아이의 아버지가 될 것이 예정된다고 지적하는데, 하나는 서출이요 하나는 적출로서, 첫째(레기나)는 건강하고, 둘째(오스왈드)는 선천적으로 병약하다. 『햄릿』에서 유령의 열의를 가지고 범죄의 발자취를 추구하면서, 그리고 교구목사 만더스와 알빙 부인이 한때 사랑했다는 유령의 암시로부터 도움을 얻으면서, 선장은 만더스가 오스왈드를 낳은 자임을 사악하게 암시한다. 그는 동등한 철면피를 하고 자기 자신의 죄는 연극의 걸작을 위해 비교될 수 없을 정도의 소재를 공급했다고 선언한다. 방탕한 아버지에 대한 조이스의 흥미는, 셰익스피어의 죽은 부왕과 입센의 죽은 악한과 혼성된 채, 『피네간의 경야』의 특질 속에 있다.

* * * *

친애하는 생자, 그의 양심이 깊이 매장된 채

침울하고 늙은 불평 자가 달래고 있었네,
망령을 한층 엿보기를 허락하라.
나는 알빙 선장의 유령이도다.

나의 과거로 말 막히고 질식된 채
불결한 리넨 입은 추잡한 기사(騎士) 마냥
나는 역(役)을 부풀리기 위해 앞으로 애써 나아가도다.
그리고 오랜 억압된 의견을 말하도다.
결혼을 경야로 뒤섞어 놓기 위해
어떠한 바보도 교구목사 만더스를 당할 수 없었도다.
나는, 물수제비뜨기에서 작은 가자미일지라도,
거위로 하여금 대접하거나 수컷 거위에 소스를 치게 하라.

나의 배후자는 내게 동고병(胴枯病)의 소년을 낳았나니,
우리의 허드렛일 하녀가 말괄량이 암캐를 새끼 낳게 했다네.
부정(父情), 그대의 이름은 기쁨이라
현명한 아비가 어느 것이 어느 것인지를 알 때.

양자는 내가 저 꼭 같은 사내임을 맹세하나니
그에 의해 그들의 유아들이 태어났도다.
설명하라, 운명이여, 그대가 상관하고 할 수 있다면
왜 한 애는 건전하고, 한 애는 부패하였는지를.

오랍은 그의 돌길을 밟고,
스사나처럼 순결하게 사나니

하지만 어떤 터키의 목욕에서 줍는지라
폭스 로마나의 금융 분석기를.

하콘은 앵초의 풀 길을 도보로 여행하고,
그가 가는 동안 마시며 즐기면서,
그의 훗날에 능글맞게 웃기 위해
그의 코 위에 여드름 하나 없이.
나는 두렵나니 내가 그걸 포기했기에
그러나 만일 내가 빈둥거리고 그걸 재미로 안다면
기억할 지라, 어찌 수줍은 소녀가
하나로부터 그것을 뺏는 법을 아는지.

더 많이 내가 계속 망설이거나 마시나니
독주 펀치의 나의 밤중의 주배(酒杯)를,
더 한층 견고하게 느끼고 생각할지니
친구 만더스는 점심을 위해 너무나 자주 오도다.
나처럼 도망치는 배 바이킹들이
누구에게 책임을 씌었는지 개의치 않은 이래,
기독청년(Y.M.C.A.), 매음 병자(V.D.), 폐병환자(T.B.)
혹은 세이드 항의 항구관(港口官).

예외 없이 모두 나무랄지니 그리고 비난할지니,
창부의 유혹을, 백조의 욕망을.
모든 수단을 다해 치료할 지라 하지만 묻지 말지니
이 사람이 죄를 지었느냐고 혹은 그의 아비가.

오두막이 불타는지라. 위선적 무뢰한,
목공이, 그 교구목사를 골탕 먹었으니.
이제 그들은 자신들의 힘을 쇠약하게 했도다(과음으로)
나처럼 방화는 없으렸다.

아니, 한층 더, 만일 내가 현재의 내가 전혀 아니라면,
연약하고, 무엄한, 철두철미 낭비자,
거기에는 세계의 갈채가 없었을 것이요
그리고 경칠 온통 가정에 관해 쓰리라.

제임스 조이스의 '권리'에 대한 보고서: 작가의 정신[1]

1937

제임스 조이스(아일랜드). — 미국에서『율리시스』의 출간 역사에 관한 특이 사항을 지적하는 일은 흥미롭고 신기한 것으로 보이는데, 그것은 작품에 대한 지금까지 밝혀지지 않은 '작가의 권리' 측면을 명확히 하는 것이다.『율리시스』의 미국 수입은 1922년부터(소설이 발표되자마자) 금지됐었고 1934년에야 그 금지가 해제됐다. 이러한 상황에서 미국에서 그것에 대한 어떤 저작권을 갖기는 불가능하다. 그런데 1925년에 한 미국인 출판자가 거리낌 없이『율리시스』의 일부를 잘라버린 부분 출판본을 유통했는데, 원래의 저자는 그 출판본의 주인이 아니었고 저작권을 가질 수도 없었다. 이에 167명의 여러 나라 작가들이 서명한 항의문이 발간되었고 참여(사명감에 따른) 소송을 제기되었다. 소송의 결과는 1928년 12월 27일 뉴욕 최고재판소에서 나온 판결문인데, 이 판결은 피고(편집/출판인)에게 원고(조이스)의 이름을 사용하지 못하도록 한 것으로, 1。피고에 의해 출간되는 그 어떤 잡지, 정기간행물이나 기타 출판물에서의 금지; 2。『율리시스』라는 제목의 책을 포함하여 그 어떤 책, 저술, 수고의 제목에서의 금지가 그것이다.

이 판결문에서, 내가 생각하기에, 하나의 (중요한) 사법적 결론의 도출이 가능하겠는데, 그 의미는 이렇다: 저작권에 대한 명시적 법률에 따른 보호가 없고, 하물며 그 작품이 금지된 상황이라 할지라도, 어떤 작품은 자연권(droit naturel)의 명목으로 그 작가에게 귀속하는 것이고, 그러므로 법정은, 마치 작품이 작가의 이름을 활용한 사악한 일에 대해 보호되는 것과 마찬가지로, 작품의 파손(부분출판)과 (무단) 출판에 대항하여 작가를 보호할 수 있다(기립 박수).

1 이 보고서는 제임스 조이스가 1937년 파리에서 개최된 국제 펜클럽 (International P.E.N.) 15차 총회에서 발표한 것으로, 같은 해에 파리에서 출간된『국제 펜클럽 15차 총회(XVe Congrès International de la Fédération P.E.N.)』
24쪽에 수록됐다.

비평문 역자 해설

1. 겉모습을 믿지 말라(Trust Not Appearances)

조이스가 14살 때 벨비디어 칼리지 시절에 쓴 것으로 전한다. 이는, 학교의 숙제물의 토픽을 다룸에 있어서, 조이스가 당시 그의 독서의 범위와 그의 창조적 실력의 아직 발달하지 않은 상태를 보여주는 그의 자의식적 문체에 의거한다. 논문은 자연의 이미지들로부터, 상투어의 반복, 어느 판단이고 외부의 형태들에 근거하는 어리석음을 통해 들어나는 인간성의 그것들에로 움직인다. 이 논문의 자필 원고는 현재 코넬 대학의 〈조이스 문집〉에 수록되어 있다.

2. 힘(Forces)

논문은 조이스가 더블린의 유니버시티 칼리지 시절 학급의 과제물로, 1898년 9월에 쓰인 것이다. 그것은 물리적 힘에 의한 복종의 특성과 효과를 분석한다. 조이스는 자연력의, 동물들의 그리고 인간 집단의 복종과 같은 것들의 몇몇 전반적 유형들을 다룬다.

3. 언어의 연구(The Study of Languages)

조이스가 UCD에 재학하는 동안, 필경 1989년 및 1899년 사이에 쓰인 논문으로, 현재 코넬 대학 도서관이 소장한다. 비형식적 문체, 주제적 보편성 및 경향을 노정하면서, 논문은 그럼에도 불구하고 조이스의 수사적 논의들과 작문의 과정의 초기 샘플로서 비평적 가치를 지닌다. 우리가 기대하는 만큼, 논문 자체는 언어학의 연구에 대한 특별히 놀랄만한 통찰력은 제시하지 않더라도, 그것은 조이스의 성장하는 박식과 지적 자신감을 생생하게 보여준다.

4. 아일랜드 왕립 아카데미 "이 사람을 보라"(Royal Hibernian Academy "Ecce Homo")

조이스가 1899년 6월에 UCD의 정규 학습 과정의 일부로서 쓴 논문이요, 글은 헝가리의 화가 마이클 멍카시(Munkacsy)(1844-1900)가 그린 그림으로, "Ecce Homo"(라틴어, "이 사람을 보라": 성서의 요한복음 19장 5절에서 면류관을 쓴 예수에 관해 언급하는 빌라도의 말)에 대한 그의 분석이다. 그림은 당시 더블린의 왕립 아카데미에서 전시되고 있었다. 이 비평집의 편집자들인 메이슨과 엘먼은 그들의 소개문에서, 그림 창작의 극적 요소에 관한 조이스의 평을 칭찬한다. 그러나, 대부분의 독자에게, 이 논문은 조이스의 드라마에 대한 견해를 결집한 초기작품(juvenilia)으로, 그것의 전기적 가치 이외 별반 흥미가 없는 결과물로서 생각한다.

5. 연극과 인생(Drama and Life)

이 글은 드라마의 특성과 인생에 대한 그것과의 관계에 관한 것으로, 조이스가 그의 18세의 생일 직전, 1900년 1월 20일에, UCD의 <문학 및 역사 학회>(the Literary and Historical Society)앞에서 발표한 것이다.

논문은 무대 위에서 일어나는 것 및 우리들의 일상의 존재 속에 지나가는 것 사이의 인습적 상관관계를 질문한다. 조이스는 새 극에 있어서 "진리를 묘사하는 정열의 상호 작용"이 이제 극작가와 청중의 의식을 지배함과 아울러, 이 새로운 형식은 "미래를 위해 인습과의 싸움이 될 것이라," 주석한다. 이 변화하는 상관관계에서, 그는 주석을 다는지라, 우리가 드라마를 보는 방법이 바뀌고 있다는 것이다.

예를 들면, <야생의 거위>를 비판하는 것은 거의 불가능하다. 우리는 그것을 개인적 고뇌처럼 단지 곰곰이 생각할 수 있다. 이런 점에서, 조이스는 서술적 석명(釋明)을 위해 심미적 반응을 억압하는 드라마에 대한 접근을 거역한다. 약간의 수식과 함께, 이 논문의 어떤 요소들의 미숙임에도 불구하고, 조이스가 논문에 제시하는 개념은 그의 후기 작품, 특히 <영웅 스티븐>과 <젊은 예술가의 초상>의 스티븐의 성격 속에 분명한지라, 그들은 젊은 나이로부터 그의 모든 글쓰기를 생동 있게 하는 심미적 및 예술적 견해에 대한 일종의 유용한 관택으로서 이바지 한다.

6. 입센의 신극(Ibsen's New Drama)

조이스의 헨릭 입센의 최후 극작품인 <죽은 우리가 깨어날 때>(When WE Dead Awaken)에 대한 그의 최초로 출판된, 솔직하고, 상찬적(賞讚的) 에세이이다. 이 논문은 <포트나이트리 리뷰>지의 1900년 4월 1일자호에 나타났다. 논문은 입센의 주의를 끌었으며, 영어 필(역)자인, 윌리엄 어처를 통해서, 그는 조이스에게 그의 감사를 표현했다. 이러한 권위 있는 영어 잡지에 논문을 발표함은 조이스를 UCD에서 유명하게 만들었음은 물론, 더욱 중요하게도, 그것은 그이 자신의 천재에 있어서 스스로의 자신감에 대한 보증으로서 이바지 했다. 논문은 1930년 3월, 런던의 "율리시스" 서점에 의해 재 인쇄되었고, <조이스 비평문집>에 포함되었다.

7. 소동의 시대(The day of the Rabblement)

이 글은 아일랜드의 민족주의와 지방의 태도의 요구에 굴복하는 아일랜드의 문예극장에 대해서 품은 조이스의 환멸을 표시한다. 논문의 제목인 즉, "상업주의 및 야비성과 전쟁하는" 권리를 주장하는 극장의 실패를 고발하고, 소동과 타협하는 극장 운동을 향한 조이스의 냉소주의를 반영한다. 조이스는 이 기사를 10월에 써서, UCD의 새로 설립한 학부 잡지인 <성 스티븐즈 매거진>지의 편집자에게 제출했다. 기사는 잡지의 지도 교수인 예수회의 헨리 브라운 신부에 의해 거절되었다. 조이스는 그러한 결정을 대학 학장에게 호소했으나, 만족을 얻지 못했다. 그러자 그는 급우인 프란시스 스캐핑턴와 합세했는데, 후자의 논문인, 여성의 권리에 관한 "대학 문제의 잊혀진 양상" 또한 이전에 브라운 신부에 의해 거절당했다. 그러자 조이스와 스캐핑턴은 함께 그들의 논문들을 사적으로 인쇄하여, 그의 아우 스태니슬로스의 도움으로, 약 85부를 인쇄하여 동료들에게 배포했다.

8. 제임스 클래런스 맹건(James Clarence Magan)

이 논문은 대학생으로서 조이스에 의해 쓰인 것으로, UCD의 "문학 및 역사학회"의 1902년 2월 2일의 모임에서 처음 발표된 것이다. 그것은 잇따라 같은 해 5월에, 비공식 대학 잡지인 〈성 스티븐즈〉지에 출판되었다.

논문의 목적인 즉, 비록 1980년대를 통하여, 클래런스 맹건, 특히 시인 W. B 예이츠와 유명한 영국 시인이요, 수필가인 라이오넬 존슨으로부터 과거 상당한 지적 및 예술적 관심의 대상이었을 지라도, 19세기 아일랜드 시인으로서 맹건의 작품을 소개하는데 있다. 동시에, 조이스는 이 논문에서 한 헌신적 신참자(新參者)(acolyte)의 역할을 피하기 위해 유념한다. 비록 조이스가 맹건을 그의 운시의 상상적 힘 때문에 칭찬을 위해 그를 골랐을지라도, 그는 시인에 대한 자신의 평가를 재한하려고 애를 쓴다. 그는 특히 자신이 맹건의 작품에서 발견하는 아일랜드적 우울의 숙명적 감수에 대해 비판적이다. 조이스에게, 문학적 성공의 가장자리에서 살고 있는 군소 시인으로서 맹건의 인생은, 아편과 알코올의 탐닉에 의해 상처 입은 채, 아일랜드 사회의 예술가에 대한 모호한 태도에 의해 야기된 그의 좌절감을 설명한다.

9. 아일랜드 시인(An Irish Poet)

기사는 1902년 12월 11일자의 〈데일리 익스프레스〉지에 실린 윌리엄 루니 (W. Rooney)작 〈시와 민요〉에 관한 조이스의 평으로, 루니는 신페인 운동의 설립을 강하게 지지했으며, 그것의 신문인 〈유나이티드 아이리스먼〉지에 빈번히 기고했다. 조이스는 그의 평에서 루니의 운시의 저속한 특성을 비판하고, 그것의 국민적 주제 때문에 시를 칭찬한 자들을 힐책한다.

10. 조지 메러디스(George Meredith)

월터 저롤드가 지은 소설가 메러디스의 비평적 전기인 〈조지 메러디스〉에 관한 조이스의 평으로, 이는 〈데일리 엑스프레스〉지의 1902년 12월 11일자 신문에 처음 나타났다. 조이스는 메러디스의 소설을(비록 그는 또한 그에 대해 비판적일지라도)기쁨으로 읽었으며, 저롤드의 "표면적 분석"보다 메러디스의 예술에 대한 보다 나은 평가를 더 좋아했고, 책은 "읽을 가치가 있다"라고 결론지었다.

11. 아일랜드의 오늘과 내일(Today and Tomorrow in Ireland)

스티븐 귄(Stephen Gwyne)저의 동명의 책에 대한 조이스의 서평으로, 책은 1903년 1월 29일자의 〈데일리 엑스프레스〉지에 나타났다. 책은 민족주의자의 조망에서 아일랜드와 아일랜드의 생활에 관련 된 토픽을 지닌 10편의 수필들로 이루어졌다. 조이스는 아일랜드의 서부의 어업에 관한, 아일랜드의 낙농업에 관한 그리고 아일랜드의 카펫 제조에 관한 귄(Gwyne)의 설명에 대한 면식을 보여준다. 그러나 그는 아일랜드의 문학에 관한 귄의 광범위한 상찬적(賞讚的) 비평에 별반 자신 없는 견해를 보여주는 바, 귄의 비평을 "덜 두드러진 것"으로 평한다.

12. 경쾌한 철학(A Suave Philosophy)

H. 필딩 홀의 책 〈인민의 혼〉에 관한 조이스의 서평으로, 이는 더블린의 신문인 〈데일리 엑스프레스〉지의 1903년 2월 6일자에 "사고의 정확성을 위한 노력" 및 "식민지의 운시들"과 함께 나타났다. 책은 불교의 기본적 교의(教義)를 음미하는데, 조이스의 견해는 필딩 홀의 주제를 위한 그의 파악에 대한 약간 가려진 회의주의에 의해 강조된다. 책의 주제적 문제에 대한 조이스의 열성적 반응은 불교철학을 알리는 평화주의자의 특성에 대한 그의 동정적이고도 본질적 힘을 보여준다.

13. 사고의 정확성을 위한 노력(An Effort at Precision in Thinking)

제임스 안스티(James Anstie)의 〈보통 사람들의 대화〉에 대한 조이스의 평으로, 이는 두 다른 평들인 "식민지의 운시들" 및 "경쾌한 철학"과 함께, 〈데일리 엑스프레스〉지 1903년 2월호에 실렸다. 이 평에서, 조이스는 안스티의 형식적 대담 집 또는 대화 집을 사실상 비범한 사람들의 논술로 가득한 작품으로 각하했는지라, 그의 견해로, 어떠한 평범한 사람도 작품의 화자들이 야기하는 미세하고 외견상으로 부적절한 세목을 띤 지루함과 매력의 수준을 지속할 수 없다는 것이다.

14. 식민지의 운시들(Colonial Verses)

클라이브 필립스-울리(Clive Philips-Wolley) 작의 〈어떤 영국 에서[Esau]의 노래〉에 대한 조이스의 서평으로, 이 100개 단어 내외의 간결한 평가는 〈데일리 엑스프레스〉지 1903년 2월 6일 조이스에 의한 다른 두 평론들인, 필딩홀(H. FildingHall) 저의 〈사람들의 영혼〉 중의 "경쾌한 철학"과 제임스 안스티 저의

〈보통 사람들의 대화〉중의 〈사고의 정확성을 위한 노력〉과 함께 나타났다. 조이스의 짧으나 냉소적 평가는 필립스 – 울리의 운시들의 음운과 주제에 초점을 맞춘다. "그의 운시는 대부분 충성스럽고, 그것이 그렇지 못할 때는, 캐나다의 풍경을 서술한다."

15. 카트리나(Catilina)

입센의 초기 연극인 〈카트리나〉(Catilina)의 프랑스 번역본에 대한 조이스의 평으로, 이는 1903년 3월 21일에 영국의 문예지 〈스피커〉지에 나타났다. 조이스는 번필(역)자의 서문을 짧게 개관함으로써 시작하는데, 그것은 극작가가 20살의 학생이었을 때 쓴 연극의 역사에 관한 전기적 정보를 포함한다. 조이스가 언급하는 대로, 〈카트리나〉의 입센은 후기의 사회적 드라마의 입센이 아닐지라도, 이 연극은 그의 후기 작품들에서 발견되는 자연주의적 및 사회적 요소들을 함유한다. 조이스는 입센의 비평가들이 그의 작품들을 정확하게 평가하는 실패를 판단하기를 삼가 하지 않으며, 그는, 만일 〈카트리나〉가 예술 작품으로서 장점을 덜 가졌다 할지라도, 그것은 그럼에도 불구하고 입센의 초기 극적 경향의 한 가지 예를 함유하고, 감독이나 출판자가 간과한 바를 들어낸다: "자신의 것이 아닌 형식과 다투는 독창적이요 유능한 작가."

16. 아일랜드의 영혼(The Soul of Ireland)

이는 오가스타 그레고리 부인(Lady Augusta Gregory)이 쓴 〈시인과 몽상가〉(Poets and Dreamers)란 책에 대한 조이스의 서평으로, 〈더블린 데일리 엑스프레스〉지의 1903년 3월 26 일자에 나타났다. 그레고리 부인의 책은 서부 아일랜드의 농민들로부터 수집한 이야기들, 애란 어의 시 번역물 그리고 더글러스 하이드 작의 단막극인 아일랜드어 연극들을 포함한다. 그레고리 여인의 작품의 광범위한 영역에도 불구하고, 조이스는 켈트의 부활의 열성을 향한 그의 반감을 분명히 하는 음조로서 그레고리 부인의 노력을 각하시킨다.

리처드 엘먼에 따르면, 그레고리 부인은 〈데일리 엑스프레스〉지의 편집자인, E. V 롱워스에게 조이스로 하여금 그녀의 논문을 평하는 기회를 주도록 설득했는데, 그녀는 자신의 책에 대한 조이스의 취급에 깊이 불쾌했다. 〈율리시스〉의 "스킬라와 카립디스" 에피소드(제9장)에서, 조이스는 그 사건을 회상한다. 그들이 국립 아일랜드 도서관을 떠날 때, 벅 멀리건은 조이스의 분신인 스티븐 데덜러스로 하여금 빈약한 비평보다는 오히려 기지의 실패를 비난 한다: "롱워드가 굉장히 속상해하고 있어-자네가 저 수다쟁이 그레고리 할멈에 관해서 쓴 후로 말이야. 오 너 종교 재판을 받을 술 취한 유태 예수교도 같으니! 그대는 예이츠의 필치로 쓸 수 없었나."(U 173) 여기 멀리건은, 스티븐에게 W. B 예이츠가 행한 것으로 생각되는, 그레고리 부인의 작품을 칭찬했던 지지자와 회유하는 시인의 비평적 성실성과 타협하도록 요구하고 있다.

17. 자동차 경주(The Motor Derby)

1903년 4월 7일자 〈아이리시 타임스〉지에 출판된 조이스의 기사. 그것은 조이스가 프랑스의 자동차 경주 선수인 헨리 포니에르(Henri Fournier)와 함께 행사한 회견의 사본으로 이루어지는데, 후자는 그 해 7월에 더블린을 위해 계획되는 두 번째 제임스 고던 베넷 경마 컵(James Gordon Benett Cup)에 참가할 판이다. 조이스는 당시의 회견의 회상을 〈더블린 사람들〉의 단편인, "경주가 끝난 뒤"의 배경을 위해 채택했다.

18. 아리스토텔레스의 교육관(教育觀)(Aristotles on Education)

　　존 버넷(John Burnet)의 〈아리스토텔레스의 교육관〉에 대한 조이스의 표제 없는 견해에 대해 〈제임스 조이스의 비평문집〉의 편찬자들이 붙인 제목으로, 이는 〈데일리 엑스프레스〉지의 1903년 9월 3일에 실렸다. 이 글은 아리스토텔레스의 견해들의 무작위적 및 불완전한 편집에 대해 간략하게 처리하거니와, 조이스는 책을 "철학적 문학에 대한 가치 있는 추가 물"이 될 수 없는 것으로 판단한다. 그러나 조이스는, 에밀 콤즈(Emile Combes)의 책은 프랑스의 교육제도를 음미하는 운동을 정당화하기 위해 아리스토텔레스의 관념들을 사용하는 그의 노력에 대한 유용한 개선책을 제공한다는, 베넷의 견해를 억지로 감수한다.

19. 쓸모없는 자(A Ne're-do-well)

　　칼(V. Caryl) 작의 동명의 제자를 지닌 책에 대한 조이스의 서평으로, 〈데일리 엑스프레스〉지의 1903년 9월 3일호에 출판되었다. 이는 단지 3개의 짧은 문장들로 구성된다. 첫째 것은 익명을(조이스가 〈아이리시 홈스테드〉지에 "자매들"의 단편을 출판했던 1년 뒤에 행했던 것과 같은) 저자가 사용한데 대해 조이스는 공격한다. 둘째는 책의 내용을 간단히 처리한다. 셋째는 출판자로 하여금 책을 프린트한데 대해 면죄시킨다.

20. 엠파이어(제국)빌딩(Empiare Building)

　　조이스가 1903년, 신문의 출판을 위해 분명히 의도한 편지로, 1959년에 〈제임스 조이스의 비평 문집〉에 사후 출판되었다.(제자는 논문의 첫 두 단어로부터 취했으며, 이를 비평문집의 편자들에게 아마 양도했으리라) 조이스는 프랑스의 모험가요, 이름이 자크 르보디, 자칭 제국의 건설 자가 행한 수부들에 대한 학대에 대해 언급한다. 개인적으로 행동하면서, 르보디는 자신의 봉건 왕국을 수립할 의향으로 일단의 상인들과 함께 1903년의 여름에 아프리카 북안 주위를 항해했다. 조이스에 따르면, 이 항해의 결과로서, 르보디는 "난관과 질병 때문에 파괴를 당한" 두 수부들에 의해 고소당하는지라, 그들은 선장의 무시와, 그가 붙잡기를 바랐던 그 지역 주민들에 의한 잇따른 체포를 통해 고통을 받는다, 궁극적으로 프랑스 정부는 그들의 방면을 돕기 위해 개입했다. 조이스의 편지는 그러한 전체 사건이 프랑스 정부에 의해 그리고 일반 대중에 의해 그토록 경시 당한데 대한 불쾌함을 표시한다.

21. 새 소설(New Fiction)

〈데일리 엑스프레스〉지의 1903년 9월 17일자에 실린 아퀼라 캠프스터(Aquila Kempster)의 책 〈왕자 아가 머자(Mirza)의 모험〉에 관한 조이스의 서평으로, 주로 인디언들의 생활을 다루는 이 이야기 집에서 조이스는 별반 만족을 찾지 못하는 듯하다. 비록 그이 자신의 독서가 주제 자체는 그에게 흥미를 줄 것이라 암시할지라도, 그는 책의 문학적 장점이 독서 대중의 가장 저급한 흥미에 영합하는 조야함과 야만성에 의해 심각하게 오손되고 있음을 아주 솔직하게 서술한다.

22. 목장의 기개(氣槪)(The Mettle of the Pasture)

이는 같은 이름의 제임스 레인 알런(James Lane Allen) 작의 책에 대한 조이스의 서평으로, 책은 약혼녀가 남자의 이전의 부도덕한 행위를 안 다음 그를 저버리자, 그가 단지 죽음의 순간에 그녀에게 되돌아온다는 이야기를 일종의 멜로 드라마적 양상으로 다룬다. 조이스의 서평은, 주로 인디언의 생활을 다룬 이야기 모음집인, 아퀴라 캠프스터 작의 〈왕자 아가 머자의 모험〉에 대한 그의 서평과 함께, 1903년 9월 17일 자의 〈데일리 엑스프레스〉지에 발표되었다.

23. 역사 엿보기(A Peep into History)

존 포록(John Pollock) 작의 역사 〈로마교황의 음모〉라는 책에 대한 조이스의 서평으로, 〈데일리 엑스프레스〉지의 1903년 9월 17일자호에 발표되었다. 〈제임스 조이스의 비평문집〉의 편집자들인 엘먼과 메이슨은 그들의 노트에서 조이스의 많은 사실적 오류를 지적하는데, 그들은 이를 조이스가 이 책에 대한 엉성한 주의 이상을 거의 베풀지 않았음을, 그리고 이는 이쯤 하여 그의 서평들의 전반적으로 피상적 특성을 암시하고 있음을 지적한다.

24. 프랑스의 종교 소설(A French Religious Novel)

이는 프랑스 소설가인 마셀 티나야(Marcelle Tinayre)의 소설 〈죄의 집〉에 대한 조이스의 서평으로, 이에서 조이스는 소설의 줄거리를(중심인물인, 오거스틴 첸터프레의 인생에 있어서 육체적 사랑과 정신적 야망 간의 갈등) 개관한다. 아마도 이야기 줄거리의 정보 때문에, 조이스는 서술을 높이 평가하고, 티나야의 문체상의 성취를 또한 평한다. 서평은 1903년 10월 1일자의 〈데일리 엑스프레스〉지에 출판되었다.

25. 불균형한 운시(Unequal Verse)

이는 리머릭 소재 성 존 처치의 교구목사 프레드릭 랭브리지(Frederick Langbrodge)(1849-19220) 작의 〈민요와 전설〉에 대한 조이스의 서평으로,

〈데일리 엑스프레스〉지의 1903년 10월 1일자호에 나타났다. 조이스는 랭브리지의 대부분의 운시를 각하했으며, 비록 그가 칭찬을 위해 단 한 수의 시를 골랐을지라도, 그것을 "평범한 서정시집의 잡동사니"로서 서술했다.

모리스 매타린크에게

아, 음울하고, 유령의 장소에 사는 그대여,

거기 육체는 절반 정신이요, 거기 여린 눈은

크고 천진한 비극으로 무거운지라.

거기 이상하고, 생각에 잠긴 황혼이, 불길한 물의

공간을 가리니, 날짜 없는 탑의 밑 주위를 부수면서,

인간처럼, 슬픈 그리고 당해의 오랜 숲과 대답으로

저주받은 종족의 슬픔을 전하도다.

나는 감히 그대의 예언하는 꿈, 신비의 발까지

분리할 수 없는지라,

나의 운율의 책, 거기 소란스런 빈곤이 다투나니,

그리고 모든 대기는 매매賣買로 타락하도다.

하지만, 그대처럼, 나는 흰 날개 치는 것을 듣노라,

리고 검은 파도와, 깨어지는 심장을.

26. 아놀드 그레이브스의 새 작품(Mr. Arnold Graves, Novel)

조이스의 선배 작가인 아놀드 F. 그레이브스(Graves) 작의 〈클리템네스트라: 비극〉에 대한 조이스의 서평으로, 조이스는 그들이 부정(不貞)이든 혹은 살인이든 범하는, 예술가 자신의 등장인물들과의 '무관심한 동정'을 여기 옹호한다. 이는 1903년 10월 1일자의 〈데일리 엑스프레스〉지에 출판되었다.

27. 소외된 시인(A Neglected Poet)

영국의 시인 조지 클레브(George Crabbe)의 앨프레드 애인저 판에 대한 조이스의 서평으로 〈데일리 엑스프레스〉지의 1903년 10월 15일자호에 출판되었다. "클레브의 작품들 중 많은 것이 둔탁하고 두드러지지 않다는" 조이스의 시인에도 불구하고, 그는 클레브가 그럼에도 불구하고 보다 잘 알려진 앵글로 - 아이리시 작가인 올리버 골드스미스(Oliver Goldsmith) 보다 월등하다는 의견을 제안한다. 그는 애인저 판이 "클레브와 같은 이를 위한 자리를 마련하는데 성공하리라는" 희망을 계속 표현한다.

28. 메이슨의 소설들(Mr. Mason's Novels)

교육가, 사서가, 희귀본 수집자 및 스태니슬로스 조이스와 함께 〈초기의 조이스 : 서평(1902-1903)〉 그리고, R. 엘먼과 함께, 여기 〈제임스 조이스 비평문집〉의 편집자로서, 메이슨은 다른 작품들 가운데서도, 〈제임스 조이스의 '율리시스'와 비코의 환〉의 저자이기도 하다. 그는 1982년에, 폴더의 골로라도 대학 도서관 상담역으로 임명되었다.

29. 브루노 철학(The Bruno Philosophy)

J. 루이스 맥킨티어(Lewis McIntyre)의 저서 〈지오다노 브루노〉에 대한 조이스의 서평으로, 1903년 10월 30일에 〈데일리 엑스프레스〉지에 나타났다. 조

이스의 아탈리아의 르네상스 철학자인 지오다노 브루노(Giordano Bruno)를 향한 음조에서 동정적인, 그의 서평은 브루노의 관념들을 위한 그의 인생, 사상 및 열성에 대한 지식을 즉시 들어낸다. 그의 짧은 서평을 통해, 조이스는 서양 철학을 위한 브루노의 공헌에 대한 맥킨티어의 평가를 강조한다. 브루노의 생활과 사상에 관한 영문 책자들의 부족을 주목하면서, 조이스는 논문의 첫 구절에서 그에게 뿐만 아니라 맥킨티어의 비평적 연구에 깊이 관여한다.

30. 인도주의(Humanism)

쉴라(F .C. S Schiller)의 〈인도주의: 철학적 논문〉에 대한 조이스의 서평으로, 이는 1903년 11월 12일에 〈데일리 엑스프레스〉지에 나타났다. 조이스에 따르면, 윌리엄 제임스(William James)의 견해에 대한 유럽의 지도적 옹호자인, 쉴라는 혼성철학을 재창하는지라, 이는 인습적 인도주의를 실용주의에 한층 가까운 신념의 제도 속에 형성시킴으로써 그것을 재 정의한다. 놀랄 것도 없이, 쉴라의 공격적 실용주의는 조이스의 성질에 대치되거니와, 후자는(그가 〈성직〉에서 주석한대로) "옛 아퀴나스 학파 속에서 단련된다."

31. 셰익스피어 해설(Shakespeare Explained)

〈데일리 엑스프레스〉지의 1903년 11월 12일자호에 출판된 A. S 캐닝의 책 〈셰익스피어 8개의 연극 연구〉에 대한 조이스의 서평으로, 그것의 타이틀은 분명히 아이러니하거니와, 왜냐하면, 때때로 지나치게 학구적인 음조로서 조이스는 자신이 셰익스피어에 대한 캐닝의 경박한 접근을, 그리고 초보적 학구성에 대한 주의의 결여를 날카롭게 비평하기 때문이다. 그는 결론짓기를: "책 속에는 칭찬할 만한 어떤 것도 발견하기 쉽지 않다."

32. 볼래스 부자(Borlase and Son)

T. B 러셀의 소설 〈볼래스 부자〉에 대한 조이스의 서평으로, 그것은 1903년 11월 19일자의 〈데일리 엑스프레스〉지에 수록되었다. 여기 조이스는, 러셀이 도시 밖 교외인의 마음과 펙함 라이(Peckham Rye)에 살고 있는 아르메니아의 망명자들을 묘사한 작품의 사실주의와 "비(非)감상적 활력"을 강조한다.

33. 미학(Aesthetics)

이 논문의 제목은 엘먼과 메이슨에 의해 주어진 것으로, "파리의 노트북"과 "폴라의 노트북"을 포함한다. 이는 조이스가 20세 전반에 쓴 그의 심미론에 대한 성명으로, 그의 잇따르는 글쓰기를 안내할 심미적 및 예술적 가치를 형성한다.

"파리의 노트북"은 조이가 처음 파리에 있을 동안 1903년 2월과 3월 사이에 쓰인 일련의 짧은 관측들로 구성된다. 그것의 형식과 내용에 있어서, 조이스가 UCD 학생이었을 동안 개발한 아카데믹 작문의 패턴을 지닌다. 그는 아리스토텔레스의 양식으로, 비극과 희극 간의 인습적 구별을 제공함으로써, 시작한다. 이어 그는 "예술의 세 가지 조건들, 서정적, 서사적 및 극적 조건들"을 다룬다. 그는 한 편의 예술의 특색 있는 요소들을 개척하기 위해 나아가며, 예술 자체의 정의를 향해 움직인다. 마지막으로, 변증법적으로 구성된 일련의 질문과 대답을 통하여, 그는 예술의 개념을 정의하기를 탐구 한다.

"폴라의 노트북"은 조이스와 그의 아내 노라 바너클이 그 도시에 처음 정착한 후 1904년 11월 7일, 15일 및 16일에 그가 쓴 3항목으로 구성되거니와, 거기서 그는 그 지방의 벨리츠 학교에서 영어 선생으로 고용될 예정이었다. 조이스는 심미론의 아리스토텔레스적 탐색으로부터 성 토머스 아퀴나스의 스콜라 철학에 근거한 탐색으로 움직인다. 〈젊은 예술가의 초상〉에서 스티븐 데덜러스의 노력을 예상하면서, 조이스는 3구절의 짧은 구절로서 선의 특성, 미의 특성 그리고 최후로 인식의 특성에 대한 그의 인상들을 결절된 형태로 제공한다.

비록 심미론에 대한 이러한 말들은 아주 짧을지라도, 그들은 조이스의 장차 출현하는 창조적 의식으로의 일별을 마련하고, 모든 그의 작품에 영향을 주었던 텍스트 외적 요소들에 대한 보다 분명한 감각을 제공한다. 덧붙여, 이러한 말들은 〈영웅 스티븐〉과 〈젊은 예술가의 초상〉에서 주장된 예술과 심미론에 대한 견해를 너무나 분명히 예고하는데, 사실상, 그들은 이러한 작품들의 초기 제작 단계의 견해를 마련해 준다.

34. 성직聖職(The Holy Office)

이는 조이스가 1904년 8월 가까이 언젠가 더블린의 문학인들, 특히 시인이요 극작가인 W. B 예이츠 및 신비주의 시인인 A. E 조지 러셀을 공격하여 쓴 일종이 해학적 시이다. 비록 조이스는 그가 이 시를 쓴 후, 1904년 8월에 그것을 인쇄했을지라도, 그것의 인쇄비를 지불할 능력이 없었다. 1905년 초에, 폴라에서, 조이스는 그것을 재차 인쇄하여, 더블린으로 보내, 그의 아우 스태니슬로스로 하여금 그의 지인들에게 그것을 배포하도록 했다. 이 공격 시에서 조이스는 자기 자신을 "정화-청결"이란 이름을 부여하는데, 이는 솔직한 정직성이야말로 타협될 수 없는, 솔직한 예술가의 정결한 역할임을 암시한다. (조이스의 최후 작 〈피네간의 경야〉의 아나 리비아 플루라벨의 재생의 물을 예상하듯) 조이스의 제자는 특히, 16세기에 반(反) 종교개혁(Counter Reformation)의 일부로서 수립된, 교회의 공식적 체계인, "성직"(the Holy Office)의 회중에 대해 암시한다. 그것의 구성원들은 교리의 가르침을 지지하고 이단을 억제하기 위해 지명되었다. 제자는 모호하다. 조이스는 여기 더블린의 문학자들의 거짓 예술을 정당하게 탄핵하고, 한 이단자로서, 아일랜드 예술과 문화의 지방성을 옹호하는 자들에 의한 국교 신봉의 사기성을 탄핵하는 듯 보인다.

35. 아일랜드, 성인과 현인의 섬(Ireland: Island of Saints and Sages)

조이스가 1907년 4월 27일에 트리에스트에서 행한 강연으로, 그것은 그가 포포라(Popolare)대학에서 이탈리아어로 행하기로 된 세 개의 제안된 연설들의 첫째 것이다. 조이스는 이 연설에서 아일랜드의 문화와 역사의 중심적 특성들(문학적, 지적 및 정신적)을 그의 청중들에게 소개하고, 아일랜드의 영국과의 불행한 관계를 강조하기 위해 사용했다. 연설의 음조는 아일랜드의 문화적 허점 및, 아일랜드 역사를 강조하는 놓친 정치적 기회의 아이러니한 감각과, 아일랜드 사회의 특별한 요소들에 대한 애정 어린 설명 사이를 왕래한다. 조이스는 여기서 특수한 개인들을 칭찬하고, 중요한 사건들을 유념하는데 주저하지 않는다. 특히, 아일랜드어의 게일 연맹의 부활 및 조나단 스위프트, 윌리엄 코스글레이브 및 조지 버나드 쇼와 같은 영국 문학과 문화를 위해 공헌한 많은 아일랜드인들을 들먹인다.

36. 제임스 클래런스 맹건(2)(James Ckarence Mangan(2))

맹건의 후속 편인 이 논문은 "Giacomo Clarenzio Mangan"이란 이탈리아 원어에서 번역된 것으로, 예일 대학 도서관의 슬로컴 모음집의 24페이지에 달하는 불완전하고 심히 교정된 자필 원고본이다. 코넬 대학 도서관의 조이스 문서 속에 이 연설의 타자된 원고본이 들러 있는데, 이는 4페이지들이 한꺼번에 탈장된 자필 원고로부터, 다수의 오류와 더불어 복사된 것이다. 4페이지들은 존 슬로컴에 의해 분리된 채 발견된 두 페이지들 중의 하나로, 그의 문집이 예일 대학으로 이송되기 전 언젠가 원고에 첨가되었다. 다른 페이지들에는 페이지 매김이 부재하며, 분명히 이 원고의 한 부분이 아니듯 하다. [앞 제8항 "제임스 클래런스 맹건" 참조]

37. 페니언주의(Fenianism)

이 글은 "페니언"이란 말의 설명으로 시작하여, 영국 제국주의에 대한 반응으로서 물리적 힘을 주장하는, "백의 당원"이나 "무적 혁명단"과 같은 다른 아일랜드의 민족주의자 및 분리주의자 구룹을 언급한다. 조이스는 영국 상품의 불매운동과 아일랜드의 언어의 보존을 포함하는 신 페니언들과 신페인(우리들 스스로 'We Ourselves') 당의 특별한 정책을 상세히 설명한다. 그리고 이어 그는 19세기 동안의 아일랜드 혁명 운동의 짧은 개략을 기술한다. 비록 조이스는 수시로 동원된 방법에 대해 비판적일지라도, 그는 근본적으로 독립을 향한 추세에 동정적이었다.

비평문은 또한 아일랜드의 상황(조건)이 그것의 인민들을 자신이 초래한 망명으로 강제한다는 조이스의 관찰을 포함한다. 그는, 수학적인 규칙으로 해마다 줄어들고 있는 인구에 대한, 그들의 조국의 경제적 및 지적 상황을 참을 수 없는 아일랜드 사람들의 미국 혹은 유럽으로의 끊임없는 이민에 대한, 광경을 논평한다. 글은, 특히 현재에 있어서, 망명의 문제성을 가지고, 조이스의 강박관념을 들어낸다. "자치, 성년에 달하다" 그리고 "자치법령의 혜성彗星"과 같은 논문들에서, 조이스는 마침내 동화된 유사한 관념들을 〈젊은 예술가의 초상〉, 〈망명자들〉, 율리시스〉 그리고 〈경야〉의 부분들의 주제적 토대 속으로 혼성시킨다.

38. 자치 성년에 달하다(Home Rule Comes of Age)

조이스는 영국의 수상 윌리엄 글래드스턴이 1886년 4월 8일에 그의 첫 자치법안을 소개한지 21년 뒤에 이 기사를 썼다. 그는 자신이 서술하다시피 "파넬의 도덕적 암살"에서 그들의 공모를 위한 글래드스턴과 아일랜드 가톨릭의 승정들의 고발을 포함하여, 이 불운한 조처의 역사를 짧게 개관한다. 조이스는 자치 법에 관한 두 가지 결론에 도달하는바, 첫째는 아일랜드의 의회 당이 파산 당했다는 것이고, 둘째는 영국의 자유당, 아일랜드의 의회, 당 그리고 가톨릭교회 성직자단은 영국정부가 아일랜드 독립을 위한 노력을 좌절시키기 위해 사용할 수 있는 힘이라는 것이다. 이들 기구들은 자치법의 문제를 떠맡는 다른 위치임에도 불구하고, 정치적 혼란에 대한 심각한 반응들을 제공함이 없이 아일랜드 국민들을 지배하기 위한 같은 결정을 분담한다.

39. 법정의 아일랜드(Ireland at the Bar)

이 기사는 1882년에 골웨이에서 행해진 살인 재판에 초점을 맞춘다. 비록 조이스는 정의의 광범위한 문제들을 생각할지언정, 그의 논의의 핵심은 영국의 법률적 제도와 아일랜드의 피고 간의 아주 특별한 문화적 및 언어적 분리에 있다. 재판 자체는 영어로 행해졌지만, 피고들 중의 한 사람인, 마일스 조이스는 영어를 말하지 않고, 진행은 그를 위해 통역되어야 했다. 그는 전반적으로 죄가 없는 것으로 간주되고, 진행의 참된 파악을 결핍하고 있다는 사실에도 불구하고, 유죄로 판명되어, 그의 동료 피고들과 함께 교수형을 당한다. 조이스는 이 사건을 아일랜드 내의 영국인들의 무정한 제국주의적 태도에 관심을 집중하기 위해 사용한다.

이 기사는 〈젊은 예술가의 초상〉과 〈율리시스〉에서 점진적으로 분명하게 되는 아일랜드를 향한 조이스의 복잡한 태도로의 통찰력을 제공한다. 비록 아주 어린 소년으로서 조이스는, 배신과 파넬의 죽음에 대한 "힐리여 너마저"라는 개탄시를 쓸 정도까지, 그의 부친의 친 파넬적 동정심을 함께 나눌지라도, 그의 청년 시절로부터 내내 아일랜드의 민족주의에 대한 모호한 견해를 지녀 왔다. 조이스가 1904년 아일랜드를 떠났을 때, 그는 아일랜드의 인습적 애국주의에 대한 두드러진 반감을 느꼈다. 나아가, 그는 19세기에 있어서 백의단, 몰리 모구이즈 단 및 리본먼과 같은 단체들에 의해, 그리고 20세기 초에 있어서 아일랜드의 혁명 형제단 및 아일랜드 공화 군에 의해, 야기된 과격한 테러 집단을 스스로 지지할 수 없었다. 동시에, 조이스가 트리에스트에서 쓴 일련의 논문들에 의해 나타나듯, 그의 태도는 자신이 대륙에 있는 동안 두드러진 진화를 경험했다. 스티븐 데덜러스가 〈율리시스〉에서 아일랜드의 민족주의를 영국과의 단순한 대결보다 한층 넓은 개념으로서 보았음을 나타내듯, 조이스 자신은 심지어 그가 염두에 두지 않았을 지라도, 아일랜드의 문화적 및 사회적 제도에 대한 점진적으로 두드러진 개념, 아 일랜드 정책의 책동을 한층 큰 불만을 가지고 상시 들어냈다.

40. 오스카 와일드: 〈살로메〉의 시인(Oscar Wilde: The Poet of Salome)

이 글은 트리에스트에서 리처드 슈트라우스 작 〈살로메〉의 첫 공연에 즈음 하여 쓰인 것으로, 1892년에 오스카 와일드에 의해 쓰인 같은 이름의 연극에 기초 한 것이다. 조이스의 글은 와일드의 아일랜드적 유대에 대한 의식적 강조로서, 와 일드의 생애를 묘사한 간결한 스케치이다. 조이스는 영국 당국의, 그리고 과연, 그의 체포와 남색男色의 고발에 대한 유죄 판결 뒤에 와일드에게 행한 영국 대중 의, 독선적이요, 위선적 박해에 주의를 끈다.

41. 버나드 쇼의 검열관과의 싸움(Bernard Shaw's Battle with the Censor)

버나드 쇼의 단막극 "블란코 포스넷의 등장"(The Shewing-up of Blanco Posnet)에 관한 조이스의 기사. 연극의 내용인 즉, 말馬 도둑인, 블란코 포스넷의 재판에 관한 것으로, 그는 앓는 아이의 생명을 구하기 위하여 먼 도회에 도달하기 를 애쓰는 한 여인에게 자신이 훔친 말을 준데 대해 채포된다. 제판은 사법체계에 서 도덕성의 결핍에 대한 포스넷의 탄핵에 초점을 맞춘다. 영국의 체임벌린 경은 극의 공연을 금지시켰는데, 분명히 그것의 모독적 언어 때문이다. 비록 그의 사법 권이 더블린까지 확대되지 않을지라도, 그는 그곳에서 연극의 공연을 막으려고 애를 쓰나 실패한다. 연극은 1909년 8월 25일 더블린의 애비 극장에서 그것의 첫 공연을 가졌는바, 그것의 합동 연출가들은 예이츠와 레이디 그레고리로서, 그들은 이 극의 공연을 정상화 하는데 큰 몫을 했다.

42. 자치법령의 혜성(彗星)(The Home Rule Comet)

이 기사에서 조이스는 하늘의 혜성의 이미지를 영국 의회에서 행한 아일랜드의 자치법안의 소개를 위한 은유로서 사용한다. 그것은 주기적으로 정치적 수평선에 나타났다가, 이어 시야에서 살아져 버린다.

자치를 성취하려는 아일랜드의 실패에 대한 조이스의 못마땅함은 영국 국민을 향해서처럼 아일랜드 국민을 향해 뻗어간다. 논문의 끝에서 두 번째 구절의 한 점에서, 조이스는 아일랜드가 갖는 스스로의 배신을 비난하는데, 이는 그의 작품을 통해 만연된 주제이다:

그것은 그의 언어를 거의 전적으로 포기했고, 정복자의 언어를 감수했으니, 이 언어가 문화를 동화하거나 도구인 정신성에 자기 자신을 적응시킬 수는 없었다. 그것은 언젠가 필요의 시간에 그리고 언제나 보상을 득하지도 못한 채, 그것의 영웅들을 배신해 왔다. 그것은 그들을 단지 칭찬하면서, 그것의 정신적 창조자들을 유배시켰다.

43. 윌리엄 블레이크(William Blake)

조이스는 이 논문의 많은 양을 블레이크의 예술에 대한 신비적 및 예술적 영향의 자세한 탐구에 이바지한다. 이야기는 블레이크의 예술적 특성의 다양한 양상들을 답습하고, 그의 독립성과 성실성을 강조하며, 당시의 사회적 문맥 속에 그를 위치시킨다. 조이스가 인식하는, 블레이크의 아내와 자기 자신의 아내인 노라 바너클과의 평행으로 아마도 영감을 받은 듯한 일종의 탈선에서, 연설은 블레이크와 그의 아내 간의 지적 및 문화적 불균형을 주목하며, 그녀를 교육시키려는 블레이크의 노력에 관해 평한다. 그러나 최근의 비평은 노라의 인물묘사의 정확성에 강한 의문을 던지고 있다.

44. 파넬의 그림자(The Shade of Parnell)

이 논문에서 조이스는 1912년 5월 9일에 영국 하원에 의한 제3차 아일랜드 자치법안의 통과에 대해 언급하는데, 그것은 당시, 조이스의 말로, "아일랜드의 문제와 해결되는 듯했다." 조이스는 지난 세기에 걸쳐 아일랜드의 상황에 대한 상호적으로 만족스런 해결을 안착시키려는 아일랜드와 영국의 정치적 노력에 대해 반성하며, 자신의 조국을 위한 자치법안을 안정시키기 위한 한 세기 전의 파넬의 노력과 더불어 다양한 인물들과 당들의 당면한 책동들을 대조한다. 그는 파넬의 생활과 생애의 호의적 개략을 예언적으로 제공하는바, 파넬을 위해 영국의 자유당 지도자요, 4선 수상인, 글래드스턴에 그를 비유한다.

45. 부족의 도시(The City of the Tribes)

이 글에서 조이스는 이탈리아의 사회적, 문화적 그리고 역사적 조건들과 골웨이의 그것들 간의 몇몇 광범위한 연관들을 확인하고, 골웨이의 사회적 역사에 대한 짧은 설명을 제시 한다. 이는 1493년에 자기 자신의 아들 월터 린치를 교수형에 처하도록 명령한 그 도시의 최고 재판관 제임스 린치의 이야기로 절정에 달한다. 조이는 자신의 마음속에 메아리치는 이 이야기와 함께, 이름 린치를 〈초상〉과 〈율리시스〉에서 그의 이전의 친구요, 때때로 배신자였던 빈센트 코스글이브에 기초한 인물의 소설적 이름으로 사용한다.

46. 아란 섬의 어부의 신기루(The Mirage of the Fisherman of Iran)

이 이야기는 조이스가 노라 바나클과 아일랜드 서부의 골웨이 도회의 해안에서 떨어져 놓여 있는 아란 섬으로의 여행 동안에 겪은 경험에 근거한 것이다. 이이야기는 골웨이 만(灣)을 가로질러 아란모어의 섬까지 선편에 의한 항로를 자세기 서술하며, 또한 골웨이의 변두리 시골과 아란 섬에 관한 아주 칭찬할 만한 견해를 제공한다. 조이스는 〈젊은 예술가의 초상〉의 마지막에 나타나는 아일랜드의 서부에 대한 복잡한 인유들을 예시하는 감수성을 가지고, 아란 섬의 마을 사람들 중의 한 사람의 가정에서 갖는 차 대접에 관해 자세히 설명한다. 그는 또한 그 지방의 소가죽으로 된 신발인, 팸푸티(pampooties)에 의해 매료된 듯 하다. 그는 이 말을 〈율리시스〉의 "스킬라와 카립디스" 에피소드(제9장)에서 재차 사용하는데, 당시 그의 익살꾼 친구 벅 멀리건은 아일랜드의 전원문화(田園文化)에 스스로 함몰한 존 밀링턴 싱의 노력을 풍자하기 위하여 이 말을 상기시킨다.

논문의 오히려 신비스런 부제(副題)는 아란모어의 새 준설항(浚渫港)을 위해 행해지는 계획에 관해 언급한다. 조이스는, 평화주의자로 스스로 생각하는 어떤 사람으로부터의 예기치 않은 논의의 글줄을 사용하면서, 항구는 전쟁 동안에 영국에 대한 해군의 전략적 이득을 마련해 줄 것이기 때문에 유용할 것이라 주장하는데, 그 이유는 캐나다의 곡물을 아일랜드를 경유하여 영국으로 운송하도록 할 것인지라, 그것으로 "영국과 아일랜드 및 적 함대들 간의 성 조지 해협의 항해의 위험을 피한다는" 것이다.

47. 정책과 소(牛)의 병(Politics and Cattle Disease)

　여기 조이스의 기사에서 그는 아일랜드의 여러 지역들에서 소의 아구창의 최근 발생을 심각하게 생각하거니와, 그는 아일랜드산(産) 소고기를 영국 시장 밖으로 추방하려는 영국의 결과적 노력을 성토한다. 이 편지와 트리에스트의 한 친구 헨리 N. 블랙우드 플라이스에 의해 쓰인 편지는 〈율리시스〉의 "네스토르" 에피소드(제2장)에서 가레트 디지에 의해 쓰인 꼭 같은 주제의 편지에 대한 토대를 마련한다. 비록 스티븐이 디지의 편지를 경멸로서 생각할지라도, 그는 그것을 출판하려는 디지 씨를 도우기를 동의한다. 그리고 "아이올로스" 에피소드(제7장)에서 스티븐은 그것을 인쇄하도록 신문 편집자인, 마일리스 크로포드로부터 약속을 얻어내자, 그것은 뒤에 그의 신문인 〈텔라그라프〉지에 출판된다. (에우마이오스 에피소드[제16장] 참조) "스킬라와 카립디스" 에피소드(제9장)에서, 조지 러셀은 덜 적극적이지만, 그것을 〈아이리시 홈스테드〉지의 출판을 위해 고려할 것에 동의한다. 이러한 노력들에 대한 벽 멀리건의 반응을 예상하면서, 스티븐은 자기 자신에게 "우공을 벗 삼은 음류시인"(the bullockbefriending bard)이란 이름을 제공한다.

48. 분화구(버너)로부터의 가스)(Gas from a Burner)

　이는 조이스에 의해 1912년에 쓰인 독설적 시로서, 마운셀 출판사의 사장 조지 로버츠가 〈더블린 사람들〉을 출판하기로 한 계약을 어긴데 대해, 그리고 인쇄자 존 팰코너가 이미 프린트된 원고지를 파괴한데 대해 지독히 해학 한다. 3년 전에 로버츠는 이야기들을 출판하기로 동의했었으나, 마지막 순간에, 변호사의 충고로, 그는 조이스에게 용납될 수 없는 변경을 주장했다. 대부분, 로버츠의 목소리로 쓰인 채, "분화구로부터의 가스"는, 원래 일종의 맹렬한 격문으로 출간되었으며, 여기 〈조이스의 비평문집〉에 재 수록되었다.

조이스는 그가 1912년 9월에 아일랜드를 영원히 떠나기 전 원고의 완전한 사본을 아무튼 얻을 수 있었거니와, 트리에스트로 향하는 도중 이 해학시를 원고 뒷면에다 갈겨, 그 곳에서 그것을 인쇄하여, 그의 아우 찰스에게 보내 더블린에서 배부하도록 했다.

49. 둘리의 신중성(Dooleysprudence)

조이스의 짧은 해학 시로서, 세계 1차 대전의 전투원들을 조롱한다. 그것은 조이스가 중립국인 스위스에 살고 있을 동안, 1916년에 쓰였으며, 전쟁의 비 연루자인 둘리 씨를 서술하거니와, 그의 평화로운 생활이 전쟁과 병치된다. 둘리 씨의 인물은 아일랜드-미국계의 익살 자 핀리 피터 던에 의해 창조된 철학적 주점주인에서 파생된 것이다. 그는 또한 조이스가 잘 아는 인기곡인, 빌리 제롬 작의 "둘리 씨"(1901)란 노래의 주체이다.

> 모든 용감한 국민들이 전쟁으로 달려 갈 때
> 바로 그 일급의 케이블카를 타고 점심을 먹으려 집으로 가서,
> 혼자서 캔트로프 콘포츠를 즐겁게 먹으며,
> 지구의 지배자들의 소란스런 전황(戰況) 발표를 읽을 자 누구리오?
>
> 그건 둘리 씨,
> 둘리 씨,
> 우리들의 조국이 여태 알았던 가장 냉정한 녀석,
> "그들은 동전과 달러를
> 훔치기 위해 외출하도다."
> 둘리-울리-울리-우 씨가 말하도다.

50. 영국배우들을 위한 프로그램 노트(Programme Notes for the English Players)

이는 일종의 광고 전단 노트의 모음집으로, 조이스와 클로드 스키즈에 의해 조직된 취리히의 연극 배우단인, 〈영어 배우들〉의 1918-1919년 사이의 기간 동안에 조이스가 쓴 것들이다. 여기 조이스는 J. M 바리 작인, 〈12파운드 얼굴〉, 존 M. 싱 작인, 〈바다로, 말을 타고〉, G. B 쇼 작인, 〈소네트의 흑부인〉 및 에드워드 마틴 작인, 〈헤더 들판〉을 위한 소개문들을 썼다.

51. 파운드에 대한 편지(Letter on Pound)

조이스에 의해 1925년 3월 13일에 쓰인 편지로서, 이는 에즈라 파운드에게 헌납된 문학잡지 〈코터〉지의 창간호에 출판되었다. 잡지의 편집자였던 어네스트 월시는 한 때 파운드와 밀접한 친구들인 많은 유명한 개인들로부터 추천장을 간청했다. 비록 조이스와 파운드 간의 친밀한 관계의 시기가 지나갔고, 두 사람이 어떤 냉기로서 서로를 보았을지라도, 조이스는 자신이 성실하게 느꼈던, 파운드의 현대문학에 끼친 지대한 공헌에 대해 경의를 표하기 위해 협력함으로써, 심각하게도 불찬성의 반응을 피했다. 비록 편지는 파운드의 작품에 관해 거의 말하지 않을 지라도, 조이스는 "내가 쓴 모든 것에서 그의 우정의 도움, 격려 및 관대한 홍미"를 위해 자신이 파운드에게 빚진 것에 대해 자유로이 감사했다.

52. 하디에 대한 편지(Letter on Hardy)

이는 1928년 2월 10일 조이스에 의해 쓰인 영국의 소설가요 시인인 토머스 하디에 헌납된, 프랑스어로 쓰인 편지로서, 조이스의 하디에 대한 견해를 요청하는 편집자의 요구에 응하여 쓴 것이다. 편지는 사실상 작가 하디에 관해 언급하는 바가 거의 없다. 그 이유는 조이스가 하디의 작품과의 자신의 친근함을 결하기 때문이다. 대신 그는 저자에 관하여 몇몇 악의 없는 말들을 제공한다.

53. 스베보에 대한 편지(Letter on Svevo)

이는 1929년 5월 31일에 이탈리아어로 쓰인 편지로서, 이탈리아의 잡지인 〈솔라리아〉지에 출판되었는데, 잡지의 일부는 작고한 에토르 시미츠(그의 필명은 이따로 스베보)에게 헌납된 것이다. 스베보는 전 해 자동차 사고로 사망했다. 스베보는 조이스의 트리에스트의 이전 영어 학생으로, 조이스와 절친한 사이었다. 스베보는 조이스의 격려로 그의 글을 쓰고 출판하는 노력을 지속했다. 조이스는 스베보의 문학적 성취에 대해 토론하기를 피했고, 대신 그가 그와 가진 즐거운 기억들을 언급함으로써, 개인적 회고에 초점을 맞춘다.

54. 금지된 작가로부터 금지된 가수로(From a Banned Writer to a Banned Singer)

이는 1932년에 〈새로운 정치인과 국민〉지에 발표된 글로서, 아이리시-프랑스계 테너 가수인 존 설리번의 생애를 증진하도록 돕는, 조이스가 쓴, 일종의 공개서한이다. 제목은 일종의 과장인지라, 왜냐하면, 설리번이 당연히 그가 받아야할 역할들을 받지 못했다는 조이스의 느낌에도 불구하고, 그는 결코 "금지된 가수"가 아니기 때문이다. 〈경야〉식의 언어유희를 비롯하여, 글의 인유들, 오페라의 인용 및 외국 어구들로 내내 점철된 채, 편지는 설리번의 생애의 업적을 개관하고, 그의 능력을 칭찬하며, 그를 엔리코 카루소와 지아코모 로리 볼피를 포함하여, 당시의 다른 테너 가수들 이상으로 그를 평가한다.

조이스의 설리번의 챔피언다운 생애와의 오랜 강박관념은 일시적 관심이 아니거니와, 비밀도 아니다. 1935년에, 파리에서 어느 밤, 루치 노엘에 의하면, 조이스는 〈윌리엄 텔〉에서 설리번의 유명한 솔로 곡을 듣고, 자리에서 벌떡 이러나, "브라보 설리번"하고 고함을 질렀다 한다.

버로 켈리 호기심에서 설리번이란 자는 매(鳥)를 여하히 닮았는고? 그것은 어떤 마커스 블루타스의 대담한 얼굴을 지녔나니, 한 마리 펼친 독수리의 날개어깨(翼背). 콜라의 그랜드 피아노를 닮은 놋쇠 발을 가진 수도경찰의 유니폼을 입은 육체. 그것은 매부리코에 주름 잡히고, 남향으로 디미누엔도로다. 그것은, 그들의 연기(煙氣) 낀 외로운 골짜기 위의 어떤 당나귀들에 의해 최후로 보이고, 들리는지라, 그것이 날자, 회광(灰光)을 진음(塵陰)하면서. 그것의 부르짖음이 굴곡도(屈曲島) 사이 메메메아리치도다. 마지막으로! 흑의교황우(黑衣敎皇牛)들, 궤주(潰走)하면서, 그들의 뿔 나팔 감추었나니, 온통 경악하고 많이 전도(顚倒)된 채, 그것은 그들의 오버코트 위의 도랑(싸구려)우유를 설명하도다.

Just out of kerryosity[1] howlike is a Sullivan? It has the fortefaccia[2] of a Markus Brutas,[3] the winghud of a spread-eagles,[4] the body uniformed of a metropoliceman[5] with tyhe brass feet of a collared grand.[6] It cresces up in Aquilone[7] but diminuends ausstrowards.[8] It was last seen and heard of by some macgilliccuddies above a lonely valley of their reeks,[9] duskening the greylight as it flew, its cry echechohoing among the anfractuosities: pour la derniere foios![10] The blackbulled ones[11] stempeding, drew in their horns,[12] all appailed and much upset, which explaints the buttermilk on their overcoats.

1 켈리 호기심(kerryyosity): "Curiosity" 및 설리번 가족 충신 주인, "Kerry"의 결합.

2 마커스 블루타스(Markus Brutas): Brutus는 Brito란 켈트의 이름의 라틴어화한 형태이다. 설리번은 그들 모두들 가운데 가장 고상한 로마아이리시만이다.

3 대담한 얼굴(fortefaccia): "Bold face" 즉 뺨(cheek). 조이스는 1930년 3월 18일 자의 Harriet Weaver에게 한 그의 서간애서 설리번의 약한 자에 대한 위협을 언급한다.

4 독수리의 날개어깨(翼背)(the wingthud of a spread eagle): 그는 넓은 어깨를 가졌다.

5 콜라의 그랜드 피아노를 닮은 놋쇠 발(the brass feet of a collared grand): 설리번은 Collard 그랜드 피아노를 닮은 발을 지녔었다.

6 수도경찰의 유니폼을 입은 육체(the body uniformed of a metropoliceman): "메트로폴리탄" 오페라에 대한, 그리고 "더블린 수도 경찰청"에 대한 언어유희로서, 경찰들은 사이즈로 선발된다.

7 매부리코(Aquilone): "aquiline" 및 "aquila"에 말장난을 지닌 북풍.

8 남향으로(austrowards): Southwarde(남풍인, Auster). 조이스는 설리번의 목소리의 역학에 관해, 그리고 Kerry 남쪽과 동쪽의 극서에 있는 매산鷲山(Aquilone)으로부터, Cork까지, 그리고 그의 생애에 있어서, 보다 나중에, 파리와 이탈리아(오스트리를 향한)까지의 설리번 가족의 진행에 대해 논평한다.

9 연기(煙氣, reeks): Macgillicuddy's Reeks: Kerry의 산, 설리번은 아이로서 아일랜드를 떠나, 노래하기 위해 최근 그곳으로 되돌아 왔다.

10 마지막으로!(pour la derniere fois!): 〈윌리엄 텔〉의 제4막의 서곡에서 아놀드의 아리아로서, 당시 그는 "마지막"으로 그의 부친의 가정을 방문한다. 이것은 설리번의 아일랜드로의 마지막 방문이었다.

11 흑의교황우(黑衣敎皇牛)들(blackbulled ones): 흑의의 성직자 및 교황(papal bull)에 의해, 또한 작은 흑종인, 캘리의 암소들에 의해 지배되는 아일랜드인들.

12 그들의 뿔 나팔(their horns): 아일랜드 통속어에 대한 언급: "켈의 암소들은 긴
뿔을 가졌다네" 설리번은 그의 아일랜드 비평가들을 혹평했는지라, 그들은 그가
아일랜드에 노래하자 그들의 뿔로 죄었다.

55. 광고 작가(Ad-Writer)

이는, 이타로 스베보(에토레 쉬미츠)의 소설 〈사람이 늙어 가면〉의 출판자,
콘스턴트 헌팅턴에게 행한 조이스의 1932년 5월 22일자의 편지에 주어진 제자로,
이 소설을 위해 조이스는 서문을 쓰도록 요청 받았다. 트리에스트에서 한 때 그의
언어 학생이었던, 쉬미츠와의 오랜 우정에도 불구하고, 조이스는 누구에게든 이
러한 평론을 쓰기를 거절하는 오랜 입장을 취했다. 따라서 스태니슬로스 조이스
는 서문을 썼으나, 출판자는 제임스 조이스더러 어떤 종류의 논평을 쓰도록 압력
을 가했다. 조이스는 "광고 작가"라는 한 재치 있는 대답으로 응했는데, 이는 그의
"박식한 친구"요 "트리에스트 대학의 영문학 교수"(그의 아우)가 이미 쓴 것에 대
해 더 이상 첨가할 수 없음을 설명한다.

56. 입센의 〈유령〉에 대한 발문(Epilogue to Ibsen's Ghosts)

이는 조이스가 파리에서 한 달 전 입센의 연극 공연을 본 다음 1934년 4월에
쓴 시이다. 입센의 사랑과 의무의 갈등 및 죄와 책임의 충돌이 거듭되는 주제들은
입센의 선장 알빙의 유령을 통해서 조이스에 의해 아이러니하게도 제시된다. 연
극에서, 알빙의 초기 난교(亂交)의 결과는 아마도 그의 적출의 아들 오스왈드의
병(病)을 함유한다. 조이스는, 그러나, 한 때 알빙의 아내와 사랑에 빠졌던, 교구
목사 만더스가 오스카 와일드의 실질적 아버지임을 암시함으로써 냉소적으로 책
임을 회피시킨다. 시는 조이스가 중년에 입센에게 그의 젊음의 관심을 지녔던 반

면에, 그의 열성이 극작가의 작품들의 한층 유리되고 비판적 평가에 의해 대치되고 있음을 암시한다.

57. "제임스 조이스의 '권리'에 대한 보고서: 작가의 정신"(Communication de M. James Joyce sue le Droit Moral des Ecrivains)

이 논문은 1937년 6월 20 - 27일 사이 파리에서 개최된 제15차 국제 PEN 대회에서 행한 조이스의 연설이다. 조이스는 이를 불어로 썼으며, 미국의 사무엘 로스에 의한 〈율리시스〉의 도작(盜作) 출판을 금하는 뉴욕 지방법원의 판결에 관해 언급한다. 조이스는 자신이 믿기를, 법은 저자들이 그들의 작품들에 대하여 갖는 당연한 권리를 언제나 보강하고 옹호해야 함을 주장한다.

> 사제관의 벽난로 위의 시계가 꾸르르 울었는지라 거기 성당 참사 오한런과
> 콜로이 신부 그리고 예수회의 존경하옵는 존 휴즈 신부가 차와 버터 바른 소다빵
> 그리고 케첩 수프를 곁들여 프라이한 양고기 조각을 들며 이야기하고 있었나니

> "뻐꾹
> 뻐꾹
> 뻐꾹"(U 313)

제임스 조이스 연보

── 1882년 2월 2일. 아일랜드 수도 더블린에서 경제적으로 넉넉지 못한 수세리(收稅吏) 존 스태니슬라우스 조이스(John Stanislaus Joyce)와 메리 제인 조이스(Mary Jane Joyce) 사이에서 장남으로 태어남.

── 1888년 9월. 한 예수회의 기숙사제 학교인 클론고우즈 우드 칼리지(Clongowes Wood College) 초등학교에 입학, 1891년 6월까지 (휴가를 제외하고) 그곳에 적(籍)을 둠.

── 1891년. 이 해는 조이스 생애에 있어서 가장 중요한 한 해였음. 6월, 경제적 어려움 때문에 존 조이스는 제임스를 클론고우즈 우드 칼리지 초등학교에서 퇴교시킴. 10월 6일, 파넬(Parnell)의 죽음은 아홉 살 난 소년에게 큰 충격을 주어, 파넬의 '배신자'를 규탄하는 〈힐리여, 너마저(Et Tu, Healy)〉란 시를 쓰게 함. 존 조이스는 이 시에 크게 만족하여 그것을 인쇄하게 했으나 현재는 단 한 부(部)도 남아 있지 않음. 뒤에 〈젊은 예술가의 초상〉에 서술된 바와 같이 그의 격렬한 기분으로 조이스가(家)의 크리스마스 만찬을 망쳐 버린 것도 이 해임.

── 1893년 4월. 역시 예수회 학교인 벨비디어 칼리지(Belvedere College) 중학교에 입학, 1898년까지 그곳에 적을 두었는데, 우수한 성적을 기록함.

── 1898년. 카디널 뉴먼(Cardinal Newman)이 설립한 예수회 학교인 더블린의 유니버시티 칼리지(University College)에 진학, 이때부터 기독교 및 편협한 애국심에 대한 그의 반항심이 움트기 시작함.

── 1899년 5월. 예이츠 작(作) 〈캐슬린 백작부인〉을 공격하는 동료 학생들의 항의문에 서명하기를 거부함.

—— 1900년. 문학적 활동의 해. 1월에 문학 및 역사학 학회에서 '연극과 인생(Drama and Life)'에 관한 논문을 발표함(〈영웅 스티븐 히어로[Stephen Hero]〉참조) 4월에 〈입센의 신극(Ibsen's New Drama)〉이라는 논문이 저명한 〈포트나이틀리 리뷰(Fortnightly Review)〉지에 게재됨.

—— 1901년. 이 해 말에 아일랜드 극장의 지방성을 공격하는 수필 〈소요의 날(The Day of Rabblement)〉을 발표함(본래 대학 잡지에 게재할 의도였으나, 예수회의 지도교수에 의하여 거절당함)

—— 1902년 2월. 아일랜드 시인인 제임스 클라렌스 맹건(James Clarence Mangan)에 관한 논문을 발표, 맹건이 편협한 민족주의의 제물이었음을 주장함. 이어 10월에 학위를 받고 파리에서 의학을 공부하기로 결심함. 늦가을, 더블린을 떠나 런던의 예이츠를 방문하고, 그의 작품 판로(販路)의 가능성을 살피기 위해 얼마간 그곳에 머무름.

—— 1903년. 파리에서 이내 의학에 대한 흥미를 잃고 잇따라 더블린의 일간지에 서평을 쓰기 시작함. 4월 10일, "모(母) 위독 귀가 부(父)"라는 전보를 받고 더블린으로 돌아옴. 그의 어머니는 이 해 8월 13일에 세상을 떠남.

—— 1904년. 이 해 초에 〈예술가의 초상〉(A Portrait of the Artist)이라 불리는 단편을 시작으로 자서전적 소설 집필에 착수함. 이는 나중에 〈스티븐 히어로〉로 발전하고 이를 다시 개작한 것이 〈젊은 예술가의 초상〉임. 어머니 메리 제인의 사망 후로 조이스가의 처지는 악화되었으며, 조이스는 가족과 점차 멀어지기 시작함. 3월에 달키(Dalkey)의 한 초등학교 교사로 취직, 6월말까지 그곳에 머무름. 이 해 6월 10일, 조이스는 노라 바너클(Nora Barnacle)을 만나 이내 사랑에 빠짐.

그는 결혼을 하나의 관습으로 보고 반대함으로써 더블린에서 노라와 같이 살 수 없게 되자, 유럽으로 떠나기로 작정함. 10월 8일, 노라와 더블린을 떠나 런던과 취리히를 거쳐 폴라(유고슬라비아 령)에 도착한 뒤, 그곳 베리츠 학교에서 영어를 가르치기 시작함.

—— 1905년 3월. 트리에스트로 이주, 7월 27일 그곳에서 아들 조지오(Giorgio)가 탄생함. 3개월 뒤 동생인 스태니슬라우스가 트리에스트에서 그와 합세함. 이 해 말, 《더블린 사람들》의 원고를 한 출판업자에게 양도했으나, 10여 년의 다툼 끝에 1914년에야 비로소 출판됨.

—— 1906년 7월. 로마로 이주, 이듬해 3월까지 그곳 은행에서 일함. 그 후 다시 트리에스트로 돌아와 계속 영어를 가르침.

—— 1907년 5월. 런던의 한 출판업자가 그의 시집 〈실내악〉(Chamber Music)을 출판함. 7월 28일, 딸 루시아 안나(Lucia Anna)가 탄생함.

—— 1908년 9월. 〈영웅 스티븐〉를 개작하기 시작, 이듬해까지 이 작업을 계속함. 그러나 3장(章)을 끝마친 뒤 잠시 작업을 중단함.

—— 1909년 8월 1일. 방문차 아일랜드로 건너감. 다음날 트리에스트로 되돌아왔다가 경제적 지원을 얻어 더블린으로 돌아가 그곳에서 한 극장을 개관함.

—— 1910년 1월. 트리에스트로 되돌아옴으로써 극장 사업의 모험은 이내 무너짐. 더블린을 처음 방문했을 때, 조이스는 뒤에 그의 희곡 〈망명자들〉의 소재로 삼은 감정적 위기를 경험함.

— 1912년 몇 해 동안. 〈더블린 사람들〉에 대한 시비가 조이스에게 하나의 강박관념이 됨. 마침내 7월, 마지막으로 더블린을 방문했으나, 여전히 그 출판을 주선할 수 없었음. 조이스는 심한 비통 속에 더블린을 떠났으며, 트리에스트로 돌아오는 길에 〈분화구로부터의 가스〉(Gas from a Burner)란 격문(激文)을 씀.

— 1913년. 이 해 말에 에즈라 파운드(Ezra Pound)와 교신(交信)하기 시작함. 그의 행운이 움트고 있었음.

— 1914년. 이른바 조이스의 '기적의 해(annus mirabilis)'로, 2월에 〈젊은 예술가의 초상〉이 《에고이스트(Egoist)》지에 연재되기 시작, 이듬해 9월까지 계속됨. 6월, 《더블린 사람들》이 출판됨. 5월에 〈율리시즈(Ulysses)〉를 기초(起草)하기 시작했으나, 〈망명자들〉을 쓰기 위해 이내 중단함.

— 1915년 1월. 전쟁에도 불구하고 중립국인 스위스에로의 입국이 허용됨. 이 해 봄에 〈망명자들〉이 완성됨.

— 1916년 12월 29일. 〈젊은 예술가의 초상〉이 출판됨.

— 1917년. 이 해 최초로 눈 수술을 받음. 이 해 말까지 〈율리시즈〉의 처음 세 에피소드 초고를 끝마침. 이 소설의 구조는 이때 이미 거의 틀이 잡혀 있었음.

— 1918년 3월. 〈리틀 리뷰(Little Review)〉지(뉴욕)에 〈율리시즈〉를 연재하기 시작함. 5월 25일, 《망명자들》이 출판됨.

— 1919년 10월. 트리에스트로 귀환, 그곳에서 영어를 가르치며 〈율리시즈〉를

다시 쓰기 시작함.

─── 1920년 7월 초순. 에즈라 파운드의 주장으로 파리로 이주함. 10월, '죄악 금지회(The Society for the Suppression of Vice)'의 고소로 〈리틀 리뷰〉지에의 〈율리시즈〉 연재가 중단됨. 제14장인 '태양신의 황소들(Oxen of the Sun)'의 초두가 그 마지막이었음.

─── 1921년 2월. 〈율리시즈〉의 마지막 남은 에피소드를 완성하고 작품 교정에 몰두함.

─── 1922년. 조이스의 40번째 생일인 2월 2일에 〈율리시즈〉가 출판됨.

─── 1923년 3월 10일. 〈〈경야〉(經夜)〉 첫 부분 몇 페이지를 씀(1939년에 출판될 때까지 〈진행 중의 작품[Work in Progress]〉로 알려짐) 그는 수년 동안 이 새로운 작품에 대하여 활발한 계획을 세우고 있었음.

─── 1924년. 〈경야〉의 단편 몇 개가 4월에 처음 출판됨. 이후 15년 동안 조이스는《〈경야〉》의 대부분을 예비 판으로 출판할 계획이었음.

─── 1927년. 이 해 4월과 1929년 11월 사이. 〈경야〉 제1부와 제3부 초본(初本)을 실험 잡지인 〈트랑지숑(Transition)〉지에 게재함.

─── 1928년 10월 20일. 〈아나 리비아 플루라벨(Anna Livia Plurabelle)〉이 출판됨. 이후 10년 동안 〈진행 중의 작품〉의 여러 단편들이 출판됨.

── 1931년 5월. 아내와 함께 런던을 여행함. 12월 29일, 아버지가 사망함.

── 1932년 2월 15일. 손자 스티븐 조이스가 탄생함. 이 사실은 조이스를 깊이 감동시켰으며, 이때 〈보라, 저 아이를(Ecce Puer)〉이라는 시를 씀. 3월에 딸 루시아가 정신분열증으로 고통을 받았음. 그녀는 이후 회복되지 못한 채 조이스의 여생을 암담하게 만들었음.

── 1933년. 이 해 말에 미국의 한 법원은 〈율리시즈〉가 외설물이 아님을 판결함. 이 유명한 판결은 이듬해 2월, 이 작품에 대한 최초의 미국 판 출판을 가능하게 함(최초의 영국 판은 1936년에 출판됨)

── 1934년. 이 해의 대부분을 스위스에서 보냄. 따라서 그는 딸 루시아 곁에 있을 수 있었음(그녀는 취리히 근처의 한 요양원에 수용됨) 1930년 이래 그의 고질적 눈병을 돌보았던 취리히의 의사와 상담함.

── 1935년. 수년 동안 집필해 오던 〈경야〉를 완성하기 위해 노력함.
── 1938년. 프랑스, 스위스 그리고 덴마크로의 잦은 여행으로 더 이상 파리에서 거주할 수 없게 됨.

── 1939년. 〈경야〉가 5월 4일에 출판되었고, 조이스는 이 책을 57세의 생일(2월 2일) 선물로 미리 받음.

── 1940년. 프랑스가 함락된 뒤 조이스 가는 취리히에 거주함.

── 1941년 1월 13일. 장 궤양으로 복부 수술을 받은 후 취리히에 사망함.

_____ 편역 김종건

약력

1957 진해고등학교 졸업
1957 서울대학교 사범대 영어과 졸업
1962 서울대학교 대학원 영문과 석사
1973 미국 털사대학교 대학원 영문과 석·박사
1981 - 1999 고려대학교 영어교육과 재직

저서 및 역서(1968-2019)

〈더블린 사람들〉 번역
〈젊은 예술가의 초상〉 번역
〈율리시스〉 편역
〈피네간의 경야〉 편역
〈제임스 조이스 전집〉 번역
〈피네간의 경야 이야기〉 저서
〈밤의 미로〉 저서
〈노라〉 번역
그 외 다수

수상

1968 제11회 한국 번역 문학상 수상
1993 제9회 고려대학교 학술상 수상
1999 대한민국 훈장증 수여
2013 제58회 대한민국 학술원상 수상
2018 제1회 롯데 출판문화 대상 수상

제임스 조이스의 비평문집

초판 1쇄 발행일 2019년 11월 18일

지은이 제임스 조이스
옮긴이 김종건
펴낸이 박영희
편집 박은지
디자인 최소영
마케팅 김유미
인쇄·제본 한양 인쇄
펴낸곳 도서출판 어문학사
　　　　서울특별시 도봉구 해등로 357 나너울카운티 1층
　　　　대표전화: 02-998-0094/편집부1: 02-998-2267, 편집부2: 02-998-2269
　　　　홈페이지: www.amhbook.com
　　　　트위터: @with_amhbook
　　　　페이스북: www.facebook.com/amhbook
　　　　블로그: 네이버 http://blog.naver.com/amhbook
　　　　다음 http://blog.daum.net/amhbook
　　　　e-mail: am@   amhbook.com
　　　　등록: 2004년 7월 26일 제2009-2호

ISBN 978-89-6184-938-8 93840
정가 16,000원

이 도서의 국립중앙도서관 출판예정도서목록(CIP)은 서지정보유통지원시스템 홈페이지(http://seoji.nl.go.kr)와
국가자료종합목록 구축시스템(http://kolis-net.nl.go.kr)에서 이용하실 수 있습니다.
(CIP제어번호 : CIP2019043749)